KB237401

오르페우스의
시선으로

박혜경 비평집
오르페우스의 시선으로

펴 낸 날 2007년 10월 26일
지 은 이 박혜경
펴 낸 이 채호기
펴 낸 곳 ㈜문학과지성사
등록번호 제10-918호(1993. 12. 16)
주   소 서울 마포구 서교동 395-2(121-840)
전   화 02)338-7224
팩   스 02)323-4180(편집)   02)338-7221(영업)
전자우편 moonji@moonji.com
홈페이지 www.moonji.com

ⓒ 박혜경, 2007. Printed in Seoul, Korea

ISBN 978-89-320-1802-7

:: 박혜경 비평집

오르페우스의 시선으로

문학과지성사
2007

책머리에

    세이렌과 에우리디케는 바깥세계의 여자들이다. 그녀들은 죽음의 경계 너머에 있거나 죽음의 경계 너머로 인간을 부르는, 다가갈 수 없고 다가가서도 안 되는 치명적인 연인이며 유혹자이다. 그 죽음의 경계 이편에 오디세우스와 오르페우스가 있다. 오디세우스는 자신의 몸을 돛대에 묶음으로써 죽음을 부르는 세이렌의 치명적인 유혹에서 벗어나지만, 오르페우스는 신의 명령을 어기고 뒤를 돌아봄으로써, 단 한 번의 치명적인 아름다움만을 남기고 명부의 어둠 속으로 사라지는 에우리디케와 영원히 이별한다. 그 결과 오디세우스는 현숙한 아내와 충직한 아들이 기다리는 고향 이타카로 무사귀환하지만, 오르페우스 앞에는 평생 절대적 상실과 그리움의 탄식을 노래하며 방랑해야 할 운명이 놓여 있다. 유혹을 이긴 자는 영웅이 되고, 유혹을 이기지 못한 자는 시인이 된다.

    오디세우스가 세이렌의 유혹을 이겨낸 것은, 엄밀히 말하면 그 자신의 의지가 아니었다. 그것은 그를 이타카로 실어다 줄 배의 돛대에 그를 묶고 있는 단단한 밧줄, 세이렌의 노래에 매혹된 그가 세이렌에게 다가가려고 몸부림칠수록 더 단단하게 그의 몸을 조여드는 밧줄의 힘이었다. 푸코에게 세이렌이 "금지된 형상"이며, "그 존재 자체로, 순수한 부름"이라면, 아도르노에게는 계몽의 기획을 무력화하는 신화와 자연이다. 오디세우스는 자신의 귀를 활짝 열어 놓음으로써 세이렌의 노래를 피하는 대신 그와 맞선다. 그러나 세이렌의 노래에 매혹되는 나약한 인간의 형상을 넘어, 세이렌의 죽음의 유혹에 맞서는 오디세우스의 영웅적 형상을 가능케 한 것은, 그를 문명 세계와 연결하는 검질긴 밧줄의 힘이었다. 문명의 영웅적 형상 속에서 존재 자체의 순수한 부름인 자연의 노래는 그렇게 지워진다.

　반면 오르페우스는 스스로 명부의 어둠 속으로 내려가 세이렌의 자매인 에우리디케, 낮의 현실 속에서 지워져버린 죽은 연인을 다시 낮의 세계로 불러내려 한다. 그러나 명부의 어둠을 관통하는 그의 간절한 사랑은 이승과 저승의 경계 위에서 무너져내린다. 찰나에 명멸하는 죽음의 에피파니만을 남기고 사라진 에우리디케는 낮의 세계로 귀환한 그에게 영원한 결여와 상실을 표상하는 부재의 표지가 된다. 그리하여 사라진 에우리디케는 블랑쇼가 "예술이 도달할 수 있는 극단"이라고 말했던 것, 존재 자체의 순수한 부름을 영원한 갈망의 이름으로 호명하는 예술의 기원이 된다. 세이렌의 치명적인 노래는 오디세우스가 세이렌의 섬에서 벗어나는 순간 지워져버리지만, 에우리디케는 오르페우스의 입에서 흘러나오는 끝없는 상실의 노래로 부활한다. 문명의 세계에서 지워져버린 바깥의 여자들, 그 기원의 자리를 찾아 헤매는 글쓰기의 운명은 이렇게 시작되는 것이다.

블랑쇼에 의하면 "글을 쓴다는 것은 오르페우스의 시선과 함께 시작된다." 오르페우스의 시선은 자신의 노래로써 세이렌과 에우리디케가 사라진 지점을 응시하는 시선이며, 그 응시에 의해 기원의 자리에 가까이 다가가려는 시선이다. 오르페우스가 에우리디케를 이끌고 무사히 죽음의 문턱을 넘어 이승의 삶으로 귀환했다면? 아마도 그는 결혼을 하고 아이들을 키우는 필부의 삶에 머물렀을지 모른다. 기원이 상실된 자리에서 글쓰기가 시작된다. 영원한 상실과 결여의 빈자리를 메우려는 열망과 절망은 글쓰기가 지닌 가장 본질적인 운명이다. 언젠가 강의 도중 학생들에게 오르페우스가 에우리디케를 이끌고 낮의 세계로 무사귀환했다면 그는 시인이 아니라 소설가가 되었을지 모르겠다고 말한 적이 있지만, 문학 장르 중 가장 뒤늦게 출현한, 가장 근대적인 문학 양식인 소설 또한 상실된 기원에 대한 열망과 절망에서 자유로울 수 없다. 소설 또한 길이 끝나버린 곳에서 시작되는, 한때 창공에서 빛났으나 지금은 영원히 사라진 별들의 지도를 찾아 헤매는 돌아갈 기약 없는 여행이므로.

글쓰기가 언어를 통해 도달하려는 존재의 기원은 글의 바깥, 언어의 바깥에 있다. 세이렌의 노래는 언어 이전의 "파도의 골, 바위들 사이의 입 벌린 동굴, 백색의 해변"으로부터 흘러나오는 존재 자체의 순수한 부름이다. 그 부름에 응답하기 위해 글쓰기는 문명이 자신에게 부여한 언어의 형식을 찢고 나와야 한다. 그러나 글쓰기는 동시에 언어의 형식을 통해서만 자신의 운명을 살아갈 수 있다. 문학은 결국 문학 자신과의 싸움을 통해 자신의 고통과 영광을 실현한다. 문학이 처한 운명적 딜레마는 문학이 뿌리내린 근원적 토양이다.

근대문학의 주요한 성장 동력을 제공해준 리얼리즘이 문학으로로부터 빼앗아간 것은 아마도 자신의 운명적 한계를 직시하는 문학 내부의 시선일 것이다. 특히 계몽의 연료로 무장한 한국의 리얼리즘은 진보하는 근대의 신화와 더불어 한국 문학의 한가운데를 질주해왔다. 리얼리즘이 제공하는 형식의 단단함과 내용의 선명함은 끊임없이 자신의 형식적 한계와 싸울 수밖에 없는 문학의 딜레마를, 자신의 형식적 한계를 단호하게 밀고 나가는 문학의 권능으로 바꾸어버렸다. 그리하여 한국 문학은 단단해진 대신 딱딱해졌고, 선명해진 대신 빈곤해졌다.

근대문학의 종언은, 아니 종언에 대한 풍문은 공교롭게도 사실주의 제국의 붕괴가 시작되는 지점에서 솟아나왔다. 우연의 일치일까? 어쩌면 그럴지도 모른다. 문학의 권능을 대체한 종언의 담론은, 그러나 문학을 무력화하는 대신 문학 내부에 이상한 활기를 가져오고 있다. 우리는 지금 사실주의의 제국을 뛰쳐나온 작가들의 한껏 난만하고 풍성해진 상상력의 군무를 목도하고 있다. 문학은 문학 자신의 유구한 형식적 한계를 찢고 문학이라는 자루 안에 더 많은 형식의 자유를 쓸어담고 있다. 종언의 담론은 또한 기원의 탐색을 부른다. 문학의 막다른 곳에서 문학은 문학의 딜레마가 발원하는 저 기원의 자리를 응시한다. 현실의 강고한 이미지들을 구축해온 언어의 구조물들은 언어를 의심하는 언어, 언어의 환영과 싸우는 언어로 대체된다. 이제야 한국 문학이 한국 문학의 구각(舊殼)을 뚫고 오르페우스의 시선으로 문학 내부의 심연을 투시하기 시작한 걸까?

그러나 문학 안의 활기에도 불구하고 문학 바깥의 현실은 적막하고 쓸쓸하다. 처음 비평을 시작하던 시절의 열정 대신 만성적인 우울이 여전히 문학의 언저리를 맴돌고 있는 나를 지켜본다. 문학이 시대의 구원은커녕 자기 존재의 변명조차 되지 못하는 시대를 살아가고 있다는 자괴가 찾아드는 시간, 나는 나의 오랜 친구인 문학에게 다정하고 쓸쓸한 위로의 악수를 청한다. 마치 내가 나 자신에게 청하는 악수처럼. 문학의 운명이란 결국 비탄과 탄식의 노래로 상실과 결여의 삶을 살아내야 하는 오르페우스의 운명이므로. 그리고 비평이란 그 운명에 동참한 이들에게 청하는 따뜻한 공감과 위로의 악수에 지나지 않을 것이므로.

여섯번째 평론집이다. 지금까지 참 미련하게도 써왔다는 생각이 든다. 부끄러움은 깊고 희망은 덧없다. 그래도 이 자리에 오기까지 많은 사람들의 도움을 받아왔다는 생각으로 힘을 내본다. 일일이 이름을 밝히지 못하는 그 모든 분들께 고마움의 인사를 드린다. 어둠으로 길을 밝히며 이제 또 어디론가 발길을 옮겨야 하리라.

2007년 10월

박혜경

차례

제1부

기원을 향한 물음
— 배수아와 김연수의 작품들을 중심으로

1. 역사에 대한 환멸을 넘어

다소 도식적인 감이 없지 않지만, 먼저 다음의 몇 가지 명제로부터 우리의 여행을 시작해보는 것은 어떨까? 한국 문학은 이제 역사에 대한 환상에 가까운 맹신으로부터 그 환상에서 깨어나는 순간의 환멸을 거쳐 비로소 역사에 대한 보다 근원적인 질문들과 대면하기 시작했다고. 혹은 역사적 주체로서의 '우리'에 대한 단호하고도 명징한 탐사로부터 '나'라는 존재의 내부를 골똘히 응시하는 불안하고도 우울한 내시경적 탐사를 거쳐 이제야 '나'와 '우리'라는 이름으로 불리는 존재의 기원에 대한 보다 첨예한 물음과 맞부딪치게 되었다고. 혹은 문학이라는 언어의 장 안에서 벌어지는 게임의 승패만을 문제 삼던 시절로부터 게임을 왜 하는가라거나 게임의 규칙이 게임을 어떻게 지배하고 있는가에 대한 자의식을 거쳐 이제 언어라는 게임장 자체의 발생과 그것이 지닌 의미에 대해 보다 근본적인 의문들을 제기하기 시작했다고.

이것은 한국 문학이 자신을 지배해온 자명성의 신화들에 도전하면서, 문학이 마침표가 아닌 집요한 의문 부호로서의 자기정체성, 혹은 답이 아닌 질문의 양식으로서의 자기존재성에 대한 자각을 보다 적극적으로 예각화하기 시작한 사건으로 읽힐 수 있을 것이다. 물론 이러한 작업들이 이전에는 존재하지 않았던 2000년대만의 새로운 현상이라고 말하기는 어렵겠지만, 2000년대 들어 일정한 의미화가 가능할 정도의 괄목할 현상으로 나타나고 있는 것은 사실인 듯하다. 최근 몇 년 동안 한국 문학은 '우리'라든지 '나'라는 인식론적 틀을 현실 인식의 자명한 근거로 삼는 시야의 협소함을 벗어나, 문학과 인간의 삶을 둘러싼 문제들에 대한 보다 근원적인 문제 제기를 심화시켜오고 있는 것이다. 이러한 현상은 특히 2000년대 들어 한국 문학이 하나의 경향이나 특성으로 아우를 수 없을 정도로 다채로운 문학적 가능성을 모색하려는 움직임과 더불어 나타나는 것이어서 더 의미 있는 조짐으로 보인다. 한국 문학이 집단의 삶과 연계된 역사적·정치적 사건들과 매우 밀착된 관계를 유지해왔다거나, 역사적·정치적 사건에 따라 문학적 이슈나 경향의 전체적인 방향이 결정되는 쏠림 현상을 빈번히 드러내 보여왔다는 점에서 2000년 이후의 한국 문학이 보여주는 문학적 경향의 상대적인 다양성은 보다 주목할 만한 현상이라 아니할 수 없다. 흔히 얘기되는 1990년대 문학의 내면화 경향 또한 그것이 한국 문학을 지배해온 집단의식의 강박으로부터 벗어난 문학의 새로운 가능성을 열어 보여주었다고는 해도, 한국 문학 전반이 시류에 따라 한 방향으로 과도하게 쏠리는 특유의 편향성으로부터 크게 벗어나 있었다고 하기는 어렵다.

최근 몇 년간 한국 문학이 보여준 다채로운 변화의 양상들은 한국 문학을 지배해온 역사적·이념적 구속이 그만큼 느슨해졌다는 점에서 그 일차적인 요인을 찾을 수 있을 것이다. 이러한 현상은 물론 최근 들어 비로소 나타나기 시작한 것은 아니지만, 이러한 구속력의 완화가 한국 문학이 당면한 역사적·정치적 현실에 대한 대응이라는 시대의 도덕적 요청에서 벗어나, 인간의 삶을 조건짓는 보다 근본적인 문제들에 대해 사유할 수 있는 문학적 시야와 정신의 자유를 확보하게 된 주요한 환경적 요인을 제공해준 것은 분명한 듯하다. 더군다나 역사적·이념적 구속을 대체한 시장의 구속이 여전히 한국의 문학 현실을 지배하고 있는 상황에서, 2000년대의 문학이 그 내부로부터 특정 시대의 문학적 조류에 휩쓸리는 대신 다양한 지점에서 문학의 새로운 가능성을 모색하고 있는 것은, 한국 문학이 그만큼 시장의 구속에도 능동적으로 대처하는 보다 숙성된 내구성을 지니게 됐음을 의미하는 사건으로 읽히기도 한다.

2000년 이후의 문학들에서 나타나는 이러한 변화의 보다 중요한 의미는, 1990년대의 문학이 그러했듯 계몽이나 집단적 역사의식, 리얼리즘 등으로 요약되는 개념들의 지배하에 놓여 있었던 한국 문학의 결여된 부분들을 보충해주는 정도의 수준을 넘어, 문학이라는 텍스트 자체의 근간을 이루는 근본 개념들을 치열한 반성의 대상으로 끌어들인다는 점에서 찾을 수 있다. 이러한 반성은 이를테면 집단적 역사라는 틀frame 안에서 역사의 윤리성 문제를 성찰한다거나 개인의 내면이라는 틀 안에서 내면의 균열과 정체성의 혼란을 성찰하는 방식과는 그 차원을 달리하는 것이다. 그것은 틀 바깥에서 틀 자체의 의미를 읽고, 그 틀이 어떻게 만들어졌으며, 어떻게 틀 안의 내용물들을 규정짓고 있는가를 성찰하는 방식이다. 2000년대 이전 소설들의 경우, 강력한 역사주의적 방향성을 지녔던 1980년대의 문학은 차치하더라도, 공지영의 작품 등을 비롯한 1990년대 초반의 후일담 소설들이 역사적 신념의 붕괴가 가져온 혼란이나 역사에 대한 피해의식을 다소 과장된 엄숙주의적 포즈를 통해 형상화했다면, 1990년대 후반기의 문학은 역사에 대한 부채감에서 벗어난 지점에서 작가들이 누리게 된 상대적 자유와 엄숙주의적 포즈에 대한 심리적 거부감의 바탕 위에서 역사에 대한 환멸과 스스로 역사의 서자(庶子)임을 드러내는 방식으로 자신들의 문학을 1980년대적 유산과 차별화했다고 할 수 있다.

한 예로 당시 새로운 세대의 문학이 출현했음을 알리는 대표적인 작품으로 평가됐던 김영하의 『나는 나를 파괴할 권리가 있다』가 보여주는 것은 역사가 사라져버린 진공의 공간이다. 이것은 단순히 이 작품이 특정한 역사적 배경을 거느리고 있지 않다거나 어떠한 역사적 사건의 영향으로부터도 자유롭다는 의미 이상이다. 이 작품이 보여주는 것은 차라리 역사라는 이름으로 규정될 수 있는 인간의 삶 자체가 완전히 결락된 지점이다. 그리고 이처럼 역사의 프레임 바깥으로 걸어나온 인물들의 삶을 지배하는 것은 강렬한 환멸의 정서이다. "나는 다 그래. 뭐든 지나간 일은 기억하지 않아. 〔……〕 지금까지 기억할 만한 가치가 있었던 건 아무것도 없었어"[1]라는 여주인공의 말은 그 환멸의 정서를 날카롭게 함축하고 있다. 작품 속에서 환멸의 정서는 가족이나 학교 등과 같은 역사적 제도뿐만 아니라 인간이라는 이름으로 불리는 존재 그 자체에게로까지 뻗어나간다. 인간이 마네킹이나

---

1) 김영하, 『나는 나를 파괴할 권리가 있다』, 문학동네, 1996, p. 40.

만화영화에 등장하는 요괴, 혹은 사이보그들보다 더 나은 존재라는 어떠한 믿음도 단지 하나의 허구적 신앙에 불과하다는 것이, 그들이 역사라는 프레임 안에 존재하는 인간의 삶을 부정하는 궁극적 근거이다. 그러나 작품 속에서 다소 오만하다는 느낌을 줄 만큼 확신에 찬 냉소적 어조로 발화되는 환멸과 부정의 정서는 역설적으로 그 안에 인간이라는 존재의 아이덴티티에 대한 강력한 천명을 담고 있다. 이런 의미에서 '나는 나를 파괴할 권리가 있다'라는 오연한 자기선언 속에 담긴 것은 부정의 방식으로 표명된 데카르트적 코기토 개념이라고 할 수 있다. 말하자면 인간과 역사에 대해 부정하고 환멸을 느끼는 동안 그 부정과 환멸의 중심으로서의 '나'는 분명 살아 있다는 것, 그 강력한 주체의 존재 증명을 파괴라는 형식을 통해 천명하는 것이 작품 속에 담긴 궁극적 의미로 보인다. 이때 내가 파괴하는 '나'란 바로 역사라는 프레임에 의해 틀 지어진 허구의 '나'일 것이다.

2000년 이후의 문학들에서 나타나는 주요한 변화들 중의 하나는 1990년대의 문학이 환멸이라는 이름으로 추방해버린 역사를 다시 문학의 공간으로 재소환하고 있다는 점일 것이다. 그러나 이러한 재소환이 이루어지는 지점은 분명 이전과는 다른 차원을 수반하고 있다. 계몽적 역사관의 강박에서도, 탈계몽적인 역사의 부정에서도 벗어난 지점에서 한국 문학은 인간과 역사에 대한 새로운 물음을 준비하고 있는 것이다. 그것은 인간과 역사라는 허구를 부정하는 방식이 아니라 그 허구의 심연으로 잠수하는 방식, 그리고 그곳에서 인간과 역사의 기원과 대면하는 길이다. 이것을 가리켜 한국 문학이 인간과 역사라는 허구적 환상의 가면을 벗겨낸 세계의 환멸 어린 모습을 보여주는 차원을 넘어 그 가면 내부의 어두운 지층을 파헤치는 탐사자의 시선을 갖추게 되었다고 말하면 적절한 표현이 될까? 이 글은 2000년 이후의 문학이 보여주는 이러한 탐사자의 시선을 탐구하기 위해 배수아와 김연수의 작품들에 먼저 주목해보려 한다. 각기 다른 문학적 개성에도 불구하고 이들이 어떤 근원적인 문제들에 대한 탐구라는 맥락과 관련해서 매우 의미 있는 문제의식들을 소유하고 있는 작가들로 보이기 때문이다. 그들의 작품이 보여주는 근원적인 탐구의 시선은 인간과 언어, 역사 등의 개념들이 교차하는 근대적 세계의 어떤 기원의 풍경에로 향해 있다.

2. 책, 혹은 근대적 지식의 출현

보르헤스의 「기억의 천재 푸네스」에는 말에서 떨어지는 사고로 의식을 잃은 뒤 전신마비와 함께 완벽한 지각력과 기억력을 얻게 된 푸네스라는 인물이 등장한다. 그는 그가 본 포도나무의 모든 가지들과 잎들의 형태를 기억하고, "1882년 4월 30일 새벽 남쪽 하늘에 떠 있던 구름들의 형태를 기억하고"(1:183),[2] "말의 곤두선 갈기들, 언덕 위의 가축떼들, 다른 모양으로 바뀌는 불길"(1:184) 등등 그가 감각

---

2) 여기에서 인용된 책들은 다음과 같다. 인용의 출처는 본문의 괄호 안에 책 번호와 쪽수로 표시한다: 1. 호르헤 루이스 보르헤스, 황병하 옮김, 『보르헤스 전집 2』, 민음사, 1996; 2. 요한 고트프리트 폰 헤르더, 조경식 옮김, 『언어의 기원에 대하여』, 한길사, 2003; 3. 미셸 푸코, 이광래 옮김, 『말과 사물』, 민음사, 1993; 4. 김현 편, 『미셸 푸코의 문학비평』, 문학과지성사, 1991; 5. G. 헤겔, 김종호 옮김, 『역사철학강의 I』, 삼성출판사, 1982; 6. 김상환 외, 『라깡의 재탄생』, 창작과비평사, 2002; 7. 김성기 외, 『모더니티란 무엇인가』, 민음사, 1994; 8. 뱅쌍 데꽁브, 박성창 옮김, 『동일자와 타자』, 인간사랑, 1990.

하고 지각한 모든 순간(그것은 꿈과 비몽사몽의 순간까지 포함한다)의 모든 경험들을 기억하는 기억의 천재다. 뿐만 아니라 그에게 "하나하나의 시각적 이미지는 근육, 체온 등에 얽힌 이미지들"(1:184)과 같은 총체적인 감각과 연계되어 있다. 모든 순간의 모든 사물들을 완벽하게 지각하고 기억하는, 그리하여 인간이 지닌 언어적 기호로는 포착될 수 없는 모든 경험적 목록들의 거대한 집적체라 할 수 있을 이 기억의 천재가 이해할 수 없었던 것은 "'개'라는 종목별 기호가 다양한 크기와 형상을 가진 상이한 수많은 하나하나의 개들을 포괄한다는 사실"(1:187)이다. 뿐만 아니라 측면에서 보았을 때의 개와 정면에서 보았을 때의 개를 어떻게 똑같이 '개'라고 명명할 수 있단 말인가? 우리가 경험할 수 있는 이토록 수많은 개들을 어떻게 '개'라는 하나의 언어적 명명 안에 가두어둘 수 있단 말인가? 인간이 지닌 언어의 불완전성을 소름이 끼칠 정도로 극명하게 드러내 보여주는 이 작품에서 우리가 만나게 되는 것은 사물들에 대한 인간의 감각적 경험과 언어라는 추상적 기호 사이에 놓인 회복할 수 없는 단절의 심연이다. "오리엔트 언어의 전체 구조는 모든 추상적인 개념들이 먼저 감각적인 것이었음을 입증한다. 즉 정신은 바람, 숨결, 저녁의 폭풍이었고, 성스러움은 따로 떨어져 있음, 고독함이었다. 영혼은 호흡, 분노는 코를 씩씩댐 등이었"(2:103)으며, "언어의 가장 깊은 심연에는 보편적인 개념이 단 하나도 없다는 것이다!"(2:103)라는 헤르더의 말 또한 감각을 통해 이루어지는 사물에 대한 인간의 원초적 경험과 사물에 대한 보편적 개념 사이의 단절을 언급하고 있는데, 이러한 단절의 심연에 인간에 의해 이루어진 오랜 문명의 역사가 자리잡고 있음은 물론이다.

아마도 그 단절의 심연 속에서 가장 뚜렷한 실선으로 나타나는 것은 근대라고 불리는 이성적 문명의 출현일 것이다. "인간은 언어 없이는 어떤 이성도 소유하지 못하고, 이성 없이 어떤 언어도 없다"(2:58)는 헤르더의 말대로 이성과 언어ratio et oratio의 완전한 결합은 근대문명을 가능케 한 본질적 조건이다. 푸코에 따르면, 16세기에서 17세기에 이르는 기간 동안 "16세기 사람들이 근친관계와 유사관계와 친화관계의 혼합이라고 생각했던 경험의 영역, 사물과 언어가 서로 교차하던 경험의 영역"(3:84)으로부터 "해묵은 미신적 믿음이나 마술적 믿음이 사라지고 자연이 과학적 질서에로 편입되"(3:84)는 에피스테메의 변화가 일어났고, 이것은 바로 근대의 합리주의적 지식체계의 출현을 의미하는 것이다. 푸코에 의해 고전주의 시대로 명명된, 데카르트적 코기토 명제의 출현과 겹치는 이 시기에 대해 푸코는 "16세기에 있어서 지식의 근본적인 경험이자 본원적 형태로서의 유사성을 배제하면서 유사성을 동일성과 차이, 계량과 질서의 견지에서 분석되어야 할 혼합물로 격하시키고 있"(3:82)다고 말한다. 사물들을 유비적인 위계질서에 따라 총체적이고 통합적으로 연결하는 대신에 동일자와 타자의 분리, 혹은 끊임없이 분류하고 구별짓는 차이에 의한 분할적 사고가 근대적 지식의 근간을 형성하게 되는 것이다. 단어와 사물, 혹은 텍스트와 세계 사이의 마술적 유사성의 체계가 상실되고 표상(기호)과 사물(세계)의 단절이 그 자리를 대체하게 되는 이 시기에 "더 이상 기호들의 불가사의하고 열려 있으며 신성한 공간에 끼어드는 점괘로서의 지식은 존재하지 않는다"(3:90). 이제 지식의 임무는 "언어를 짜맞추는, 그것도 잘 짜맞추는 데 있"(3:94)다. 인간의 이성을 통해 형성된 기호들의 질서가 불가지(不可

知)의 세계 안에서 침묵하고 있던 기호들의 영역을 장악해버린 시대에 기호는 사물이 아닌 지식의 내부에서 자신의 기호화하는 기능을 수행하고 기호들의 체계인 지식 자체로부터 확실성이나 개연성의 근거를 가져오게 된다. 이처럼 사물을 통해 언어의 의미를 알게 되는 것이 아니라 언어가 사물의 의미를 규정짓는 세계에서 우리가 바라보는 불은 더 이상 불의 실체가 아니라 불이라는 기호가 가리키는 하나의 관념일 뿐이다. 근대의 지적 탐구가 지향하는 것은 이제 사물에 대한 지식이 아니라 지식에 대한 지식의 세계이다. 유사관계의 무한한 상호작용을 통해 비밀스러운 신성성을 공유하던 존재론적 지식에서 기호 내부의 동일화와 차이의 체계로부터 의미가 발생되는 표상적 지식으로의 에피스테메의 이동은 세계의 모든 사물들을 인간에 의해 표상화된 지식의 체계 안에 분할하고 배치함으로써 인간의 지식 영역을 최대한 확장하려는 근대의 거대한 지식욕과 연결된다.

이런 의미에서 근대 초기 백과전서파의 등장은 세계를 하나의 총체적인 백과사전 안에 담으려는, 다시 말해 인간의 표상화된 지식체계 안에서 알파벳의 순서에 따라 배치된 세계라는 하나의 거대한 모자이크를 만들어내려는 계몽사상가들의 야심찬 기획을 반영한다. 『말과 사물』에서 푸코가 인용했던 샤를 보네의 다음과 같은 말은 계몽사상가들의 이와 같은 기획이 이 세계가 수많은 책들로 이루어진 거대한 도서관이라는 근대적 상상과 통해 있는 것임을 보여준다.

나는 세계들의 무한한 다양함을 마치 그만큼 많은 책이라고 생각하면서 즐거워한다. 이 책들을 한데 모으면 거대한 우주 도서관이나 진정한 보편적 백과사전이 될 것이다. 내가 생각하기에, 이 다양한 세계들 사이에 존재하는 놀라운 등급은 훌륭한 지식인들—그 세계들을 지나가거나 읽을 수 있는 기회를 가졌던—에 있어 우주가 포함하고 있는 온갖 종류의 진리들을 쉽게 획득할 수 있게 해줄 것이며, 그들의 오성 속에 우주의 근본적인 아름다움인 질서와 연쇄를 스며들게 해줄 것이다. (3:120)

인쇄술의 발달과 더불어 음성언어를 대체한 문자언어가 미디어의 헤게모니를 장악한 시대에 인류의 몽상은 "인쇄된 기호들의 희고 검은 표면에서, 그리고 망각된 단어들의 비상으로 열리는, 먼지 앉은 닫혀진 책에서 태어난다. 그것은 조용한 도서관에서, 그리고 그 도서관을 사방으로 둘러막으면서 또 다른 한쪽의 불가능의 세계에로 입 벌리고 있는 줄지어 선 책들과 그 제목들, 그리고 선반들 사이에서 조심스럽게 펼쳐지는 것이다"(4:219). 이제 모든 "상상적인 것은 책과 램프 사이에 놓"(4:219)인다. 책과 도서관은 플로베르의 『부바르와 페퀴세』의 주인공들이 그러하듯, 혹은 사르트르의 『구토』에 등장하는 로캉탱이 그러하듯, 삶과 세계의 진리를 찾아 헤매는 근대인들이 거주하는 지식의 가장 본질적인 공간이 된 것이다. 근대세계를 지배하는 모든 지식은 책 속에 인쇄된 문자들로부터 나와 다시 책 속에 인쇄된 문자들로 기록된다. 신의 노여움에 의해 바벨탑이 무너진 이후, 인류의 지식을 하나의 공간 안에 집적해 놓은 보르헤스의 거대한 바벨의 도서관의 이미지가 솟아오르는 것은 바로 이 지점에서이다. 어떤 의미에서 바벨의 도서관은 인간의 지식을 탑처럼 쌓아올려 인간이 또다시 신의 권위에 도전하려는 원대한 야망의 표상이다. 보르헤스의 「바벨의 도서관」에서, 인류가 만들어온 모든 책들을 소장하고 있는 바벨의 도서관에 대해 "사람들이 받은 첫 느낌은 엄청난 행복감이었다"(1:137). 그들은 도서관에 진열된 책 속에서 "개인적 문제나 세계의 보편적 문제에 대해 명쾌한 해답을 찾을 수 있"(1:137)으리라는 기대와 "'나머지 모든 책들'의 암호임과 동시에 그것들에 대한 완전한 해석인"(1:139~40) 책이 존재한다는 확신을 버리지 않았다. 그 완전한 책을 봄으로써 신의 자리에 오른 한 도서관 사서를 찾아 그들은 책과 책 사이를 순례하는 끝없는 모험의 길에 오른다. 그러나 A라는 책을 찾기 위해 B라는 책을 참조하고, B라는 책을 찾기 위해 C라는 책을 참조하는 영원히 끝나지 않을 상호 텍스트성의 미로 속에서 그들의 모험은 좌절되고 그들의 인생은 탕진된다. 우리는 이 거대한 상호 텍스트성의 미로 안에 갇힌 순례를, "모든 것이 이미 씌어졌다는 명백한 사실 앞에서"(1:142) 그들의 노력이 폐기처분되어버릴지도 모른다는 불안과 싸우며, 이미 씌어진 책들의 페이지와 페이지, 혹은 행간과 행간들 사이의 미세한 틈 사이에 걸쳐 있는 아직 도래하지 않은 미래의 책, 혹은 가능성의 책들을 찾아 헤매는 현대 작가들의 운명을 표상하는 은유로도 읽을 수 있지 않을까?

인간의 이성에 의해 구축된 세계에 대한 총체적이고 보편적인 지식이 가능하리라는 믿음은 또한, 인류 역사의 전 과정을 인간의 이성이 세계의 주권자로서 자신의 지배력을 확장해 나가는 과정으로 파악하는 근대의 진보주의적 역사 개념과도 긴밀한 관계가 있다. 헤겔에 따르면 역사를 움직이는 궁극적 주체는 개인이 아닌 보편자로서의 이성, 즉 '세계정신'이며, 이때 이성은 곧 자유를 의미한다. 자유란 이성이 지닌 인간의 자기실현 능력에 대한 자각을 통해 실현되는 것이며, 따라서 이성의 질서에 따르는 역사란 인간이 "자연이나 사회의 압도적 힘에 희생이 되어 있었던 미성숙 시대를 거쳐 자기 자신의 발전의 자율적 주체가 되"는 과정, 다시 말해 정신의 위대한 자유를 향해 나아가는 보편적이고 필연적인 진보와 발전의 과정이다. 헤겔 또한 인간이 지식을 통해 정신의 완전한 자유에 이르는 것을 역사의 최종 목표로 설정해 놓고 있는 것이다. 역사의 전개 과정을 직선적인 진보의 과정으로 설정하는 근대적 역사 개념은 이성에 의한 지식의 진보를 확신하는 강력한 믿음이 뒷받침되지 않으면 불가능하다.

그러나 헤겔의 논리 안에서 개인을 넘어서는 보편자로서 세계정신을 표상하는 영웅적 존재인 세계사적 개인은 "성실하게 이것으로 하느냐, 저것으로 하느냐 하고, 이모저모 고려해"보는 대신 "한결같이 그 목적을 향하여 돌진"한다. 헤겔은 이에 대해 "그 길목에 있어서, 많은 죄없는 꽃을 짓밟고 많은 것을 파괴한다는 것도 하는 수 없는 노릇이라고 말할 수밖에 없다"(5:104)라고 말한다. 그렇다면 개인의 희생보다 역사의 진보를 상위에 놓는 이러한 직선적 역사관은 기실 역사의 진보를 위해 수많은 역사의 누락을 당위론적 전제로 설정하는 것일 수밖에 없다. 뿐만 아니라 이것은 그대로 우리를 역사라는 담론 자체에 대한 보다 본질적인 의문들로 이끄는 단서가 되기도 한다. 역사의 기록이 개인의 특수성이 아닌 집단적 보편성의 바탕 위에 놓여 있고, 역사라는 담론의 구성이 사실 이전에 그 사실이 기록할 만한 가치가 있는지를 결정하는 판단의 과정을 통해 이루어지는 것이라면, 과거에 일어났던 사실들에 대한 기록이라는 역사의 명제는 기실 역사적 판단이 요구하는 인과성의 논리 안에 포함되지 않는 수많은 사실들을 삼켜버리는 거대한 블랙홀에 다름 아니라고 말할 수 있을 것이다. 그렇다면 인과론적 질서에 의해 기록된 역사란 기실 기록되지 않은 채 시간의 블랙홀 속으로 사라져버린 수많은 역사들의 무덤이라고 해야 하지 않을까? 이 지점에서 우리는 어쩔 수 없이 보르헤스의 「끝없이 두 갈래로 갈라지는 길들이 있는 정원」을 떠올리게 되는데, 이 작품에서 보르헤스가 상상한 수많은 갈랫길들로 이루어진 미로가 가리키는 것은 직선의 시간들로 이루어진 인과론적 질서의 세계 뒤에 감추어진 혼돈의 세계이다. 하나의 원인이 하나의 결과로 이어지는 필연성의 세계가 아니라 일어날 수 있는 모든 경우의 수가 일어나는 거대한 우연성과 혼돈의 미로, 어쩌면 우리는 그것을 직선과 필연의 역사 뒤에 가려진 역사의 불가사의한 심연이라 불러야 할지 모른다.

당초의 예상보다 다소 장황해진 감이 없지 않지만, 지금까지 우리가 에둘러온 이 길은 배수아와 김연수를 중심으로 2000년대 문학이 보여준 주요한 한 성취를 탐색하기 위한 일종의 길닦기에 해당하는 것이다. 인간과 역사라는 개념이 언어의 장 안에서 작동하는 담론 구성체라는 것은 우리에게도 1990년대 이후 널리 확산된 그리 새삼스러울 것 없는 인식이라고 할 수 있을 것이다. 그 중에서 2000년대 들어 몇몇 작가들의 집중적인 탐구의 대상이 되고 있는 것은 지금까지 자명한 실체로 여겨져왔던 언어와 역사, 인간이라는 근본 개념의 허구성이다. 어떤 의미에서 배수아와 김연수 등에서 뚜렷하게 나타나고 있는 이러한 탐구의 근저에는 근대가 쌓아올린 인간의 지식체계 자체에 대한 근본적인 회의가 깔려 있다. 그런 점에서 이들의 작품은 '지식인 문학'이라고 불리는 기존의 문학적 경향과 구분되는데, 그것은 이들의 관심이 지식인의 관점으로 포착된 세계에 대한 해석이 아니라 세계를 구성하고 있는 지식 그 자체에 대한 탐색에 놓여 있기 때문이다. 언어가 가리켜 보이는 것이 사물의 실체가 아닌 사물에 대한 관념이라면, 그리고 그 관념의 틀 안에서 인간의 지식이 형성된 것이라면, 언어 구성체로서의 인간적 주체나 역사라는 개념 또한 인위적인 지식의 영역에서 가공된 하나의 관념에 지나지 않는다. 다시 말해 언어의 세계 속에 실체로서의 인간과 역사는 존재하지 않는다는 것, 우리가 알고 있는 것은 인간과 역사의 실체가 아니라 인간과 역사라는 개념으로 체계화된 하나의 지식에 지나지 않는다는 것이다.

인간의 지식은 영원히 실재계에 이르지 못한 채, 기표와 기표 사이를 미끄러지는 언어의 환유적 연쇄운동처럼, 혹은 하나의 완전한 책을 만나기 위해 끝없이 책과 책 사이를 순례하는 영원한 상호 텍스트성의 미로처럼 궁극적 실체의 바깥을 맴돌 뿐이다. 데카르트의 명제를 변용한 라캉의 '나는 존재하지 않는 곳에서 생각하고, 생각하지 않는 곳에서 존재한다'라는 명제는 이런 의미에서 인간과 역사의 존재론적 실체와 그에 대한 지식의 관계와 관련해서도 의미 있는 시사를 던져준다. 그렇다면 근대적 지식의 허구성을 밝히기 위해 현대의 작가들은 어디로 가는가? 그들은 언어로 쌓아올린 지식의 거대한 성채인 책과 도서관의 미로 안으로 더 깊숙이 들어간다. 한 권의 완전한 책을 찾아 헤매는 보르헤스의 순례자들처럼. 누구보다 근대적 지식의 본질을 날카롭게 꿰뚫었던 보르헤스의 작품들 또한 책과 도서관의 미로 안에서 탄생한 것이 아닌가? 배수아와 김연수 역시 끊임없이 책과 도서관의 미로를 맴도는 근대의 순례자들이라고 할 만하다. 이런 점에서 그들의 작품은 그 순례의 여행 중에 나온 지적인 편력의 기록으로 보아도 무방할 것이다. 이제 그들이 밟아나간 그 여정 속으로 좀더 깊숙이 들어가볼 차례다.

3. '나'의 기원에 대한 탐구

2002년에 발표된 『이바나』를 시작으로 『동물원 킨트』 『에세이스트의 책상』 『독학자』 『당나귀들』 『훌』 등으로 숨가쁘게 이어져온 배수아의 작가적 편력은 계속 언어와 음악, 책이라는 세 개의 꼭짓점 주위를 맴돌고 있다. 그리고 그 꼭짓점들을 하나로 아우르는 지점에 '나'라는 존재의 아이덴티티를 둘러싼 작가의 집요한 의혹과 성찰의 시선이 도사리고 있다. 위의 작품들 중 중단편들의 모음집인 『훌』을 제외한 나머지 장편들이 모두 1인칭 시점을 취하고 있다는 것은, 이 소설들이 보여주는 독특한 에세이적 발성법과 더불어 최근 배수아가 시도하는 소설 쓰기의 근저에 놓여 있는 욕망에 대한 의미 있는 시사를 던져준다. 그 욕망의 기원을 살펴보기 위해서는 배수아의 초기 소설들에 대한 약간의 언급이 불가피하다. 얼핏 보기에 배수아의 최근 소설들과 배수아의 초기 소설들이 보여주던 세계 사이에는 어떤 뚜렷한 단층이 내재해 있는 것으로 보인다. 그러나 '성장'의 문턱을 넘어서지 못하는 아이-어른의 좌절된 내면 풍경이 주류를 이루던 초기 소설들과 최근 소설들 사이의 단층은 표면에 드러난 차이만큼이나 본질적인 것은 아니다. 배수아의 초기 소설들의 두드러지는 특징은 인물들의 내적 성장이 유년기에서 성년의 단계로 나아가는 대신 돌연 늙음이나 죽음에 대한 예감으로 비약해버린다는 데 있다. 작중 인물들에게 어른이 된다는 것은 막연한 불안과 공포의 대상 이상이 아니다. 배수아의 초기 소설에서 수시로 울려나오는 "그러다가 어느 날 아주 아주 늙어버린 나를 갑자기 만나게 된다"(9:38)[3] 라거나, "이 세상의 마지막"(9:82), "더 이상의 일은 이제 생에서 일어나지 않으리라. 반드시 그러리라"(10:176)라는 식의 단정적 표현들은 배수아의 인물들이 보여주는 정신적 균열과 부적응증이 기본적으로 '어른이 될 수 없다'가 아닌 '어른이 되기 싫다'에서 비롯되는 것임을 말해준다. 따라서 성년의 문턱을 넘어서기를 거부한 채로 소읍이나 소도시의 지리멸렬한 일상을 살아가는 인물들의 균열된 아이덴티티는 일상의 삶과 단절된 심리적 시공간 안에 놓여 있다. 배수아의 초기 소설들을 채색하고 있는 동화적이고 이국적인 이미지들은 현실과 다른 시공간에 거주하는 인물들의 내면의 풍경 그 자체이다.

특히 배수아의 초기 소설들이 극소수의 예외를 제외하면 거의 대부분 1인칭의 시점을 취하고 있다는 것은 1인칭의 시선으로 세상을 읽는 방식이 배수아 문학의 본질적인 특성 가운데 하나임을 말해준다. 어떤 의미에서 그것은 타인의 시각으로 스스로를 객관화할 수 없는 (혹은 하기를 거부하는) 유년기 특유의 자기중심적 시점이 아니겠는가? 유년기의 환상적 자기 이미지illusion가 일정한 각성disillusion의 단계를 거쳐 성년기의 사회적 자아에 이르는 과정을 일반적인 의미의 성장이라고 한다면, 초기작들 이후의 배수아의 소설들이 보여주는 성장 모티프는 매우 특이한 방향으로 진행된 셈이다. 그 특이한 성장의 단서는 이를테면 초기 소설 중에 나오는 "나는 죽었다. 우물을 들여다보면 거기에 머리에 붉은 리본을 달고 얌전히 누워 죽은 내

---

3) 인용된 배수아의 책들은 다음과 같다. 인용의 출처는 본문의 괄호 안에 책 번호와 쪽수로 표시한다: 9.『바람인형』, 문학과지성사, 1996; 10.『부주의한 사랑』, 문학동네, 1996; 11.『이바나』, 이마고, 2002; 12.『동물원 킨트』, 이가서, 2002; 13.『에세이스트의 책상』, 문학동네, 2003; 14.『독학자』, 열림원, 2004; 15.『당나귀들』, 이룸, 2005.

가 보인다"(9:62)라는 구절에서 찾을 수 있다. 초기작들 이후 배수 아의 소설들은 유년기의 주검이 떠 있는 내면의 우물을 들여다보며 시작되는 '나'의 기나긴 독백, 혹은 '나는 죽었다'라는 선언과 더불어 시작된 '나'에 대한 고독한 탐구라고 할 수 있을 것이다. 길이 끝나자 여행이 시작된 것이다. 그것은 '나'의 성장이 멈춘 시점에서 '나'의 기원을 들여다보는 긴 여정의 시작이다.

그 최초의 여행은 이바나가 이바나와 함께 이바나를 찾아가는 여행 이다. 『이바나』에서 세상 속에 편재하는 여러 대상들 사이를 옮겨다 니는 이바나라는 이름은, 나와 K의 여행에 동행한 중고 자동차의 이 름이기도 하고, 그들이 찾아다니는 여행지의 이름이기도 하고, 그들 이 쓴 여행기의 이름이기도 하고, 마침내는 "나도 아니고 K도 아니고 바로 이바나 그녀 자신이 하는 여행"(11:110)이라는 말대로, "이해 할 수 없는 말을 사용하는 이방인이"(11:5) 되기 위한 그들의 여행 자체를 명명하는 이름이 되기도 한다. 이처럼 이바나는 모든 이름이 면서 아무 이름도 아닌, 세상 어디에나 편재하면서 세상 어디에도 존 재하지 않는 신기루와도 같은 기표들의 세계를 옮겨 다닌다. 무언가 를 명명하려는 바로 그 순간 그로부터 탈주해버리는 이바나란 언어적 기호는 "그에게는 명명되지 않은 의자란 단지 물체에 지나지 않았다. 그것은 아직 그에게 속한 의자가 아닌 것이다"(11:5~6)라는 말이 지시하듯, 어떠한 상징계적 질서에도 귀속되지 않는, 혹은 귀속되기 를 거부하는 '무엇'을 가리킨다. 이런 의미에서 이것은 라캉이 표상 불가능한 세계라고 말하는 '실재적인 것 le réel'과 유사한 의미로 읽 힐 수 있다. "이바나는 바로 그녀 자신이기 때문에 우리에게 의미가 있었다"(11:18)거나, "결국 언어로 전달되는 이바나는 방언에 지나지 않는다"(11:92)라거나 "1차적 언어로서 이바나를 말하면 누구나 그것이 무엇인가의 이름임을 알게 된다. 그러나 2차적 의미로서의 이바나를 아는 사람은 없다"(11:91)라는 말들은 이바나가 기호화된 표상성의 세계 바깥에 있는 그 '무엇'임을 가리킨다. 뿐만 아니라 "실재적인 것, 혹은 그렇게 지각된 것은 상징화에 절대적으로 저항하는 것이다"(6:242)라는 라캉의 말은 작가에 의해 "침묵을 찾아 떠나는 여행"으로 명명된 이 여행의 의미에 대한 매우 시사적인 암시를 준다. 작가 또한 "침묵이 세상을 받아들이는 네거티브한 입장"(11:113)이라고 말하고 있지 않은가? 이 여행은 "나는 무엇인가? 은행계좌와 주소와 전화번호와 의료보험 번호가 없는 나는 도대체 무엇인가?"(11:84)라는 물음을 찾아 떠나는 여행이며, 종국에는 "자신을 버린다는 것은 줄의 맨 뒤로 가서 선다는 의미가 아니다. 그것은 줄 밖으로 완전히 빠져나오는 것을 뜻한다"(11:164)는 것을 확인하게 되는 여행이다. 길이 끝난 지점에서 시작된 이 여행은 마침내 영원히 돌아오지 않을 여행으로 종결된다.

언어에 대한 근원적인 탐구와 더불어 시작된 배수아의 '나'에 대한 탐구는 『동물원 킨트』에 이르러 자발적 고립으로서의 소설 쓰기에 대한 보다 첨예한 자의식으로 이어진다. 작품의 서문에서 작가는 이 작품이 "고립된 정신의 한 종류에 관한 것"이며, "그것은 또한 다른 이름으로 '동물원 킨트'라고 불려도 상관없는 것이다"라고 말하고 있다. '동물원 킨트'란 고립된 정신을 표상하는 언어적 명명이라는 것이다. 그 고립은 작가가 이 작품을 쓰고 있는 공간이 외국이라는 데서 오는 물리적 고립인 동시에 "자신의 모국어를 외국어처럼 새롭게 받아들"여야 하는 언어적 고립이기도 하다. 모국어를 외국어처럼 받아들이는 경험을 작가는 '이방인 놀이'라고 부르는데, 이러한 놀이는 단순히 "자신에게 피부처럼 익숙했던 사물이나 현상들이 좀 다른 각도로 보이기 시작"하는 경험을 넘어, 익숙했던 언어와 사물들 안에서 형성된 삶의 아이덴티티 자체에 대한 보다 근본적인 단절을 경험하는 것이다. "고립이 이 글의 아이덴티티가 되었으면 하는 것이 나의 바람이다"라는 그녀의 말은 이 소설이(뿐만 아니라 이후의 소설들에서 그녀가 보여주게 될 문학적 궤적까지도) 그녀가 선택한 자발적 단절을 밟아나가는 한 실험적 무대가 될 것임을 예시하는 것이기도 하다.

이 작품에서 '동물원'이라는 용어가 지닌 모호한 지시성은 그 실험적 무대에서 우리가 부딪히게 되는 첫번째 난관이다. 동물원이라는 말이 지시하는 통상적인 의미는 그곳이 문명에 의해 관리되는 사라져버린 야생성의 세계를 표상하는 공간이라는 것이다. 다시 말해 동물원의 동물들은 실체가 아닌 하나의 기호적 명명으로 그곳에 존재한다. 그러나 동물원은 또한 문명의 도심 속에서 유일하게 야생성의 흔적을 보존하고 있는 공간이기도 하다. 작품 속에서 '나는 동물원에 간다'라는 하나의 문장으로 요약되는 동물원 킨트가 궁극적으로 지향하는 것은 내가 동물원이라는 공간에 속하고 그것이 되는 것, 그리하여 마침내는 "나는 동물원으로 걸어 들어가, 이윽고 나는 사라져"(12:187)라는 말처럼, 세상으로부터 '나'라는 이름을 부여받은 내가 존재의 완전한 소실점 안으로 사라져버리는 것이다. 그것을 작가는 '동물원 놀이'라고 부른다. 어떤 의미에서 이것은 '나는 동물원으로 간다'라는 문장이 '나는 동물원이다'를 거쳐, 마침내 '동물원이다'라는 하나의 상태동사로만 남게 되는 과정이라고 할 수 있다. 그렇다면 이것을 주체의 행위가 사라지고 주체가 사라지고, 마침내 주체와 대상이 완벽하게 겹치는 존재 그 자체의 상태만이 남게 되는 과정이라고 할 수 있지 않을까? 마치 존재와 행위 사이에 언어에 의해 벌어진 어떠한 틈도 존재하지 않는 동물들 그 자체처럼. 문명의 공간에 하나의 흔적으로만 남은 자연, 그것처럼.

인간에 의해 만들어진 것 가운데 가장 자연에 속하는 것은 아마도 음악일 것이다. 음악은 "언어의 기원이 되는 원천"(15:52)이며, "인간이 만들어낸 것 중에 유일하게 인간에게 속하지 않은 어떤 것"(13:145)이다. 음악은, 작가 스스로 자신의 많은 작품들이 음악으로부터 그 영감을 받았다고 할 정도로 배수아의 문학적 영감의 한 주요한 원천으로 작용하고 있는 듯이 보인다. "더 많은 음악"이라는 문장으로 시작되는 『에세이스트의 책상』은 언어와 음악, 다시 말해 인간의 것과 인간에게 속하지 않은 것 사이에서 발생하는 어떤 긴장에 대한 소설이다. 이 작품에서 내가 사랑하는 M의 이름은 공교롭게도 'music'의 첫글자를 떠올리게 한다. M은 언어를 공부한 사람이고 음악에 미친 영혼이며, 한때 나의 독일어 선생이기도 했다. 나는 독일어라는 낯선 언어의 다리를 건너 M에게 이르게 된 것이다. M에 대한 나의 불안과 결핍과 갈증으로 가득 찬 사랑은 언어와 음악 사이에 놓인 어떤 절망적인 단절의 심연 안에 놓여 있다. 이런 의미에서 M과 헤어진 후 M에 대한 기억을 더듬으며 내가 "기억 속에 있는 M은 시간과 함께 점점 더 M 자신으로부터 스스로 멀어져갈 수 있을 뿐"(13:116)이라고 말하는 것은 잃어버린 사랑의 아픔이라는 의미 이상의 울림을 지닌다. 음악이 언어 이전의 어떤 것이라면, 기억이란 언어 속에 새겨진 시간의 흔적이 아니던가? M에게 이르려는 나의 불가능한 시도는 결국 M으로부터 점점 멀어지는 기억의 형식으로만 남게 된다는 것, 그리고 작품의 마지막에 내가 나와 M 사이에 놓인 기억의 심연을 거슬러 오르는 글쓰기를 나의 존재론적 운명으로 수락한다는 것은 이 작품 또한 배수아 특유의 기원을 향한 소설 쓰기라는 문학적 편력의 영역 안에 놓여 있는 것임을 말해준다.

그러나 배수아의 문학적 편력 가운데 '나'의 기원에 대한 탐구라는 주제와 관련해 가장 단호하고도 적극적인 입장을 취하고 있는 작품은 단연 『독학자』일 것이다. 이 작품의 주인공은 제도화된 학습과 교육 시스템에 대한 통렬한 비판과 함께 대학에서의 교육을 거부하고 책으로 둘러싸인 도서관 안에 오직 나만의 대학을 세우기로 결심한 사람이다. "나는 책, 오직 책에 굶주리고 있었다"라거나 "읽고 사유할 수 없다면, 설사 내게 날개가 있다고 한들 그것이 나를 위해 무엇을 하겠는가"(14:131)라고 말하는 그는 오로지 책을 통해서만 세상을 느끼고 경험한다. "마흔 살까지는 생계를 위해서 필요한 돈을 버는 이외의 시간은 오직 혼자서 책을 읽으며 공부할 것"(14:172)이라는 그의 결심은 "나는 그렇게 나를 스스로 눈에 보이는 철저하게 추상적인 것으로 만들 것이다"(14:83)라는 결심과 겹쳐 있다. 그가 고집하는 검은색 정장은 책을 통해 얻는 관념적 지식 이외에는 세상이 요구하는 어떠한 삶도 욕망도 거부하겠다는 그의 결심의 상징적 표상이다. 이런 의미에서 그는 철저한 이성주의자이다. 책과의 고독한 대면을 위해 스스로 고립을 자처하는 시간은 그에게 "정신을 진보시키는 일에 몰두"(14:60)하는 시간이며, 책으로부터 얻는 지식은 곧 자유의 다른 이름이다. 그는 현실 속의 나를 완전히 백지로 만들면서, 인간이 쌓아올린 관념적 지식의 세계 속에서 정신의 위대한 자유에 이르려는 저 근대적 계몽주의자들의 야심찬 기획에 도전하는 것이다. "계몽은 즉, 자아의 고유한 판단을 대리하던 타인으로부터의 해방이다. […] 진리에의 의지는 타인과 멀어지는 운동이며 고독함에로의 결단이다"(7:134)라거나, "공공적 존재로서의 계몽적 이성이 서 있는 곳은 책의 공간이며, 바로 그곳이 모더니즘의 저자가 자기를 의식하는 장소인 것이다. 모더니즘은 백지 위에 존재한다"(7:135)라는, 혹은 "모더니즘의 저자는 처음에 '금욕주의적 이상'에 사는 지적 스토아주의자였다"(7:132)라는 말은 『독학자』의 주인공에게도 고스란히 적용될 수 있는 말이다.

이 지점에서 배수아의 소설은 '나'의 탐구를 위해 데카르트적 코기토가 출현하는 바로 그 근대적 기원의 자리로 되돌아가는 것으로 보이는데, 배수아의 이러한 작업은 "우리는 그렇게 개인을 잃어버렸는데, 그것은 바로 진실로 개인을 발견했다고 생각한 그 순간부터의 일이며, 역설적이게도 우리가 발견이며 해방이라고 짐작하고 환희한 바로 그 방법이 동시에 상실의 시작이 된 것이다"(15:225~26)라는 인식과 궤를 같이하는 것이다. 이러한 인식에는 "계몽의 시대가 도래했어야 할 바로 그 적절한 순간에 굶주림의 시대에서 천박의 시대로 바로 월반해버린 우리의 역사"(15:25)를 바라보는 작가의 통렬한 시선이 담겨 있다. (작가의 이러한 통렬한 시선이 반영된 대표적 작품이 『일요일 스키야키 식당』이다.) 근대 이후 우리의 역사는 한 번도 진정으로 계몽을 경험해본 일이 없었다는 것, 우리는 단지 "'나'라고 쓰인 커다란 관을 머리에 이고 돌아다니며"(15:26) "이성 없이 살찜을 선택한 역사"(15:29)를 구축해왔을 뿐이라는 것이 근대 이후의 우리의 삶을 바라보는 배수아의 시각이다. 배수아에게 '나'라는 이름으로 출발한 근대의 역사란 '나'를 부정하고 '나'의 기원을 은폐하고 '나'를 나로부터 멀어지게 하는 것이다.

역사란 억압과 부자유의 다른 이름일 뿐이며, 역사 속에서 규정된 현실의 국경은 이제 인간에게 노마드를 허용하지 않는다. 그 역사의 반대편에 노마드의 세계인 예술이 있다. 배수아에게 예술가란 "여행자의 신분으로 자신을 위장"(15:162)하고 현실과 언어의 국경을 넘나드는 당나귀들이다. 말(馬 혹은 言)과 말 아닌 것의 모호한 경계 위에 놓인 당나귀들은 "'배운 언어'에 의해 정복되지 않은" 세상을 꿈꾸며, 그럼에도 불구하고 "그 배우지 못한 언어로 향해 나가는 유일한 수단이 '배운 언어'라는 사실"(15:175)에 절망하며, "이미 완성된 문법과 처녀지 사이"(15:34)의 가능한 한 최경계에서 작업하는 예술가를 닮아 있다. 이런 의미에서 배수아의 에세이적 글쓰기, 혹은 소설의 경계를 넘어선 소설 쓰기란 그녀가 지향하는 노마드적 영혼을 최경계의 언어적 공간 위에 옮겨 적는 방식이다. 역사l'Histoire가 함축하는 무수한 이야기들les histoires과, 그 이야기들이 구축해온 '나'라는 존재의 허구적 신화에 맞서 그녀의 글쓰기는 이야기 너머에서 어른대는 모호하고 불확실한 어떤 기원의 공간을 응시한다. 그녀가 응시하는 그 기원의 자리에서 어른대는 것은 아마도 존재하지 않기 때문에 영원히 가닿을 수 없는 예술이라는 이름의 신기루일 것이다.

4. 역사의 기원으로 돌아가기

소설 쓰기에 대한 다양한 실험적 모색과 문제의식을 통해 새로운 세대의 문학적 입지를 개척하는 데 남다른 의욕을 보여온 김연수의 작가로서의 삶은 70년대생 작가라는 세대적 자의식을 자신의 작품들 속에 뚜렷이 각인하는 작업에서부터 시작된다. 김연수의 작품에 각인된 70년대생 작가란 십대에 1980년대를 보내고 이십대에 1990년대를 만난, 그래서 마르크스를 읽고 신입생 오리엔테이션에서 데모가를 부르더라도, "모든 것은 풍문이었고" "도무지 풍문과 현실은 너무나 다른 것"(16:97)[4]이라는 인식을 자기 세대의 혼란스러운 아이덴티티로 받아들일 수밖에 없었던 세대이다. 김연수가 말하는 70년대생이란 시대적 엄숙주의로 무장한 지난 시절의 역사적 신념들을 역사의 실체가 아닌 풍문으로 경험한 세대인 것이다. 이런 의미에서 김연수의 소설들 또한 길이 끝난 지점에서 여행을 시작한 셈이다.

김연수의 소설에서 이러한 세대적 자의식은 단순히 역사에 대한 무력감이나 환멸의 수준을 넘어 역사라는 담론이 지닌 허구적 본질을 탐구하는 보다 근원적인 문제의식을 심화시켜나간다는 점에서 이전 세대와 변별되는 문학적 위상을 확보한다. 지금까지 한국 문학에서 접할 수 있었던 역사에 대한 문학적 대응은, 끊임없이 작가들에게 요구되어온 올바른 역사의식에 대한 강박적 요청이나, 역사가 개인의 삶에 대해 가하는 부당한 억압에 대한 도덕적 비판, 혹은 인간에 대한 어떠한 형태의 역사적 규정도 거부하는 역사에 대한 극단적인 불신의 태도 등으로 거칠게 나누어볼 수 있을 것이다. 역사에 대한 이러한 관점들은 그 관점들 내부의 크고 작은 대립과 갈등들에도 불구

---

4) 인용된 김연수의 책들은 다음과 같다. 인용의 출처는 본문의 괄호 안에 책 번호와 쪽수로 표시한다: 16. 『가면을 가리키며 걷기』, 세계사, 1994; 17. 『7번국도』, 문학동네, 1997; 18. 『스무살』, 문학동네, 2000; 19. 『꾿빠이, 이상』, 문학동네, 2001; 20. 『나는 유령작가입니다』, 창작과비평사, 2005.

하고, 명시적으로든 암묵적으로든 역사에 대한 윤리적인 관점의 틀 안에서 인간과 역사의 관계를 바라보는 시각을 공유하고 있었다고 할 수 있다. 다시 말해 이러한 관점들은, 그것이 설사 인간의 삶을 규정하는 역사라는 틀 자체를 부정하고 거부하는 것일지라도, 기본적으로는 역사를 어떤 윤리적인 가치판단의 대상으로 설정한다는 공통점을 지니고 있는 것이다. 그러나 인간과 역사의 관계라는 문제틀 안에서 김연수의 작품들이 파고드는 것은 역사에 대한 어떤 태도의 문제라기보다는 역사라는 담론 자체, 혹은 역사라는 담론을 구성하는 욕망의 문제이다. 그는 역사에 대한 '긍정·부정'이라는 특정한 윤리적 판단의 문제를 제기하는 대신, 역사란 무엇인가라는 기원의 물음으로 되돌아간다. 어떤 의미에서 역사의 문제에 접근하는 김연수의 방식은 "푸코는 우리가 '우리의' 역사로 인지할 수 있는 것의 경계로 가려고 한다"(8:138)라는 말로 요약되는 푸코의 고고학적 탐색과 통해 있는 것으로 보인다. 역사를 부정하는 것이 아니라 역사라는 담론이 형성되어온 역사의 내부를 들여다보는 것, 그리하여 "우리의 것인 이러한 역사의 내부에서는 동일성이 지배한다. 거기에서는 단 하나의 문화가 대다수의 인간들로 하여금 '우리'를 말할 수 있게 한다. 이러한 동일성은 일련의 배제를 통해 구성된다"(8:139)라는 말이 지시하는 바대로, 동일화와 배제의 논리에 바탕을 둔 역사적 담론이 어떻게 인간에 대한 허구화된 동일성의 신화들을 만들어왔는지를 탐문하는 것이다.

초기 김연수 소설에 등장하는 인물들은 길 위에 서 있다. 작중 인물들의 입에서 흘러나오는 "아무리 멀리 와도 세상은 지루한 기라예"(17:69)라는, 혹은 "네가 어디에 간다고 했지? 서연이 대답했다. 어디든, 여기만 아니라면"(17:110)이라는 대사들이 암시하듯, 초기 소설에 등장하는 인물들에게 그 길은 역사에 대한 환멸과 기성세대에 대한 낭만주의적 저항이라는 이전 세대의 정서적 특성을 공유하는 길이다. 그들에게 7번국도는 "아직 오지 않았던 것, 내가 바로 지금이라고 부를 수 있는 것," 그 때문에 내게 "매혹을 던져주는 것"(17:14)이다. 아직 오지 않은 지금과 이미 지나가버린 과거 사이에 불안정하게 걸쳐 있는 7번국도는 그 자체가 그 위를 떠도는 작중 인물들의 삶과 마찬가지로, '7번국도군'에서 '7번국도씨'로, 혹은 '뒈져버린 7번국도' 등의 기이한 이름들 사이로 떠돌아다니는 불안정한 언어적 기표이다. 마치 파편화된 이야기 조각들을 끼워맞추듯 짜나가는 이 작품의 형식적 특징 또한 7번국도로 명명되는 세대의 불안정한 정체성을 반영하는 것이라고 할 수 있다. 이렇듯 그 실체성이 모호한 7번국도는 길 위에서 삶의 길을 묻는 그들에게 어떠한 길도 보여주지 않는다. 그렇다면 "길이 거대한 도서관과 같은 것이라면, 그리하여 길을 걸어가는 일이 이 세계의 참된 모습을 배우는 것과 같은 것이라면 과연 나는 이 길 위에 오른 이후에 무엇을 배웠을까? 과연 이 세계의 참된 모습을 열람했을까? 하지만 무엇도 알 수 없다. 나는 끝없이 서로 참조하고 서로 연결되는 길 위에 서 있을 뿐"(17:36)이라는 인용구가 지시하는 그 길을 우리는 역사라는 의미로 받아들일 수 있지 않을까? 근대 이후의 인간의 역사가 근대라는 거대한 도서관 안에서 제조되어 온 것이라면, 역사를 구성하는 것은 인간의 삶 자체가 아니라 서가에 꽂힌 수많은 참고 문헌들과 그 사이를 연결하는, 마치 하나의 유기체처럼 세계를 움직이는 지식들의 촘촘한 신경조직이다. 어쩌면 「마지막 롤러코스터」에서 역사의 폭력에 절망한 승룡회장이 스피드와 텐션을 부르짖으며 롤러코스터에서 행잉코스터로 플라잉코스터로 인간의 한계치에 도전하는 야심찬 기획에 도전했던 것 또한 근대의 과학적 지식이 있었기에 가능한 일이었다. 레일 위를 질주하는 롤러코스터처럼 인간의 역사 또한 스피드와 텐션을 이기지 못한 채 낙오한 수많은 영혼들을 역사의 바깥으로 밀어내며 역사의 과학이 만들어 놓은 레일 위를 질주해온 것이 아닐까?

김연수에게 역사란 실재le réel로서의 역사 위에 들씌워진 하나의 가면이다. 더 나아가 역사 속에 존재하는 인간의 삶 자체도 가면의 생이라는 이름의 허구적 실체에 지나지 않는다. 가짜, 거짓, 허구라는 말로 표현되는 세계에 대한 인식은 김연수의 초기 소설에서부터 매우 집요하게 반복된다. 김연수에게 소설 쓰기란 인간과 역사라는 허구의 본질을 탐구하는 허구의 세계를 구축해 나가는 작업이다. 이런 의미에서 김연수의 데뷔작에 붙여진 '가면을 가리키며 걷기'라는 제목은 공교롭게도 앞으로 작가가 나아가게 될 문학적 행로에 대한 매우 상징적인 암시를 담고 있다. 작품의 서사 전개가 다분히 권력들 간의 세력 다툼을 둘러싼 역사적 활극이라는 대중소설적 모양새로 진행되는 감이 없지 않지만, 작가는 이미 이 작품에서부터 "허구가 현실의 배후라는 것"(16:111), 그리고 그 배후의 배후에는 권력이라는 인간의 음험한 욕망이 자리잡고 있음을 날카롭게 간파해내고 있다. 이런 점에서 이 작품이 보다 흥미를 끄는 것은 서사 그 자체보다 서사의 안팎에서 흘러나오는 역사와 권력, 혹은 소설 쓰기에 대한 다채로운 성찰적 담론들이다. 역사를 부정하고 역사에 대한 환멸을 노래하는 대신에 그는 역사의 배후를 들여다보는 보다 심층적인 탐구의 길을 선택한 것이다.

역사라는 가면을 쓴 채 살아가는 인간의 삶은 진본과 위본 사이의 회복 불가능한 균열과 단절을 자기 삶의 본질로 끌어안고 살아가는 도플갱어의 삶이다. 어떤 의미에서 인간의 삶 속에 유일하게 남은 진실은 그 균열과 단절뿐인지도 모른다. 진본과 위본이 합쳐지는 순간이란 인간이 결국 치명적인 죽음과 마주치게 되는 순간이므로, 인간의 삶은 끊임없이 그 죽음의 순간을 유예하는 위본의 세계 안에 남아 있을 수밖에 없다. 도플갱어, 혹은 진본과 위본 사이의 균열된 삶은 「뒈져버린 도플갱어」「구국의 꽃, 성승경」『꾿빠이, 이상』 등의 작품들에서 되풀이해 나타나는, 김연수 소설의 매우 인상적인 모티프들 가운데 하나이다. 이 소설들에서 월남전에 참전한 아버지가 남긴 가짜 라도 시계나 시위 중에 죽은 열사의 모습을 담은 '구국의 꽃, 성승경'이라는 다큐멘터리 필름은 작품 속의 인물들이 겪는 극심한 정체성의 혼란 뒤에 도사린, "실체 없는 메타포, 지시하지 않는 공(空)의 세계, 갖은 유령들이 판을 치는"(18:230) 역사라는 거대한 위본의 세계를 표상한다.

이 중에서도 특별히 흥미로운 작품은 『꾿빠이, 이상』이다. 이상의 생애를 유한한 인간 김해경이 자신을 불멸의 예술가 이상으로 창조해가는 과정으로 해석하는 이 작품의 독특한 가설은, 이상과 관련된 수많은 참고 문헌들을 바탕으로 진짜와 가짜라는 이분법의 경계를 넘어서는 한 예술가의 죽음을 건 생의 도박, 혹은 진실이라는 문제를 제기하고 있다는 점에서 주목을 끈다. 이상의 데스마스크의 진위를 둘러싼 논란과 이상의 미발표 유고의 진위를 둘러싼 논란, 그리고 자신의 전생애를 이상의 삶을 모방하는 데 바친 서혁민이라는 사람이 남긴 수기로 구성된 이 작품의 도입부에는 "이상과 관련해서 모든 진위 판정은 실증과 논리와 이성을 넘어 단지 믿느냐 안 믿느냐의 문제로 귀결된다"(19:16)라는 말이 나온다. 실증과 논리와 이성이 지식의 영역에 속하는 것이라면 믿느냐 안 믿느냐의 문제는 아마도 삶의 영역에 속하는 문제일 것이다. 그렇다면 이상의 데스마스크와 미발표 유고의 진위에 대한 논란은 전자에, 서혁민의 수기는 후자의 영역에 속하는 것으로 볼 수 있다. 이상의 데스마스크의 진위와 관련된 논란은 결국 사기였음이 밝혀지고, 이상의 미발표 유고의 진위 여부 또한 거짓임이 암시된다. 남은 문제는 그와 같은 진위의 논란으로는 포착되지 않는 이상의 삶과 문학의 궁극적인 진실 여부를 가리는 문제이다. 이상에 대한 상반되는 주석들이 치열하게 경합하는 지식의 영역은 기실 천재 예술가 이상이라는 신화적 표상을 앞세운 세속적 욕망들의 치열한 경합장이다. 진위 논란에 참여한 사람들에게 중요한 것은 진실이 아니라 진실의 효과와 그를 통해 얻게 될 그들의 현실적 이득이다.

그렇다면 "칠십 평생 동안 완벽하게 이상의 삶을 흉내"(19:76) 냄으로써 이상을 지식이 아닌 자기 삶 전체로 받아들인 서혁민의 경우는 어떤가? 그의 수기는 진짜인가 가짜인가? 혹은 위대한 천재 작가 이상의 삶이 김해경이 전 생애에 걸쳐 창작해낸 한 편의 소설이라면, 그리하여 그 소설의 완성을 위해 김해경이 이상의 이름으로 고통스럽게 죽어갔다면, 그 소설은 진짜인가 가짜인가? 만약 그것이 가짜라면 서혁민의 수기 속에 담긴 절절한 생의 고백, 혹은 이상의 문학이 지닌 치열한 고뇌 또한 가짜라고 해야 할 것인가? 『끝빠이, 이상』이 이상의 삶에 대한 가설을 통해 되풀이 강조하는 것은 "진짜라고 믿는 자에게 그 세계는 진짜처럼 보이고 가짜라고 믿는 자에게 그 세계는 가짜처럼 보인다"(19:243)라는 것이다. 세상은 우리가 믿는 바대로 구성된다는 것. 그러나 김해경이 이상이라는 생의 가면을 죽음을 건 그의 삶 전체로 살아냈고 그 살아냄의 결과가 이상의 문학이라면, 김해경 스스로 감당해낸 그 삶의 실체는 이상을 삶이 아닌 지식의 대상으로 삼는 사람들이 벌이는 진위 논란의 차원을 넘어서 있는 것이 아닐까? 세계라는 허구에 맞서는 허구의 삶을 자신의 전 생애로 끌어안음으로써 도달하게 된 문학이라는 허구의 진실. 아마도 이상의 문학, 더 나아가 문학이라는 글쓰기 자체의 궁극적 의미는 바로 거기에 있는 것인지도 모른다.

우리가 속해 있는 이 세상이 우리가 믿는 바대로 구성되는 것이라면 그 속에서 실체적 진실로서의 진짜와 가짜의 구분은 무의미하거나 불가능할 것이다. 인간의 믿음이 언어의 영역에 속하는 것이고 그 언어가 실체가 아닌 관념을 표상하는 것이라면 언어에 의해 구성된 이 세계 자체가 하나의 관념, 즉 허구에 지나지 않을 것이기 때문이다. 『나는 유령작가입니다』에 실린 작품들에 의해 집요한 탐색의 대상이 되는 것은 단순히 그 허구의 세계를 재현하는 것이 아닌 허구의 세계를 생산하는 근본적인 동력으로서의 역사의 문제이다. 작품집 속에 수록된 작품들이 되풀이해 문제 삼는 것은 과거에 실재했던 사실이라는 권위에 기대어 진실이라는 환상을 유포하는 역사적 담론의 허구성이다. 역사가 필요로 하는 것은 진실이 아니라 진실의 효과, 다시 말해 진실이라는 믿음이다. "상상의 빛, 문명의 빛, 진보의 빛이 이 세계를 균일하게 비추게 됐다"(20:87)라는 신념이 근대 이후 역사적 상상력의 근간을 이루는 것이라면, 역사의 허구성에 대한 김연수의 인식은 그와 같은 헤겔적 역사관에 대한 회의에서 출발하는 것이라고 할 수 있다. 『나는 유령작가입니다』에 실린 「거짓된 마음의 역사」의 화자가 이 세계에는 "문명의 나라와 야만의 나라가 있을 뿐입니다"(20:84)라고 말할 때, 문명과 야만을 가르는 분류의 기준은 "자유와 진보와 문명의 빛에 반짝이"(20:83)는 황금산, 바로 "모든 인간의 소망을 실현시키는 위대한 상상력의 소산인 미합중국"(20:84)이다. 그는 "야만인들에게 새로운 미합중국을 상상하게 만드는 일"을 위해 조선으로 항해하지만, 그가 조선에서 발견한 것은 "이 세계는 상상하는 대로 구성된다는 점"(20:103)이다. "영원한 사랑이라든가, 인간의 꿈이라든가, 자유라든가, 진보"(20:103) 등이 상상의 산물에 지나지 않는 것이라면, 문명과 야만의 분류 또한 인간의 허구적인 믿음이 만들어낸 상상의 산물에 불과하다. 상상이 하나의 허구라면 인간의 상상 속에서 만들어진 문명의 역사란 '거짓된 마음의 역사'에 지나지 않는다는 것. 그렇다면 거짓이 아닌 역사의 진실, 아니 인간의 진실은 어디에 있는가? 그것은 '뿌넝숴(不能說),' 즉 말해질 수 없는 삶의 순간들 속에 존재한다. 전쟁의 이야기가 아니라 전쟁 속에, "책에 씌어진 얘기가 아니라 두 눈으로 보이는 것"(20:77)에, 다시 말해 "논리를 적용해 앞뒤를 대충 짜맞추고는 한 편의 그럴듯한 이야기를 만들어내"는 역사책이 아니라, "떨리는 몸이, 흘러내리는 눈물이 말해주는 것," 운명의 순간들을 몸으로 겪어내는 "도저히 말로 설명할 수 없는 이야기"(20:77)들 속에 존재하는 것이 진짜 역사라는 것이다. 따라서 진짜 역사가 새겨지는 곳은 책이 아니라 인간의 몸이다.

이처럼 김연수의 소설에서 나타나는 역사에 대한 회의의 근거는 근본적으로 역사가 기록물, 다시 말해 하나의 언어적 구성체라는 사실에 있다. "역사의 인과관계가, 혹은 지나간 일들의 진실이 도중의 사소하고 우연적이고 꾸불꾸불한 과정을 과감하게 생략하고 단숨에 긋는, 그런 선과 같은 것이라면, 우리가 그날 걸어간 복잡하고 우연에 가까운 행로의 의미는 무엇일까?"(20:19)라는 물음, 혹은 "인간의 역사는 인간의 몸에 기록되는 거야. 그것만이 진짜야"(20:70)라는 말 속에 담긴 것은, 역사의 진정한 실체는 그것이 역사적 기록이 요구하는 인과관계의 필연성과 일관성이라는 논리 안에 담겨지는 순간 사라져버린다는 점이다. 실존의 영역에 속한 인간의 삶이란 "사소하고 우연적이고 꾸불꾸불한 과정"으로 이루어져 있는데, 역사가 거기에 인과관계라는 사슬을 부여함으로써 그 우연성의 세계에 단숨에 필연이라는 직선을 그어버린다는 것, 혹은 인간의 몸에 역사가 새겨지는 실존적 일체성의 순간, "언어 같은 것은 완전히 사라"(20:62)진다는 것, 그리하여 진정한 의미의 역사란 언어가 아닌, "몸으로 겪은 얘기"(20:77) 속에 존재한다는 것이 김연수의 소설에서 나타나는 역사에 대한 관점들이다.

그중에서 「다시 한 달을 가서 설산을 넘으면」은 작중 인물의 삶을 역사 또는 역사 속의 인간의 삶을 형성하는 언어적 한계의 극단으로까지 밀고 나가본 김연수 소설의 역작이다. 이 작품에서 자신이 납득할 수 없는 여자친구의 죽음과 직면하게 되는 주인공은 그녀의 죽음을 이해하기 위해서, 그녀가 살아 있는 동안 겪었을 삶의 가장 내밀한 진실에 가닿고자 열망한다. 그 열망을 위해 주인공이 제일 먼저 향하는 곳은 도서관이다. 도서관에서 그녀의 죽음과 함께 실종되어버린 사랑의 진실을 확인하기 위해 끊임없이 연애소설들을 읽어대던 그는 어느 날 그곳에서 생전의 그녀가 죽음 직전에 대출했던 『왕오천축국전』이라는 역사서를 읽게 되고, 그 책을 통해 그녀의 진실에 이르기를 꿈꾼다. 뿐만 아니라 그는 소설을 쓰면서 "자신과 여자친구에게 일어난 모든 일들을 문장으로 옮기"(20:123)고, "거듭해서 문장을 고쳐"(20:124) 쓴다. 그러나 소설을 쓰면서 그는 "인과관계에 어긋나는 일들은 문장으로 남기지 않"(20:124)는다. 왜냐하면 그의 소설 속에서 "그와 여자친구 사이에 일어났던 모든 일들은 오직 그 마지막 순간, 그러니까 여자친구의 투신에 논리적으로 부합되느냐 아니냐에 따라서 문장으로 남길 것이냐, 그렇지 않을 것이냐가 결정"(20:124)되기 때문이다. 따라서 그녀를 사랑했던, 그러나 그녀의 유서 속에 등장하지 않는 그의 이야기는 그녀의 죽음을 둘러싼 인과관계의 사슬 속으로 섞여 들어갈 수 없다. 그는 결국 "소설이 점점 완성돼 갈수록 소설 속 여자친구의 삶에서 자신이 점점 지워진다는 사실을"(20:124) 깨닫게 된다. "하여 둘이 사랑했던 모든 순간들은 그가 쓰는 소설에서 사라"(20:124~25)지고, 그에게 남는 것은 "식사의 시기와 장소와 종류," 그들이 "만난 장소와 대화를 나눈 시간"(20:125) 등과 같은 물리적인 정보들이다. 인과관계의 문장들 속에 그와 그녀의 진실은 존재하지 않는 것이다.

그는 끊임없이 문장들을 읽고 또 읽고, 머릿속에 떠오르는 문장들을 더 이상 쓸 수 없을 때까지 쓰고 또 쓰지만 그가 깨닫게 되는 것은 결국 "자신의 기억을 아무리 '총동원해도' 문장으로 남길 수 없는 일들이 삶에서도 존재한다는 사실"(20:124), 그리하여 언어를 통해서는 끝내 그녀의 죽음과 함께 사라져버린 사랑의 진실이라는 수수께끼에 도달할 수 없다는 절망적 인식이다. 그를 매료시킨 릴케의 "'환상'이라고 하는 경험, 이른바 '영적 세계'라는 것, 죽음 등과 같이 우리와 아주 가까운 것들이, 예사로 얼버무리는 사이에 우리의 삶에서 모두 사라져버렸다. 그러는 사이 그런 것들을 느끼는 데 필요한 감각들은 모두 퇴화되고 만 것이다"라는 문장은 그가 "밤마다 그토록 오랜 시간을 들여 곱은 손에 입김을 불어가며 공책에다가 글을 쓰는" (20:112) 이유와, 문장들을 통해 그가 끝내 도달하고자 했던 것이 무엇인지에 대한 의미 있는 시사를 던져준다. 마치 영적인 세계를 찾아 떠나는 순례자처럼 인간의 삶에서 사라져버린 것, 그 퇴화된 감각의 세계를 찾아 끊임없이 글과 글 사이를 떠돌던 그는 마침내 인간들이 만들어온 문장들의 거대한 성채인 도서관을 나와 '벌거벗은 산'이라는 이름의 낭가파르바트 원정에 참여한다. 그리고 그 원정의 끝에서 그는 "문장이 끝나는 곳에서 나타나는 모든 꿈들의 케른, 더 이상 이해하지 못할 바가 없는 수정의 니르바나"에 이른다.

그가 그를 따르는 죽음의 검은 그림자와 함께 걸어가는 그 원정의 끝은 "문장이 끝나는 곳" "이로써 모든 여행이 끝나는 세계의 끝" (20:154)이다. 역사의 기원 혹은 사라져버린 진실의 근원을 향해 거슬러오르는 김연수의 문학적 여정의 종착지는 마침내 모든 언어의 끝, 역사의 바깥이었던 것이다.

소설, 자기부정의 형식
—이인성과 한유주의 경우

1. 2000년대, 혹은 새로움의 특수(特需)

'2000년대 문학'이라는 말로 명명되는 문학적 현상은 현재 비평계에서 논의되고 있는 가장 활발하고 문제적인 쟁점이다. '새로운'이나 '낯선' 등과 같은 통상적인 수사의 차원을 넘어 '외계로부터의 타전'이라는 식의 다소 과장된 느낌의 수사까지 동원해야 할 정도로 이러한 논의들에서 2000년대의 문학은 이전 문학과 두드러진 차별성을 지닌, 혹은 이전의 문학으로부터 돌출되어 나온 매우 특이한 유전적 변이체쯤으로 다루어지는 경향이 있다. 특히 최근 들어 활발한 활동을 보이고 있는 젊은 비평가들 사이에서 2000년대 문학의 새로움, 혹은 낯섦은 자기 세대의 새로운 비평적 입지 확보를 위한 주요한 전략적 거점이라는 차원에서 보다 의도적이고 집중적인 부각의 대상이 되고 있다. 그러나 2000년대라는 시대적 구획으로 뭉뚱그려지는 문학적 현상이 선배 세대와 구별되는 새로움의 지평을 확보하고 있는 것이 사실이라고 해도, 그것이 지금까지의 한국 문학의 체질을 갱신하고 한국 문학의 내적 역량과 가능성을 주도해 나갈 성장 동력으로서 얼마만큼의 지속적인 심화와 확장을 이루어 나갈지 현재로서는 가늠하기 어렵다. 어느 시대든 젊음이란 선배 세대와 차별화된 새로움을 세상에 처음으로 발을 내딛는 전사의 무기로 삼아왔으나, 끊임없이 출렁이는 젊음의 열정이란 또 그토록 덧없이 스러지는 휘발성 강한 액체와도 같은 것이니 말이다. 이런 점에서 젊은 작가나 그 작품들에 대한 최근의 두드러진 비평적 관심 또한 문학적 젊음과 가능성의 축적보다는 차라리 그것의 소진을 향해 있는 것은 아닌지 한번쯤 진지하게 자문해볼 필요가 있을 듯하다. 새로운 작가들의 등장에 의해 촉발된 새로움의 특수(特需)가 일군의 젊은 작가들에게로 편향된 비평적 관심을 불러오면서, 한국 문학을 주도하는 세대적 구성 또한 30대의, 혹은 등단 10년 안팎의 젊은 작가들을 중심으로 급격하게 재편되는 양상이 빚어지고 있는 것이 현재의 문단 상황인 것이다.

2000년대 문학의 이러한 특징들은 물론 사실주의 등과 같이 오랫동안 문학적 상상력의 숨통을 죄어온 한국 문학의 지배적인 강박증에 대한 반동(反動)과 맞물려 있다. 비평계 내부에서 '탈'재현이니 '탈'역사니 '탈'계몽이니 하는 말들이 떠돌기 시작한 것이 2000년대부터의 일은 아니지만, 이 시기에 들어 그러한 현상은 징후의 차원을 넘어 보다 전면적인 문학적 현실로 자리잡아가고 있는 것이다. 이런 점에서 2000년대의 문학이 위치해 있는 지점은 '탈'역사, '탈'재현이라기보다 차라리 '무'역사, '무'재현의 세계라고 말할 수 있을 정도이다. 오랫동안 한국 문학을 압박해온 계몽적인 역사관과 사실주의적 문학관으로부터 각종 '탈-'이라는 이름으로 벗어나려 했던 1990년대의 문학이, 그럼에도 불구하고 여전히 '탈-'의 대상인 이전 시대의 문학에 대한 대타적 인식의 자장 안에 놓여 있었다면, 2000년대의 작가들은 역사주의나 사실주의적 강박뿐만 아니라 그에 대한 대타의식으로부터도 자유로운 모습을 보여주는 것이다. 사실주의의 제국에서 벗어나 사실주의 이후의 문학을 살아가는 작가들에게 사실주의적 현실이란 유일한 현실이 아닌 문학이 활용할 수 있는 다양한 참조 목록들 가운데 하나일 뿐이다. "그들의 작품에 현실이 있다면 그것은 환상, 망상, 거짓말을 통해서 간접적이고 우회적인 방식으로 겨우 드러나는 어떤 것이다"[1]라는 진정석의 말대로 2000년대 문학에서 현실이란 환상, 망상, 허구와 동의어이거나, 최소한 그 이상의 특권화된 지위를 주장할 수 없는 처지가 됐다. 사실주의에서 현실이라는 자명성의 세계가 누리던 특권화된 지위는, 특권화된 지위의 상실을 넘어 그 자명성의 근거 자체를 의심받는 처지로까지 전락하게 된 것이다.

2000년대 문학이 성취한 이러한 변화가 긍정적인 것이라면 그 공(功)은 물론 앞서 말한 일군의 젊은 작가들의 몫으로 돌아가야 할 것이다. 그럼에도 불구하고 최근의 젊은 작가들의 작업에 대해 '외계로부터의 타전'이라거나, 한국 문학사에서 유례를 찾기 어려운 문학의 신기원을 열고 있다는 식으로 평가하면서, 2000년대의 문학을 이전 세대의 문학과 단절시키려는 듯한 비평적 태도는 다분히 2000년대 문학의 새로움에 보다 극적인 의미를 부여함으로써 이 시기의 문학을 선점하려는 조급증의 소산이라는 의혹을 떨치기 어렵다. 지금까지 사실주의적 담론의 자명성에 의혹을 제기하면서 사실주의에 의해 고착

---

1) 진정석, 「사회적 상상력과 상상력의 사회학」, 『창작과비평』 2006년 겨울호, pp.221~22.

화된 현실과 환상의 배타적인 이분법을 넘어서려는 노력이 한국 문학의 한편에서 지속적으로 시도되어왔음을 상기한다면, 2000년대의 문학을 마치 기존의 한국 문학으로부터 돌출된 돌연변이적 진화의 결과물쯤으로 간주하는 관점이 지닌 시야의 협소함을 지적하지 않을 수 없다. 특히 이 글에서 논의하려는 이인성의 경우, 이러한 노력은 작가적 생애의 특정 시기에 집중된 열정의 소산이라기보다, 그의 문학 활동 전체를 아우르는 끈기 있고도 지속적인 탐구의 영역을 구축해왔다는 점에서 특별한 주목의 대상이 된다. 사실주의의 제국으로부터 벗어난 탈신민의 자리에서가 아니라 사실주의의 제국 안에서 그 제국의 허구적 본질을 탐문하는 작업이란 어떤 의미에서 사실주의의 억압과 싸우는 더 치열한 내면의 긴장을 요구할 수밖에 없을 것이다. 2000년대 문학의 새로움이 1990년대 이후 사실주의의 억압이 느슨해진 지점에서 작가들이 누리게 된 한국 문학사상 유례가 없는 상상력의 자유가 가져다 준 선물이라고 한다면, 이인성의 문학이 보유하고 있는 새로움이란 사실주의가 강요해온 자명성의 신화에 대한 끊임없는 물음과 성찰을 통해 건져올린 전리품이라고 할 수 있다. 2000년대의 젊은 작가들이 강박의 그늘 없는 새로움의 세계를 구가하고 있는 것처럼 보이는 데 비해(새로움에 대한 비평적 강박을 통해 낡은 문학의 강박으로부터 자유롭지 못함을 보여주는 쪽은 차라리 비평가들인 것 같다), 이인성 소설이 보여주는 새로움은 한국 문학을 둘러싼 강박의 내부를 골똘하게 응시해온 끈질긴 실험의식의 소산이다. 그 때문에 이인성의 소설들은 2000년대 젊은 작가들에 비해 자신의 작업에 대해 더 자의식적이고 탐구적인 성격을 지니고 있다.

　2000년대 문학의 새로움을 일회적인 사건이 아닌, 한국 문학의 새로운 가능성의 축적이라는 차원으로 가져가기 위해 필요한 것은 현상에 대한 열광보다 현상 이면의 의미론적 심층을 보다 진지하게 성찰해보는 일일 것이다. 이 글이 한국 문학사에서 전례를 찾기 어려운 희귀한 문학적 실험을 지속해온 이인성과 한유주의 작품들을 논의의 대상으로 선택한 것은 서로 다른 세대의 작가들을 하나의 문학적 맥락으로 연결해보는 작업을 통해 문학이 지닌 새로움의 보다 근원적인 의미를 탐색해보려는 의도에서이다. 젊음이 낡은 관습에 안주하기를 거부하는 정신을 의미한다면, 내가 보기에 이인성의 문학은 현재 젊은 작가들에 의해 생산되고 있는 어떠한 작품들보다도 젊다. 이인성과 한유주를 세대적 갭을 건너뛰어 하나로 묶일 수 있게 하는 힘 역시 그들의 문학이 공유하고 있는 그 젊음에 있다.

2. 소설이라는 이데올로기

이인성이 지속해온 문학적 실험은 이야기 혹은 사실주의적 서사에 대한 보다 근본적인 문제제기를 그 근간으로 하고 있다. 그의 소설들은 이야기를 들려주기보다, 작가 자신의 표현을 빌리면 "끊임없이 내 앞을 가로막는 이야기들과 싸운다."[2] 이인성의 소설은 바로 그 싸움의 기록이다. 작가는 마치 "부처를 만나면 부처를 죽이고, 조사를 만나면 조사를 죽이고, 아라한을 만나면 아라한을 죽이고, 부모를 만나면 부모를 죽이고, 친속을 만나면 친속을 죽여라. 그래야 비로소 해

---

2) 이인성, 「한유주의 『달로』에 대한 단속적 독후감」, http://www.leeinseong.pe.kr/, 이 웹사이트로부터의 인용은 앞으로 본문에 (2)로 표기한다.

탈하여 사물에 구애되지 않고 투철히 벗어나서 자유자재하게 된다"라는 불경의 한 구절을 연상시키듯 자신의 소설 안으로 스며드는 모든 이야기들, 혹은 이야기를 구성하는 모든 요소들, 장치들과 싸운다. 그가 자신의 소설 속에서 이야기들과 치열한 싸움을 벌이는 것은 이야기가 가짜라는 것, 혹은 이야기가 인간에게 끊임없이 "가짜 기억을 주입하며 인간을 획일화"(2)한다고 생각하기 때문이다. 그의 소설들 속에서 어지럽게 부유하는 이야기의 파편들은 서로를 끌어당겨 한 편의 완결된 이야기로 완성되는 대신, 마치 자석의 같은 극이 서로를 밀어내듯 서로를 완강히 밀어냄으로써 끝끝내 그 안에 무수한 공백과 침묵과 심연의 어둠을 간직한 미결정의 상태로 남아 있게 된다.

그리하여 이인성의 소설들은 삶, 혹은 소설이라는 출렁이는 액체를 가득 채우고 있는 이야기 조각들을 집요하게 헤집으면서 그 이야기들의 틈새로 언뜻언뜻 내비치는 심연의 어둠을 자신의 소설의 언어로 옮겨오려는 불가능한 욕망에 매달린다. 왜냐하면 이야기가 밀어내버린 진짜 기억이란 바로 그 심연의 어둠 속에 남아 있는 무엇이기 때문이며, 한유주의 소설을 분석하는 글에서 작가가 했던 말을 빌리면 "'소리로, 체취로, 뿌연 영상으로' 기억되는 '말 아닌 모든 것'"(2)이기 때문이다. 그리하여 작가는 "진짜 기억을 간직하고 표현하려면 이야기로 말해서는 안 된다!"(2)라고 말한다. 말과 이야기는 바로 진짜 기억을 심연의 어둠 속으로 밀어넣는 허구라는 것. 그러니 진짜 기억을 찾아가는 일이란, 말이라는 인간의 기호, 혹은 그 말의 얼개인 이야기로는 다다를 수 없는 세계에 이르려는 욕망을 작가에게 주어진 유일한 수단인 말, 혹은 이야기라는 허구의 틀 안에서 수행해내야 하는 불가능한 노역일 수밖에 없다. 문학은 말로부터 벗어난 자유자재를 추구하는 종교적 해탈과는 달리 언어를 거부하면서도 끝끝내 언어의 틀 안에 남아 있어야 하기 때문이다. 그러니 작가가 수행할 수 있는 노역의 최대치란 "말하는 방법, 문제는 바로 그것이다"(2)라는 작가의 말처럼, 말하는 방법을 바꾸는 것, 또는 말 혹은 이야기와 벌이는 싸움의 과정을 고스란히 소설의 언어로 옮겨 적는 일일 뿐이다. 뿐만 아니라 작가의 그러한 노역은 이인성의 소설을 읽는 순간 그대로 독자들의 노역으로 전이된다. 작가의 말대로 사실 "이야기야말로 얼마나 기억하기 편한가?"(2) 그러나 이야기가 독자들의 기억 속에 일관된 통사론적 의미 맥락을 구축해 나가는 대신, 마치 독자들의 기억 속에 응고되기를 거부하는 듯 읽는 순간 모래알처럼 뿔뿔이 흩어져버리거나 기억의 바깥으로 휘발되어버리는 이인성의 언어들은 그의 소설을 읽는 독자들에게 극도의 불편하고 긴장된 독법을 요구한다. 뒤페이지를 읽는 동안 머릿속에서 이미 앞페이지의 내용들이 희미해져버리기 때문에 고도의 집중을 기울이지 않으면 반복해서 앞페이지로 되돌아가는 수고를 감내해야 하는 것이다.[3] 이러한 이인성 소

---

3) 이것은 한유주의 소설에도 그대로 적용될 수 있는 말이다. 한유주의 언어들 또한 일관된 의미론적 맥락으로 포착하기 어려운 강한 휘발성을 지니고 있다. 이들의 작품들이 보여주는 휘발적인 언어들은 바르트적인 의미에서의 "주체의 견고성의 해체"(11:21), 혹은 "우리의 주체가 도주해버린 그 중성, 〔……〕 즉 글을 쓰는 육체의 정체성에서 출발하여 모든 정체성이 상실되는 음화négative"(9:27)의 글쓰기écriture라는 개념을 떠올리게 한다. 바르트에 따르면 "글쓰기는 끝없이 의미를 상정하지만, 그러나 그것은 언제나 의미를 증발하기 위해서이다. 글쓰기는 의미를 체계적으로 비워나간다."(9:34)
앞으로 이 글에서 인용될 책의 목록은 다음과 같다. 인용의 출처는 본문의 괄호 안에 책 번호와 쪽수로 표시한다: 1. 마르트 로베르, 김치수 외 옮김, 『기원의 소설, 소설의 기원』, 문학과지성사, 1999; 2. 김성곤 외, 『문학에 이르는 길』, 열음사, 1990; 3. 롤랑 부르뇌프 외, 김화영 편역, 『현대소설론』, 문학사상사, 1992; 4. 낸시 케이슨 폴슨, 정경원 외 옮김, 『보르헤스와 거울의 유희』, 태학사, 2002; 5. 알랭 로브그리예, 김치수

설의 난해함, 혹은 불친절함은 마치 자신의 소설을 읽기 위해서는 독자들 또한 기존의 안이한 소설 독법을 바꾸어야 한다고 무언중에 강제하고 있는 듯한, 그리하여 자신의 소설을 읽을 독자들을 작가가 스스로 선택하고 있는 듯한 느낌마저 불러온다.

그렇다면 이인성의 소설이 바꾸고자 하는 소설의 '말하는 방법'이란 무엇인가? "상당히 긴 산문으로 된 상상력의 작품으로서 실제처럼 주어진 작중 인물들을 제시하고 하나의 환경 속에서 살게 하고 우리에게 그들의 심리, 그들의 운명, 그들의 모험을 알게 하는 것"(1:21)이나 "소설가는 무질서하고 체계 없는 잡다한 현실 세계에서 질서 있고 일관성 있는 하나의 세계를 선택하는 것이다. 다시 말해서, 소설가는 현실 세계를 재창조하여 소설이라는 가공의 세계를 만들어내는 사람"(2:126)이라는 말은 소설에 대해 설명하는 글에서 손쉽게 만날 수 있는 소설에 대한 일반적인 정의들이다. 소설이란 가공된 것이면서 실제처럼 보이는 일관된 현실의 이미지를 창조해야 한다는 것. 따라서 허구성과 개연성, 일관성이란 근대 사실주의 서사를 구성하는 가장 기초적인 요소들이다. 이처럼 소설이 허구이되 사실처럼 보여야 한다는 것은 작가와 독자 사이에 "작가는 자기가 하고 있는 이야기를 사실이라고 믿는 척하고 독자 역시 모두가 다 지어낸 것

옮김, 『누보 로망을 위하여』, 문학과지성사, 1984; 6. 김춘진 편, 『보르헤스』, 문학과지성사, 1996; 7. 로즈메리 잭슨, 서강여성문학연구회 옮김, 『환상성』, 문학동네, 2001; 8. 버지니아 울프, 김익배 옮김, 『나만의 방』, 범조사, 1979; 9. 롤랑 바르트, 김희영 옮김, 『텍스트의 즐거움』, 동문선, 1997; 10. 보르헤스, 황병하 옮김, 『칼잡이들의 이야기』, 민음사, 2005; 11. 롤랑 바르트, 유기환 옮김, 『문학은 어디로 가고 있는가』, 강, 1998; 12. 폴 리쾨르, 김한식 외 옮김, 『시간과 이야기 2』, 문학과지성사, 2000; 13. Roland Barthes, *S/Z*, Richard Miller trans., New York: Hill and Wang, 1985; 14. Walter Benjamin, *Illuminations*, New York: Schoken Books, 1969.

이라는 사실을 잊어버리기로 한 묵계"(3:59)를 만들어낸다. 로브그리예에 따르면 "이야기를 잘한다는 것은, 자신이 쓴 것을 사람들이 익숙해 있는 미리 만들어진 도식, 다시 말하면 사람들이 현실에 대해서 가지고 있는 기성관념과 흡사한 것처럼 만드는 것"(5:40)이며, 이러한 작가와 독자 사이의 묵계는 "현실이란 파악 가능한 것이고, 이 세계는 설명 가능한 것"(3:59)이라는 부르주아적 현실관을 그 바탕으로 하고 있다. 보르헤스 또한 "'심리소설'은 사실주의 소설이 되고자 한다. 그리하여 우리로 하여금 소설이라는 것이 인위적 언어장치에 지나지 않는다는 사실을 망각하게 하며, 공연히 세밀한 묘사를 함으로써 사실성을 돋보이게 하려 한다"(4:25)라는 말로 사실주의 소설이 인공적인 것이면서 동시에 스스로의 인공성을 망각하게 만드는 다양한 서사적 장치들을 활용하고 있음을 지적한다. 이처럼 소설이 자신의 인위성을 위장하는 것은 "모든 것이 안정되고 일관성 있고 지속적이고 포괄적이며 완전히 해독할 수 있는 세계의 이미지를 부여"(5:42)할 필요 때문이다. 그로 인해 종이 위에 인쇄된 글자들의 연쇄에 지나지 않는 가상의 현실이 실재하는 현실보다 더 강력한 현실의 이미지들을 만들어내는 것이다. 따라서 소설과 허구 사이에는 "최대의 마술사란 자신의 마술적 환각들까지도 자율적 출현으로 착각할 정도로 스스로조차 마술에 빠지는 자"(6:40~41)라는 말이 의미하는 바의, 일종의 마술적 환각이 작용하고 있는지도 모른다. "하나의 예술적 관습으로서의 사실주의는 외적 리얼리티를 장소 안으로 끌어들이고, 텍스트의 통일성을 통해 그것을 조직하고 틀지음으로써 외적 리얼리티를 구성한다는 지배적인 관념을 공고히 한다"(7:112)고 할 때, 소설이 리얼리티의 이름으로 현실에 부여하는 질서란 '무질서하

고 체계 없는 잡다한' 현실을 타파하는 하나의 이데올로기이며, 그것
은 근대적 인쇄술의 발달 및 책의 대량 생산과 함께 실재의 세계를
압도하는 강력한 전파력을 지니게 된다.

　서사란 사건들의 인과론적 배열이다. 사실주의 서사는 무질서한 현
실에 인과론적 질서를 부여함으로써 흩어져 있는 현상들을 일관된 의
미 맥락 안에 끌어담는다. E.M.포스터는 인과관계의 유무에 따라 이
야기와 플롯을 구분하지만, 우리가 접하는 모든 이야기는 기실 플롯
상에서만 존재하는 것이다. 플롯이라는 언표화의 단계를 거치지 않은
이야기란 구조화되지 않은 경험의 집적에 지나지 않는다. 인과론적
질서란 날것으로서의 현상이 인지의 영역으로 옮겨지는 지점, 다시
말해 현상이 이야기라는 인위적인 틀로 구조화되는 담론의 차원에서
발생한다. 따라서 사건들의 인과론적 질서는 날것으로서의 현상에 이
야기라는 허구적 체계를 부여함으로써 현실을 허구화하는 틀이며, 그
허구화된 틀을 통해 사실주의 서사는 끊임없이 인과론적인 질서에 의
해 자기동일화된 현실이라는 환상을 독자들에게 주입한다. 이때 인과
론적 질서로 포착되지 않은 현실은 사실주의적 서사의 제국으로부터
추방되어 영원히 이야기의 바깥을 떠도는 무의미하거나 이질적인 파
편들로 남게 된다. "꼭 필요한 것만을 말할 것, 〔……〕 자신의 이야
기를 믿게 할 것, 독자의 동조를 얻어낼 것"(3:36)이라는 효과적인
소설 작법의 권장 항목들 역시 이야기의 신뢰성을 확보하고 독자들
의 감정이입적 독서를 유도하기 위해, 이야기 구성에 방해가 되는 불
필요한 요소들을 소설로부터 추방할 것을 요구하고 있지 않은가?

　그렇다면 사실주의 서사에서 현실의 무질서와 혼란을 추방하고 인
과론적 질서로 말쑥하게 재정비된 허구적 현실을 창안해내는 담론의

주체는 누구인가? 그것은 두말할 것도 없이 인쇄된 문자 배열의 어느 위치에서나 대문자 I의 모습으로 출현하는 **나**이다. 버지니아 울프가 책을 읽을 때마다 책장 위에 검은 전봇대처럼 길게 드리워지는, 그리하여 "'I'라는 문자가 언제나 너무나 지배적이어서, 거대한 너도밤나무처럼, 그 드리우는 그림자 속에서는 모든 것이 무미건조"(8:132)해진다고 말했던 그 **나** 말이다. 데카르트가 **나**를 세계의 중심으로 선언한 이후, **나**는 모든 경험과 인지의 주체이며, 모든 담론의 주어로 서사의 세계 안에 군림해왔다. 근대적 서사와 함께 출현한 일인칭의 서사뿐만 아니라 삼인칭의 서사에서도 서사의 모든 요소를 지배하는 것은 "결국 언제나 하나의 유일하고도 동일한 사람의 목소리"로 "자신의 '속내이야기'를 털어놓는 저자"(9:28)인 **나**였다. 롤랑 바르트는 「저자의 죽음」에서 "문학 안에서 저자의 인간personne에 최대의 중요성을 부여한 것이 자본주의 이데올로기의 요약이자 귀결인 실증주의"(9:28)라고 말하고 있다. 서사의 확고부동한 중심인 **나**가 창조해낸 현실은 **나**에 의해 인지 가능하고 증명 가능한 세계로서의 현실이다. 따라서 사실주의 서사에서 서사의 통일성을 보증하는 주요한 서사적 장치인 인물의 성격적 통일성이란 "하나의 전체로서의 주체, 의식적이고 인식 가능한 '나'에 대한 이데올로기"(7:112)가 만들어낸 개념이다. 서사 안에서 질서정연하고 일관된 현실의 이미지가 만들어지는 것은 바로 **나**의 명징하고 일관된 의식 안에서일 테니 말이다. 그럼에도 불구하고 **나**라는 대문자로부터 출발한 많은 현대의 소설들이 줄기차게 제기해온 것은 바로 '나는 누구인가?'라는 물음이었다. 보르헤스의 「전체와 無」에서 "같은 종족에 속하는 한 개인은 다른 사람들과 다르지 않아야 한다"는 친구의 충고에 따라 수많은 다른 사람들의 삶을 연기했던 셰익스피어가 삶의 마지막에 이르러 신에게 "저는 이제 한 사람, 즉 나 자신이 되고 싶습니다"라고 말하자, "나의 셰익스피어여, 나 또한 나 자신이 아닌걸. 〔……〕 내 꿈의 형상들 속에 마치 나처럼 수많은 존재이기도 하고, 동시에 아무도 아닌 네가 존재하고 있는 거지"(10:56~59)라고 응답했던 신의 말처럼, **나**라는 견고하고 텅 빈 기호 안에 거주하는 전체인 동시에 무(無)인 존재들. 근대를 떠받치는 거대한 신전 기둥 같은 대문자 I 너머에서 어른대는 신기루처럼 모호하고 불투명한 나, 너, 혹은 그, 들……

그리하여 사실주의로부터 벗어난 현대의 서사물들은, 대문자 I의 이름으로 획일화된 '가짜 기억'을 주입해온 허구의 서사들에 저항하는 또 다른 서사의 세계를 창조해왔다. 그것은 현실과 환상의 배타적인 이분법을 해체하고 서사의 내부에 환상성의 영역을 확장함으로써 사실주의적 현실이 지닌 자명성과 안전성과 확실성에 이의를 제기하거나, 보르헤스의 소설들처럼 "현대소설이 당면한 필요성—인공물로서의 자기 성격을 고백할 필요성—에 대한 응답"(4:42)으로서의 새로운 서사의 모델을 창조해내기도 한다. "소설은 무엇을 표현하는 것이 아니라 탐구하는 것이다. 그것이 탐구하고 있는 것은 소설 자체인 것이다"(5:119)라는 로브그리예의 말은, 메타픽션이 현대소설의 한 주요한 특성으로 자리잡게 되었음을 지적하고 있다. 이때 메타픽션이란 "우리에게 '허구화' 과정, 그 자체의 본성과 의미를 자각하게 해주는 픽션"(4:62)이라고 정의될 수 있다. 이인성의 소설들 또한 소설을 구성하는 다양한 허구적 장치들을 집요하게 소설의 표면으로 끌어냄으로써, 소설을 쓰면서 동시에 자신의 소설이 허구임을 드러내보이고자 하는 메타적인 자의식으로 가득 차 있다. 허구의 틀 안에서 허구와 싸우는 이러한 작업은 "문법의 틀을 문법 안으로부터 내파(內破)시키듯이"(2)라는 그의 말대로, 허구의 틀을 허구 안으로부터 내파시키는 방식이라고 할 수 있다. 그러나 이인성과 달리 한유주의 경우에는 이러한 메타적인 자의식이 거의 드러나 보이지 않는다. 이인성이 끊임없이 이야기와 싸우고 있는 데 비해 "한유주는 체질적으로 '이야기'에서 자유로운 것 같다"(2)라는 이인성의 말처럼, 한유주는 이야기의 부재, 혹은 이야기에 대한 절망을 자연스럽게 자신의 소설적 체질로 내면화하고 있는 듯한 인상을 주는 것이다. 한유주가 그만큼 선배 세대를 지배해온 문학적 강박으로부터 자유로운 지점에 서 있기 때문일까? 이제 이인성과 한유주의 세계 속으로 좀더 깊이 들어가보자.

3. '나'라는 배역을 연기하는 기표들

이인성의 소설을 읽는 일은 마치 고도의 긴장과 집중을 요하는 퍼즐 게임 같다. 작품 속에 어지럽게 흩어져 있는 퍼즐 조각들을 아무리 끼워맞춰봐도 납득할 만한 수준의 서사적 밑그림이 좀체 드러나 보이지 않는다. 복잡하게 뒤엉킨 시점들과 수시로 인과론적 질서를 벗어나는 사건들, 그리고 그 사이로 유령처럼 출몰하는 나, 너, 그, 그들, 우리 등과 같은 모호한 인칭대명사들은 이인성의 소설들이 서사를 구축해 나가는 일보다는, 마치 자신의 소설이 독자들의 머릿속에서 일관된 맥락으로 고착화되는 것을 온몸으로 거부하겠다는 듯 기이할 정도의 집요함으로 서사를 무너뜨리는 일에 열중하고 있다는 인

상을 불러일으킨다. 작가의 이러한 기이한 열정은 그의 첫 창작집인
『낯선 시간 속으로』에서 이미 그 불길한 전조를 드러내 보인다. 작품
집 속에서 작가는 수록된 각 작품들에 차례로 '1974년 봄, 또는
1973년 겨울'부터 '1974년 겨울'까지 사계(四季)의 순서에 따른 부
제를 붙여 놓음으로써 이 작품집이 20대 초반의 청년이 겪은 일종의
내면적 성장의 한 기록임을 암시하고 있다. 그러나 미성숙한 자아에
서 성숙한 자아로 나아가는 개인 의식의 성장, 혹은 알튀세의 표현을
빌리면 개인이 사회적 주체인 '나'로 호명되는 과정을 그려나가는 것
이 근대적인 성장서사의 일반적 특성이라면, 『낯선 시간 속으로』의
성장서사는 과거에서 현재를 거쳐 미래를 향해 뻗은 직선적인 성장의
시간이 아니라, "전혀 공간을 이동하지 않는 보행법"(15:127)⁴⁾이란
책 속의 한 구절처럼 순환과 회귀가 어지럽게 중첩되고 얼크러진 시
간의 어두운 미로 속을 떠다니고 있을 뿐이다. 작가는 시간의 인과론
적 배치 대신에 과거·현재·미래라는 서로 다른 시간을 시간의 동일
한 평면 위에 미로처럼 병치시킨 뒤, 그 시간의 미궁 속으로 인물들
을 밀어넣음으로써 수시로 서사의 진행을 교란하는 혼돈의 상황을 빚
어낸다. "어떡하면 주인공을 막연함으로 괴롭힐 수 있을까? 주인공
이 막연함 속을 개처럼 기어다니게 하려면 어떤 구도가 필요할까?"
(15:32)라거나, "의문문만 가득 찬 상황, 제 안팎의 아무것도 모를

---

4) 지면의 제약으로 이 글에서 다룰 이인성의 작품은 『낯선 시간 속으로』와 『한없이 낮은 숨
   결』로 제한된다. 이인성의 다른 작품들에 대해서는 추후의 논의를 기약할 수밖에 없을
   듯하다. 앞으로 인용될 이인성과 한유주의 작품집 목록은 다음과 같다. 인용의 출처는
   본문의 괄호 안에 책 번호와 쪽수로 표시한다: 15. 이인성, 『낯선 시간 속으로』, 문학과
   지성사, 1983: 재판 1997; 16. 이인성, 『한없이 낮은 숨결』, 문학과지성사, 1989: 재
   판 1999; 17. 한유주, 『달로』, 문학과지성사, 2006.

때처럼 가혹한 상황은 없을지도 모르지. 헉헉거리도록 허우적거리도록, 주인공 놈을 그런 늪에 풀어 놔야 할 텐데, 제풀에 꺾이도록"(15:32)과 같은 구절들은 이러한 서술 방식이 충분히 작가의 전략적 의도에서 비롯된 것임을 암시한다. 여기에서 작가가 의문문만 가득 찬 상황 속으로 밀어넣으려는 주인공은 저 스스로 도덕적 확신에 차 있거나, 혹은 독자들을 주인공에 대한 도덕적 감정이입의 상태로 몰아넣는, 우리에게 너무나도 낯익은 사실주의적 서사의 주인공일 것이다.

이인성의 소설에서 인과론적 시간의 해체는 그대로 인물과 시점의 해체로 이어진다. 서사의 인과론적 질서 안에서 이루어진 경험과 기억의 축적이 인물의 통합된 내적 아이덴티티의 바탕을 이루는 것이라면, 인과론적 시간 질서의 해체는 결국 인물의 내적 아이덴티티의 해체, 혹은 균열이라는 양상으로 나타날 수밖에 없다. 보르헤스의 소설에서처럼, 이인성의 소설에 등장하는 '나'는 "도처에 있으며 어디에도 없는 미로 속을 가고 있는 것이다." 다시 말해 "'나'는 모든 역사적 시점에서 '나'로 존재하는 것 같으면서 어느 역사적 시점에도 일체적으로 존재할 수 없는"(6:33) 존재라는 것. 이인성 소설이 '그'와 '나,' 즉 삼인칭과 일인칭 사이에서 벌이는 아슬아슬한 소설적 곡예는 이처럼 역사적 시점의 도처에 있으면서 어디에도 없는 '나'라는 주체에 대한 인식에서 비롯된 것이다. 「길, 한 이십 년」에서 군에서 막 의가사 제대를 한 제대병인 그와 야학에서 아이들을 가르치는 그 사이에 가로놓인 시간의 뒤엉킨 미로를 따르던 것은 나였다. 「그 세월의 무덤」에서 아버지와 아버지의 아버지의 무덤을 찾아간 그를 무덤 속에 묻는 것 또한 나다. 또 「지금 그가 내 앞에서」에서 나는 내가 쓴 연극의 배역을 연기하는 무대 위의 그를 바라보는 존재이며, 무대 위의 그를 바라보는 무대 위의 투명한 또 다른 나이기도 하다. 「낯선 시간 속으로」에서 미구시(迷口市)에서의 혼란에 가득 찬 시간의 궤적을 자신의 전면적인 현실로 체험하면서, "네 의식을 스스로 균열시"켜 "그렇게 허물어지는 의식의 뒤켠에서"(15:275) 마침내 "이 현실 저 너머의 '그'"(15:214)에게로 뻗은 한줄기 빛을 감지하는 것 역시 나이다. 그렇다면 "거울 속의 거울 속의 거울 속의 〔……〕 거울들"(15:235) 속에서 무수히 분열하는 영상들처럼, 이인성의 소설에서 나, 너, 그, 나, '그,' '그,' 그들, 우리 등으로 끊임없이 개체분열하는 '나'는 누구인가? 그것은 단수인가, 복수인가? 혹은 그것은 의식하는 '나'인가, 의식을 정지시킨 나인가? 데카르트는 '나'의 유일한 존재 근거를 의식의 세계에서 찾았지만, "그는 생각이 진전하지 못하고 있다고 생각했다. 그는 생각이 진전하지 못한다고 생각한다는 것을 생각했다. 그는 생각이 진전하지 못한다고 생각한다고 생각한다는 것을 생각했다…… 그러므로 그는 존재하지 않는다?"(15:17~18)라는 구절은 밀폐된 내면의 세계에서 끊임없이 자가증식하는 의식의 좌절과 무능을 고백함으로써 '나'의 존재론적 근거를 의심한다.

　이처럼 서로 겹치기도 하고 분리되기도 하면서 이인성의 소설 공간 속을 떠다니는 삼인칭과 일인칭, 혹은 이인칭의 모호하고 파편화된 기표들이 가리켜 보이는 것은 '나'라는 존재의 아이덴티티를 구성하는 허구의 심연이다. 작가는 소설 속의 주인공을 한편으로는 할아버지-아버지-나로 연결된 시간의 미궁 속으로, 다른 한편으로는 그 통시적인 시간의 미로를 횡단하는 '연극'이라는 또 다른 가상의 미궁 속으로 밀어넣음으로써 그러한 허구의 심연을 집요하게 추적한다.

「그 세월의 무덤」의 내가 "나는 당신들에 대한 반항을 통해서 다른 삶을 살고 있다고 생각했었지. 하지만 사실은, 어머니의 자궁 속에서 아버지의 책을 베고 잠자며 할아버지와 같은 믿음을 꿈꾸고, 그 핏줄의 밥을 먹은 거야. 〔……〕 문제는 내 삶의 방식으로는 더 이상 밀고 나갈 수 없다는 데 있다고나 할까"(15:112)라는 말에 이어, "내게 마지막 꿈이 있다면, 내 자신이 그 연극으로서, 그 공연 전체로서, 무대 위에서 한 번만 더 되살아보고 싶다는 거야"(15:113)라고 말하는 것은, "나는 아무것도 아니었어"(15:112)라는 허무의 인식 끝에 도달하게 된 허구의 심연에서 그 허무, 아니 허구의 삶을 고스란히 나의 의지로 되살아내고픈 욕망의 표현이라고 할 수 있다.

삶이라는 연극을 연극의 무대에서 다시 살아내는 것이란 허구 속에서 허구와 치열하게 대결하는 것이다. 무대 위의 배우들뿐만 아니라 무대 밖의 관객들 그 누구도 연극으로부터 자유로울 수 없다. 관객들, 그들은 "연극 속에서 연극을 관람하는 연기를 행하는, 관객으로서의 배우들"(15:171)이기 때문이다. "연극 속의 연극을 **의식**하는 '그'인 그는, '그'와 똑같은 자기를, '연극 속의 연극'을 연극하는 연극의 배우로서의 자기를, '연극 속의 연극을 연극하는 연극'을 **의식**하는 자기를, 현실 속에서 지금 살고 있어 스스로 불확실한 자기를 **의식**하고 있지 않을까?"(15:164, 강조—인용자)라는 구절 속에 내재된 혼란은 연극과 의식과의 상관성, 다시 말해 의식이라는 것이 지닌 본질적인 연극성을 암시하고 있는 듯하다. 연기하는 나를 의식하는 나를 연기하는 나를 의식하는 나를 연기하는 내 안의 나, 너, 그, 그들…… 이처럼 '생각함으로써 존재하는' '나'는 삶이라는 무대에서 '나'라는 이름의 배역을 연기하는 무수한 기표들의 복합체이다. 의식이라는 밀폐된 세계 안에 갇혀 있는 한, '나'는 타자화된 기표들 사이를 떠돌아다니는 이 절망적인 자기분열의 질곡을 벗어날 수 없다.

그렇다면 어떻게 해야 의식의 바깥으로 나갈 것인가? 어떻게 해야 끊임없이 심연의 어둠 속을 미끄러지는 이 기표들의 혼돈에서 벗어날 것인가? 「낯선 시간 속으로」에서 나는 마침내 연극판으로부터 도망치듯 빠져나와, 그 미끄러지는 기표들의 공간인 미구시를 떠돈다. 그리고 미구시에서 나는 "내 과거의 '**나**'인 수많은 '**그**'들 중의 하나," 혹은 "'**그들**'의 일부가 될 '**그**'"로부터 "이 현실 저 너머의 '**그**'" (15:214)에게로 이르는 나의 환영을 본다. "틀에 박힌 말을 통해 주어진, 체험되지 않고 주입된 현실감. 〔……〕 누가 그것을 우리에게 주고 있을까? 그 누구를 지나쳐 더 먼 곳으로 되돌아가야 할 텐데" (15:56)라는 구절처럼, 그것은 자신에게 주입된 현실감 너머, 나/그가 되돌아가고자 하는 궁극적인 세계의 환영이다. "**그**의 시선은 틀림없이 그 커튼의 표면에 멈추어 있건만, 또한 틀림없이 **그**는 그 너머를 뚫어보고 있는 충족감에 몸을 떨리라. **그**는 그 연극의 공연되지 않는 현재, 닫힌 커튼 뒤의 빈 무대에서 율동하는 '**없음**'으로 '**있음**'의 몸짓들을 세심히 관찰하게 되리라"(15:275)에서 내가 **그**의 시선으로 바라보는 '**없음**'으로 '**있음**'의 몸짓들은 "사람이 한 번도 가보지 않은 곳에서도 물은 흐르구 꽃은 피었다 지구, 저 혼자서 말이야. 그게 물이야? 그게 꽃이야? 그걸 물이나 꽃이라고 부를 수 있어?" (15:266)라는 말 속의, '꽃'과 '물'이라는 언어적 표상의 바깥에서 '없음'으로 스스로 '있는' 物의 몸짓들이다. 나의 삶이 과거로 축적되지 않는 그 율동하는 物들의 세계는 완전한 현재형의 '**지금**' '**여기**'이며, "시간의 직선적인 흐름이 무너져 솟구치며 소용돌이치는 곳"(15:312)이다. 주인공에게 그 낯선 시간의 환영을 열어 보인 미구시는 나/그를 빚어낸 시간의 미로로 들어서는 입구이자 출구였던 셈이다.

4. 허구 속에서 허구와 대결하기

　그렇다면 이인성의 소설은 미구시를 떠나옴으로써 마침내 그 출구를 빠져나온 것일까? 그러나 이어지는 사태는 만만치 않다. 『한없이 낮은 숨결』에서 『마지막 연애의 상상』 『미쳐버리고 싶은, 미쳐지지 않는』 『강 어귀의 섬 하나』 등으로 이어지는 이후의 소설집들에서, 작가는 독자들을 그 혼란을 감당키 어려운 더 막막한 허구의 세계 속으로 끌고 들어가버리기 때문이다. 『한없이 낮은 숨결』에서 작가는 작가, 화자, 독자, 인물, 시점, 사건과 시간 등, 소설을 구성하는 모든 허구적 장치들의 자명성과 통일성을 끊임없는 균열과 혼돈의 상황 속에 빠뜨린다. 소설이라는 허구의 세계는 소설 밖의 현실에 실재하는 작가가 쓰고, 역시 소설 밖의 현실에 실재하는 독자가 읽는다는 자명한 전제 위에서 만들어진다. 소설이라는 제도를 둘러싼 작가와 독자 간의 계약은 그것이 계약임을 의식하지 못할 정도로 자명한 것이어서 대개의 서사물들은 소설 밖의 실재하는 작가와 독자의 존재를 의식적으로 호명하거나 드러내지 않는다. 그러기는커녕 소설들은 대부분 소설이 작가-독자의 관계를 전제로 한 허구적 가공품이라는 사실을 은폐하고 소설이 부여하는 사실적 실감의 자명성을 강화하기 위해 쓰는 작가와 읽는 독자의 존재를 소설 뒤에 감추려 한다. 그러지 않을 경우 그것은 "작가는 자기가 하고 있는 이야기를 사실이라고 믿는 척하고 독자 역시 모두가 다 지어낸 것이라는 사실을 잊어버리기로 한 묵계"를 위반함으로써 소설적 관습을 벗어나는 일이 될 것이기 때문이다. 작가가 자신의 실제 모습을 소설 뒤에 감추고 있음에도 불구하고 많은 독자들이 작품 속의 화자나 주인공을 작가와 동일시하는 독서 관행에 익숙해져 있는 것은 그와 같은 묵계가 사회의 내면화된 관습으로 자리잡고 있음을 말해준다.

대개의 경우 작가들은 소설을 쓰는 과정에서 많은 구상을 떠올렸다 버리고, 수많은 문장들을 지웠다 다시 쓰기를 반복하며, 소설이 써지지 않을 때는 수시로 소설 쓰기를 중단했다 다시 이어가기도 한다. 그러나 독자가 접하는 완결된 소설에는 그러한 인공적이고 불연속적인 제작의 공정은 반영되지 않은 채, 일관된 맥락으로 정리되고 다듬어진 소설의 매끄러운 표면만 남게 된다. 또한 작가가 소설을 쓰는 틈틈이 누군가의 전화를 받거나 화장실에 가거나 아내와 정사를 벌이는 등의 일상적인 일들을 수행한다고 해도, 소설을 쓰는 과정에서 치르는 작가의 일상이 그가 쓰고 있는 소설 속에 직접적으로 반영되는 일은 극히 드물다. 뿐만 아니라 대개의 소설들은 자신의 독자가 어떤 자세로, 어느 상황에서 소설을 읽는지, 혹은 소설을 읽는 틈틈이 무엇을 하는지, 독자들이 소설의 어느 대목에서 어떤 반응을 보이는지에 대한 궁금증을 드러내지 않는다. 독자들에게 읽히기 위해 존재하면서도 정작 독자라는 존재에 대한 의식을 드러내지 않으려는 것이 소설 쓰기의 일반적인 관습이기 때문이다.

그러나 『한없이 낮은 숨결』은 소설 뒤에 숨겨진 소설의 제작 공정 자체를 소설적 탐색의 대상으로 전경화한다. 작가는 먼저 자신의 소

설 속에서 반복해서 독자들을 호출하고 독자들에게 말을 건다. 작가
는 "우선, 이 소설을 읽으려는 당신에게, 잠깐 동안 눈을 감도록 권
하겠다"라는 말로 작품을 시작해서 독자가 지금 어떤 자세로 자신의
소설을 읽고 있는지 궁금해하거나, 독자에게 자신의 소설을 어떻게
읽으라고 요구하거나, 자신의 소설을 계속 읽어나갈 의사가 있는지
묻는 방식으로 독자들을 끊임없이 자신의 소설 공간 속으로 불러들인
다. 뿐만 아니라 작가는 "독자여, 안녕하셨는가? 나는 이 소설의 작
가 이인성이다"(16:18) 라는 식으로 독자들에게 자신을 소개하기까지
한다. 독자들 역시 "이봐요, 이인성씨!"(16:24) 라고 작가를 부르고,
"당신 나름의 작가적 순수성이랄지 성실성이랄지 하는 건 인정한다
쳐도, 정작 그 문학적 태도엔 심각한 회의가 가는데"(16:24~25) 운
운하며 작가에게 이의를 제기하거나 질문을 던지거나 작가와 토론을
벌인다. 이처럼 이인성의 소설들은 하나의 장면 속에, 혹은 하나의
문장 속에 작가와 독자의 목소리를 겹쳐 놓는 다중적이고 양방향적인
화법을 구사함으로써, 소설 뒤에 숨은 작가와 독자 사이에 이루어지
는 일방적인 소통의 방식을 교란한다. 일반적으로 작가의 쓰는 행위
와 독자의 읽는 행위 사이에는 측정할 수 없는 시공간적 간격이 존재
하기 마련이지만, 이인성의 소설적 실험은 그 시공간적 간격과 소설
을 둘러싼 수많은 인위적 관습들을 뛰어넘어 독자를 '우리'와 '지금'
이라는 공존의 영역으로 불러들임으로써 당신과 내가 "어느 날 함께
말하게 될"(16:38) 가상의 미래를 꿈꾼다. 이것은 결국 작가와 독자,
혹은 허구와 현실을 가르는 온갖 제도적 경계를 허묾으로써, 독자들
의 생생한 실물감에 가닿으려는 작가의 의식적 노력을 반영하는 것이
다. 작가는 끊임없이 당신의 실체를 드러내는 심문에 성실히 응할 것

을 독자들에게 채근하면서, 그 또한 작품 뒤에 숨어 자신을 은폐하겠다는 욕망을 버리고 "작가로서의 내가 무엇보다도 지워버리고자 했던" "작가가 아닌 나의 모습"(16:55), 즉 자연인으로서의 자신의 삶을 자백하며 당신의 심문에 응한다. 심지어 그는 소설을 쓰는 도중 작중 인물들을 향해 "제멋대로 놀아나는군……"(16:214)이라고 중얼대거나 아내와 정사를 벌이는 장면을 작품 속에 끼워넣기까지 한다. 그것은 "작가란 삶을 이야기하는 데 있어 더 이상 전능한 신적 존재가 아니라는 뜻이지요"(16:49)라는 진술과 맞물려, 자신의 실체를 감추고 소설이라는 관습 뒤에 숨어 신적인 권위로 소설의 세계를 주관하는 '작가'라는 허구적 장치를 까발리는 작업과 연결된다.

작가의 신적 권위는 소설을 읽는 독자들이 소설 속 작가의 말이나 인물에 대한 서사적 정보를 액면 그대로 진실이라고 믿어버리는 문학적 관습을 낳는다. 그러나 이인성의 소설에서 이와 같은 문학적 관습의 자명성은, 작가의 의도에 대해 수시로 토론을 벌이거나, 작가의 소설적 실패를 지적하거나, "순간 나는, 제 처지에 대한 괴로움을 슬쩍 자기와는 다른 소설적 상황으로 변형시켜 나에게 옮겨 놓고 이렇게 구차한 사설을 풀게 만드는 작가 이인성에 대해, 견딜 수 없는 적개심이 끓어오른다"(16:247)거나 "얼마 길지도 않은 소설에 여자 밝히는 이야기가 너무 많이 나오는 것 아닌가? 〔……〕 글쎄…… 이인성이한테 섹스 콤플렉스라도 있는지 모르지"(16:280)라는 식으로 비아냥대는 작중 인물들에 의해, 혹은 "도대체 이게 무슨 짓들이오! 독자인 나도 한마디 해야겠는데, 난 더 못 참겠소. 차라리 집어치우라구!"(16:233)라고 호통을 치는 독자에 의해 수시로 균열되고 해체된다. 뿐만 아니라 "우리야 무한 증식할 수 있는 존재들이니까"(16:

235)라는 한 작중 인물의 말처럼, 이인성의 소설 속에서 종잡을 수 없을 정도로 어지럽게 개체분열하는 '나'들도 작가인 이인성이 파견한 존재들인지 그들 스스로 서로서로를 파견하고 소환하는 존재들인지 헷갈린다. 이처럼 이인성의 소설 속에서 허구의 안과 밖을 자유롭게 넘나들며 무한 증식하는 '나'들과 당신들은 그의 소설을 허구가 현실로 탈바꿈하고 현실이 허구 안으로 밀고 들어오는, 혼란스럽게 착종된 미로의 세계로 만들어버린다. 이인성의 소설들은 어지럽게 분열하는 나와 당신들을 통해, 매끄럽게 완결된 서사 대신에 소설의 제작 공정에서 떠오르는 여러 파편화된 서사적 구상들을 상호연관 없이 병치시키거나 여기저기 흩뿌려 놓는 방식으로 자신의 소설이 일관된 인과론적 맥락으로 응집되는 것에 완강히 저항하고 있는 것이다.

「그를 찾아가는 우리의 소설 기행」과 「이미 그를 찾아간 우리의 소설 기행」에서 작가는 이제 본격적으로 "독자여, 이제 당신도 나와 함께 떠나보려는가? '그'를 찾아가는 이 소설 여행을?"(16:192)이라고 말하며 독자들에게 그 미로 속으로의 여행을 권유한다. 그렇다면 이 소설들이 애타게 찾아 헤매는 '그'는 누구인가? 작가는 이 두 작품 앞에 수록된 「그때 그를 당신도 보았다면」이나 「그는 왜 그럴 수밖에 없었을까」 등의 작품에서 자신이 텔레비전과 신문에서 접한 한구복이라는 마라톤 주자의 사연을 소개하고, '언어의 눈'을 통해 그의 행적을 허구적으로 재현하는 과정을 보여준다. 먼저 작가는 작품 속에 스크랩된 신문 기사의 실제 내용을 더 허구적으로 과장하는 한편 기사 내용에 조목조목 이의를 제기하는 방식으로, 사실이라는 이름으로 전달되는 기사의 허구성, 다시 말해 사실을 가장해서 "화젯거리를 만들어내려는 어설픈 조작으로 속이 들여다보이는"(16:123) 매스컴의 허구적 속성을 드러내려 한다. 뿐만 아니라 작가는 「그는 왜……」에서 이른바 '언어의 눈'이 카메라처럼 마라톤 대회가 있던 날의 한구복의 행적을 촬영한 화면을 제시함으로써 매스컴의 허구적 조작 뒤에 감춰진 그의 '사실적' 행적을 재구성하려 한다. 작가의 지시에 의해 한구복의 행적을 촬영했던 '언어 촬영사'가 「그를 찾아가는……」에 등장인물로 출연해서 밝힌 바에 따르면, 작가는 그 촬영이 "엄격하게 객관적으로만" "있는 그대로를 온전히 기록"(16:202)하는 작업이 되기를 원했다는 것이다. 그러나 「그는 왜……」의 첫머리에 그려진 직사각형의 텅 빈 화면은 "그 기록 자체가 이미 하나의 틀"(16:203)을 만드는 것임을 암시한다. 틀로 말하자면 카메라의 눈이 되어 한구복의 행적을 쫓는 언어 자체가 이미 하나의 틀이 아닌가? 그러니 이러한 작업이란 결국 현실이라는 허구의 틀에 맞서는 또 다른 허구의 틀을 만드는 작업일 수밖에 없다.[5] 이처럼 틀에서 벗어나려는 욕망이 또 다른 틀을 불러오고, "틀 밖에서 틀에 대해 쓰는 순간, 그 밖은 틀 밖의 틀로 껍질이 되어 닫"히는, "아무리 껍질을 벗겨도 껍질 안에 담기는" "이토록 저주스런 운명을 타고"(16:352)난 소설 쓰기란 허구라는 자신의 틀 안에서 우리의 삶을 둘러싼 겹겹의 허구를 끝없이 벗겨나가는 일이라고, 작가는 말하고 있다. 그렇다면 신문 기사 뒤에

---

5) 여기서 우리는 "모든 문학적 묘사는 하나의 조망view이다"라는 롤랑 바르트의 말을 참조해볼 수 있다. 그에 따르면 "창(窓) 앞에 서 있는 화자(話者)는 본다기보다 창의 프레임에 의해 그가 보는 것을 확립한다. 창의 프레임이 장면을 창조하는 것이다." 이를테면 리얼리즘은 "현실을 복사하는 것이 아니라, 현실로 묘사된 복사물을 복사하는 것"이며 '리얼리티' 또한 "리얼리즘으로 알려진 규약에 대한 규약"이다. 리얼리즘이 복사하는 것이 실재real가 아니라 리얼리즘이라는 프레임 안에서 규약화된 현실reality이라는 점에서 바르트는 리얼리즘을 '복사자copier'가 아닌, '혼성모방자pasticheur'로 명명한다(13:54~55).

가려진, 혹은 소설 뒤에 가려진, 아니 현실 뒤에 가려진 '진짜' 한구복은 누구인가? 신문 기사 속에도, 소설 속에도, 현실 속에도 없는 '그'의 진정한 실체는 어디에 있는가? 나와 당신이 함께 '그를 찾아가는 우리의 소설 기행'이란 따라서 단순히 허구와 현실을 나누는 경계를 지나, 현실이라는 이름으로 명명되는 보다 근원적인 허구를 넘어서려는 작가의 지난한 욕망을 내포하고 있다.

나와 당신이 그를 찾아 온전한 '우리'가 되는 경계 없음의 상태, 서로가 서로의 존재 안으로 자유롭게 스며드는 틀 없음의 세계에 이르려는 작가의 욕망은 끊임없이 세계를 틀이라는 인위적 구획 안으로 밀어넣으려는 현실의 너머, 그 불가능의 영역으로 뻗어 있다. 따라서 작가가 자신의 소설을 통해 보여줄 수 있는 최선은 "자기 현실과 소설 현실을 포개면서 동시에 간극이 드러나도록" 소설 형태를 구축하는 것, 혹은 "허구와 현실이 정면으로 마주 대화하도록"(16:253) 만드는 것이라고, 이인성의 소설은 말한다. 이인성의 소설들이 마치 양파 껍질 벗기듯이 집요하게 자신의 작품으로부터 소설을 소설이게 만드는 허구적 관습의 독소들을 제거하는 일에 몰두하고 있다는 인상을 주는 것, 혹은 끊임없이 소설의 관습 속에 내면화된, 허구의 허구성을 위장하는 소설의 인위적 장치들을 드러내 보임으로써 독자들의 편안한 독서를 방해하는 것은, 현실의 허구성을 은폐하는 이야기의 위안과 망각의 효과, 다시 말해 "허구가 위안을 준다는 점에서 거짓말을 하고 속임수를 쓰는 것"(12:62)이라는 사실에 대한 첨예한 자각에서 비롯된 것으로 보인다. 수시로 "허구 속의 내가 허구 밖의 독자에게 직접 말을"(16:253) 거는 방식으로 소설의 안과 밖을 포개면서 동시에 그 사이의 간극이 드러나게 하는 것이란, 허구가 현실이라는 믿음을 주기 위해 현실을 허구적으로 조작하는 세계의 허구성을 드러내는 방식이라고 할 수 있을 것이다. 그 허구가 소설의 것이든 신문 기사의 것이든, 나와 당신의 삶을 지배하는 욕망의 것이든 말이다. 이인성의 소설은 이러한 자신을 가리켜 "최소한의 소설"(16:204), 혹은 "이야기 못하는 이야기꾼의 고통"(16:189)을 이야기하는 소설이라 명명한다. 이인성의 소설은 이야기꾼이라는 자신의 정체성을 부정하는 이야기, 아니면 자신으로부터 끊임없이 이야기를 비워내기 위해 씌어지는 이야기인 것이다.

사태가 이러하니 이인성의 소설에서 혼란스럽게 뒤엉킨 인물과 시점과 사건의 조각들을 모아 희미하게나마 서사의 윤곽을 추려내려는 욕망은 독자들의 과도한 정신적 에너지를 필요로 하는 노역일 수밖에 없다. 이러한 작업을 통해 작가가 원하는 것은 문학적 소통의 방식을 "현체계의 근원적 뿌리부터, 즉 문학적 소통의 출발점부터, 그러니까 글쓰기와 글읽기의 과정에 개입되는 여러 국면"이 아닌 전국면을 "정면으로 문제 삼"(16:27)는 것이라고 작품 속의 '나'는 말한다. 소설 안팎의 모든 doxa들과 싸우는 이인성의 이러한 작업은 "의미의 공존이 아닌 통과이자 횡단"을 통해 "글쓰기와 글읽기 사이에 존재하는 거리감을 파기"함으로써 "일원론적인 담론이 그 **법칙**처럼 보이는 독서에 중대한 변화를 야기"(9:43, 강조―원저자)하려는 롤랑 바르트의 텍스트 이론과 흡사한 면이 있다. 롤랑 바르트는 완결되고 고정된 언어체langue를 지향하는 작품l'œuvre과 달리 끝없는 생성의 동력으로 기존의 언어체를 횡단하고 표류하는 텍스트의 개념을 유희jouer와 연결짓는다. 그는 "언어체를 도구로 삼는 메시지에 의해서가 아니라, 언어체를 무대로 삼는 단어들의 유희"는 "언어체를 가지고 속임수를 쓰는 일, 언어체를 속이는 일"이며, 이러한 탈권력의 언어체를 "나로서는 문학이라 부"(9:123)른다고 말한다. 그러나 이인성의 소설적 유희는 독자들에게 독서의 희열보다는 자신의 머릿속에 내면화된 소설적 소통의 방식을 전면적으로 수정하는 고통스러운 성찰의 시간을 요구한다. 그러니 유희의 희열을 즐기기 위해 우리는 또 얼마나 치열하게 우리 안의 doxa들과 싸워야 하는 걸까?

5. 이야기의 폐허에서 살아가는 법

이인성의 소설이 이야기의 내부에서 이야기를 해체하려는 집요한 싸움을 벌이고 있다면, 한유주의 소설은 이야기가 사라져버린 세계, 그 폐허의 무중력을 견디고 있다. 한유주의 소설들은 "한유주는 체질적으로 이야기에서 자유로운 것 같다"(2)라는 이인성의 말처럼, 이야기를 꾸미려는 강박은 말할 것도 없고, 이야기를 해체하려는 강박으로부터도 벗어나 있다. 그것은 이야기의 필수적인 구성 요소 중의 하나인 인물을 등장시키는 방식에서 먼저 확인된다. 작중 인물들이 나, 그, 너, 우리, 그들 등의 수많은 인칭대명사들로 어지럽게 분열하는 이인성의 소설들과 달리, 한유주의 소설 속 인물들은 마치 해체할 어떠한 존재의 개별성도 남아 있지 않다는 듯, 인물들의 인칭적 표지가 사라져버린 익명, 혹은 무인칭의 세계 속에 어둡고 우울하게 가라앉아 있다. 이미 돌이킬 수 없는 사태를 바라보는 듯한 체념과 무기력이 그 무인칭의 세계 깊숙이 새겨져 있는 것이다. 이를테면 「죽음의 푸가」나 「지옥은 어디일까」 「암송」 속의 거의 모든 문장들은 인칭 주어를 가지고 있지 않거나, '사람들' '어떤 사람들' '누군가' '아무도' 등과 같은 지시 대상이 분명치 않은 집합명사나 대명사들을 주어로 하고 있다. 또 「그리고 음악」이나 「죽음에 이르는 병」 「베를린·북극·꿈」에서 문장의 주어로 등장하는 '나'나, 「달로」나 「지옥은 어디일까」에서 간헐적으로 문장의 주어로 떠올랐다 사라지는 '나'는, 마치 로브그리예의 『질투』에 나오는 '나─공허 je-néant'라는 인칭 주어처럼, 구체적인 존재감을 감지하기 힘든 일종의 환영이거나 그림자와 같은 느낌을 준다. 작품은 '나'에게 문장의 주어라는 것 이외에, 그들이 특정한 시공간의 좌표 위에 존재하는 현실적 존재라는 느낌을 불러일으키는 어떠한 서사적 정보도 부여하지 않는다. 한유주 작품 속의 '나'들은 마치 현실적인 시공간을 벗어난 진공의 세계 속을 떠도는 부유물들처럼, 혹은 문장의 주어로 떠오르는 순간 소실점을 향해 가뭇없이 사라져버리는 신기루처럼, 부재에 가까운 희박한 존재감만을 전달해줄 뿐이다.

그렇다면 이야기의 또 다른 필수적 구성 요소인 배경은 어떠한가? 한유주의 소설들이 펼쳐 보여주는 세계는 역사적 시공간의 좌표 위에 존재하는 현실 세계 어디에도 온전히 귀속되지 않는 편재적인 시공간 속에 놓여 있다. 특정한 현실적 좌표를 지시하는 어떠한 표지도 지니고 있지 않은 이러한 시공간의 편재성은, 인물의 진공성과 맞물려, 도처에 있으면서 결국은 어디에도 존재하지 않는 무(無), 혹은 부재의 느낌을 강하게 불러일으킨다. 이야기의 또 다른 구성 요소인 사건들 또한 인과론적인 맥락으로 응집되는 대신 전후 맥락 없이 병치된 사건들의 파편화된 입자들로 흩어져 편재, 혹은 부재의 시간 속을 부유한다. 한유주의 소설들은 이처럼 실체적인 지시 대상과 연결되지 않는 모호한 지시어들, 현실에 대한 표상적 기능을 상실한 채 무중력의 세계를 떠도는 듯한 텅 빈 시니피앙들로 가득 차 있다. 한유주의 소설 속에서 숱하게 출몰하는 '사라졌다' '흩어질 것이다' '멀어진다' '떠나갔다' '흔적도 없이 자취를 감추었다' '재가 되어 떠돌았다' '삶은 텅 비어가기만 했다' '사라져간 사람들' '한순간 스러져간 기억' 등의 표현들은 끊임없이 소실되어가는 삶, 혹은 부재하는 존재의 이미지를 강하게 환기시킨다. 그녀의 소설들이 들려주는 것은 "텅 빈, 세계를 기록한 지나간 시대의 이미 상해버린 필름만이 남아 있"(17:25)는 세계의 "이미 아무도 존재하지 않"는 "없는 사람들"(17:42)의 이야기인 것이다. "완벽하게 타자화된 이름들"(17:36)의 세계, 그것은 "우리는 자꾸만 미끄러지고 있는 거야"(17:112)라는 한 작중 인물의 말처럼, 끝없이 존재의 바깥으로 미끄러지는 기표들, "영원의 속도로 정지"(17:43)된 시간의 무중력을 표류하며, 마치 애타게 갈망하는 '사라지는 호수'에 끝끝내 이르지 못할 「지옥은 어디일까」의 '나'처럼, 영원히 자신이 떠나온 곳으로 되돌아가지 못하도록 운명지어진 좌절된 시니피앙들의 세계이다.

이처럼 끊임없이 휘발하는 텅 빈 시니피앙들로 뒤덮여 있는 세계란, 이야기가 사라진 세계, 혹은 부재의 풍문이 존재의 자리를 대신하는 세계이다. 이야기는 언제나 '먼 옛날의 이야기'이거나 '어디선가 전해 들'은 이야기일 뿐이다. "이야기들은 아주 오래전에 모두 씌어졌고"(17:209), 그 이후의 이야기들은 그에 대한 주석에 지나지 않는다. "영사기의 릴이 돌아갈 때마다"(17:23) "꿈의 공장"(17:24)은 쉬지 않고 수많은 이야기를 주조해내지만, "도시는 어딜 가나 닮은꼴"(17:11)이고, "세계는 같은 시각에, 같은 내용의 꿈을 꾸기 시

작"(17:24)한다. TV를 켜면 "일직선 거리를 날아가는 전파에 몸을
꿰인 채"(17:11) "일직선으로 씌어진"(17:22), "언제나 수상한 이야
기들이"(17:52) 쏟아져 나오고, "사건·사고·이야기는 신문지의 거
친 결로만 남아 손가락 끝에서 잊혀"(17:37~38)지며, 죽음은 종이
위에 견고한 활자로만 인쇄되어 있는 세계, 그 세계는 "사람들이 사
진첩을 갖고 있는 것이 아니라, 사진첩이 사람들을 소유"(17:19)하
는 세계, 다시 말해 사람이 기억을 소유하는 세계가 아니라 기억이
사람을 소유하는 세계이다. "내 기억들은 언제나 전파를 타고"
(17:99)오는 것이다.

  이처럼 편재화되고 획일화된 기억이란 결국 "왜 이런 가짜의 기억,
들이 머릿속에 들어 있는지"(17:22)라는 말처럼 그 누구의 것으로도
귀속되지 못하는 가짜의 기억이다. 이인성의 경우처럼 한유주의 소설
에서도 매스컴은 이러한 가짜의 기억, 가짜의 이야기들을 만들어내는
현대 사회의 가장 강력한 미디어이다. 벤야민이 "경험을 교환할 수
있는 능력의 박탈"(14:84)이라는 말로 현대적인 미디어의 특징을 규
정한 것처럼, 미디어에 의해 '일직선으로 씌어지고 전파되는' 이야기
들은 경험의 대상이라기보다는 소비의 대상, 다시 말해 일회적인 것
으로 소모되는 소비재의 성격을 강하게 지니고 있다. 미디어가 유포
하는 넘쳐나는 가짜 이야기들 속에서 누구도 세계와의 경험적 소통을
통해 이루어지는 자신만의 진짜 이야기를 가질 수 없다는 것, 인간의
아이덴티티가 경험의 축적을 통해 이루어지는 기억의 연쇄 작용이라
면, 미디어의 세계 속에서 살아가는 인간의 아이덴티티는 하나의 허
구이거나 환영에 지나지 않는다는 것, 따라서 "스스로 웃고, 감동"
(17:130)하는 텔레비전 속에 "우리는 없"(17:138)는 것이다. 이것

이 한유주의 소설에서 자기 존재의 고유성을 상실한 채 텅 빈 이야기의 세계 속을 떠도는 무인칭의 존재들이 갖는 의미이다. 인과론적인 맥락으로 정리된 '일직선의 이야기'가 세계의 질서를 관장하는 대문자 I라는 확고하고 의심할 바 없는 아이덴티티를 상정하는 것이라면, 한유주 소설의 무인칭적 존재들, 혹은 "나는 사라진다"(17:108), "나는 멀어진다, 나는 어디에도 없다"(17:115), "내가…… ……인 것…… 같았다"(17:105)라는 문장들 속의 환영에 가까운 '나'라는 주어는 대문자 I의 강력한 블랙홀 속으로 빨려 들어가버린 나의 흐릿한 편린들이다. 마치 "발소리 하나 남기지 않고"(17:120) 흔적도 없이 사라져버린 「그리고 음악」의 환영처럼, 혹은 아무도 모르는 내 비밀 이야기와 함께 사라져버린 「죽음에 이르는 병」의 환희처럼, 나는 어디에나 있지만 아무 데도 없는 것이다.

　「그리고 음악」과 「죽음에 이르는 병」 「세이렌 99」 등은 한유주의 소설들 가운데 그런대로 일정한 서사적 골격을 갖추고 있는 작품들이다. 나와 환영이 함께 음악회에 가는 여정을 그리고 있는 「그리고 음악」은 나와 환영이라는 존재의 겹침과 어긋남에 관한 소설이다. "환영. 나는 자꾸만 그림자처럼 사라지는 이름을 되뇌어"(17:117)보지만, 사라지는 것이 환영인지 나인지 불분명하기만 하다. 작품 속에서 환영의 사라짐은 수시로 "나는 멀어진다. 나는 어디에도 없다"(17:115)라는 문장과 겹쳐지기 때문이다. "공백. 환영은 참일까, 거짓일까. 공백"(17:110)이라는 구절에서 환영은 부재의 이름으로 존재하는 하나의 공백일 뿐이다. 또한 환영은 "아무것도 읽지 않는"(17:114) 아이이다. 나는 "환영은 사방 곳곳에서 유령처럼 눈앞으로 달려드는 글자들을 어떻게 견뎌내는 것일까?"(17:114)라고 말한다.

글자 읽기를 거부하는 환영과 달리 "숨이 넘어가고 있는 그 순간에도 나는 문어체로 사고"(17:117) 한다. "우리 세대는 수사학이 선인 세대"(17:110)이기 때문이다. 진실 대신 진실의 효과만을 발산하는, '유령처럼 눈앞으로 달려드는 글자들'의 세계는 "돌아서는 순간 대부분 증발해버리고 마는 덧없는"(17:114) 말들이 삶을 집어삼켜버린 세계이며, 영혼이 사라진 그 세계에서는 "오직 전파만이 영혼의 속도로 직진하고 있을 뿐이다"(17:118). 작품의 곳곳에는 수사학의 텅빈 내면을 응시하듯 '거짓말이다'라는 문장이 마치 이명음처럼 끼어드는데, 거짓말은 야만이라는 말과 함께 수사학과 전파로 얼룩진 문명의 세계에 대한 작가의 우울한 시선을 대변한다. 그 수사학의 반대쪽에 환영이 있다. 언어에 대한 결벽, 혹은 침묵이 시작되는 곳, 음악이 환영처럼 나타나고 사라지는 부재의 공간은 끊임없이 나의 주변을 맴돈다. 나는 계속 환영에게 다가가려 하지만, 움켜잡는 순간 환영은 나의 손아귀를 빠져나가버린다. 환영은 누구인가? 문명 속에서 우리가 잃어버린 시간이거나 음악, 혹은 나로부터 영원히 멀어져가고 있는 잃어버린 나인가? 환영은 마침내 음악회로 향하는 배 위에서 "자꾸만 미끄러지는" 음들, "잡힐 것처럼 귓가에서 맴돌다가 곧 사라져버린"(17:120) 소리와 함께 종적도 없이 사라지고, 나는 영원히 음악회에 당도하지 못한다. 나는 마침내 "나는 여전히 살아 있다. 그리고 이것이 나의 야만이다"(17:121)라는 작품의 마지막 문장과 함께, 수사학과 음악 사이의 아득한 거리 위에 홀로 남겨지는 것이다.

「죽음에 이르는 병」 또한 나-환희의 겹침과 어긋남에 관한 소설이다. "어디에나 있으면서, 어디에도 없는"(17:174) 환희는 「그리고 음악」의 환영처럼 존재와 부재 사이를 떠도는 나의 또 다른 나인 듯

하다. 내가 귓속말로 내 비밀 이야기를 들려주자마자 지하철로 뛰어
든 환희의 죽음 이후 나에게 남겨진 것은 환희의 죽음과 함께 끝나버
린 나의 삶이다. 나는 "환희의 전화기, 환희의 방, 환희의 베개, 그
모두를"(3:155) 갖게 되지만, 그 자리에 환희는 없다. 환희가 자신의
죽음으로 내 비밀 이야기를 가져가버린 후 나의 삶은 텅 비어버린다.
"환희가 떠나던 그 순간 이미 내 삶은 모두 끝"(17:163)나버린 것이
다. 내가 환희의 친구에게 환희에게 들려주었던 나의 비밀 이야기를
말하려는 순간 돌아온 "나는, 다 알고 있어"(17:170)라는 친구의 대
답은 나를 비밀 이야기가 사라져버린 자신의 텅 빈 삶과 정면으로 마
주서게 한다. 환희의 죽음은 나의 진짜 삶을 가져가버리고 그 자리에
"보이는 것, 들리는 것은 모두 거짓들뿐"(17:163)인 가짜의 삶을 남
겨 놓은 것이다. 가짜의 삶, 가짜의 나. 작품 속에서 나는 반복해서
"나는 왜 내가 아니고 너인가"(17:170), "내가 더 이상 내가 아니게
되면, 나아질까?"(17:172)라고 묻는다. '나'라는 이름으로 명명되는
존재의 허구, '나'라는 이름으로 살아가는 가짜의 삶 속에서 나는 "내
이유 없는 분노와, 방향 없는 적의가, 문명의 방식으로 말끔히 처리
되는 과정을 지켜"(17:157) 본다. 그런 의미에서 "세계사 시간에 문
명과 야만에 대한 유용한 구분법을 배울 수 있었지만, 나는 여전히
내가 어느 영역에 속하는지 알지 못했다"(17:156)는 말, 혹은 "내 비
밀을 모두 고백하면 나는 다시 사람이 될 수 있을까? 여전히 짐승일
까?"(17:163)라는 물음이 가리키는 것은 '나'라는 존재를 탄생시킨
문명의 야만, 혹은 야만의 문명이다. 이 지점에서 「그리고 음악」의
마지막 문장은 「죽음에 이르는 병」과 겹쳐진다.

　「세이렌 99」는 바로 그 야만과 짐승의 삶에 대한 보고서이다. 한유

주의 첫 창작집인 『달로』에서 「세이렌 99」는 유일하게 주인공의 이름을 밝히고 있는 작품이다. 이 작품은 "이름은 손경욱, 국적은 대한민국입니다"(17:70)라는 문장으로 시작해서 "이름은 세이렌, 국적은 세이렌입니다"(17:93)라는 문장으로 끝난다. 말하자면 이 작품은 손경욱이라는 한 인간이 자신의 고유명사를 박탈당하는 사태의 전말을 기록한 소설인 것이다. "나는 스무 살 무렵까지의 기억이 거의 없었습니다"(17:75)라고 말하는 작중 화자에게 남아 있는 기억이란 자신이 대한민국에서 태어났으며 스무 살이 되기 전에 손경욱이라는 이름을 갖고 있었다는 것, 스무 살 이후에는 자신의 임무가 요구하는 여러 이름을 가졌으며, "어제까지 나는 아마도 분류 기호 99라는 파일로 저장되어 있었을"(17:70) 것이라는 것 정도이다. 그에게 손경욱이라는 이름은 "비록 채 스무 해를 넘기지 못한 이름이지만" "내가 지금까지 기억하고 싶은 유일한 이름"(17:70)이다. 스무 살 이후의 그의 삶을 통째로 집어삼킨 분류 기호 99라는 이름의 파일은 세이렌이라는 "실체 없는 거대 계획"(17:84) 안에서 그에게 허용된 삶의 유일한 좌표이다. 개인의 삶이 끊임없이 파일상의 정보로 기록되는 세이렌이라는 거대한 개인 관리 프로젝트는 "언젠가부터 나는 내 모습을 볼 수 없었습니다. 거울이 지급되지 않았기 때문이지요. 단지 지급 정지였던 것이 아니라 거울은 금지된 품목이었습니다"(17:72)라는 말처럼, 자아에 대한 모든 기억을 소멸시키고, 그와 그의 동료들에게 "우리, 사이에는 비밀이 있을 수 없"으며, "열 개의 객체인 동시에 하나의 주체이기도"(17:74) 한 투명한 군집의 존재성만을 허용한다. 이처럼 개인이 기억의 말소된 페이지로만 존재하는 세이렌의 세계는 "이야기는 모두 증발했습니다. 이야기는 모두 미치거나 혹은 사라졌습니다"(17:86)라는 말로 표현되는 세계이다. 세이렌이 나와 동료들로부터 빼앗아간 것은 바로 그들 각자의 이야기, 즉 삶이었던 것이다. 아마존 밀림에 파견된 나와 동료들이 원주민 여자를 잔인하게 겁탈 살해하는 장면은 이 거대한 프로젝트가 하나의 야만, 혹은 미친 이야기임을 암시한다. 그와 동료들을 광기로 몰아간 그 사건 이후 손경욱이라는 이름을 되찾아오려는 그의 욕망은 사막으로의 추방이라는 형벌을 가져오게 되고, 그의 입에서는 마침내 "이름은 세이렌, 국적은 세이렌입니다"라는 말이 흘러나오게 된다.

그렇다면 끊임없이 나의 기억과 이야기를 증발시킴으로써 나의 존재성을 박탈해가는 이 '야만'의 세계로부터 벗어날 출구는 없는가? 「베를린·북극·꿈」은 '없다'고 말한다. 이 작품에서 "지나간 기억을 건조"(17:126)하며, 나와 너가 베를린을 거쳐 북극으로 향해 가는 긴 여행은 "당신은 누구였나요? 당산은 어디에서 와, 그리고 어디로, 가고 있나요?"(17:145)라는 간절한 물음을 품고 이 세계의 출구를 찾아 떠나가는 절망의 여정이다. 북극을 향해 가는 그 절망의 여정 끝에서 너는 사라지고 나는 북극의 호수에 "내 자신이 마지막 카드였던 것처럼 내 몸을 내던"(17:146)진다. 너는 사라지고 너와 내가 분리되기 이전의 기억은 아득한 시간의 저편에서 들려오는 옛이야기로 강 이편을 떠돈다. 그러니 "기억은 망각의 뒷면이었고, 망각은 기억의 뒷면이었다"(17:20)라는 말처럼, 무수한 가짜 이야기들이 만들어낸 무수한 가짜의 기억들은 강 저편의 시간을 지우는 긴 망각의 다른 이름이었을 뿐. "달로, 어떤 사람들은, 자신의 먼 옛날이야기로, 이제는 기억나지 않는 최초의 순간들을 문득 저릿하게 그리워하기도 했다"(17:26)나, "인간의 귀에 울리던 음성들은 모체가 숨을 들이쉬는 소리였고, 달로, 달로"(17:27)에서 '달로'는 마치 "세월에도 빛바래지 않은 누군가의 최초의 기억들을 찾아"(17:23) 그 망각의 긴 시간을 건너가려는 나의 간절한 주문처럼 들린다. "소리로, 체취로, 뿌연 영상으로 모든 것을 기억"하는 "말 아닌 모든 것"(17:20)을 찾아 "달로, 달로, 먼 옛날이야기로"(17:28) "되짚어 돌아가고만 싶은"(17:23) 한유주의 소설들은, 그러나 강 이편에서 자신의 소설 전체로 텅 빈 이야기의 폐허를 살아내고 있다.[6] 이런 점에서 한유주의 소설은 "나는 끊임없이 내 앞을 가로막는 이야기들과 싸운다. 싸우면서 지우고 가라앉힌다. 그러나 한유주는 '이미' 이야기를 벗어나 있다. 이야기를 '비껴' 나아가는 방법을 일찌감치 체득하고 있는 것이다"(2)라는 이인성의 말처럼, 이인성의 소설이 끝나는 지점에서 시작되는 소설인지도 모른다. 이인성이 치열하게 해체하려는 이야기들이 한유주의 소설에서는 이미 해체된 폐허의 자리로만 남아 있기 때문이다. 이인성이 세계를 자욱하게 뒤덮고 있는 가짜 이야기들과 싸운다면, 한유주는 진짜 이야기가 사라진 세계의 폐허를 응시한다. 만약 한유주가 이야기로부터 자유롭다면 그것은 그녀의 소설이 이야기를 벗어나 있기 때문이 아니라 이야기에 그만큼 깊이 절망해 있기 때문일 것이다. 누군들 이야기로부터 자유로울 수 있겠는가? 소설로부터 이야기를 제거하려는 시도들이 꾸준히 있어왔음에도 불구하고, "어떤 소설가들에게는 악이라고 여겨지는 이야기가" "여전히 필요악인 채"(3:61)로 우리의 삶을 끈질기게 움켜쥐고 있으니 말이다.

---

6) 그러나 「암송」에서처럼 자신의 소설로 이야기의 폐허를 '사는' 대신, 그에 대해 '말하는' 잠언적 표현들이 많아지는 것은 경계해야 할 점으로 생각된다.

계몽의 패러다임과 상상력 빈곤의 문제
―한국 문학의 도식성 혹은 정형성이라는 문제제기와 관련하여

1. 문학의 계몽적 권능에 대한 믿음

이 글은 근대 이후 한국 문학이 그 생산과 수용의 과정에서 오랫동안 도덕적 계몽주의나 문학의 계몽적 권능에 대한 믿음이라는 말로 요약되는 이념적 패러다임의 지배를 받아왔다는 인식으로부터 출발한다. 뿐만 아니라 이러한 인식의 이면에는 한국 문학을 접하면서 오랫동안 누적되어온 나 자신의 어떤 불만, 혹은 빈곤감의 실체를 논리화해보고 싶은 욕망이 자리잡고 있다. '한국 문학은 왜 이렇게 정형화된 상상력의 틀 안에 갇혀 있는가?' '한국 작가들은 왜 이렇게 저마다 비슷비슷한 발성법만을 들려주고 있을 뿐 자기만의 개성적이고 도전적인 작품 영역을 탐색하려는 시도에는 소극적인 것일까', 혹은 '한국 문학은 왜 이렇게 용서와 화해로 귀결되는 결말 처리 방식을 선호하는 것일까' 등의 물음은 외국 문학을 접하다가 한국 문학에로 시선을 돌릴 때마다 머릿속에 끈질기게 달라붙는 물음이기도 하다.

이것을 마치 다양한 수종으로 우거진 울창한 숲속을 헤매다가 빈약한 수종들이 성글게 늘어서 있는 민둥산에 접어든 것 같은 느낌에 빗댄다면 지나친 비유가 될까? 물론 이러한 느낌에는 외국의 선진 문물은 선망하면서 우리 것을 인정하는 데는 지나치게 인색한 우리 사회의 보편적인 심리적 편향이 작용한 측면이 없지 않을 것이고, 또 한편으로는 자기비하 의식에 바탕을 둔 우리 사회의 그와 같은 왜곡된 심리적 편향 자체가 문학뿐만 아니라 우리 문화 전반의 빈곤 현상을 초래한 측면도 없지 않을 것이다.

그러나 그럼에도 불구하고 한국 문학에서 빈번히 마주치게 되는 문학적 상상력의 정형성 혹은 도식성이 작가들의 자유로운 상상력을 제약하고 한국 문학이 보다 다양한 문학 담론의 영역을 개척해 나가는 데 일정한 억압으로 작용해왔다는 이 글의 판단이 옳다면, 그러한 현상을 주도해온 가장 근본적인 요인으로 거론할 만한 주요한 논의의 범주들 가운데 하나가 문학을 도덕적 계몽성이라는 범주와 묶어서 사고하는 한국 문학 저변의 주류적인 인식의 패러다임이라는 것이 이 글의 기본적인 문제의식이다. 결론부터 말해서, 20세기 한국 소설을 이끌어온 중추적인 패러다임은 도덕적 계몽주의의 틀 안에서 한편으로는 대사회적 역사의식이, 다른 한편으로는 그것의 서사적 실천으로서의 사실주의적 재현의 방법론이 서로 결합하는 지점에서 형성되어 왔다고 할 수 있다. 급격한 전통 단절 및 근대적 삶으로의 전환이라는 시급한 민족 계몽에의 요구와 더불어 시작된 한국의 근대소설은 근현대사의 역사적 격변기를 거치면서 오랫동안 시대가 문학에 부과한 계몽의식과 역사의식이라는 주류적인 이념체계로부터 자유롭지 못했다. 한국 문학, 더 나아가 한국 사회 내부에 깊숙하게 자리잡은 문학의 계몽적 권능에 대한 믿음과 그에 근거한 역사주의와 사실주의적 문학관은 한국 문학이 한국의 특수한 정치사회적 상황에 기민하고 발빠르게 대응하면서 한국의 문화 담론을 주도하는 선도적 위상을 누리는 데 결정적인 기여를 해온 것으로 보인다. 그러나 한국 근현대사를 지배해온 특수한 역사적 상황은 한편으로는 작가들에게 풍부한 문학적 소재와 창작의 동력을 제공함으로써 한국 문학의 성장 에너지를 촉진시킨 주요한 원천으로 작용해온 반면, 다른 한편으로는 작가들에게 개인의 삶을 끊임없이 집단화된 역사 인식의 범주 안에서 바라볼 것을 요구한다거나, 문학을 작가의 역사에 대한 태도나 관점을 드러내는 특수한 담론의 장으로 인식할 것을 강요하는 역사주의적 강박을 부추김으로써 한국 문학의 성장 위에 드리워진 유형·무형의 억압 기제로 작용하기도 했다. 이처럼 집단의 역사를 개인의 삶보다 상위에 두는 가치서열적 위계 구도를 바탕으로, 역사 인식의 문제를 선악의 도덕적 가치판단의 문제와 연계시키려는 계몽주의적 역사관은 비단 문학 작품들뿐만 아니라 그에 대한 수많은 비평적 논의들에서도 손쉽게 발견되는 관점이다. 작가들에게 작가로서 짊어져야 할 역사적 책무와 더불어 독자들의 의식을 일깨우는 시대적인, 혹은 도덕적인 삶의 지침을 제공해줄 것을 기대하는 문학 안팎의 요구는 개인의 삶과 시대적 상황이 만나는 지점들에 대한 총체적인 인식과 전망을 보다 명징한 서사의 틀로 제시해줄 것을 요구하게 되었으며, 이로 인해 사실주의적 재현의 논리는 한국 소설을 이끄는 주도적인 창작 지침으로 자리잡게 됐다.

그러나 근대 이후 한국 문학이 문화의 중심 담론으로 성장해 나가는 데 중요한 발판이 되어주었던 이러한 인식의 패러다임은 작가들의 의식을 경직된 도덕적 엄숙주의나 삶에 대한 협소한 윤리적 관점의 틀 안에 가두어둠으로써 한국 문학이 뻗어나갈 수 있는 자유로운 상상적 운신의 폭을 제한하는 부정적인 요인으로 작용해왔을 측면 또한 부정하기 어렵다. 격동기적 상황으로 점철된 한국 근현대사를 헤치며 한국 문학의 성장을 주도해온 계몽의 패러다임은 한국의 특수한 역사적 조건에서 말미암은 풍부한 문학의 소재와 창작의 에너지가 보다 탄력적이면서 다채로운 미학적 성취로 나아갈 수 있는 가능성을 제약함으로써 오히려 한국 문학의 풍요로운 성장 가능성을 제약하는 역기능적인 역할을 해온 점 또한 없지 않은 것이다. 오랫동안 문학의 안팎으로부터 제기된 일종의 정언명령으로서 문학과 역사, 혹은 문학과 사회적 현실 사이의 밀착관계는 문학의 대사회적 발언권을 강화하면서 동시에 문학의 입지를 스스로 제한하는 상상력의 정형화된 틀을 요구해온 것이라고 할 수 있다.

2. 근대 초기의 계몽적 언술: 이광수와 김동인

한국 문학의 성장을 주도하면서 동시에 그 성장을 억압해온 계몽의 패러다임의 이와 같은 이중적 역할은 아마도 한국의 근대문학이 형성되던 시기의 태생적 조건에서부터 이미 예고된 것이었다고 해야 할 것이다. 그런 의미에서 당시의 기록들이 전하는 바대로, 발표 당시 전국 독자들의 떠들썩한 호응과 물의를 불러일으켰던 이광수의 「무정」의 등장은 근대문학의 태생적 조건과 이후 한국 문학이 나아가게 되는 방향을 암시하는 하나의 상징적인 사건으로 다가온다. 이것은

한국 사회가 근대적인 삶 속으로 진입하는 시기에 소설이 근대의 대
표적인 서사 양식으로서 자신의 문학적 입지를 다지게 되는 사건인
동시에, 시대의 흐름을 선도하는 계몽의 패러다임이 막강한 대사회적
영향력의 한가운데에 자신의 존재를 뚜렷이 부각시킨 사건이기도 하
다. 이전에 쓴 한 글에서 나는 이 문제와 관련해 다음과 같이 말한 적
이 있다. 이 글 역시 그 글에서 제기된 논의의 연장선에서 이루어지
는 것이므로 다소 길지만 인용해보기로 하자.

　　집단적인 삶에서 개인적인 삶으로의 삶의 양식의 변화가, 봉건적인
체제에서 근대적인 체제로 사회 전반의 물적 기반이 이행되는 체제 변
화의 근본적인 기반 형성을 통해서가 아니라, 교육에 의해, 교육에 의
한 의식의 계몽을 통해 이루어내야 할 하나의 당위적이고 선언적인 명
제로 받아들여지거나, 몇몇 선각자들이나 특정한 지식인 집단에 의해
주도되는 사회운동의 형태를 띨 수밖에 없었던 당시의 상황에서, 근대
로의 전환이라는 새로운 시대적 요구는 문학이 담당해야 할 가장 중요
한 이념적 모토였다. 당시의 문학은 시대의 전위에 서서, 봉건의 미망
에서 깨어나지 못한 미성숙 단계의 의식을 개체적이면서 독립적인 자
아의 확립이라는 성숙한 근대적 의식의 차원으로 이끌고 가는 역할을
부여받은 교사이면서, 새로운 사회에 대한 미래의 비전을 제시하는 선
각자의 역할을 자발적으로 위임받았던 것이다. (1:38)[1]

---

1) 이 글에서 인용된 책들은 다음과 같다. 앞으로 인용의 출처는 본문의 괄호 안에 책 번호
　　와 쪽수로 표시한다: 1. 박혜경, 『문학의 신비와 우울』, 문학동네, 2002; 2. 『이광수 전
　　집』 제1권, 삼중당, 1962; 3. 『이광수 전집』 제16권, 삼중당, 1962; 4. 『신한국문학전
　　집』 48권, 어문각, 1978; 5. 백낙청, 『민족문학과 세계문학』, 창작과비평사, 1985; 6.
　　염무웅, 『민중시대의 문학』, 창작과비평사, 1979; 7. 김동리, 『문학과 인간』, 민음사,

근대문학의 태생적 조건이 교사와 선각자로서의 문학을 요구했다
는 것, 아니 문학인들 스스로 시대에 대한 교사와 선각자의 역할을
떠안는 것으로 자신의 문학적 입지를 세워나갔다는 것은 이제 막 걸
음마를 시작한 한국의 근대문학에게는 하나의 행운이자 불행이었다.
이런 의미에서 「무정」의 생산과 수용을 둘러싼 풍경은 한국 근대문학
의 형성 과정에서 계몽의 패러다임이 지닌 힘과 한계를 보여주는 한
표본적인 사례라고 할 만하다. 「무정」의 작가가 선형과의 결혼을 통
한 형식의 세속적 욕망 추구라는 근대적 서사의 줄기를 따라가면서도
수시로 장황한 계몽적 언술을 작품의 표면에 내세우는 것이나, 「무
정」에 대한 평가가 오랫동안 민족 계몽이라는 작가의 의도를 추종하
는 주제론적 접근의 범주를 크게 벗어나지 못했던 것 모두가 계몽의
패러다임이 문학의 생산과 수용 과정에 미친 직간접적인 간섭의 결과
로 볼 수 있을 것이다.

계몽의 패러다임이 한국의 근대문학 형성 과정에 미친 간섭 현상은
근대적인 문학 개념에 대한 최초의 이론 정립을 시도했던 이광수의
「문학이란 하(何)오」에서도 뚜렷이 나타난다. '정(情)'과 '미(美)'
라는 개념을 통해 문학을 개인의 정서적·심미적 욕망의 문제와 연결
지음으로써 문학에 대한 일정한 근대적 인식의 전환을 보여주고 있음
에도 불구하고, 우리는 이 글에서 이광수의 그와 같은 인식의 전환을
뒷받침하고 있는 것이 여전히 문학을 도구적 계몽주의의 범주 안에서

1997; 8. 최인훈, 『광장/구운몽』, 문학과지성사, 1989; 9. 조르주 바타유, 최윤정 옮
김, 『문학과 악』, 민음사, 1995; 10. 김현 편, 『미셸 푸코의 문학비평』, 문학과지성사,
1989; 11. 모리스 블랑쇼, 박혜영 옮김, 『문학의 공간』, 책세상, 1990.

이해하려는 시각임을 어렵지 않게 눈치챌 수 있다. "문학자라 하면 人에게 某 사물에 관한 지식을 敎하는 자가 아니요, 人으로 하여금 미감과 쾌감을 발케 할 만한 서적을 作하는 인이니, 과학이 人의 知를 만족케 하는 학문이라 하면 문학은 人의 情을 만족케 하는 서적이니라"(2:508)라는 구절에서 문학은 "지식을 교하는" 것이 아니라는 주장은 곧이어 제시되는 "(문학을 통하여서야) 여사히 인생의 정신적 방면에 관한 지식을 得하니 처세와 교육에 필요할지요"(2:511)라는 말과 모순을 일으킨다. 결국 이 글에서 '정'과 '미'라는 개념의 구체적인 문학적 실천으로서 "소설이라 함은 인생의 일방면을 正하게, 精하게 묘사하여 독자의 眼前에 작가의 상상내에 在한 세계를 여실하게, 역력하게 전개하여 독자로 하여금 其 세계내에 在하여 實見하는 듯하는 감을 起케 하는 자"(2:513)라고 설파하는 이광수의 논지는 문학의 도구적 계몽성을 부정하는 것이라기보다는, 오히려 문학에 대한 근대적인 개념의 틀 안에서 문학의 계몽적 효과를 높이기 위한 보다 효율적인 실천 방안을 제시하는 쪽에 초점이 맞추어져 있는 것으로 보인다. 이광수는 이 글에서 구시대의 문학이 지닌 직설적인 교화(敎化)의 양식을 부정하면서도 "문학을 애호하는 습관을 養함은 족히 世人으로 하여금 彼 유해한 쾌락에 陷함을 면케 할지오"(2:511)라고 말함으로써, 그가 주장하는 문학의 근대적 개념이 여전히 문학이 지닌 도덕적 교화의 기능과 단단히 결합되어 있는 것임을 여실히 보여준다. 이것은 근대문학에 대한 이광수의 이해가 근대적인 문학 개념의 핵심을 이루는 문학적 자율성이라는 문제의식에 현저히 미달하는 수준임을 단적으로 입증하는 것이다. 이런 점에 비추어볼 때 「문학이란 하오」에서 일정 정도 문학에 대한 근대적인 인식의 진전을 보여주었던 이광수가 이후의 글에서 다시 "사상가의 職, 교육가의 職을 겸하였다 할 만한 문예의 사도"(3:19)라는 식의 논지로 회귀하고 있는 것도 그리 새삼스러운 일이라고 할 수 없을 것이다.

"종래의 권선징악과 춘원의 권선징악 사이에는 오십보 백보의 차밖에는 없다"(4:9)며 당시의 문단에서 처음으로 이광수의 계몽주의적 문학관에 도도한 반기를 내걸었던 김동인의 작품들 역시 이와 같은 계몽의 패러다임으로부터 결코 자유로운 것이 아니다. 그는 같은 글에서 "소설은 인생의 회화"라는 말로 이광수를 반박하면서, 자신의 작품을 통해 "조선 소설은 마침내 인생 문제 제시라는 소설의 본무대에 올라섰다"(4:11)라고 말하고 있지만, 김동인의 작품들 속에서 우리가 접하게 되는 것은 작품 속의 모든 인물과 상황들을 관장하는 언술의 도도한 일방통행적 흐름이다. 이미 여러 논자들에 의해 지적된 바와 같이 그의 작품들 속에서 작중 인물들은 김동인 자신이 말한 '인형조종술'이라는 창작 방법론 그대로 종종 그들 자신의 자립적인 존재의 역할과 의미를 부여받지 못한 채, 그들의 모든 행동과 생각을 장악하고 있는 작품의 지배적인 시점 아래 종속되어 있는 모습을 보여준다. 김동인의 많은 작품들 속에서 우리가 만나게 되는 것은, 표면적으로 냉정한 관찰자의 시점을 취하든, 끊임없이 해석하고 평가하는 심판자의 시점을 취하든, 인물이나 사건들 위에서 압도적인 지배력을 행사하는 서술 시점의 일방적인 위력이다. 계몽적 담론의 소통구조가 계몽의 대상을 계몽 주체의 이념과 의지의 영향권 안으로 끌어들이는 언술의 일방적인 흐름에 그 바탕을 두고 있다면, 김동인의 소설 속에서 그와 같은 계몽적 담론의 징후들을 찾아내는 것은 그리 어려운 일이 아니다. 물론 김동인의 작품들은, 「약한 자의 슬픔」의 결말 부분에서처럼 생경한 설교조의 문장들이 작품의 표면에서 느닷없이 얼굴을 들이미는 경우가 없진 않지만, 표면상으로는 대체로 그가 말하는 '인생의 회화'를 그려나가는 일에만 작가의 역할을 한정시켜 놓고 있다는 인상을 준다. 그러나 이광수와 마찬가지로 그가 그려낸 '인생의 회화' 역시 작중 인물들의 행동과 심리를 관장하는 작가의 일방적인 관점과 시각의 지배하에 놓여 있다는 점에서, 계몽적 욕망의 영향으로부터 크게 벗어나 있다고 할 수 없다.

도덕적 교화라는 예술의 계몽적 역할을 정면으로 부정하면서 다분히 악마주의적인 예술관을 펼쳐 보이고 있는 「광화사」나 「광염소나타」의 경우도 이러한 점에서 예외가 아니다. 특히 작중 화자의 입으로 예술을 위해서는 어떠한 범죄도 용납될 수 있다는 주장을 강변하고 있는 「광염소나타」의 경우, 그러한 주장은 작품의 서사적 전개 과정을 통해 독자들에게 전달되기보다는, 말 그대로 작중 화자의 입에서 흘러나오는 일방적인 주장의 형태로만 제시될 뿐이다. 작품 속에서 광인의 행태를 보이는 백성수라는 피아니스트의 삶은 음악평론가인 작중 화자 K씨가 장악하고 있는 언술의 벽 뒤에 완전히 가려져 있는 것이다. 따라서 독자들은 작품 속에서 백성수라는 인물의 삶 대신 그를 통해 자신의 악마주의적 예술관을 강변하는 K씨의 확신에 찬 어조만을 접하게 된다. 이 소설이 K씨가 사회 교화자라는 모씨와 나누는 대화의 형식으로 이루어져 있다는 점도 이러한 일방적인 언술의 흐름을 방해하지 않는다. 이처럼 주장이 서사를 압도하는 소설 속에서 김동인을 이광수와 구분짓는 것은 김동인이 이광수가 주장하는 도덕적 선(善) 대신에 예술적 미(美)라는 개념을 그 주장의 내용으로 삼고 있다는 점 정도일 것이다.

이광수나 김동인의 소설들이 보여주는 언술적 특성과 관련해서, 그리고 보다 더 근본적으로는 한국 소설을 지배해왔던 계몽의 패러다임과 관련해서 지적되어야 할 보다 핵심적인 문제는, 그들의 소설에서 우리가 언술과 언술 사이의 대립과 충돌에서 발생하는 갈등과 긴장을 찾아보기 어렵다는 점이다. 이것은 이광수와 김동인의 소설 속에서 우리가 개인과 사회의 대립과 반목이라는 근대소설의 일반적인 갈등 구조를 경험하기 어렵다는 점과도 밀접한 관련이 있다. 이광수의 소설에서 인물들 내부의, 혹은 인물과 인물들 사이의 갈등을 불러오는 것은 개인의 욕망과 그 욕망을 억압하고 좌절시키는 사회적 힘 사이의 대립이라기보다는, 개인의 욕망과 집단화된 도덕적 명분 사이의 대립이다. 뿐만 아니라 이러한 욕망과 명분 사이의 대립 구도는 대개의 경우 명분과 욕망 사이의 화해, 혹은 명분에 의한 욕망의 해결이라는 계몽의 패러다임을 통해 손쉽게 해소되어버린다. 이광수의 소설 속에서 욕망은 언제나 그 욕망을 정당화해줄 도덕적 명분을 필요로 한다. 도덕적 명분이라는 보호막을 둘러치지 않으면 늘 불안한 존재들, 도덕적 명분에 의지하지 않고는 스스로의 힘으로 자립할 수 없는 존재들이 이광수 소설 속의 인물들이다. 이때 그들이 의존하는 도덕적 명분은 사회 대립적인 것이기보다는, 오히려 매우 사회친화적인 것이다. 그들은 사회와의 대립과 갈등을 통해 자신의 욕망을 추구해 나가는 존재가 아니라, 그들이 사회를 위해 무엇을 할 수 있고 해야 하는가를 강변하거나 그러한 주장에 다소곳이 순응함으로써 집단화된 명분 속에서 그들의 개인적인 욕망의 자리를 허용받는다. 「무정」의 이형식, 「사랑」의 석순옥, 「흙」의 허숭 등이 그렇고, 자기 욕망의 길을 따라가다 파멸에 이르게 되는 「재생」의 순영 또한 이러한 인물군에서 크게 벗어나지 않는다. 이들에게 그들이 놓여 있는 사회는 그들의 욕망과 대립하면서 그 욕망의 실현을 좌절시키는 장애라기보다 오히려 그 실현의 든든한 배경으로 자리잡고 있다. 사회는 궁극적으로 그들이 싸워야 할 적이 아닌, 그들이 지도하고 계몽해야 할 교화의 대상이기 때문이다. 근본적으로 체제내적인 인물 유형에 속하는 이들에게 개인과 사회의 대립이라는 근대소설의 서사 구조는 따라서 매우 낯선 것일 수밖에 없다.

김동인의 작품들 역시 개인과 사회의 대립 구도가 인물들의 삶을 지배하기 이전의 미분화된 소설의 풍경들을 보여준다. 이를테면 「약한 자의 슬픔」이나 「김연실전」「감자」 등의 작품에서 주인공들이 자기파멸의 운명으로 달려가는 것은 그들의 삶에 가해지는 사회 그 자체의 압력 때문이 아니다. 물론 그들의 불운한 삶이 그들을 둘러싼 환경의 압도적인 힘의 결과임을 부정할 수는 없지만, 작품 속에서 그들의 불운을 몰고 오는 것은 사회적 환경이라기보다는 오히려 윤리적인 환경에 가깝다. 여기에서 김동인 소설 속의 작중 인물들에게 그들이 놓인 환경의 압력을 제대로 자각하거나, 그들과 환경 사이의 관계를 분석적으로 이해할 지적 능력이 결여되어 있다는 점은 그리 중요한 문제가 아니다. 소설은 사회적 현실에 대한 자각 능력이 없는 인물들을 통해서도 얼마든지 사회기 개인에게 가하는 부당한 압력의 실체를 그려낼 수 있기 때문이다. 문제는 김동인의 소설 속에서 작중 인물들의 불운을 바라보는 작품의 서술 시점이 대개의 경우 그들을 둘러싸고 있는 환경의 비윤리성보다는 그 속에 놓인 작중 인물들의 개인적 비윤리성에 더 초점을 맞추고 있다는 점이다. 따라서 이들 작품에서 전면에 내세워지는 것은 작중 인물의 비윤리적이거나 미성숙한 욕망이 어떻게 개인의 불행을 자초하는가라는 문제의식이다. 이것은 결국 개인의 불행을 사회적 관계와의 역학 구도 속에서 파악하는 시각이라기보다 개인의 도덕적 선택의 문제라는 윤리적 범주로 제한함으로써 개인의 삶과 사회적 압력 사이의 대립 구도를 작품의 서사 구조 바깥으로 밀어내버리거나 희석화하는 결과를 가져온다. 이들 작품에서 작중 인물들의 불운을 위에서 굽어보는 듯한 작가의 엄격하고 냉소적인 시각은 작가가 자리잡고 있는 윤리적 심판자로서의 권위를 보다 더 강하게 인상지운다. 김동인 문학의 이러한 특성은 서사의 차원에서뿐만 아니라 언술의 차원에서도 대립하고 갈등하는 힘들 사이의 역동적인 긴장을 무장해제시켜 버린다. 무소불위의 권위를 행사하는 듯한 서술자의 존재를 제외하면, 김동인의 작품 속에 정작 인물과 인물 사이에 펼쳐지는 진정한 의미의 드라마가 부재한 것으로 느껴지는 것은 이 때문일 것이다.

3. 윤리적 결정론의 세계

한국 소설 속에서 '사회 속의 인간', 다시 말해 사회라는 구조적 관계의 틀 안에서 살아가는 개인의 문제가 보다 전면에 부각되기 시작하는 것은 아마도 염상섭이나 채만식에 이르러서라고 해야 할 것이다. 이들의 작품에서 작중 인물들은, 체제비판형 인물이든 순응형 인물이든 사회가 개인에게 가하는 힘의 역학 관계를 떠나서는 제대로 규명될 수 없는 사고와 행동 패턴을 보여준다. 따라서 이들의 작품을 통해 우리 문학은 비로소 개인과 사회의 문제를 사회가 개인의 삶과 맺고 있는 대립, 혹은 불화의 관계라는 구조적 틀 안에서 사유하는 진정한 의미의 근대적인 문학의 성과들을 일구어 나가기 시작했다고 해도 과언이 아니다. 염상섭과 채만식의 작품들이 이처럼 사회를 바라보는 보다 복합적이고 비판적인 인식의 지평을 확보할 수 있었던 것은 그들이 사실주의적 창작 방법론을 한국 사회를 파악하는 인식틀로서 매우 효과적으로 활용하고 있다는 점과 떼어 놓고 생각할 수 없다는 것이 지금까지 문단 내부의 일반적인 평가라고 할 수 있다.

그러나 사실주의적 방법론이 일구어낸 이와 같은 문학적 성과에도 불구하고, 그 이후 오랫동안 한국 문학을 지배했던 사실주의는 한국 문학의 성장에 그리 기름진 거름이 되어주지는 못했다. 한국 문학에서 사실주의라는 창작 방법론의 수용은 작가들에게 요구된 역사의식의 계몽적 실천이라는 맥락과 깊은 관련이 있고, 계몽의 패러다임과 결합한 사실주의적 창작 지침은 단순한 창작 방법론의 범주를 넘어 작가들에게 세계를 바라보는 작가의 윤리적 태도, 혹은 결단의 문제를 끊임없이 요구해왔던 것이다. 이 경우 사실주의는 이념적, 윤리적 당위의 이름으로 현실에 어떤 질서를 부여하려는 욕망과 매우 긴밀한 연관을 맺고 있다. 나는 이미 인용했던 「소설이 주체의 위기를 살아가는 방식」이라는 글에서 사실주의가 "산만하고 무질서하게 흩어져 있는 것으로 보이는 현실에 어떤 질서를 부여하고자 하는" 주체적 의욕의 소산이며, 따라서 "사실주의적 재현에 의해 구성된 현실은 기실 주체의 자기동일화된 현실"(1:41)이라는 말을 한 적이 있다. 사실주의자들이 그들의 글에서 이미 하나의 클리셰가 되어버린 '객관적 현실' 혹은 '현실의 객관적 합법칙성'이라는 말을 그들이 주장하는 당위적 이념에 의해 파악된 현실과 동일한 의미로 사용하는 과정에서 발생하는 현실과 당위 사이의 개념의 혼동은 이제 그리 새삼스러울 것이 없는 얘기다. 아마도 그러한 혼동에서 빚어지는 논리적 모순의 가장 대표적인 예가, 사실주의에 대한 논의에서 마치 금과옥조처럼 인용되는 엥겔스의 '리얼리즘의 승리'라는 개념과 사실주의자들의 글에서 빈번히 제기되는 작가의 올바른 역사관이라는 요구 사이의 모순일 것이다.

잘 알려져 있다시피 리얼리즘의 승리라는 말은 작가 자신의 정치적 견해나 세계관과는 무관하게 현실의 객관적 법칙성을 작품 속에 올바르게 형상화해내는 리얼리즘의 방법적 승리를 일컫는 개념이다. 이 개념을 사실주의 작품들이 현실의 객관적 합법칙성에 입각한 현실의 모습을 그려 보여줄 수 있는 것은 작가의 현실에 대한 주관적 판단과 윤리적 결단의 차원이 아니라 사실주의적 창작 방법론 자체의 엄정하고 객관적인 현실 파악 능력에서 비롯되는 것이라는 의미로 이해한다면, 우리나라의 대표적인 리얼리즘론자에 의해 제기된 "역사가 요구하는 과업에 스스로를 내바친 사람이야말로 철저히 객관적이고 과학적이어야 할 역사의 부름을 받고 있는 것이며, 문학의 경우 그는 리얼리즘의 과제에 부닥치지 않을 수 없게 되어 있는 것이다"(5:109)와 같은 주장은, 그와는 달리 "역사가 요구하는 과업"에 충실한 사람만이 리얼리즘의 과제를 떠안을 수 있다고 말하고 있다. 이 주장에 따르면 리얼리즘의 과제는 철저하게 작가 스스로의 주관적 결단의 문제와 결부되는 것이다. 이처럼 현실에 대한 '객관적 형상화'라는 리얼리즘의 논리가 작가의 '주관적 결단'의 문제와 맞물리는 논리의 틀 속에서 염무웅이 이른바 심미주의적인 문학 진영을 향해 던진 "현실과 동떨어진 자기목적 속으로 비약하는 것"(6:114)이라는 비판의 화살은 어쩌면 고스란히 그들 자신에게로 되돌아가야 할 지적이라고 하지 않을 수 없다. 경직되고 정형화된 당위론으로 일관해온 사실주의에 대한 이와 같은 비평적 논의뿐만 아니라, 한국의 문학 비평이 오랫동안 비평이 작가들에게 요구해온 이념적·윤리적 잣대를 작품을 통해 확인하려는 안일하고 편협한 내용분석의 틀에 의존해왔다는 점 또한, 비평 스스로가 한국 문학의 역량과 가능성을 억압하는 데 일조해왔다는 비판을 피해 가기 어렵게 만든다. 이러한 비평적 환경 속에서 문학의 형식적 지평을 확장하려는 다양한 실험들이 문학주의나 심미주의, 혹은 순수문학이나 모더니즘 문학이라는 명명으로 일괄 처리되어 비역사적이거나 비생산적인 문학의 전형으로 간주되어온 것은 우리 모두가 익히 알고 있는 바이다.

여기에서 사실주의자들이 작가들에게 주문하는 올바른 역사관이란, '올바른'이라는 관형어가 말해주듯, 그들이 주장하는 역사나 현실에 대한 객관적 인식을 작가적 윤리라는 관점에서 접근하는 태도의 일단을 드러내는 것이다. '올바른'이라는 말 속에 내포된 가치판단은 어떠한 가치판단도 배제할 것을 주문하는 '객관적'이라는 말과 모순된 것이 아닌가? 그러나 사실주의자들의 글에서 빈번히 제기되는 역사, 혹은 현실을 바라보는 윤리적 태도의 문제는 단순히 역사의식을 지니는 차원의 문제가 아니라 어떤 역사의식을 지녀야 할 것인가의 문제를 결정짓는 주관적이고 도덕적인 잣대를 끊임없이 작가들에게 요구해왔다. 문학의 사회적 책무를 문학이 갖춰야 할 기본적인 덕목으로 규정지으면서 작가가 지닌 역사인식의 윤리성을 작품에 대한 문학적 가치판단의 주요한 잣대로 활용해온 비평적 관행 속에서, 역사의식의 문제는 작가의 문학적 능력보다 우선적으로 고려되는 도덕적 자질의 문제로 받아들여졌고, 이 과정에서 도덕적 계몽주의의 논리가 역사를 바라보는 인식의 주류적인 패러다임으로 자리잡게 된 것이다. 우리가 "훌륭한 작가는 당대 사회의 역사가일 뿐만 아니라 앞으로 전개될 사회의 예언적 창조자일 수도 있는 것이다"(6:113)라는 한 사실주의자의 발언 뒤에서, 이광수로부터 이어져 내려오는 교사와 선각자로서의 작가의 이미지, 더 나아가서는 유교적 전통 안에서 우리에게 너무나도 친숙한 지사 혹은 선비의 풍모를 지닌 작가의 이미지를 떠올리게 되는 것 역시 이러한 지배적 패러다임의 틀 안에서이다. 이처럼 역사의 문제를 윤리적 잣대로 이해하려는 인식의 틀 안에서 한국 문학은 작가들에게 끊임없이 도덕적 인간형이 될 것을 요구해왔을 뿐만 아니라, 그들이 창조하는 작중 인물들을 향해서도 역시 그와 같은 도덕적 기준에 부합하는 인간의 풍모를 보여줄 것을 요구해왔던 것이다.

역사의 문제를 윤리적 세계 인식의 범주 안에서 받아들이는 시각은 역사의 문제가 민족, 혹은 민중이라는 개념과 결합하는 과정에서 보다 두드러지게 나타난다. 특히 이러한 개념들을 윤리적 당위의 차원에서 받아들이는 태도는 한국 문학의 현실에서 매우 광범위한 영향력을 행사해 왔다고 할 수 있다. 이를테면 그것은 '민족'이라는 개념이 서로 상반된 문학관을 주장하는 진영들 모두에서 자신의 문학적 입지를 정당화하는 주요한 논거로 활용되고 있다는 점에서도 쉽게 확인된다. "우리가 목적하는 민족 문학이 세계 문학의 일환으로서의 민족 문학인 것처럼 우리의 민족 정신이란 것도 세계사적 휴머니즘의 일환인 민족 단위의 휴머니즘으로서 규정될 것이며 이러한 민족 단위의 휴머니즘을 세계사적 각도에서 내포하고 있는 것이 오늘날 순수문학의 문학 정신인 것이다"(7:81)라는 식으로, 민족의 개념에 근거해서 순수문학의 정신적 요체를 파악하고 있는 김동리의 논리가 백낙청을 비롯한 민족문학론자들의 글에서 우리가 익히 접해온 주장과 놀랍도록 유사하다는 것은, 민족이라는 개념이 제기되는 양진영간의 정치적 입장이 어떠하든, 그들이 민족이라는 개념을 한 점 의혹 없는 당위적 명제로 받아들이고 있다는 점에서는 정확히 일치하고 있음을 보여준다.

이처럼 문학이 추구해야 할 당위적 목표를 미리 설정해 놓은 상태에서 파생되는 중요한 문제점 가운데 하나가 바로 현실을 바라보는 문학의 어떤 결정론적 시각이다. 한국 문학에서 접하게 되는 이러한 결정론적 시각은 우리가 우리의 문학에 대해 느끼는 불만, 다시 말해 작가들이 혼돈과 의문으로 가득 찬 세계의 미로를 헤쳐나가는 불확실한 정신의 도정을 보여주는 대신에, 이미 주어진 해답을 가지고 세계 속에서 그 해답의 당위성을 확인해 나가는 일에만 몰두하고 있는 것은 아닌가라는 생각과도 무관하지 않다. 이것은 심한 경우 작가들이 자신의 창작 행위를 마치 그들에게 미리 주어진 답을 가지고 그들 앞에 놓인 현실이라는 문제지를 풀어나가는 행위처럼 인식하고 있는 것은 아닐까라는 의문을 불러오기도 한다. 한국 소설이 다양한 시점들이 교차 갈등하는 다성악적인 서술보다는, 도덕적으로 정당한 주인공과 타락한 현실이라는 이분법적 서사 구도를 바탕으로 특정 시점이 작품의 전체적인 서술을 주도하는 단성적인 서술 양식을 선호한다거나, 작가의 빈번한 서술적 개입을 수반한 두드러진 메시지 지향적 성향을 보여준다는 것도 이러한 결정론적 시각과 연관된 특성들이라고 해야 할 것이다.

문학의 결정론적 시각은 근본적으로 의혹과 탐색의 정신을 배제하거나 억압한다는 점에서 상상력의 빈곤을 가져올 수밖에 없다. (이와 같은 상상력의 빈곤은 바로 한국 소설에서 독자들이 접할 수 있는 정서적 체험의 빈곤으로 이어진다.) 한국 문학이 서로 적대적인 힘들 사이의 대립이나 갈등을 역동적이고 다채로운 서사 구조로 구축해 나가는 역량에 있어 본질적인 취약함을 드러내 보이는 것 역시 이와 깊은 관련이 있을 것이다. 한국 소설은 대립적 서사의 구도 자체가 취약하거나, 도덕적 승자(그것이 현실적 승자가 아니라고 할지라도)가 미리 정해져 있는 윤리적 대립의 구도를 취하고 있는 경우가 많다. 이처럼 선과 악, 혹은 옳고 그름이 미리 정해져 있는 구도에서 끊임없이 탐색하고 탐문하는 정신의 역동적 긴장을 기대하기는 어려울 것이다. 뿐만 아니라 한국 소설들이 그와 같은 대립과 갈등의 긴장 상태를 그 극단으로까지 가져가지 못하고, 쉽사리 도덕적이거나 계몽적인 차원의 화해 가능성에 안주하는 중용의 상상력을 즐겨 보여준다는 점 또한 한국 문학이 지닌 서사의 역동적 활기를 약화시켜온 원인으로 지적될 수 있다. 갈등에서 시작해서 화해적 결말로 끝맺는 이야기 전개 방식은 특히 한국 소설의 독자들에게 매우 낯익은 서사적 도식 가운데 하나이다. 또한 그와 같은 갈등 구조에 도덕적이거나 계몽적인 화해 가능성을 제시하는 당위적 명제들로 빈번히 활용되어온 것은 민족(적 동질성), 민중(적 생명력), 모성(혹은 사랑) 등의 집단적이거나 추상화된 윤리적 개념들이다.

한국 문학을 대표하는 작품들을 묻는 설문조사 때마다 1, 2위를 다투는 작품들로 선정되곤 하는 최인훈의 「광장」이나 조세희의 「난장이가 쏘아올린 작은 공」 등의 경우에도 이러한 사정은 크게 다르지 않다. 오랫동안 남북의 체제 모두에서 실패한 지식인인 이명준을 통해 분단 이데올로기의 문제를 정면으로 문제 삼은 작품으로 평가되어온

「광장」의 경우, 우리는 작품의 어디에서도 남북의 현실과 '정면'으로 부딪치는 이명준의 모습을 찾아볼 수 없다. 3인칭 시점이라고 할지라도 이명준의 시점이 작품 전체의 시점을 완전히 장악한 상태, 다시 말해 이명준이 지닌 시점의 일방적인 자기정당성이 미리 확보되어 있는 상태에서 펼쳐지는 이 소설에서 우리에게 보다 적극적으로 주어지는 서사적 정보는 남북의 체제와 부딪치는 이명준의 삶의 구체성이 아니라 양체제에 대한 그의 관념적 사유이다. 정선생에게, 혹은 자신의 아버지에게 남북 체제에 대한 생각을 설파하는 이명준의 도도한 자기주장은 정선생과 이명준 아버지의 침묵과 더불어 이명준의 일방적인 승리로 귀결되고, 그 과정에서 우리는 서로 다른 관점들이 부딪치고 갈등하는 언술의 어떠한 역동적 긴장도 체험할 수 없다. 단적으로 말해서 「광장」이 들려주는 것은 현실의 세계에서는 패배했지만 관념(곧 윤리)의 세계에서는 일방적 승리를 거두는 이명준의 이야기이다. 이명준의 패배는 관념의 현실적 패배이지 관념 그 자체의 패배, 말하자면 그의 내적 정체성이 궁극적인 패배와 혼란에 직면하게 되는 사건은 아닌 것이다. 현실이 아닌 윤리의 차원에서 본다면 현실(악)과 관념(선)이라는 대립 구도 속에서 이명준이 벌이는 싸움은 이미 그의 승리가 예정되어 있던 싸움이라고 할 수밖에 없다. 그것은 명준과 정선생의 대화를 통해 명준의 패배가 이미 예견된 것이었음을 말해주는 작품 초반부의 다음 구절에서도 확인할 수 있다.

"그 텅 빈 광장으로 시민을 모으는 나팔수는 될 수 없을까?"
"자신이 없어요. 폭군들이 너무 강하니깐."
"자네도 밀실 가꾸기에만 힘쓰겠다는."

"그 속에서 충분히 준비가 끝나면."

"나와서."

"치고 받겠다는 거죠."

"그 얘기가 부도가 되면?"

"부도나는 편이 진실이겠죠."

또 말이 끊어진다. 말할수록 정선생의 자리는 내려가고, 그는 자꾸 건방져지는 게 선하다. (8:57~58)

인용문에서 광장으로 시민을 모으는 나팔수가 되라는 정선생의 말에 부도나는 편이 진실이라고 답하는 명준의 말에는 자신의 스승인 정선생을 압도하는 자신감이 실려 있다. 자신의 패배를 예견하는 명준의 자신감은 자신의 도덕적 우월에 대한 확신에서 비롯된 것이다. 따라서 그의 예견된 패배란 그의 도덕적 승리를 입증해주는 사건일 뿐이다. 이런 의미에서 중립국으로 가는 선상에서 사라지기 직전 이명준이 거울에 비친 자신을 향해 활짝 웃는 이 작품의 마지막 장면은 아마도 그가 거둔 최종적인 승리에 대한 명백한 암시라고 할 수 있지 않을까?

「난장이가 쏘아올린 작은 공」(이하 「난쏘공」으로 명명함) 역시 가진 자와 못 가진 자라는 사회적인 대립의 구도가 선과 악이라는 극명한 윤리적 대립 구도로 형상화되어 있다는 점에서 역사와 현실에 대한 한국 문학의 보편적인 접근 방식에서 크게 벗어나 있지 않다. 얼핏 동화적인 문체를 연상시키는 이 작품의 독특한 단문체적 서술 양식은, 인물이나 사건들에 대한 서술을 의도적으로 단순화시킴으로써 그러한 대립 구도를 선명하게 부각하고 그 효과를 극대화하는 매우 효율적인 서술 전략으로 기능하고 있다. 그러나 빈부의 대립이라는 문제를 둘러싸고 있는 현실 상황의 복잡한 얼크러짐을 의도적으로 단순화한 상태에서 얻어지는 윤리적 대립의 극대화는 오히려 그와 같은 대립 구도의 내적 취약성을 역설적으로 드러내 보여준다. 무엇보다 우리는 이 작품에서 서사적 대립에서 파생되는 내면의 갈등과 혼란을 거의 찾아볼 수 없다. 못 가진 자와 가진 자의 대립이 선과 악이라는 극명한 윤리적 위계질서의 지배 아래 놓여 있는 상황에서 작품 속의 인물들을 사로잡고 있는 것은 혼란과 갈등이 아니라 옳고 그름에 대한 선명한 자각과 분노이다. 단적으로 말해서 「난쏘공」의 세계는 윤리적 결정론이 지배하는 세계, 다시 말해 질서에의 욕망이 현실의 혼돈을 압도하는 세계이다. 이런 의미에서 「난쏘공」이 벌이는 싸움은 윤리적 당위를 묻는 싸움이 아니라 이미 결정화되어 있는 윤리적 당위를 관철하기 위한 싸움이다. 「광장」과 마찬가지로 「난쏘공」의 싸움 또한 현실에 대한 윤리적 해답을 미리 정해 놓고 시작되는 싸움인 것이다. 두 작품 모두에서 그 대립을 통합하는 원리로 제시되는 '사랑'이라는 추상적이고 윤리적인 해결책이 우리에게 너무도 친숙한 저 계몽의 울림으로 다가오는 것도 그와 연관이 있지 않을까? 「난쏘공」이 교사가 학생들을 가르치는 교실 안의 풍경으로 시작하고 끝난다는 것 또한 이러한 맥락에서 작가의 의도적인 배치를 짐작케 하는 장면들이다.

4. 세계의 부조리를 탐사하는 심연의 상상력

계몽의 패러다임을 지배하는 것은 질서에 대한 욕망, 다시 말해 무질서하게 흩어져 있는 것으로 보이는 현실을 계몽 주체의 질서화된 현실인식의 영역 안으로 끌어들이려는 욕망이라고 할 수 있다. 그렇다면 계몽의 패러다임이라는 틀 안에서 지금까지 한국 문학은 혼돈과 무질서로 가득 찬 현실에 어떤 질서를 부여하려는 강박적 욕망에 지나치게 사로잡혀온 것은 아니었을까? 그 때문에 한국 문학은 지금까지 역사적 혹은 이념적 당위라는 영양분의 과잉 공급 상태에 놓여 있었던 것은 아닐까? 따라서 한국 문학에 정말 필요한 것은 차라리 그 영양의 결핍 상태라고 말해야 하는 것은 아닐까? 한국 문학에 결여되어 있는 것, 혹은 한국 문학이 정말 필요로 하는 것은 영양의 결핍을 견디는 정신의 에너지와 철학적 사유의 깊이를 심화하는 일이라고 말이다.

어떤 의미에서 근대 이후 한국 문학이 보여준 상상력의 빈곤은 한국 사회가 서로 상반된 세계관들 사이의 팽팽한 긴장과 대립에서 발생하는 풍부한 문화적 경험을 가져보지 못했던 사정과 깊은 관련이 있을지 모르겠다. 이 문제에 대해 여기에서 길게 논의할 여유는 없지만, 서구 문학의 전통 속에서 풍부하게 접할 수 있는 신/인간, 선/악, 이성/광기, 질서/혼돈, 고결함/비천함, 은총/저주, 삶/죽음, 현실/심연 등과 같은 대립항들 사이의 불가사의하고 역동적인 정신의 출렁거림은, 이러한 대립항들 사이에서 분열하고 갈등하는 정신의 길항 작용을 통해 끊임없이 세계를 바라보는 인식의 새로운 패러다임을 생산해온 서구 사회의 지적·정신적 풍토와 깊은 관련이 있을 것이다. 그러나 윤리적 위계질서의 고착화와 도덕적 엄숙주의, 혹은 서로에 대해 적대적인 진영들의 완강한 자기폐쇄성과, 그 적대적인 관계가 불러일으키는 분열과 혼란을 사회의 안정을 저해하는 타기시되어야 할 공공의 적으로 바라보는 우리 사회의 뿌리 깊은 편견들, 그리고 그 이질적인 힘들 사이의 분열과 갈등을 봉합하기 위한 사회통합적인 윤리의 지향 등으로 특징지어지는 우리 사회의 빈곤하고 경직된 정신 풍토는, 오랫동안 한국 문학이 대립과 혼돈의 상태를 견디는 정신의 에너지를 축적하는 데 불리한 여건으로 작용해왔을 것이다.

그러나 한국 문학이 지닌 상상력 빈곤의 보다 근본적인 원인은, 역사와 현실에 대한 윤리적 세계 인식의 문제 이전에, 지금까지 한국 문학이 보여주었던 현실적 문제의식에 대한 지나친 집착과도 긴밀한 연관이 있을 것이다. 좀처럼 현실의 범주 바깥으로 벗어나지 않는, 한국 문학에서 넘쳐나는 현실고착적 상상력의 과잉은 결국 문학적 상상력의 활동 범주를 끊임없이 현상적인 인식의 지평으로 환원시킴으로써, 상상력의 또 다른 결핍을 불러오는 원인이 된다.(현실에 대한 고착화된 문제의식의 범주를 벗어나 문학이 지닌 시공간적 영역을 확장하거나 형식적 관습을 새롭게 갱신하려는 다양한 시도들에 대해 가해진 '비현실적' '비역사적' 운운의 저 상투화된 비평적 반응들을 떠올려보라!) 이처럼 한국 문학의 사실주의적 상상력의 범주가 좀처럼 현실이라 이름 붙여진 세계의 좁은 범주를 벗어나지 않는 가시적 리얼리티의 차원에 고착되어 있다는 것은, 현실적인 시공을 초월하여 현실과 초현실, 혹은 현실과 환상의 경계를 넘나드는 광활하고 심오한 상상의 세계를 펼쳐 보여주는 서구의 이른바 환상적 혹은 마술적 리얼리즘의 세계와 비교할 때 그 상상력의 율동이 지나치게 경직되어 있다는 느낌을 지울 수가 없다. 이런 의미에서 한국 문학에 진정으로 결핍되어 있는 것은 현상이 아닌 어떤 심연의 상상력인지도 모른다. 이러한 심연의 상상력은, 인간의 영혼과 그 영혼의 심연을 '최후의 한

점까지' 꿰뚫어보려 한 저 도스토예프스키가 그랬듯, 혹은 어떠한 도덕적 위안에도 기대지 않고 인간과 세계의 부조리한 심연을 남김없이 응시하고자 했던 저 카프카가 그랬듯, 삶의 불가사의한 혼돈과 불안에서 비롯되는 갈등과 긴장의 에너지를 그 극점으로까지 밀고 가는 정신의 모험으로부터 솟아나오는 것일 것이다. 그리고 그것은 손쉬운 화해를 거부하면서, 절망의 밑바닥에서 희열의 절정까지 혹은 천사에서 악마까지 혹은 냉철한 이성에서 불가해한 광기에 이르기까지, 인간의 심연 속에 내재된 정서적 스펙트럼의 모든 영역을 탐사하는 어떤 극단의 상상력과 연결되어 있는 것이기도 하다.

심연의 상상력은 해답을 미리 정해 놓고 시작하는 모험이 아니라, 영원히 해답에 도달하지 못할지도 모른다는 불안을 끌어안고 시작하는 정신의 모험이다. 그런 의미에서 그것은 인간의 삶을 규정짓는 윤리적 당위에서 출발하는 모험이 아니라, 윤리적 당위 그 자체의 당위성을 끊임없이 의심하고 탐문하는 혼돈에 가득 찬 정신의 모험이라고 할 수 있을 것이다. 「문학과 악」에서 바타유가 악의 극점까지 접근하려 했던 서구의 몇몇 작품들을 분석하면서 문학을 악의 표현이라고 명명했던 것, 그리고 그것이 "도덕의 부재를 명하는 것이 아니라 '도덕을 넘어서는 도덕hypermorale'을 요구하는 것"(9:12)이라고 말했던 것 역시, 문학이 지향해야 할 궁극적인 도덕성이란 불가사의한 혼돈으로 가득 찬 인간의 심연을 그 극점까지 응시함으로써 도덕 그 자체를 끊임없이 회의하는 정신임을 뜻하고 말하고 있는 것이 아닐까? 모리스 블랑쇼가 글 쓰는 행위의 궁극을 침묵을 향한 전진으로 파악하면서, 문학을 '표현 불가능한 것' '사고 불가능한 것'의 표현이라고 말했던 것 또한 문학이 놓여 있는 어떤 심연의 자리를 가리키고 있는 것으로 볼 수 있다. 해답 없는 의혹과 불안을 끌어안고 문학, 혹은 언어가 끝내 도달할 수 없는 삶과 세계 속의 불가사의를 탐사하는 것, 그럼으로써 "글쓰기의 불가능성에 대해 글을 쓴다는" 모순을 정신적 모험의 극단까지 밀고 나가는 것, 아마도 그것이 문학이 놓여 있는 궁극적인 심연의 자리일 것이다. 이 심연의 자리는 또한 "일체의 확실성의 문턱"에서 "일체의 주관성 바깥"(10:190)의 완전한 공백과 불확정성을 향해 나아가는 바깥의 사유, 문학이 문학과 언어의 바깥을 향해, 문학적 주체가 그 주체의 완전한 소멸과 부재를 향해 나아가는 정신의 절망적인 희열을 자신의 온몸으로 받아들이는 자리일 것이다. 여기에서 우리가 그 심연의 자리로부터 울려나오는 듯한 모리스 블랑쇼의 다음과 같은 말에 귀를 기울일 수밖에 없는 것은 그것이 바로 우리 문학의 현실과 관련된 매우 뼈아픈 암시로 다가오기 때문이다.

작가는 이제 자신을 표현한다는 것이 의미 한계에 따라 사물과 가치를 정확하게 확신감을 가지고 표현하는 것을 뜻하는, 그런 주체적인 영역에 속해 있지 않은 것이다. 쓰여지는 것, 그것은 써야 하는 자에게 자신은 아무런 권위도 없다는 것을 긍정하게 한다. 그러나 그 긍정조차 단호한 것이 아니다, 그것은 아무것도 긍정하지 않으며 휴식도, 침묵의 위엄도 아니다. 왜냐하면 이것은 모든 것을 다 말하고 난 뒤에도 계속 말하고 있는 것이지 말에 앞서 오는 것이 아니기 때문이다. (11:20)

'악'의 도덕으로서의 문학

—'좋은' 문학에 대한 단상

이청준은 「소문의 벽」에서 『잃어버린 말을 찾아서』에 이르는 일련의 소설들 속에서 말 혹은 진술과 관련된 꾸준한 소설적 탐색을 보여주고 있다. 소설가는 누구인가? 소설을 쓴다는 것은 무엇을 의미하는가라는 소설 쓰기에 대한 집요한 자의식을 드러내 보이는 이들 작품에서 말은 욕망의 표현 이전에 욕망이 생성되는 자리, 다시 말해 욕망 자체의 발생론적 근거를 이루는 것이다. 그 가운데 「자서전들 쓰십시다」는 '자서전'이라는 형식의 글 속에 숨겨진 자기진술적 욕망의 허구성에 대한 이청준 특유의 끈덕진 천착을 보여주는 작품이다. 소설 쓰기를 꿈꾸는, 그러나 현재는 자서전 대필을 생업으로 삼고 있는 지욱은 자신에게 자서전 대필을 의뢰해온 두 사람을 통해 지금까지 지속해온 자서전 대필에 대한 심각한 회의에 직면하게 된다. 그 회의는 "오늘 우리 사회에서 자기 자서전을 갖고자 하는 사람들은 그 성향으로 보아 대개 굳건한 자기 신념의 소유자들이거나 자기의 과거에 대해 유독이 심한 갈등을 지닌 사람들이었습니다"라는 지욱의 생각과 무관하지 않다. 지욱에게 자서전 대필을 의뢰해온 두 사람 중 황무지를 옥토로 바꾸어 놓은 최상윤이라는 인물이 전자에 해당한다면, 인기 코미디언인 피문오는 후자에 해당된다. 지욱이 보기에 후자가 어둡고 누추한 과거를 그럴듯한 도배지로 감춰버리는 미화와 과장의 욕망에 사로잡혀 있다면, 전자의 경우에는 어떠한 오류나 자기회의도 허용하지 않겠다는 맹목성으로 자신의 삶을 일관해온 완고하고 일사불란한 신념이 문제가 된다. 그것이 자신의 삶을 은폐하고 미화하려는 욕망이든 자신의 삶에 대한 확신에 찬 신념이든, 두 사람 모두 자서전이라는 자기진술의 형식을 통해 자기 삶의 도덕적 알리바이를 대외적으로 천명하고, 자기 삶의 정당성을 사회적으로 인정받고자 하는 욕망에 사로잡혀 있다는 점에서는 다를 바 없다. 이때 자서전은 말과 삶의 극단적인 괴리를 표상하는 글쓰기의 형식이 되며, 말은 말의 분식이고, 말의 배반이 된다는 것이 두 사람이 의뢰한 자서전 대필을 망설이는 지욱의 고민이다.

그러나 자기진술에의 욕망은 자서전이라는 특수한 글의 형식에만 해당되는 것은 아닐 것이다. 오히려 자신의 투철한 신념을 세상에 펼쳐 보임으로써 자신의 도덕적 우월성을 과시하려는 욕망이나 자신의 삶을 그럴듯하게 치장하려는 자기분식의 욕망은 자서전의 경우만이 아니라, 글쓰기의 내부에서 작용하는 보편적인 욕망이라고 해야 할 것이다. 글이라는 형태로 발현되는 자기진술에의 욕망이란 기실 모든 문학이 발원하는 욕망의 원천이며, 그런 의미에서 문학은 세상의 말들 속으로 자기 말의 길을 내려는 욕망의 한 표현이다. 문학은, 그것이 표면적으로 어떠한 언술 형태를 취하든 결국은 자기진술을 통해 세상과 소통하려는 작가의 지극히 개인적이고 내밀한 욕망에서 시작되는 것이라고 해야 할 것이기 때문이다. 이때 자기진술의 욕망이란 세상으로부터 자기 존재의 정당성을 인정받고 싶은 욕망과 하나의 뿌리로 연결되어 있다고 할 수 있다. 문학적 언술 속에 내재된 자기진술의 욕망 역시 「자서전들 쓰십시다」에서 제기된 문제들, 다시 말해 글 쓰는 사람이 자신의 도덕적 알리바이를 통해 세상과의 관계에서 일정한 도덕적 우위를 확보하려는 욕망에서 자유롭기 어렵다.

이청준은 「자서전들 쓰십시다」에 연이은 「지배와 해방」이라는 작품에서 왜 쓰는가의 문제를 복수와 지배, 해방이라는 관계의 변증법으로 풀어내고 있다. 후자에서 이청준은 이정훈이라는 소설가의 강연이라는 형식을 빌려 말의 분식, 말의 배반이 아닌 진정한 글쓰기의 본질을 문제삼고 있는데, 내가 보기에 전자의 자기진술적 욕망의 허구성과 후자의 진정한 글쓰기의 본질 사이에는 그 현격한 차이점만큼이나 간과할 수 없는 어떤 공통점이 내재해 있는 듯하다. 작품 속에서 서술되고 있는 이정훈의 강연 내용에 따르면, 글쓰기란 애초에 자신에게 상처를 주거나 뼈저린 배반의 체험을 안겨준 세상에 대한 개인적인 복수심에서 출발하는 것이며, 그 복수심이란 자신이 추구하는 세계의 새로운 질서를 만들어냄으로써 이 세계를 지배하려는 욕망으로 이어진다. 그러나 작가가 글을 통해 욕망하는 그 지배의 방식은 세계에 대한 또 다른 억압을 낳는 것이 아니라, 이미 존재하는 억압으로부터 보다 넓고 자유로운 세계로의 해방을 추구함으로써 개인의 진실과 집단의 꿈이 서로를 배반하지 않고 화해롭게 공존하는 세계를 꿈꾼다는 것이다. 작품 속의 말을 그대로 빌려오면 "자유롭지 못하게 하는 것을 소설로써 고발하는 것, 의롭지 못한 일을 증언하는 것, 우리의 삶을 부당하게 간섭해오거나 병들게 하거나 불행스럽게 만드는 모든 비인간적인 제도와 억압에 대항하여 싸우고 그것들을 이겨나갈 용기를 모색하는 것, 소위 새로운 영혼의 영토를 획득해 나가고 획득된 영토를 수호해 나가려는 데 기여하는 모든 문학적 노력이 종국에는 다 우리의 삶을 보다 더 풍족하게 행복스럽고 사람다운 사람으로 살아가게 하려는 삶의 진실을 위한 것"이라는 것이다.

　인용한 말에서도 암시되는 것처럼, 문학은 부정(否定)의 형식으로 세상과의 소통을 꿈꾼다. 문학은 세상을 사랑하기 위해 세상과 싸우고 세상에 대한 희망을 포기하지 않기 위해 세상에 대해 절망한다. 따라서 문학의 운명은 자기모순의 운명일 수밖에 없는데, 그것은 문학이 세상 어디에도 없는 유토피아적 세계에의 꿈을 마치 고통스러운 화인(火印)처럼 자신의 몸 안에 새겨 가지고 있기 때문이다. 문학은 세상 바깥으로 튕겨져 나가려는 힘으로 힘겹게 세상의 벼랑 위에 자신의 둥지를 튼다. 이때 문학으로 하여금 세상을 견디게 하는 힘은 세상과의 관계에서 문학이 차지하는 도덕적 위상이다. 도덕적 자기정당성의 이름으로 문학은 세속 세계에서 세상과 맺고 있는 열등한 관계를 역전시킨다. 문학은 세상보다 누추하지만, 세상보다 순결하다. 김현의 어법을 빌리면, 문학은 무용(無用)하지만 그 무용함 때문에 유용하다. 문학의 무용함을 유용함으로 바꾸는 것은 바로 세상과의 관계맺음 속에서 문학이 지니는 도덕적 가치이다.

　그러나 문학의 도덕적 자기정당성의 논리는 문학이 세상을 부정하고 세속현실과의 싸움을 지속할 수 있도록 고무하는 중요한 동력원이 되기도 하지만, 다른 한편으로는 세속현실과의 관계에서 문학의 도덕적 우위를 손쉽게 기정사실화하고, 그럼으로써 문학과 세속현실과의 싸움을 도덕적 승자가 미리 정해져 있는, 즉 이미 결과가 예정된 싸움으로 만들어버리는 역기능으로 작용하기도 한다. 이럴 경우 작품의 서사 구도는 도덕적으로 정당한 주인공과 타락한 세상이라는 이분법적 대립 관계로 고착화되고, 주인공의 싸움은 끊임없이 진리에 대해 묻고 회의하는 내적인 갈등과 긴장으로 점철된 싸움이기보다, 이미 자신의 내부에 확보되어 있는 진리를 세상 속에서 관철하려는 싸움이 된다. 요컨대 질문과 의심을 거듭하면서 세상이라는 풀리지 않는 문제지를 풀어나가는 과정이 아니라, 예정되어 있는 답을 마치 바둑알 늘어놓듯 어떻게 효과적으로 배치할 것인가가 문제가 되는 것이다. 이 경우 대개의 작품들은 서로 갈등하고 충돌하는 다양한 목소리들이 함께 어우러지는 다성악적인 경연장이 아니라 작품 전체를 도덕적으로 통어하는 단일한 목소리만이 독야청청 울려나오는 독주(獨奏)의 형식이 된다. 이러한 경향은 특히 한국 문학에서 두드러지게 나타나는 현상이라고 할 수 있는데, 내가 보기에는 앞에서 거론한 이청준의 작품들도 이러한 혐의로부터 썩 자유로운 것은 아닌 듯하다. 지욱은 자서전이라는 자기진술의 형식 속에 내재된 허구성으로 인해 자서전 대필이라는 자신의 직업에 대해 심각한 회의를 거듭하고 작품 속에서 지욱의 그러한 회의는 충분히 수긍할 만한 근거와 정황 증거에 의해 뒷받침되고 있기는 하지만, 그럼에도 불구하고 작품의 전체적인 구도가 소설가를 꿈꾸는 지욱과 그에게 자서전 대필을 의뢰한 세속적 욕망을 차별화하는 다분히 배타적인 이분법의 구도로 이루어져 있어, 지욱의 목소리가 그 회의 어린 자기고뇌에도 불구하고 일방적이고 독점적인 방식으로 전달된다는 의구심을 떨쳐버리기 어렵다. 요컨대 지욱의 회의는 자기 삶의 근간을 뒤흔드는 근본적인 회의라기보다, 그 회의의 자기정당성이 이미 확보되어 있는 상태에서 제기되는 방법적

회의에 가깝다는 인상이다.

　이쯤에서 나는 앞서 언급한 자기진술적 욕망의 허구성과 진정한 글쓰기의 본질 사이에 내재된 간과할 수 없는 공통점이라는 문제에로 되돌아가야 할 듯하다. 나에게는 자기진술적 욕망이나 지배와 해방이라는 글쓰기의 본질 모두 글쓰기 주체의 욕망과 의지를 세상 속에 펼쳐 보이고, 세상을 향한 자기 존재의 영향력을 확대하고 싶은 욕망의 지배를 받고 있다는 점에서 크게 다르지 않은 것으로 보인다. 그것은 결국 말을 통해 세상을 지배하려는 욕망이고, 나를 둘러싸고 있는 세계에 나를 인식 주체로 하는 말의 특정한 질서를 부여하고자 하는 욕망이다. 아주 단순화시켜 말한다면, 지욱이 회의를 느낀 자서전적 자기진술이나 그와 대비되는 문학적 자기진술 사이의 차이점이란 다만 글쓰기 주체의 시야가 개인적 욕망의 허구화된 틀 속에 무반성적으로 갇혀 있느냐, 아니면 주체의 의지로 세계를 새롭게 질서화하려는 욕망으로 억압적 세계로부터의 해방을 지향하는 보다 근본적인 반성적 성찰을 향해 열려 있느냐라는 문제에 놓여 있는 것이라고 할 수 있다. 그것은 결국 말의 훼손이냐 확장이냐라는 문제와 연결되는 것이고, 거짓 욕망에 봉사하며 삶의 실체를 기만하는 "떠도는 말들"에 대한 지욱의 고뇌 또한 이 문제와 깊숙이 맞닿아 있다. 그렇다면 우리는 여기에서 자서전적 자기진술과 문학적 자기진술 사이의 보다 근본적인 차이점을, 과연 그 자기진술의 내부에 말에 대한 치열한 자의식과 고뇌가 살아 있느냐 아니냐의 문제와 관련지어 생각해볼 수도 있을 것이다. 말에 대한 자의식은 결국 문학의 형식에 대한 고민과 연결되는 것이고, 말의 확장이란 문학의 새로운 형식을 통해 언어를 쇄신하고 언어의 새로운 가능성을 모색하는 과정과 맞물려 있는 것이다. 내가 보기에 이른바 '좋은 문학'의 일차적인 조건은 단순히 무엇을 쓸 것인가의 문제를 넘어서 어떻게 쓸 것인가에 대한 자의식, 다시 말해 문학을 구성하는 언어적 형식에 대한 치열한 모색과 직결되어 있는 것 같다. 김수영은 그것을 "새로운 언어의 작용을 통해서 자유를 행사한 흔적"이 있느냐 없느냐의 문제로 제시하면서, 시 속에 "우리의 생활현실이 담겨 있느냐 아니냐의 기준"도 단순히 "작품상에 나타난 언어의 서술"이 아닌 "시 작품 속에 숨어 있는 언어의 작용"에서 찾아야 한다고 말한 적이 있다. 그 새로운 언어의 작용은 기존의 언어적 관습을 넘어서는 언어의 확장이고, 문학이 언어를 통해 자유를 사는 방식이며, 그럼으로써 "형식은 내용이 되고 내용이 형식이 되"는, "온몸으로, 바로 온몸을 밀고 나가는" 한 편의 시를 태어나게 만드는 힘이다.

그런데 문제는 한국 문학에서 이와 같은 언어의 작용에 대한 문학의 고민이 전반적으로 매우 취약한 양상을 보여주고 있다는 점이다. 한국 문학에서 나타나는 형식의 단조로움은 한국 문학이 지나치게 언어의 작용이 아닌 언어의 서술에만 치중해왔다는 점과 무관하지 않을 것이다. 한국 문학에서 언어의 서술이 두드러진다는 것은 한국 문학이 그만큼 작가의 '할말,' 다시 말해 작가의 도덕적 신념과 판단의 지배를 강하게 받아왔다는 점과 일정한 연관이 있을 것이다. 내가 보기에 이것은 한국 문학이 문학적 욕망의 원천을 이루는 자기진술적 욕망의 유혹, 보다 정확히는 그 욕망 속에 내재된 도덕적 자기정당성에 대한 유혹을 쉽사리 문학적 자기정당성의 논리로 환치시켜온 저간의 사정과 무관하지 않은 듯하다. 어떤 형태로건 자신이 옳다는 신념의 지배를 받는 문학은 누군가를 감화시키고 싶다는 욕망, 즉 계몽의 욕망과 쉽사리 손잡게 된다. 계몽에의 욕망은 특정한 도덕적 가치체계를 기반으로 무질서한 현실에 어떤 질서를 부여하고 싶은 욕망을 불러오고, 그것은 결국 일사불란한 언어의 서술을 요구하게 된다. 그 일사불란한 언어 서술의 정점에 이른바 작품의 주제라는 것이 놓여 있다. 나에게는 바로 이 작품의 주제라는 것이 한국 문학의 숨통을 오랫동안 짓눌러온 족쇄 같은 것이 아니었나 싶다. 비근한 예로 우리는 학창시절 처음으로 문학이라는 것을 접하는 순간부터 작품 대신 먼저 작품의 주제와 만나게 된다. '단원 정리'라는 명목 아래 작품에 대해 일사불란하게 정리된 요점들과 함께 작품의 주제를 암기하는 것으로 교과서에 실린 문학 작품에 대한 우리의 이해는 그야말로 말끔하게 '정리'되는 것이다.

　문학의 안팎에서 문학을 질서화하려는 욕망은 결국 문학으로부터 질문하고 의심하고 회의하는 능력을 빼앗고, 종내에는 갈등과 긴장을 견디는 문학 내부의 힘을 약화시키버리는 게 아닌가 싶다. 김수영은 "'혼란'이 없는 시멘트 회사나 발전소의 건설은, 시멘트 회사나 발전소가 없는 혼란보다 조금도 나을 게 없는 것 같은 생각이 든다"라는 말을 한 적이 있지만, 기실은 한국 문학에도 더 많은 혼란이, 혼란을 견디는 더 많은 문학적 에너지가 필요한 것이 아닐까? 김수영의 말대로 "문학의 본질이 꿈을 추구하는 것이고 불가능을 추구하는 것"이라고 할 때, 문학의 꿈은 존재하는 세계 속에서 부재하는 세계를 추구하는 것이기 때문에 불온한 꿈일 수밖에 없다. 그 불온한 꿈을 지탱하는 에너지는 바로 현실과 꿈이 갈등하고 충돌하는 지점에서 발생하는 것이다. 현실 속에서 끊임없이 그 실현이 지연되고 좌절될 수밖에 없는, 그 때문에 끊임없이 혼돈과 불안으로 소용돌이치는 불가능한 꿈의 현실을 견디는 힘이 문학을 문학이게 하는 존재의 원천인 것이다. 그런 의미에서 한국 문학에는 더 많은 불온함이, 불온함을 더 근원적인 지점으로까지 밀고 나가는 더 치열한 정신의 에너지가 필요하다. 갈등을 해결하는 방법으로서의 화해와 용서가 아닌 갈등과 긴장의 에너지를 그 극점으로까지 밀고 가는 힘으로서의 더 많은 혼돈과 불화가 필요하다. 화해와 용서란 세상에 대해 도덕적 우위에 서고자 하는 문학이 세상과의 갈등을 해결하는 너무나 손쉬운 선택일 뿐이다.

문학의 몫은 해답을 제시하는 것이 아니라 세상에 대해 끊임없이 불온한 질문을 던지는 것이다. 문학에게 주어진 역할은 세상에 대한 도덕적 판관이 아니라 끊임없이 자기 존재의 모순과 싸우며 세상과 문학 자신의 불완전함을 견디는 것이기 때문이다. 이때 문학이 던지는 불온한 질문은, 바타유의 말을 빌리면, 도덕을 넘어서는 도덕, 즉 '선'의 도덕이 아니라 '악'의 도덕과 통해 있을 것이다. '악'의 도덕이란 '선'의 부정이 아니라 '선'의 이면에 도사린 도덕의 배타적인 자기 규정성을 거부하고 세상을 지배하는 도덕적 권위에 도전하는 도덕, 자기정당성의 세계 안에 갇혀 있는 도덕이 아니라 자기정당성에 대해 끊임없이 질문하고 회의하는 도덕이다. 문학의 근본적인 도덕성은 문학이 제기하는 도덕적 주장이나 확신처럼 어떤 결정화된 언어 서술의 형태로서가 아니라, 어떠한 결정화된 규범으로부터도 자유로우려는 일탈과 해체의 언어 작용, 그 유동하는 문학의 육체 안에서 형성되는 것이다. 다시 김수영식의 어법을 빌려온다면, 문학은 "'머리'로 하는 것도 아니고, '심장'으로 하는 것도 아니고, '몸'으로 하는 것"이다. 바로 그 문학의 몸체에 해당하는 것이 언어의 작용이다. 언어의 작용

을 통해 문학은 자유를 노래할 뿐만 아니라 자신의 온몸으로 자유를,
아니 자유가 불가능한 현실을 산다. 문학은 불가능의 심연 속으로 더
깊숙이 내려감으로써 의혹과 방황으로 점철된 가열한 정신의 모험으
로 세상을 항해하는 문학의 돛을 활처럼 팽팽히 긴장시킨다. '좋은'
문학은 바로 그러한 정신적 모험의 역동적 긴장 속에서 태어나는 것
이다.

문명에 대한 반문명적 사유
—천운영, 윤성희, 편혜영의 소설들[1]

1. 존재 미달, 혹은 존재 박탈의 세계

천운영과 윤성희, 편혜영의 소설들이 그려 보여주는 세계는 어둡고 음습하다. 그 세계에는 1990년대 이후 한국 소설에서 발견되는 시대의 첨단을 구가하는 문화적 아이콘들도, 기성세대의 문화적 억압을 조롱하듯 날렵하게 치고 빠지는 상상력의 자유로운 율동도, 새로운 세대의 자기정체성에 대한 열정 어린 탐색도 존재하지 않는다. 뿐만 아니라 거기에는 1990년대 이후의 소설들이 정교한 심리 묘사를 통해 보여주었던 내면성의 세계, 다시 말해 세계와의 불화로 인해 고통스러운 자기정체성의 혼란에 직면한 개인의 절망적인 내면 세계나,

---

1) 이 글의 대상이 된 텍스트는 다음과 같다. 1. 천운영, 『바늘』, 창작과비평사, 2002; 2. 천운영, 『명랑』, 문학과지성사, 2004; 3. 윤성희, 『레고로 만든 집』, 민음사, 2001; 4. 윤성희, 『거기, 당신?』, 문학동네, 2004; 5. 편혜영, 『아오이가든』, 문학과지성사, 2005. 인용의 출처는 본문의 괄호 안에 상기한 책 번호와 쪽수로 표시한다.

정체성의 혼란으로부터 벗어나려는, 혹은 정체성의 혼란에 대해 탐구하는 인간 내면의 어떠한 적극적인 기획도 발견되지 않는다. 개인의 자기정체성의 혼란에 대한 소설적 탐색이, 자기정체성의 혼란을 인식하는 주체로서의 개인을 호명하는 방식으로 개인과 세계 사이에 놓인 대립 혹은 불화의 양상들을 그려나가는 방식이었다면, 천운영과 윤성희·편혜영의 소설 속에 등장하는 인물들은 개인적 주체의 이름으로 세계 속에 거주할 자격을 원천적으로 박탈당한 인물들이다. 그들은 세계와의 소통을 꿈꾸는 주체가 될 수 없을 뿐만 아니라, 세계와의 소통을 거부하는 주체가 될 수도 없다. 그들의 삶 속에 내재된 세계와의 불화는 그들이 세계와의 소통을 거부하기 때문이 아니다. 오히려 세계로의 소속을 열렬히 갈망하는 그들을 거부하는 것은 바로 이 세계다. 인생이라는 공연이 펼쳐지는 세계라는 화려한 무대 안으로의 입장을 거부당한 채, 끊임없이 세계의 변방으로 밀려나는 인물들의 이야기는 우리에게 세계를 향한 개인의 어떠한 주체적 기획도 소진되어버린 삶의 텅 빈 동공(洞空)을 떠올리게 한다. 마치 아무리 큰 소리로 울어대도 세상이 결코 자신에게 손 내밀어주지 않을 것임을 이미 다 알아채버린 어린아이의 폐허와도 같은 무표정으로 소설 속의 그, 혹은 그녀들은 살아가기 위한 최소한의 산소만을 호흡하고 있다. 희망의 권리뿐만 아니라 절망의 권리마저 박탈당한 채 이들은 마침내 인간 주체라는 근대적 신화의 바깥으로 내동댕이쳐지는 것이다.

천운영과 윤성희, 편혜영의 소설 속 인물들이 지니고 있는 존재의 비극성은 먼저 그들이 거주하는 공간적 배경에서부터 시작된다. 이를테면 천운영의 소설에서 인물들이 거주하는 공간은 성성한 잡초 더미에 녹슨 철로가 버려져 있는 곳, 녹슨 고철 더미로 뒤덮인 고물상, 마침내 홍수에 휩쓸려버릴 유원지의 허름한 식당, 폐허가 되어가고 있는 건물 안, 철거를 앞두고 있는 산동네 등이며, 편혜영의 소설들에서는 버려진 저수지, 역병이 창궐하는 어느 도시, 맨홀 속, 익사 사고 다발 지역인 숲 속의 계곡 등이다. 윤성희의 소설에 등장하는 인물들 또한 반지하 셋방이나 점점 평수가 줄어드는 변두리 지역의 방들을 전전한다. 문명 사회로부터 버려지고 폐기처분되어가는 지역들이거나 문명 사회의 외곽 지대에 속해 있는 이러한 공간들이 갖는 비극적 표상은 그 속에 거주하는 인물들이 지닌 불구성의 표지들에 의해 더욱더 증폭된다. 이러한 불구성은 곱추이거나 곱추와 유사한 신체적 특징을 지닌 인물들이 자주 등장하는 천운영의 소설들뿐만 아니라, 어린 시절 부모에게 버림받거나 가족들의 죽음, 혹은 떠나버림이라는 상실의 경험을 끌어안고 살아가는 윤성희 소설 속의 인물들에서도 폭넓게 나타난다. 편혜영의 소설들에 이르면 이러한 불구성의 이미지가 인간과 동물, 혹은 살아 있는 육체와 죽은 시신 사이의 경계마저 모호해지는 그로테스크의 수준으로까지 육박한다.

이들 작품에서 인물들의 정신적·육체적 불구성은 녹슨 철로나 고물상에 쌓이는 고물들처럼, 혹은 폐허가 된 건물이나 버려진 쓰레기들로 악취를 풍기는 저수지처럼 문명 세계의 외곽으로 폐기되어가는 그들의 운명과 함께 그들의 삶이 지닌 어떤 '존재 미달'의 상태, 혹은 존재성 박탈의 상태를 표상한다. 요컨대 그들은 주체로서의 개인의 자격을 부여받지 못한 인간들, 혹은 사회로부터 주체로 호명받지 못한 인간들인 것이다. 천운영이나 편혜영의 소설들에서 종종 나타나는 자라지 않는 등뼈나 성장이 멈추어버린 몸의 모티프들, 또는 육체적 불구는 아닐지라도 "태어날 때부터 조숙한 아이, 그러나 더 이상 자라지 않는 아이"(3:136~37)로 표현되는 정신적 성장이 멈추어버린 듯한 윤성희의 소설 속 인물들은 이러한 존재 미달의 상태를 암시한다. 세계로부터 주체로 호명받지 못했으므로 그들에게는 당연히 세계에 대한 주체적 욕망을 지닐 자격도 주어지지 않는다. 그들의 정신적·육체적 불구성 속에 내재된 불화의 조건들은 그들 스스로의 선택 이전에 그들이 세계로부터 부여받은 조건이며, 따라서 그들이 놓인 존재 미달의 상태란 곧 세계가 그들에게 강요한 '존재 박탈'의 상태이다. 이처럼 존재 미달의 상태에서 성장이 멈추어버린 불구의 인물들에게 이 세계는 주체적인 삶을 향한 인간의 어떠한 능동적인 기획도 불가능해져버린 세계이다. 이런 의미에서 천운영이나 편혜영의 소설 속 인물들에게서 빈번하게 나타나는 동물적 폭력성은 주체의 능동적 의지가 소거된 자리에서 나타나는 인간의 모습을 적나라하게 표상한다. 세계로부터 인간적 주체의 자격을 박탈당한 사람들에게 남겨진 것이란 결국 적나라한 동물적 생존의 모습뿐일 것이기 때문이다. 문제는 세계로부터 폐기되었거나 폐기될 운명에 놓여 있는 인물들이 보여주는 동물적인 폭력성 속에 그들을 둘러싼 세계의 수성(獸性)이 그대로 투영되어 있다는 점이다. 따라서 천운영이나 편혜영의 소설 속 인물들이 보여주는 강렬한 수성(獸性)의 이미지는 이 세계가 지닌 수성과 그 수성의 세계에 편재하는 폭력성에 대한 일종의 제유적 표상으로서의 의미를 지닌다고 할 수 있다.

뿐만 아니라 우리는 이러한 수성의 이미지들 속에서 인간적 주체라는 근대의 신화 위에 구축된 세계의 또 다른 허구성과 직면하게 된다. 알려져 있다시피 "마침내 '인간'이 유일한 척도이다"라는 저 유명한 계몽주의적 선언 뒤에는 문명화된 인간의 세계를 동물적 야만의 세계와 구분짓는 방식, 다시 말해 인간의 안팎에 존재하는 동물적 야수성의 세계를 문명 세계의 바깥으로 추방하거나 순치하는 논리로서의 인간중심주의적 세계관이 자리잡고 있다. 그러나 천운영이나 편혜영의 소설들에서 나타나는 수성의 이미지들은 인간의 안팎에 존재하는 동물적 야수성의 세계가 추방되거나 교화된 것이 아니라 단지 인간적 주체라는 허구의 신화에 의해 은폐된 것임을, 그리하여 문명화된 세계란 기실 동물적 야수성의 세계를 정교한 시스템의 논리로 대체한 것에 지나지 않음을 잘 보여준다. 원시의 정글은 문명 세계로부터 추방되었지만, 이제는 세계의 유일한 척도라는 이름을 부여받은 인간 자신이 문명의 정글을 헤쳐나가는 동물적 생존의 삶 한가운데로 내던져지게 된 것이다.

그들의 소설적 개성이 지닌 차이에도 불구하고 천운영과 윤성희, 편혜영의 소설들은 이처럼 세계의 유일한 척도라는 이름으로 명명된 인간이 점점 세계의 변방으로 밀려나는 문명 세계의 어둡고 음습한 그늘을 응시한다. 그녀들은 이 시대의 삶을 이야기하기 위해 문명 세계의 첨단을 향하기보다는, 오히려 지루한 일상의 이면을 들여다보거나 원시의 세계 쪽으로 거슬러 올라가려 하는 듯하다. 그녀들의 소설이 대체로 젊은 세대 특유의 발랄하고 개성적인 형식실험 대신에 사실주의적 세부 묘사의 기법을 보다 정교하게 구축해 나가는 방식으로 서술되고 있다는 점도 이런 점에서 주목을 요한다. 그러나 이와 관련해서 특징적인 것은 그녀들의 소설에서 이러한 정교한 세부 묘사가 종종 현실의 현실성을 강화하기보다 오히려 현실과 환상의 경계를 모호하게 뒤섞어버리는 결과를 빚어낸다는 점이다. 이를테면 편혜영의 경우 정교한 세부 묘사는 오히려 소설이 보여주는 세계의 비현실성을 더 강하게 각인시키는 효과를 낳는다. 물론 현실과 환상의 뒤섞임이라는 서술 전략은 우리가 현실이라고 부르는 세계의 환상성 혹은 허구성에 대한 작가적 인식과 깊은 관련을 맺고 있는 것이겠지만, 사실주의적 세부 묘사가 빚어내는 이러한 비현실감은, 작가마다 다소간의 편차가 있음에도 불구하고 이들 소설에서 화자의 목소리가 대체로 작중 상황에 대한 정서적 개입을 최대한 억제하거나, 작중 상황에 대한 통상적인 정서적 반응을 벗어난 지점에서 발화되고 있다는 점과도 무관하지 않은 듯하다. 그것은 자신이 들려주는 이야기에 대해 방관적 태도를 가장하는 듯한 무표정한 목소리이거나, 비극적인 데다 심지어 기괴하기까지 한 작중 상황을 들려주는 태연한, 어떤 점에서는 발랄하기까지 한 목소리이다. 이를테면 윤성희의 소설에서 인물들의 내면은 직접적인 심리 묘사를 통해서가 아니라 작중 상황이나 인물들의 행동에 관한 세부 묘사를 통해 간접적으로만 드러날 뿐이고, 천운영의 「유령의 집」이나 편혜영의 「아오이가든」에서 끔찍한 살인 사건이나 기괴한 작중 상황을 서술하는 화자의 목소리는 너무나 태연자약해서 오히려 더 기이한 느낌을 불러일으킨다.

이처럼 자신이 들려주는 작중 상황에 대해 정서적 거리두기로 일관하는 작중 화자의 탈내면화된 목소리는 그들이 놓여 있는 비극적인 상황에 대해 독자가 기대하는 화자의 정서적 반응과 자주 어긋나게 되고, 이 때문에 독자들은 종종 작중 상황과 화자의 목소리 사이에 어떤 비현실적 단층이 존재한다는 느낌을 받게 된다. 작중 상황에 대한 관찰적 보고 이상의 어떠한 주관적 판단도 드러내 보이지 않으려는, 열정도 아니고 냉정도 아닌, 이른바 쿨한 응시라고 할 수밖에 없을 문장을 구사한다는 점에서는 세 작가가 모두 공통적이지만, 윤성

희의 소설에서 그러한 서술 태도는 종종 세상과 닿는 존재의 표면적
을 최소화하려는 듯한 자폐적이고 자기방어적인 태도를 연상시킨다.
윤성희의 소설에서 작중 화자의 목소리는 삶에 대한 열정이 거세된
상태에서 절망의 에너지도 남아 있지 않은, 그리하여 희망의 주어뿐
만 아니라 절망의 주어조차 될 수 없는 작중 인물들의 폐허화된 삶을
그대로 닮아 있는 것이다. 그러나 그와 달리 천운영의 소설들이 보여
주는 폐허의 세계 이면에는 뜻밖에도 생생한 존재의 숨결로 충만된
어떤 야생성의 이미지가 숨쉬고 있다. 이들의 작품 속으로 더 깊이
들어가보자.

2. 문명 세계에 불시착한 여성들: 천운영의 경우

여기 기괴한 형상을 한 무리의 여성들이 있다. 어떤 그녀들은 어느
날 문득 성장이 멈추어버렸거나 등뼈가 자라지 않는 곱추이고, 어떤
그녀들은 종종 억제할 수 없는 동물적 야수성에 사로잡혀 닥치는 대
로 폭력을 휘둘러대거나 누군가가 자신의 배를 칼로 찔러주기를 갈망
하며, 또 어떤 그녀들은 유령의 집 앞에서 백발이 성성한 얼굴로 유
령처럼 앉아 있거나 자신이 늑대를 타고 얼음으로 뒤덮인 설원을 달
리는 늑대소녀라고 상상한다. 천운영의 소설에 등장하는 여성들은 이
처럼 우리가 여성이라는 이름으로 떠올리는 통상적인 이미지의 차원
에서 멀리 벗어나 있다. 이 가운데 등뼈가 자라지 않는 곱추의 이미
지는 천운영의 여성들에게서 특별히 자주 나타나는 신체적 특성이다.
작품 속에서 직접 곱사등이로 명명되는 「포옹」의 여주인공은 말할 것

도 없고, "툭 튀어나온 광대뼈와 곱추를 연상케 할 정도로 둥그렇게 붙은 목과 등의 살덩이, 눈살을 찌푸리게 하는 목소리, 뭉뚝한 발가락"(1:13)으로 묘사되는 「바늘」의 여주인공, 열세 살 이후 몸의 성장이 멈춘 채 머리통만 자라고 있는, 그리하여 "커다란 머리통은 곱추의 등허리처럼 부담스럽고 거치적거리기만"(1:62) 하는 「월경」의 여주인공 등이 그렇고, 등뼈에 대한 유별난 집착을 보이는 「등뼈」의 남자주인공이 헤어진 여자에 대해 떠올리는 "비극적인 육체. 육체의 중심에 우뚝 선 등뼈. 그 마디마디가 처참히 드러난 여윈 등"(1:148)이라는 묘사도 쉽사리 곱추의 이미지와 연결된다. 이러한 곱추의 이미지가 우리에게 연상시키는 것은 우선 지탱할 수 없는 압력을 이기지 못해 잔뜩 웅크리고 있는 듯한 인간의 억눌린 몸의 자세다. 곧게 뻗은 등뼈가 진화의 최종 단계에서 이루어진 인간의 직립 보행과 깊은 관계가 있다면, 그리고 인간 문명의 비약적인 발전이 직립 보행을 통해 두 손의 활동이 자유롭게 된 진화의 최종 단계와 무관하지 않음을 상기한다면, 이처럼 등뼈가 자라지 않는 곱추의 이미지는 또한 아직 진화가 완료되지 않았거나, 혹은 채 진화가 진행되지 않은 인간의 존재 미달의 상태, 혹은 존재 박탈의 상태를 함축하는 것으로 이해될 수 있다. 다시 말해 천운영 소설 속의 여성 인물들이 지닌 곱추라는 신체적 불구성 속에는 단순히 여성에게 부과된 통상적인 여성성의 틀을 벗어나 있다는 정도의 차원을 넘어, 인간의 문명 세계 자체에 대한 보다 근본적인 불화의 지점들이 내재해 있는 것이다. 이런 점에서 등뼈의 성장이 멈추어버린 불구의 몸은 바로 그녀들의 몸이 지닌 강렬한 반문명성의 표지이다.

천운영의 소설에서 자라지 않는 여성의 몸은 「월경」에 등장하는

"젖가슴은 열세 살 몽우리로 남아 있고" "열두 살에 시작한 생리도 이젠 하지 않게"(1:62)된 주인공의 몸이 의미하는 대로 생산성이 거세된 불모의 몸이다. 이처럼 생산성이 거세된 불모의 여성성은 천운영의 소설 도처에 편재하는 모티프이다. 이 가운데 강렬한 육식성이나 동물적 이미지를 발산하는 여성 인물들은 특히 흥미로운 예들이라고 할 수 있다. 천운영의 소설에서 이처럼 동물적 공격성에 사로잡힌 여성들의 모습은 생산성이 거세된 세계의 폭력성을 그대로 투영한다. 이를테면 「행복고물상」의 여성 인물이 휘두르는 야수적인 폭력성은 그녀의 불임이나 폐기된 녹슨 고철 더미들로 둘러싸인 그녀 주변의 불모의 현실과 떼어 놓고 생각할 수 없으며, 「바늘」의 여성 인물이 보여주는 육식성은 "강함은 힘에서 나와. 세상에서 가장 아름다운 건, 힘이야"(1:29)라는 작중 인물의 대사에서 암시되듯, 문명 사회로부터 폐기된 자들이 갈망하는 강력한 남성적 힘에 대한 욕구와 무관하지 않다. 사람의 몸에 문신을 새기는 그녀의 직업 또한 "내 몸을 가장 강력한 무기들로 가득 채워줘. 칼이나 활 미사일 비행기 뭐든"(1:30)이라는 한 작중 인물의 대사가 암시하듯 자신의 몸을 강력한 남성적 힘의 상징으로 치장하고픈 사람들의 욕구에 부응하는 일이 아니겠는가? 생산성이 거세된 여성의 삶 위에 부과된 동물적 이미지들은 「숨」에 이르러 문명 안에 자리잡고 있는 정글의 세계, 그 약육강식이라는 동물적 생존 본능의 세계에 육박한다.

그러나 여기에서 우리는 또한 천운영의 소설에서 이러한 동물성의 이미지가 지니는 양가적인 의미에 주목해야 한다. 문명 세계를 지탱하는 남성적 힘의 표출로서의 동물적 폭력성뿐만 아니라 문명 세계와 대립하는 원시적인 자연으로서의 동물적 야생성 또한 그녀의 소설들에 빈번히 출현하는 중요한 모티프이기 때문이다. 이를테면 「늑대가 왔다」에서 아무도 돌보지 않는 천덕꾸러기 소녀가 "잘못해서 여기 있는 거야, 나는 지금" "나는 원래 에스키모였어. 늑대들이 나를 보호해주지"(2:50)라고 말하며 머릿속에 떠올리는 늑대의 환상 속에는 문명에 의해 점령당하기 이전의 생생한 야생성의 세계가 숨쉬고 있다. 작품 속에서 소녀의 노랫소리가 "노인의 길쌈 소리나 인디언의 주술 외는 소리 같다"(2:42)고 표현되는 것도 이런 점에서 의미심장하다. 「행복고물상」의 여성이 휘두르는 폭력 또한 "아내는 야생의 초원을 가졌다. 〔……〕 나는 수많은 동물들의 발굽 소리를 들으며 초원 위를 서성일 수밖에 없다"(1:164)라는 작품 속의 구절이 암시하듯 단순한 남성적 폭력성의 차원을 넘어서는 야생적 동물성의 세계와 맞닿아 있다. 그렇다면 이처럼 「행복고물상」의 여성 인물이 휘두르는 남성적 폭력이나 「바늘」의 여성 인물이 탐하는 육식성이란 그 자체가 문명 세계에 불시착한 여성들의 치열한 생존 본능, 다시 말해 여성의 몸이 지닌 풍요로운 야생의 생명력을 박탈하려는 문명 세계에서 살아남기 위한 그녀들의 치열한 저항의 몸짓으로 볼 수 있지 않을까? 이처럼 천운영 소설 속의 남성화된 여성 인물들의 이미지 속에는 문명에 의해 길들여지지 않는 싱싱한 야생의 힘에 대한 갈망이 깃들어 있다.

이른바 '남성적 폭력을 모방하는 방식으로 남성적 폭력에 저항하기'라고 명명할 수 있을 천운영의 소설적 구도가 가장 흥미로운 방식으로 표출되는 것은 「유령의 집」에서이다. 동물박제사라는 직업을 가지고 있으면서 그 자신 수시로 아내에게 무자비한 폭력을 휘둘러대는 "음탕하고 난폭한 동물"(1:200)인 남편은 야생의 동물성을 거세시키는 문명 세계의 동물적 폭력성을 극명하게 보여주는 인물이라고 볼 수 있다. 작품 속의 모녀는 그를 죽인 후, 그로부터 배운 동물 박제술을 이용하여 그를 미라로 만들어버린 후 유령의 집 속에 가두게 된다. 유령이란 무엇인가? 그것 또한 원시적 야생성의 세계와 함께 탈마법화된 문명 세계의 바깥으로 추방되어버린 존재들이 아닌가? 이런 의미에서 놀이공원 한 귀퉁이에 자리잡은 유령의 집과, 그 유령의 집을 지키고 있는, 유령과 거의 구별되지 않는 외모를 지닌 그녀가 빚어내는 것은 추방된 존재들이 어우러진 기괴하지만 절묘한 조화의 풍경이다. 그러나 문명 세계가 유령의 집을 통해 유령들을 불러들이는 것은 추방된 존재들이 불러일으키는 공포와 위협이 각종 기계장치들을 통해 스릴 넘치는 놀이의 즐거움으로 무장해제되는 방식을 통해서가 아니겠는가? 또한 유령의 공포를 놀이의 즐거움으로 바꾸는 기계장치들의 세계란 결국 과학기술문명이 이룩한 거대한 시뮬라크르의 세계가 아니겠는가? 과연 "당신이 본 그녀는 어쩌면 처음부터 유령의 집에 속한 하나의 기계장치에 불과했는지도 모를 일입니다"(1:210)라는 이 작품의 마지막 구절은 지금까지 독자들이 거쳐온 유령의 집이 기실은 그 거대한 시뮬라크르 세계의 컴컴한 내부에 지나지 않는 것이었음을 말해준다.

곱추의 형상을 지닌 여성들이나 동물적 이미지를 보여주는 여성들 이외에도 문명 세계에 불시착한 여성들의 이미지는 천운영의 소설 곳곳에 잠복해 있다. 마치 땅에 닿는 몸의 면적을 최소화하려는 듯 "전족을 한 것처럼 작고 위태"(2:14)로운 발을 가진, 수시로 명랑이라는 가루약을 자신의 몸속에 털어넣지 않고서는 견디지 못하는 「명랑」의 할머니, 누군가 자신의 배꼽을 칼을 찔러줌으로써 자신이 새로운 몸으로 다시 태어나기를 갈망하는 「그림자 상자」의 여자, 세번째 유방에 대한 기이한 집착을 보여주는 「세번째 유방」의 그녀 역시도 그러한 여성군에 포함시킬 수 있을 것이다. 천운영의 소설에서 여성성이 지닌 반문명성의 의미를 상기한다면, 그녀의 작품 속에서 이러한 여성들이 곧잘 전(前)문명적인 세계의 이미지와 연결되는 것은 극히 자연스러운 일일 것이다. 이를테면 「명랑」의 할머니는 "그녀의 모습은 꼭 양수 속에 웅크리고 있는 태아 같다. 〔……〕 죽음을 맞으러 강물을 거스르는 연어처럼, 탄생 이전의 따뜻한 양수 속으로 돌아가고 있는"(2:11~12) 모습으로, 「세번째 유방」에서의 세번째 유방은 "지금은 없어졌지만 아주 먼 옛날에는 분명히 존재했었던"(2:138) 야생의 흔적으로 표현되며, 「월경」에서 성장이 멈추어버린 '나'가 질주하는 보름달과 은행나무의 풍경 또한 짙은 야생성의 체취를 발산한다.

뿐만 아니라 「포옹」에서 곱사등이인 여주인공이 자신의 몸을 묻으러 가는 바다 역시 "시간의 궤도를 벗어난 진공의 공간" "과거도 미래도 없는 현재만의 공간"(1:246)으로 표현된다. 특히 천운영의 소설들이 보여주는 바다에 대한 유별난 애착은, 바다가 생명의 가장 원초적인 모태라는 의미를 갖는 공간이라는 점을 상기하면 충분히 이해 가능한 일인데, 그 원시적인 심해(深海)의 이미지가 가장 강력하게 전경화되는 것은 「등뼈」라는 작품에서이다. 이 작품의 주인공은 뼈에 대한 기이한 집착을 가진 여자와 헤어진 후 "몸 안에 존재를 숨기고 있다가 압력에 의해 겨우 드러난 악령처럼 비밀스럽고 강렬한 힘"(1:146)이 자신의 등뼈를 짓누르는 듯한 심한 통증을 느끼게 된다. 작품 속에서 "남자의 몸을 끊임없이 공격해"오는 그 등뼈의 통증은 그녀와 만난 '노란잠수함'이라는 카페의 이름이 불러일으키는 심해의 이미지와 연결되면서 그녀의 툭 불거져나온 등뼈가 지닌 강렬한 원시성의 의미를 환기시킨다. 아마도 작중 화자가 모형 잠수함을 손에 들고 심해의 상상 속으로 빠져드는 장면에서 제시되는 "어서 내 몸을 끌고 바다 저 깊숙한 심연 속으로 가라, 남자는 뱃속에서 울려오는 고함을 듣고 있었다. 그 소리는 어쩌면 바다가 아니라 수억만년 전 먼 우주에서 보낸 전갈인지도 몰랐다"(1:157)라는 말은 동시에 천운영 소설의 저 깊은 심부에서 울려 나오는 말이기도 하리라. 바다, 아니 먼 우주란 결국 존재가 최초로 시작된 지점, 그 시원의 세계로 통하는 공간이 아니겠는가? 자신의 몸속에 진화가 정지된, 혹은 진화를 거부하는 강렬한 원시성의 표지를 품고 있는 천운영 소설 속의 여성들은 아마도 우리가 지금까지 소설 속에서 만나온 가장 도발적이고 가장 문제적인 여성상이라고 해야 할 것이다.

3. 당신은 과연 존재하는가?: 윤성희의 경우

윤성희의 소설들은 잔잔하고 희미하다. 너무도 잔잔하고 희미해서 그녀의 작품 속에 등장하는 인물들은 거의 존재하지 않는 것처럼 보일 정도이다. 그녀의 소설들이 우리에게 되풀이 환기시키는 것은 '이 세상에 최소한의 흔적만으로 존재한다는 것,' 다시 말해 존재성을 박탈당한 존재로 살아가거나, 아예 처음부터 존재한 적이 없었던 존재 미달의 상태로 살아간다는 것의 의미이다. 그녀의 소설들은 우리에게 '당신은 누구인가?'나 '당신은 왜 존재하는가?'라고 묻는 대신에, '당신은 과연 존재하는가?'라고 묻는다. 윤성희는 천운영의 소설들이 보여주는 박탈된 여성성의 세계와는 다른 차원에서 현대문명이 가져온 존재성 상실의 문제를 집요하게 소설의 한가운데로 불러들인다. 그런 점에서 윤성희의 첫 소설집인『레고로 만든 집』에 수록된 작품들은 텅 빈 실존성을 끌어안고 살아가는 현대인들의 삶에 대한 충실한 보고서라고 할 수 있다. 윤성희의 소설 속에 등장하는 작중 인물들의 내면에는 정체성 상실의 고통뿐만 아니라 자기정체성에 대한 어떤 허구화된 환상도, 상실된 자기정체성을 회복하려는 어떠한 욕망도 존재하지 않는 듯하다. 욕망하고 갈등하고 고뇌하고 절망하는 내면의 목소리에 익숙해온 독자들에게 윤성희의 소설 속에 등장하는 인물들은 종종 내면이 없는 인물들이거나 내면이 거세되어버린 인물들처럼 보이기도 한다. 인물들의 내면에 대한 직접적인 언술을 최대한 억제하는 윤성희 소설 특유의 서술 방식도 그러한 인상에 일조한다. 이를테면 다음과 같은 식이다.

앞집 옥상에는 녹슨 텔레비전 안테나와 굴뚝을 연결해 만든 빨랫줄이 보인다. 안테나는 30도 가량 기울어져 있는데 기운 만큼 빨랫줄도 느슨해져 있다. 이불 홑청을 널다 말고, 나는 엄지손가락과 검지손가락을 니은 자로 만들어 총 모양을 만들고는 안테나를 향해 손을 겨눈다. 부러져라. 부러져라. 몇 번을 쏘아도 안테나는 꿈쩍하지 않는다. (3:99)

「당신의 수첩에 적혀 있는 기념일」의 작중 인물은 다가구 주택에 혼자 살면서 이메일을 통해 고객들의 기념일을 챙겨주는 서비스로 생계를 꾸려나가는 여성이다. 꽃바구니 서비스에 밀려 점점 수입이 신통찮아지는 이 직업을 그녀가 버리지 못하는 것은, 이 직업이 갖는 유일한 장점, 즉 사람들과 직접 접촉하지 않아도 된다는 이유 때문이다. 사람들과 접촉하지 않으므로 그녀에게는 특별히 즐거울 일도 없지만, 특별히 괴로울 일도 없다. 작품은 그녀의 사소하기 짝이 없는 일거수일투족을 따라가면서 그녀를 둘러싼 무미건조한 일상을 시종일관 담담하고 무심한 어투로 들려준다. 윤성희 소설 속의 그, 혹은 그녀들의 내면은 인용된 구절에서처럼 기울어진 안테나나 느슨해진 빨랫줄을 향해 짐짓 손으로 총 쏘는 시늉을 해 보이는 작중 인물의 모습과 바래거나 곰팡이가 슨 벽지, 매일 2분씩 늦어지는 시계, 굴뚝 안에서 들려오는 고양이의 죽어가는 울음소리 등의 일상적 풍경들 혹은 그 풍경들을 스쳐 지나가는 작중 화자의 무심한 눈길 속에 깃든 희미한 음영으로만 감지될 뿐이다. 그런데 윤성희 소설의 이 무미건조하고 무표정한 문장들을 읽어내려가다 보면, 어느 순간 우리는 그 문장들 속에 담긴 텅 빈 내면성이 더 비극적인 울림으로 가슴을 압박해오는 느낌을 경험하게 된다. 희망도 아니고 절망도 아닌, 심지어는 체념조차도 남아 있지 않은 채 그냥 살아갈 뿐인 그 공허한 표정 안에서 마치 거세되어버린 것처럼 보이던 작중 인물들의 내면적 고통이 오히려 그들이 무심히 스쳐 지나가는 일상의 사물들 곳곳에 침투해 있다는 느낌, 혹은 그 무표정한 문체가 마치 표면장력처럼 세상과 닿는 내면의 표면적을 최소화하려는 듯 완강하게 자신의 내부를 향해 움츠린 어떤 자세를 연상시킨다는 느낌이 그것이다. 마치 천운영의 소설에 나오는 곱추의 자세 같기도 하고, 자궁 속에 웅크린 태아의 자세 같기도 한 그 완강한 자기방어의 자세는 그녀들의 존재가 지닌 어떤 결핍의 지점들을 강하게 환기시킨다.

천운영의 작중 인물들과 마찬가지로 윤성희의 소설 속에 등장하는 인물들 또한 삶에 대한 주체적 기획이라는 근대적 신화의 바깥으로 내던져져 있다. 그러나 천운영이 문명 세계와 대립하는 지점에 문명 이전의 원시성의 공간을 배치해 놓고 있는 반면, 윤성희의 소설은 좀처럼 일상이라는 삶의 테두리를 벗어나지 않는다. 대신에 그녀는 세상과 접하는 존재의 표면적을 최소화한 채 그 스스로 일상 속에서 낯선 타인들로 살아가는 사람들의 모습을 통해, 우리에게 익숙해져 있는 일상 그 자체를 낯설고 이질적인 삶의 공간으로 만들어버리는 방식을 선호한다. 그녀의 소설에서 작중 인물들의 삶 속에 깊숙이 드리워져 있는 고독은 그 낯설고 이질적인 일상의 결핍을 견디는 그녀들의 최소한의 생존 방식이라고 할 수 있을 것이다.

그녀들의 결핍된 삶은 그녀들의 존재성이 묘연해지는 지점, 다시 말해 그녀들이 이 세상의 누구로부터도 자신이 존재한다는 사실을 증명받을 수 없다는 사실과 밀접한 관련이 있다. 윤성희의 작품 속에 등장하는 여성들은 대부분 그녀들의 삶이 시작되었던 가족적 기원이 모호한 채로 작품 속에 등장한다. 그녀들이 언제부터 어떻게 혼자 살게 되었는지 전혀 언급되지 않거나, 혹은 「이 방에 살던 여자는 누구였을까?」의 작중 화자처럼 어린 시절 강보에 싸인 채 유기되었다는 사실만이 언급되는 식이다. 또한 그녀들은 주변 사람들에 의해 끊임없이 다른 사람으로 오인받거나, 한때 알고 지내던 누군가의 삶을 대신 살거나 자신도 모르게 남의 버릇을 흉내 낸다. 요컨대 그녀들의 존재 위에는 수시로 다른 누군가의 존재가 겹쳐지는 것이다. 「이 방에 살던 여자는 누구였을까?」의 작중 화자는 은오라는 여성이 살던 집에서 살게 된 후, 동네 사람들로부터 수시로 은오라는 여자와 혼동된다. 그러면서 그녀는 자기도 모르게 은오의 방에서 잠을 자고 있는 자신의 모습을 발견하거나 은오의 물건들을 만지고 은오의 반지를 자신의 손가락에 끼운다. 어린 시절 부모로부터 자기 존재성의 근거를 박탈당한 그녀에게는 자신 또한 한 번도 만나본 적이 없는 은오라는 미지의 여성과 무엇이 다르겠는가? 「서른세 개의 단추가 달린 코트」에도 은오라는 이름만으로 불리어지는 실체 없는 여성이 나온다. 몇 년 전에 스치듯 알고 지냈던, 그러나 어느 날 문득 실종되어버린 은오라는 여성의 흔적을 찾기 위해 은오의 전화번호 수첩 속에 적힌 사람들을 만나러 다니던 작중 화자는 점차 자신과 은오 사이의 구분이 모호해지는 상황에 직면하게 된다. 어느 날 문득 은오와 함께 일한 적이 있던 4년 전부터 자신이 은오의 버릇을 흉내 내왔음을 깨닫게 되고, 마침내 은오가 남긴 서른세 개의 단추가 달린 코트를 입고 있는 그녀의 모습 위에는 이미 흔적 없이 사라져버린 은오의 존재가 겹쳐 있다. 생일이 없는 「모자」의 E 또한 자신의 생일 대신 한때 함께 살았던 H의 생일에 맞춘 운수달력을 거울에 붙여 놓고 그날의 H의 운수를 확인하는 것으로 자신의 하루를 시작하며, 마침내 H의 운수 달력에 적힌 그날의 운수대로 불길한 사고를 당하게 된다.

이렇게 수시로 그녀들의 존재 위에 겹쳐지는 타인들의 존재는 그녀들의 삶 속에 도사리고 있는 텅 빈 부재의 공간, 그 낯설고 섬뜩한 존재의 제로 지점을 떠올리게 한다. 지하철에서 만나는 그렇고 그런 수많은 여성들 가운데 하나, 혹은 "아침마다 그가 만나는 몇 개의 운동복 중 하나"(3:77)인 그녀들은 누구의 눈에도 띄지 않은 채 더없이 어렴풋한 그림자처럼 조용히 존재의 제로 지점을 살아가고 있다. 이처럼 존재의 흔적만으로 존재하는 그림자 인생들은 윤성희의 소설 도처에서 발견된다. 그렇다면 윤성희의 소설들은 어떤 시인의 말대로

"내가 살아 있다는 거, 그것은 영원한 루머에 지나지 않는"다고 말하고 싶은 것일까? 「레고로 만든 집」의 작중 화자가 복사기에 찍혀 나온 자신의 얼굴에서 발견한 "누구와 금방이라도 싸울 듯한 기세로 부릅뜬 눈동자"(3:24), 혹은 「새벽 한시」의 작중 화자가 어느 날 새벽 한시쯤에 들었던 여자의 비명 소리는 그럼에도 불구하고 작중 인물들의 텅 빈 부재의 내면에서 흘러나오는 어떤 강렬한 절규와 희원을 암시한다. 그러나 「레고로 만든 집」의 마지막 장면에서 불타는 복사지 위의 그 부릅뜬 눈동자가 노려보는 것은 결국 나 자신일 뿐이며, 새벽 한시에 들려온 여자의 비명 소리 또한 나 이외에는 아무도 들은 사람이 없다. 나를 제외한 모든 사람들에게는 비명 소리가 들렸던 그날 역시 다른 날과 다름없는 "지극히 평범한 날"(3:245)에 지나지 않았던 것이다.

　두번째 소설집인 『거기, 당신?』에서 윤성희의 소설들은 다소간의 나름대로 의미 있는 변화를 보여준다. 문장들 사이의 행간에 놓인 침묵이 문장의 내부로 삼투하면서 말과 침묵 사이의 미묘한 긴장을 빚어내는 그녀 특유의 무표정한 어투는 여전히 우리를 살아 있다는 최소한의 흔적만을 지닌 그림자 인생들의 세계로 안내하지만, 윤성희의 소설적 관심은 점차 낯선 타인들이 남겨 놓은 그 최소한의 인기척들에 주의깊게 귀 기울임으로써 존재의 고립을 넘어서는 타인과 타인 사이의 유대의 지점들을 모색한다. 그것을 '유사가족적 유대'라고 부르든, '타인에게 말걸기'라는 이름으로 명명하든, 한 작중 인물의 입에서 나오는 "거기, 당신인가요?"(4:100)라는 떨리는 목소리 속에는 타인의 존재와 하나로 겹쳐지고 싶다는 작중 인물들의 간절한 갈망이 들어 있다. 그것은 1＋1은 0이 되는, 존재 내부의 텅 빈 부재를 확인하는 방식으로서의 겹침이 아니라, 1＋1은 1이라는, 존재의 텅 빈 부재를 새로운 삶의 의미로 채워 나가는 방식으로서의 타자와의 겹침에 대한 갈망일 것이다. 고독이 제공하는 최소한의 산소만으로 호흡하는 삶의 힘겨움 때문이었을까? 윤성희의 소설들은 지금 타인으로부터의 위안을 꿈꾸는 시선과 그럼에도 불구하고 타자화된 세계 속에서 상실된 존재의 심연을 들여다보는 고독한 응시 사이, 그 어디쯤에서 서성이고 있는 듯하다.

4. 문명 이전으로 역진화하는 인간들: 편혜영의 경우

편혜영의 소설을 읽는 것은 매우 낯설고 기이한 체험이다. 종종 문명 사회의 반문명성, 혹은 인간이 이룩한 문명 그 자체의 허구성에 대해 기괴하다 못해 엽기적이기까지 한 알레고리의 세계를 펼쳐 보이는 편혜영의 소설들은 한국 소설의 전통 안에서 쉽사리 그 비근한 예를 찾기 어려운 극단적인 상상의 세계를 구가하고 있다. 편혜영의 소설 안에서 마주치게 되는 기괴한 생리학적 표현들, 엽기에 가까운 죽음과 출산의 광경들, 전염병이 창궐한 도시와 하늘에서 비처럼 쏟아지는 개구리들, 사지가 잘려나간 시신들과 시체를 뜯어먹는 구더기들, 썩은 물로 가득 찬 저수지와 썩어가는 시체들에서 풍겨나오는 악취, 도시의 맨홀 속에서 살아가는 아이들, 박제가 된 채 벽에 걸려 있는 사람과 포르말린 표본병 속에 담긴 갓난아이, 개와 "살아남느냐가 아니라 얼마나 오래 버틴 후에 죽느냐가 관건"(5:166)인 피투성이의 싸움을 벌이는 소년이나 그 싸움을 관전하며 함성을 질러대는 사람들의 모습 등에서 무지의 암흑과 야만의 세계를 몰아내고 그 자리에 찬란한 빛과 문화의 세계를 구축했다는 문명 세계의 저 끈질긴 신화를 연상하는 것은 불가능에 가까운 일이다. 되풀이해서 문명 세계의 신화와 배치되는 음산하고 암울한 종말론적 이미지들을 부조해내는 편혜영의 소설에서 현실과 환상, 혹은 문명과 비문명의 경계를 구분해내기란 거의 불가능한 일일 뿐더러 무의미한 일이기까지 하다. 문명이 인간이 만들어낸 얼마나 찬란한 허구의 신화인지를 가차 없이 까발려나가는 작가의 그로테스크한 상상의 세계는 현실과 환상, 혹은 문명과 비문명을 가르는 경계란 결국 그 허구의 신화가 만들어낸 또 다른 허구에 지나지 않는다고 말하고 있기 때문이다.

편혜영의 소설들에서 문명과 비문명의 세계를 가르는 경계란 어느 때든 처참하게 찢겨나갈 수 있는 얇은 막에 지나지 않는다. 그녀의 소설들이 보여주는 것은 그 얇은 막을 찢고 비문명의 세계가 문명의 세계 안으로 역류해 들어오는 지점이거나, 환하게 불 켜진 과학관과 화려한 만국박람회의 전경 뒤에 놓인 문명 그 자체의 끔찍한 야만의 얼굴들이다. 그녀의 소설에서 종종 발견되는 「맨홀」의 맨홀이나 「시체들」의 계곡, 「저수지」의 저수지 등과 같은 구멍의 모티프들은 문명이라는 허구의 신화를 빨아들이는 거대한 심연의 이미지로 나타난다. 예를 들어 「시체들」의 경우를 보자. 이 작품의 작중 화자는 낚시터가 있는 계곡에서 아내가 실종된 후 경찰의 요청에 의해 아내의 시신을 확인하러 내려가지만, 경찰이 찾아낸 아내의 시신이란 매번 물고기들에 의해 잘려나갔을 것으로 추정되는 다리 한 짝이거나 손 한 짝, 혹은 썩은 두상 등의 신원을 확인할 수 없는 몸의 분절된 부위들일 뿐이다. 얼마 전까지 이들 부부는 생선 백반 가게를 운영했으나 상가

건물은 철거를 앞두고 폐허로 변해 있으며, 셔터를 굳게 내린 가게 안에서는 이제 생선 썩는 지독한 냄새가 풍겨 나온다. 흥미로운 것은 작품 안에서 생선 썩는 냄새와 계곡의 물고기들에게 뜯어먹힌 아내의 시신, 계곡 안으로 빨려드는 남편의 급작스런 실족사라는 결말 부분의 사건이 모두 물고기라는 공통된 모티프로 연결되어 있다는 점이다. 아내의 시신을 확인하러 내려갔다가 그 자신 또한 계곡의 물고기들에게 물어뜯긴 시신으로 낚시꾼들의 어망에 건져 올려지는 처참한 죽음을 맞이하기 직전에 남편이 목격한 것은 낚시꾼들이 계곡 안에서 물고기 대신 물고기들에 의해 갈기갈기 찢겨나간 사람들의 시신을 낚아 올리는 장면이다.

한 사내가 건져 올리는 것은 검은 피가 뚝뚝 떨어지는 팔이었다. 그 옆의 사내는 뼈가 하얗게 드러난 엉덩이를 건져 올렸다. 살갗이 뜯겨 나간 곳에서 피가 듣고 있었다. 실핏줄이 엉겨 붙은 탁구공만 한 눈알을 건져 올리고 기뻐하는 사내도 있었다. 혀가 길게 빠져나온 머리통, 까맣게 죽은 발가락, 수초처럼 엉겨 붙은 머리카락이 여기저기서 건져 올려졌다. (5:242)

인간의 시신을 뜯어먹는 물고기와 물고기에게 물어뜯긴 인간의 차이가 무의미해지는 이 소름끼칠 정도로 기괴한 장면에서 진화의 최정점에 이른, 이른바 지구상에서 가장 우월한 생명체라는 인간의 이름으로 구축된 문명 세계의 흔적을 찾아내기란 불가능한 일이다. 그렇다면 폐허가 된 건물 안에서 흘러나오는 생선 썩는 냄새는 결국 인간이 구축한 문명 세계로부터 풍겨나오는 죽음의 악취인가? 이런 의미에서 물고기들에게 뜯어먹힌 채 어망에 건져진 그의 시신이 시신 위로 비처럼 쏟아져내리는 구더기들로 완전히 뒤덮여버리는 이 작품의 마지막 장면 위에 겹쳐지는 것은 인간이 물고기에서 구더기로 역진화해가는 문명 세계의 암울한 묵시록이다. 작품 속에서 "윙윙거리며 소용돌이치고 있"는, 그 깊이와 물살의 빠르기를 짐작할 수 없는 계곡은 마치 「저수지」에 나오는 어떠한 생물체도 살 수 없는 저수지처럼, 인간 문명의 진화 과정 전체를 송두리째 빨아들이는 무시무시한 죽음의 블랙홀로 다가오는 것이다. 「저수지」에서 한때는 마을의 자랑거리였던, 그러나 지금은 구역질 나는 냄새를 풍기며 썩어가고 있는 저수지에 출현하는 "순간적이고, 흐릿하고, 불분명했으며 비현실적인 형체를 가"진 괴물 또한 "뼈가 겉으로 드러난 채 온몸에 가시가 돋친 거대한 물고기 형상을 하고 있"(5:16)지 않은가? 양서류나 파충류 이전의, 생물체 진화 과정의 첫 단계에 놓이는 물고기들은 이처럼 더 이상 생물체가 살 수 없는 썩어버린 저수지에 서식하는 괴물의 형상으로 문명의 세계 속에 귀환하는 것이다.

편혜영의 소설은 이와 같이 문명 세계로부터 추방된 기괴하고 폭력적인 야생성의 세계를 문명의 세계와 겹쳐 놓는 방식으로 문명의 근저에 놓인 진화의 환상을 가차 없이 발가벗긴다. 편혜영의 소설들에 흘러넘치는 쓰레기들과 시체 썩는 냄새는 그 환상이 사라진 자리에서 나타나는, 찬란한 빛의 신화로 스스로를 위장한 문명 세계의 적나라한 맨얼굴이다. 뿐만 아니라 「맨홀」에서의 "눈알이 빠진 채로 날개를 웅크린 박제 독수리처럼" 환히 불 켜진 과학관의 벽 위에 내걸린 산부(産婦)의 시신과 포르말린 병에 담긴 "엉덩이에 커다란 혹이 달린 갓난아기"(5:86~87)의 모습이나, 「내 사랑 루루」의 어린아이가 마치 실험용 쥐와 같은 모습으로 죽어가는 장면들에서 우리는 과학의 이름으로 저질러지는 섬뜩한 야만의 세계와 만나게 된다. 그렇다면 「만국박람회」에서 돈을 벌 목적으로 자신의 조카를 개와의 피투성이 시합으로 내몬, 뒷모습이 자신이 키우는 개를 닮은 삼촌과, 그 싸움에 내기를 걸고 환호하는 사람들은 또 어떤가? 그러나 편혜영의 작품들 가운데 인간과 짐승의 구별이 없어진 세계를 표상하는 가장 그로테스크한 이미지는 아마도 임신한 누이가 우무질에 싸인 수십만 마리의 붉은 개구리들을 낳는 「아오이가든」의 한 장면일 것이다. 「시체들」에서 물고기를 거쳐 구더기로, 「만국박람회」에서 원숭이로 역진화해간 인간은, 죽음의 역병이 인간의 세계를 뒤덮은 「아오이가든」에서는 다시 양서류로 역진화해 나간다. 이 작품의 작중 화자 역시도 누이의 뱃속에서 나온 개구리들, "그것들은 내 누이의 아이들이었다"(5:60)고 말하고 있지 않은가? 윤성희와 천운영을 거쳐온 반문명의 상상력은 편혜영에 이르러 마침내 인간 문명의 진화 과정 전체를 역주행하는 한 극단적인 종말의 비전에 도달한다.

제2부

당신은 파국으로부터 안전한가?
—정이현의 소설[1]

1. 체제귀속의 전략, 혹은 여성을 연기(演技)하는 여성들

2002년 정이현의 등장은 기존의 여성문학과 구별되는 낯선 소설의 출현을 예고하는 것이었다. 그녀의 소설들에서는 우리가 여성 소설에서 익히 보아왔던, 가정이라는 삶의 울타리에 갇힌 여성들이 겪는 일상의 균열과 그로부터의 일탈을 꿈꾸는 짙은 내면의 언어도, 가부장제도하에서 와해되어가는 여성의 자기정체성 문제에 대한 공격적인 성찰도 찾아보기 어렵다. 오히려 그녀의 소설 속 여주인공들은 여성이라는 제도적 구속을 받아들이는 방식에 있어 철저히 세속적이고 순응적이다. 그것이 결혼을 통한 신분상승이든 돈을 물 쓰듯 쓰는 멋들어진 삶이든 성공한 여성에게 주어지는 화려한 스포트라이트든 바비

---

1) 이 글에서 논의되는 정이현의 책들은 다음과 같다: 1. 『낭만적 사랑과 사회』, 문학과지성사, 2003; 2. 『달콤한 나의 도시』, 문학과지성사, 2006; 3. 『오늘의 거짓말』, 문학과지성사, 2007. 앞으로 인용 쪽수는 따로 밝히지 않는다.

인형 같은 날씬한 몸매든, 그녀들의 욕망은 이 시대가 요구하는 잘나
가는 여성의 이미지 바깥으로 한 발자국도 벗어나지 않는다. 일상으
로부터의 일탈 욕구나 가부장제도하에서 여성이 겪는 억압이라는 문
제를 제기한다면 단번에 코웃음을 치며 돌아서버릴 듯한 그녀들은 철
저히 체제귀속형의 인물들이다.

　　그러나 그녀들은 또한 체제가 제공하는 어떠한 낭만적 환상에도 온
전히 귀속되지 않는다는 점에서 이중적인 정체성을 지닌다. 그녀들의
세속적 영악과 철저히 타산적인 현실감각 속에서 낭만적 순진성이란
여지없는 냉소의 대상으로 전락한다. 그녀들은 체제가 만들어낸 여성
혹은 여성의 삶에 대한 낭만적 허구들을 믿는 대신 이용하며, 내면화
하는 대신 전략화한다. 물론 그것은 그녀들이 그 낭만적 허구가 만들
어낸 잘나가는 여성의 이미지에 꼭 부합하는 삶을 열렬히 갈망하기
때문이다. 이를테면 「낭만적 사랑과 사회」의 여주인공이 순결한 여자
라는 낭만적 허구를 사수하기 위해 보여주는 철저히 계산된 일련의
행위들은 잘나가는 남자와의 결혼이 가져다줄 행복이라는 또 다른 낭
만적 허구를 그녀가 의심의 여지 없는 삶의 가치로 받아들이고 있기
때문이다. 「트렁크」의 주인공 또한 성공이라는 허구적 목표를 위해
끊임없이 사회가 여성에게 요구하는 낭만적 역할을 계산하고 연기한
다. 그녀들은 여성의 사회적 운명에 수동적인 여성도 아니지만 저항
적인 여성도 아니다. 그녀들에게 사회적으로 관습화된 여성의 이미지
들은 벗어나야 할 억압이 아니라 목표 성취를 위한 주요한 전략적 카
드이다. 자신의 욕망과 행동을 목표 성취라는 단일 코드에 집중하는
그녀들에게 삶이란 매순간의 행동 요령을 숙지하고 그에 따라 자신의
행동을 조율하는 치밀하게 짜여진 각종 매뉴얼들의 경연장이다. 이러

한 매뉴얼들의 공식 속에서 감정은 냉소의 대상일 뿐만 아니라 제거되어야 할 장애물일 뿐이다.

시대의 관습에 의해 이상화된 삶의 이미지를 성취하기 위해 그녀들이 여성에게 요구되는 관습적 덕목들을 치밀하게 매뉴얼화하는 태도는 남들과 차별화되려는 그녀들의 욕망이, 그럼에도 불구하고 남들과 닮은꼴인 삶의 테두리 밖으로 밀려나지 않으려는 치열한 안간힘임을, 정이현의 소설들은 보여준다. 그리고 마침내 그녀들의 영악한 계산이 봉착하게 될 불길한 결말까지도. 자신이 설치한 계산의 덫에 스스로 걸려드는 이 영악한 헛똑똑이들의 삶을 정이현은 계몽도 냉소도 아닌, 욕망하는 주체 내부의 시선을 통해 들려준다. 정이현이 열어 보인 낯선 소설의 지평은 관찰하는 외부의 시선이 아닌 욕망하는 내부의 시선으로, 천사의 얼굴을 한 악마라는 자본주의적 욕망의 생태학을 놀랍도록 생생하게 재현해내는 방식에 있다. 정이현의 소설에 등장하는 여성들이 악녀라면, 그 악녀들의 영혼을 사로잡고 있는 것은 도덕적 판단의 잣대를 무력화하는 이 시대의 휘황찬란한 욕망의 성채, 「낭만적 사랑과 사회」의 마지막 장면처럼 닿을 수 없는 거리 저편에서 "눈 한번 깜빡이지 않"는 차갑고 도도한 얼굴로 그녀들을 바라보는 "큐빅처럼 흩뿌려진 서울의 불빛들"이다. 그러니 불빛과 불빛을 향해 모여드는 불나방들 중 어느 쪽이 더 나쁜가?

정이현의 소설 속 인물들은 결코 관습으로부터의 일탈을 꿈꾸는 반사회적 인물들이 아니다. 심지어는 악녀들조차도 철저하게 관습화된 삶의 테두리를 벗어나지 않는 체제순응형의 여성들일 뿐이다. 더 정확히 말하자. 그녀들은 자기 욕망의 매뉴얼에 따라 체제순응을 연기하는 여성들이다. 체제로부터의 일탈? 그녀들에게 그것은 체제가 부여하는 순진한 환상과 별다를 바 없는 낭만적 환상에 지나지 않는다. 그녀들은 자신들이 체제로부터의 일탈이 애초부터 불가능한 사회를 살고 있다는 것을 일찌감치 간파해버린 여성들인 것이다. 이쯤에서 악녀를 키운 건 악한 사회라는 명제의 선명성을 들고 나오지 않더라도, 정이현이 이들의 욕망을 개인의 욕망을 관리하는 사회적 메커니즘의 틀 안에서 가시화하고 있는 것만은 분명해 보인다. 2,30대 여성들의 도발적이고 쿨한 성풍속도를 그리고 있는 작품이라고 말해지는 『달콤한 나의 도시』에 등장하는 인물들 또한 기실은 끈끈이주걱에 달라붙어 있듯 보이지 않는 욕망의 끈에 매달려 허우적대는 시대적 삶의 풍속에서 한 치도 벗어나 있지 않다. 겉보기에 성과 결혼에 대한 도덕적 억압에서 벗어난 자유롭고 쿨한 소비문화를 즐기고 있는 것처럼 보이는 그녀들에게도 여자들의 삶 속에 프로그래밍되어 있는 결혼이라는 관문은 어떠한 희생을 감수하고라도 올인해야 할 지상 최대의 과제이다. 의사 남편과의 굴욕적인 결혼을 감행하는 재인이나, 연하의 연인과의 불안한 동거 생활을 파국으로 몰아가는 은수 모두 도발적이기는커녕 결혼의 강박에서 벗어나지 못하는 이 시대의 너무나 낯익고 평균적인 여성의 삶을 시연해 보이고 있을 뿐이다.

이 소설의 도발성은 차라리 어떠한 낭만적 환상도 배제된 결혼 제도의 적나라한 세속성에, 또 인물들의 지극히 일상적이고 세속적인 욕망을 어떠한 낭만적 과장이나 미화 없이 지극히 현미경적인 내부자의 시선으로 그려내는 작가의 서술 방식에 있다. 결혼의 서사든 불륜의 서사든 사랑이라는 낭만적 코드가 서사의 흐름을 조율하는 소설의 관습에 익숙해 있는 독자들에게 결혼과 사랑에 관한 관습적 서사를 벗어던진 자리에서 나타나는 욕망의 맨얼굴은 너무나 낯익어서 오히려 도발적인 느낌을 준다. 아마도 이 시대 2,30대 여성들의 평균적인 일상과 그 미세한 내면을 이렇듯 정밀하게 사실적으로 그려 보인 작품은 달리 찾아보기 어려울 듯싶다.

이 작품에서 여성 인물들 못지않게 흥미를 끄는 것은 김영수라는 인물이다. 김영수는, 보통의 키, 보통의 몸무게, 보통의 학벌, 보통의 감각을 지니고, 남들과 다르지 않은 평범한 삶이 삶의 유일한 목표인 은수가 자신의 결혼 상대자로 선택한, 역시 모든 것이 너무나 평범해 보이는 인물이다. 평범하다는 것, 남들과 다르지 않다는 것은 얼마나 안전한가. 은수가 태오와의 관계를 파국으로 몰아가면서 기를 쓰고 사회가 요구하는 평균적인 삶의 울타리 안으로 들어가려는 것 또한 "넘어지지 않기 위해, 부서져 산산조각나지 않기 위해" "박살나지 않기" 위해서이다.

그러나 사회가 정해 놓은 삶의 규정 속도를 어기지 않는 삶이 우리를 안전하게 보호해줄 것이란 생각은 또 얼마나 순진한 환상에 지나지 않는 것일까? 김영수라는 평범하기 짝이 없는 이름 뒤에 숨은 사연이 드러나는 순간, 김영수의 평범함이란 살아가기 위한 그의 필사적인 연기였음이 밝혀지고, 그들의 결혼은 결국 파국으로 마무리된다. 김영수라는 평범한 이름 뒤에 숨어 살아온 그는 기실 사회적으로 부재하는 존재였던 것. 작가는 은수가 김영수와 만나는 시점부터 그의 평범함을 반복해서 부각시킴으로써, 평범함 뒤에 숨어 있는 존재의 공허, 거대한 블랙홀처럼 존재의 개별성을 빨아들이는 제도적 욕망의 텅 빈 내부가 드러나는 순간을 예비한다. 그리하여 소설의 마지막에서 은수는 "솔직히 나도 가끔씩 내가 '오은수'를 흉내 내며 사는 건 아닐까 궁금해요. 내 이름이 오은수가 맞는지, 내 이름과 진짜 나 사이에 뭐가 있는지"라는 물음과 마주치게 되는 것이다.

2. 붕괴하는 세계 속에서의 삶

정이현의 소설들은 우리에게 체제 바깥으로의 일탈은, 일시적인 낭만적 환상이나 거짓 위안이 아니라면, 더 이상 불가능하다는 것을 되풀이해서 확인시킨다. 체제는 힘이 세다. 그녀는 그러한 사실에 대해 절망도 체념도, 냉소도 흥분도 하지 않는다. 그저 그렇다고 말할 뿐이다. 작가에게 남은 것은 체제가 제공하는 욕망의 *끈끈이주걱*에 매달려 살아가는 삶의 매순간에 의문부호를 달아주는 일뿐이다. 관습으로 프로그래밍되어 있는 삶의 과정에서 벗어나지 않는 삶이란 과연 안전한가? 사회적으로 보장된 안정된 삶이란 과연 우리를 지켜주는 견고한 울타리인가?

『오늘의 거짓말』은 이러한 물음을 젊은 여성의 성과 결혼이라는 문제의 범주를 넘어 보다 전방위적인 삶의 양태들에로 가져간다. 첫 창작집에서 여성 화자의 도발적인 언술로 자기 욕망의 실현에 적극적인 젊은 여성들의 내밀한 삶의 이면을 드러내 보여주던 작가는 이 작품집에서 보다 다채로운 삶의 층위들로 시선을 옮겨가면서 소설의 정공법에 좀더 가까워진다. 작가는 자기 욕망으로 앙앙불락하며 계산하거나 연기하는 영악한 여성들 대신에 중산층적인 안정된 삶의 궤도 안에서 살아가는 인물들의 삶을 세심하고 차분하게 관찰한다. 이처럼 흥분과 냉소를 배제한 세심한 관찰을 쿨하다고만 말해버리기는 다소 미진하다. 쿨하다는 것이 대상이나 사태에 대해 감정적으로 개입하지 않음으로써 스스로에게 도덕적 무책임성을 부과하는 냉소적 태도를 포함하는 것이라면 더욱 그렇다. 정이현의 문장이 보여주는, 대상에 대한 과도한 정서적 대응을 억제하는 지적 세련성이란 차라리 삶이라는 허구의 심연을 들여다보는, 더 이상 삶의 진실을 믿지 않게 된 자의 언술 태도에 가깝다. 세상이 유포하는 어떠한 낭만적 환상도 허구임을 알아차린 자의 페이소스가 그녀의 문장에서 감지되는 것이다. 절망과 환멸의 과장된 제스처 없이 절망적인 현실의 한 단면을 세밀하게 드러내 보이는 그녀의 문장들은 겉보기에 안정된 중산층의 삶 내부에서 다양한 균열의 조짐들을 읽어낸다. 몇몇 작품 속에서 그 조짐들은 반복되는 메타포들의 활용을 통해 가시화되기도 한다.

「삼풍백화점」은 이른바 강남권이라 불리는, 이 시대 중상류층의 삶을 대변하는 지역에서 성장한 여주인공의 삶을 보여준다. 막 대학을 졸업하고 구직자의 대열에 합류한 그녀에게서 「낭만적 사랑과 사회」나 「소녀시대」에 등장하는, 강남으로 표상되는 욕망의 메커니즘을 맹목적으로 추종하는 여성을 만나기는 어렵다. 그녀는 타산적이지도 않고 부모 세대를 희화화하는 되바라진 언사를 구사하지도 않는다. "서태지의 1, 2, 3집 앨범과 르모쓰리 기종의 워드프로세서를 그해 봄 나는 가지고 있었다"거나, "비교적 온화한 중도우파의 부모, 슈퍼 싱글 사이즈의 깨끗한 침대, 반투명한 초록색 모토롤라 호출기와 네 개의 핸드백" 등으로 자신을 소개하는 그녀 역시, 자신의 소유물이 자신의 가치를 대변한다고 믿는 강남식의 소비문화를 공유하고 있기는 하다. 그러나 이 작품에 배어 있는 짙은 페이소스는 이와 같은 작중 화자의 말을 다른 의미로 받아들이게 한다. 자신이 소유한 모든 것을 구태의연한 것으로 치부하는 그녀는, 한때는 영재일 뻔했으나 현재는 무기력한 실업자 대열에 합류한, 강남 여자 이전에 이 시대의 어디서 나 흔히 만날 수 있는 평범한 여자이다. 제도권 교육과 삼풍백화점이 표상하는 화려한 소비문화가 겹치는 지점에서 성장한 그녀는 상식이 요구하는 삶의 절차를 받아들이면서도 그러한 자신을 혐오하고, 도시 적 삶이 요구하는 인간관계의 매뉴얼을 준수하면서도 "마음과 마음 사이의 알맞은 거리를 측정하는 일은 그때나 지금이나 내겐 몹시 어 렵기만 하다"고 말한다. "서태지와 동갑이라는 사실은 그때나 지금이 나 나에게 자긍심과 열패감을 동시에 선사한다"는 그녀의 말처럼, 그 녀는 소비문화가 추구하는 물질적 가치와 기성세대의 보수적 가치관 에 동의하지 않으면서도 그로부터 벗어난 삶 또한 원하지 않는다. 작 가가 그녀를 통해 들려주는 것은 1990년대의 현실을 살아가는 한 여 성의 지극히 일상적인 내면 풍경인 것이다.

　작품은 그녀가 백화점에서 판매원으로 일하는 강북 출신의 여고 동 창생 R과 우연히 만나게 된 후부터 삼풍백화점이 붕괴되기까지의 시 간을 서술한다. 그녀의 평범하고 지루한 일상의 틈새로 간간이 끼어 들어오는 고딕체 활자들은 아무도 알아차리지 못한, 그러나 소리없이 다가오는 붕괴의 조짐을 예고한다. 백화점의 붕괴와 함께 R은 실종되 고, 그녀에게는 어느 날 R이 주었던 R의 방 열쇠만이 남겨진다. 백화 점이 붕괴된 자리는 초고층 주상복합 아파트가 들어서는 것으로 감쪽 같이 봉합되고, 나는 "작고 불완전한 은색 열쇠를 책상 서랍 맨 아래 칸에 넣어둔 채, 십 년을 보"낸다. 그 '작고 불완전한' R의 열쇠로 세 상의 어떤 문을 열 수 있을까? 작품은 마치 R의 실종이 불러오는 짙 은 페이소스에 응답하듯 "그곳을 떠난 뒤에야 나는 글을 쓸 수 있게 되었다"는 문장으로 마무리된다.

붕괴의 조짐은 어디에나 있다. 파국에의 예감을 불러오는 불길한 틈새는 정이현의 작품들 어디서나 수시로 출몰한다. 「그 남자의 리허설」에서는 남자의 몸에서 풍겨 나오는 정체를 알 수 없는 지독한 냄새로, 「어금니」에서는 어금니의 예리한 통증, 혹은 상추 이파리에 달라붙어 있는 작고 검은 한 마리 벌레로, 「어두워지기 전에」에서는 유아 살해의 혐의를 불러일으키는 남편의 비밀스런 행적으로, 「빛의 제국」에서는 한 소년원생의 의문의 죽음으로, 「비밀과외」에서는 엄마의 가출 등등으로 말이다. 「비밀과외」에는 "국민학교를 졸업한 다음 중학교에 입학하고 중학교를 졸업한 다음 고등학교에 입학하는 상식적인 삶을 온몸으로 살아낸" '너'가 등장한다. '너'를 '나'로 바꿔 읽어도 전혀 어색함이 느껴지지 않는 이 작품에서 '너'는 성인이 된 화자가 자신의 중학시절을 호명하는 호칭으로 들린다. 너의 공교육은 1980년대와 "톱니바퀴처럼 맞물리며 진행되었"으니, 네가 갓 중학교에 입학했을 무렵에는 법에 의해 과외가 금지되었을 시점일 터. 그러나 너는 "과외를 안 하면 공부를 못하게 되고, 공부를 못하면 대학에 못 가게 되고, 대학에 못 가면 시집도 못 간단다. 그래도 괜찮겠니? 이 사회의 낙오자가 되어버려도?"라고 말하는 엄마의 지시에 따라 "남들도 다 그렇게 했기 때문에" 비밀과외를 시작한다. 딸을 사회의 낙오자로 만들지 않기 위해 엄마에게 법을 어기도록 만드는 사회와 초등학교를 나오면 중학교에 가고 중학교를 나오면 고등학교에 간다는 공교육의 질서만큼이나 확고하고 단호한 엄마의 신념 사이에는 과연 어떤 차이가 있을까?

　엄마의 불법 행각은 여기서 그치지 않는다. 엄마는 자신의 오랜 숙원인 "화목한 부부와 귀여운 자녀로 구성된 4인 가족이 '포니 투' 자가용의 앞뒤에 다정히 나눠 타고 외식하러 나가는 그림엽서 같은 풍경”을 위해 불법으로 미제 물건들을 팔러 다닌다. 시대가 권장하는 중산층 가정의 모범적인 삶의 이미지를 실현하기 위해 불법을 저지를 수밖에 없는 엄마의 딜레마는 결국 엄마의 가출과 실종이라는 파국으로 마무리된다. 불법은 또 있다. 너의 성적을 십일 등으로 올려놓음으로써 너에게 “믿음이 운명을 이기는 순간은 꼭 온다”는 확신을 심어주었던 과외 선생은 학생 시위에 가담했다 쫓기는 듯한 초췌한 모습으로 너를 찾아와 밀린 과외비를 요구하고, 너는 자신의 통장과 저금통을 탈탈 털어 과외비를 마련해준다. 엄마와 과외 선생이 떠나간 파국의 현실 속에 홀로 남겨진 열네 살의 너. 1980년대와 톱니바퀴처럼 맞물린 너의 학창시절은 그렇게 지울 수 없는 상처로 왔다 간다. 이제 겨우 열네 살인 너의 삶 위에도 체제의 그늘은 그토록 짙은 그림자를 드리우는 것이다. 이처럼 공교육의 틀이 제공하는 “상식적인 삶을 온몸으로 살아낸” 너는, 그와 같은 상식적인 삶의 혜택을 누리지 못한 문제아들을 국가가 관리한다는 목적으로 지어진 소년원에서 의문의 죽음으로 사라져버린 「빛의 제국」의 장유희와 얼마나 다른 것일까? “어떻게 하면 사랑하는 아이들을 온전한 정상인으로 만들 수 있을지 늘 머리를 맞대고 연구”하는 자비로운 빛의 제국에서 체제의 그늘은 누구에게나 공평히 내리쬐는 것이다.

3. 파국의 봉합된 틈새들

누구에게나 정해진 프로그램에 따라 설계된 안정된 삶의 유혹에서 벗어나기란 쉽지 않은 일이다. 그것이 불의와 손잡는 일이거나 누군가의 희생을 필요로 하는 일일지라도 안정된 삶에의 유혹은 놀랄 만큼 집요한 흡인력을 발휘한다. 「어금니」에서 빗길 교통사고를 일으킨 아들과 동승했던 여자아이의 죽음을 감쪽같이 처리해버리려는 남편의 음모에 대해 '나'는 어떠한 개입도 간섭도 하지 않는다. 아들의 장래를 위해, 그들의 평화롭고 안정된 삶을 위해, 아들과 동승했던 소녀의 죽음 뒤에 숨겨진 비밀은 완벽하게 은폐된다. 그녀를 괴롭히던 간헐적인 어금니의 통증만이, 혹은 상추에 들러붙어 있던 검은 벌레만이 한 줄기 불길한 파국에의 예감처럼 그들의 삶 속을 관통한다. 그러나 아말감을 벗겨낸 어금니의 통증은 점차 희미해지고, 빠득빠득 씻어낸 상추에서는 더 이상 벌레가 나타나지 않는다. 삼풍백화점이 무너진 자리처럼, 파국의 틈새는 말끔히 봉합되는 것이다. 이런 의미에서 "아마도 나는, 나와 영원히 화해하지 못할 것이다"라는 그녀의 마지막 말은 차라리 그들의 알리바이가 완벽했음을 입증하는 역설적인 표현으로 들린다.

「익명의 당신에게」의 연희 또한 사랑하는 남자와의 안정된 결합을 위해 이러한 음모자의 대열에 동승한다. 그녀에게 안정된 삶을 보장해줄 유능한 안과의사에다 그녀가 바라는 세련된 문화취향까지 갖춘 상현은 그가 지닌 기이한 성적 취향으로 인해 의사직을 박탈당할 위기에 처한다. 상현은 자신이 환자의 엉덩이 사진을 찍어 간 범인으로

지목되자 연희에게 자신의 알리바이를 입증해줄 거짓 진술을 요구하고, 그녀는 비로소 세련된 문화적 취향과 좀처럼 감정에 휘둘리지 않는 냉담함으로 스스로를 위장했던 상현의, "눈매, 콧잔등, 입술, 안경, 어디 하나 평범하지 않은 데가 없"는, "거리에서 어깨를 스치고 지나간대도 기억에 남지 않을" 범속함을 발견하게 된다. 그럼에도 불구하고 그녀는 "남자가 괴로워할 때는 아무것도 캐묻지 말고 무조건 위로해주어라"라는, "언젠가 여성잡지에서 읽은 구절"에 따라 상현의 알리바이를 입증하는 데 동의한다. 연희에게 그것은 사랑이라는 숭고한 가치를 지키기 위한 비루한 선택이다. 그러나 그 선택의 직전 그녀를 스쳐 지났던 상현의 범속함에 대한 한 순간의 예리한 통찰은 그녀의 선택에 개운치 않은 뒷맛을 남긴다. 사랑을 지키기 위해서 그녀가 선택한 것은 기실 어떠한 환란 앞에서도 사랑의 숭고함을 사수하는 일에 주저치 않는 그녀 자신의 숭고함이 아니었을까? 그녀가 참조한 여성잡지처럼 사랑에 대한 각종 매뉴얼들을 통해 권장되고 유포되는 진실한 사랑이라는 이름의 저 끈질긴 자기환상 말이다.

「어두워지기 전에」는 이 지점에서 한 발 더 나아간다. 남편과 섹스리스 부부관계를 유지하고 있는 '나'는 격정적인 사랑 대신 "잔잔한 저녁호수 같은 사랑의 위력"이 자신과 남편을 묶어주고 있다고 믿는다. 그러나 작품 속에서 일어나는 유아 연쇄 살인 사건과 남편이 사건의 범인임을 암시하는 일련의 정황증거들은 "나는 남편이라는 사람에 대해 잘 알고 있다"는 그녀의 믿음이 그녀가 사수하려는 평온한 부부생활만큼이나 허구로 가득 찬 것임을 드러내고야 만다. 그녀가 잘 알고 있다고 믿어왔던 남편에 대해 그녀가 알고 있는 것들, 이를 테면 "고등어구이보다 갈치구이를 좋아하고 청량음료를 마시지 않으며 국산 코미디 영화를 보지 않는다는 그의 취향"이나, "171센티미터의 키와 68킬로그램의 몸무게, 오천만 원의 연봉, 슬슬 숱이 빠지기 시작한 뒤통수"와 같은 것들은 그들이 서로에 대한 예의와 존중이라고 믿으며 유지해왔던 적당한 감정적 거리만큼이나 피상적인 정보들에 지나지 않는다. 그녀가 남편의 회사에서 보게 된, "거리에서 무심코 스쳐 지났다면 아마 단숨에 알아보지 못했을" 정도로 다른 샐러리맨과 구별하기 어려운 남편의 모습은 또 어떤가? 그들이 범속함에서 벗어난 다소 특별한 부부생활을 누리고 있다는 그녀의 믿음은 기실 서로에 대한 예의와 존중이 가려준 허구적 위장에 지나지 않았던 것이다. 말하자면, 그들은 부부생활을 했던 것이 아니라 부부생활을 연기했던 것.

작가는 남편이 유아 살인 사건의 범인일지도 모른다는 몇 가지 뚜렷한 정황증거만 제시할 뿐 끝내 진범이 누구인지 속시원히 밝혀주지 않는다. 남편의 혼외정사를 암시하는 이후의 상황은 살인 사건의 실체를 더욱 모호하게 만들어버린다. 다만 분명한 것은 이 모든 풀리지 않는 의혹에도 불구하고 그들의 평온한 부부생활은 계속된다는 점이다. "완전한 가정을 이루려면 반드시 대가가 필요"하기 때문에, 그들은 마땅히 그 대가를 치렀을 뿐이다. "한쪽 눈을 감고 한쪽 귀를 막는 태도가 공동생활에 합당한 지혜라고 믿어왔다. 평화적 거리를 유지하자는 무언의 약속. 그것이야말로 우리의 격렬한 부부관계인지도 몰랐다"라는 나의 말은 어떠한 파국에의 예감에도 불구하고 결혼이라는 안정된 제도의 틀 안에 남아 있으려는 욕망의 격렬함을 암시한다. 모든 파국의 틈새들을 집어삼키는 평온한 일상에의 욕망은 그토록 집요하고 격렬하다.

체제의 안정된 일상으로 진입하는 문은 그러나 누구에게나 입장을 허락할 만큼 관대한 문이 아니다. 「그 남자의 리허설」은 담배를 사기 위해 맨몸으로 자신의 초고층 아파트를 빠져나온 남자가 아내에게서 아파트의 카드 키를 받기 위해 동분서주하는 이야기를 들려준다. "지갑도, 휴대폰도, 신분증도 없"다는 것은, 그가 그 아파트의 입주민임을 증명하는 것이 불가능하다는 것을 의미한다. 한때 보이소프라노로 촉망받았던, 그러나 지금은 시립 합창단의 월급쟁이 가수로 살아가는 그에게 잘나가는 오페라단 단장인 아내 명의의 초고층 아파트 한 칸은 애초부터 어울리지 않는 짝이었던 것. 카드 키를 받기 위해 허둥대는 동안 그의 몸에는 무언가 서서히 썩어가는 듯한 종잡을 수 없는 지독한 냄새가 따라다닌다. 그 냄새는 혹시 이 세계의 질서와 어울리지 않는 자기 존재의 잉여성에 대한 그의 불안을 암시하는 것일까? 자신에게 입장을 허용하지 않는 자신의 집으로 들어가기 위한 그의 허둥거림은 결국 세상이라는 무대에서 펼쳐지는 삶으로부터 퇴장당하지 않으려는 그의 필사적인 리허설이었던 셈이다.

4. 환멸의 세계에서 살아남기

환상이 깨어지는 순간의 환멸은 누구에게나 찾아온다. 그 환상이 사랑에 대한 것이든 결혼에 대한 것이든, 자신의 삶 전부에 대한 것이든 말이다. 환상을 벗겨내고 바라보면, 아마도 우리의 삶이란 고작해야 그 환멸의 긴 시간을 살아내는 일에 지나지 않을 것이다. 「타인의 고독」의 '나'는 전처가 그에게 남겨두고 간, 성대를 제거해버린 강아지와 함께, 「오늘의 거짓말」의 '나'는 홈쇼핑 사이트에 거짓 사용 후기를 올리는 대가로 주어지는 "나는 나를 벌어먹이는 사람이 되었고, 적어도 그건 내일과 모래도 어제와 오늘처럼 반복되리라는 공포를 견디는 것만큼이나 경이로운 일이잖아"라는 위안과 함께 그 현실을 견디고 있다. "자유의 대가로서 고독을 지불해야" 하는 그들의 삶은 기실 "'기브 앤 테이크'의 계약으로 이루어진 거대한 네트워크" 안의 부자유를 살아가기 위한 어쩔 수 없는 선택이다. 그들이 누리는 황량한 자유와 공허한 평화는 현실의 불가항력을 수락했을 때 주어지는 최소한의 생존 양식일 뿐이다. 현실의 불가항력을 거부함으로써 주어지는 일순간의 파국 대신 그들은 고독과 체념이라는 일용할 양식을 선택한다. 그리하여 파국은 일상 속에서 끊임없이 연기되고 연장된다.

그러나 살아가기 위해 끊임없이 무언가를 하고 무언가가 되어야 하는 것이 삶이라면, 우리에게는 왜 살아가기 위해 무언가를 하지 않고 무언가가 되지 않을 자유는 없는 걸까? 인터넷 회사에 사직서를 던진 「오늘의 거짓말」의 '나'는 "아무거나, 하고 싶어지는 걸" 하기 위해 환멸의 일상 바깥으로 걸어나온다. 그녀가 선택한 무위도식과 허송세월의 삶 앞에서 그녀는 "헛되고 헛되니 모든 것이 헛되면 좀 어때"라고 말한다. 아무것도 되지 않고 하지 않는 헛된 삶 속에서 그녀는 자신이 원하는 대로 삶 속에 숨어 있는 "진짜 비밀의 공포"와 만날 수 있을까? 그럴 수 있을지도 모른다. 다만 그녀가 무위도식과 허송세월의 공포를 끝까지 감당해낼 수 있다면. 아무것도 하지 않는 삶은 어쩌면 무언가 해야 하고 되어야 하는 맹목의 삶이 놓쳐버린 저 깊은 생의 비밀을 열어 보여줄지도 모를 테니 말이다.

그러나 누구나 환상에 기대지 않는 온전한 정신으로 환멸의 현실과 마주 선 순간을 견딜 수 있는 것은 아니다. 누군가에게 환상의 가면을 벗겨낸 현실과 마주 서는 일은 목숨을 지불해야 할 만큼 치명적인 독이 될 수도 있다. 환상의 유혹은 집요하고 끈질기다. 환멸의 생생한 맨얼굴과 마주 서는 순간의 고통에 대한 본능적인 두려움은 비록 거짓에 불과할지라도 우리가 왜 끊임없이 환상이라는 마취제를 필요로 하는지를 말해준다. 정신의 나이가 스물다섯에 멈춰버린「위험한 독신녀」의 양채린에게 대학 졸업 후 마주치게 된 현실은 아마도 그녀의 정신이 감당해낼 수 있는 고통의 한계치를 넘어서는 것이었을 것이다. 대학을 졸업하던 무렵에 유행했던 옷차림과 스스로를 '채린이'라고 부르는 유아적 말투로 30대 후반인 눈앞의 현실을 온몸으로 부정하는 채린의 퇴행적 행동은 우리에게 환상 없이는 견디어낼 수 없는 삶의 냉혹한 맨얼굴을 고통스럽게 환기시킨다. 그녀의 망가진 영혼을 장악해버린 환상은 그녀에게 현실에서 살아가기 위한 최소한의 자기방어인 셈이다. 그녀를 망가뜨린 병이 동시에 그녀를 살아가게 하는 힘이라는 이 역설!

그렇다면 학창시절 낙제생이었던 채린과는 달리 우등생이었던 '나'는 어떤가? 채린처럼 현실에 대한 어떠한 환상도 품은 적 없이 "고등학교를 졸업하면 대학에 가고 대학을 졸업하면 취직을 하는" 생의 사이클을 한 번도 벗어나본 적 없는 "비교적 평범한 삶을 살아"온 '나'는 피곤한 직장 생활과 결혼을 둘러싼 밀고 밀리는 게임에서 점점 지쳐가고 있다. 그녀에게 처음에는 귀찮음과 황당함으로 다가왔던 채린의 등장은 점차 "무엇이 상식적인 태도인가. 상식이란, 무엇인가. 모든 것이 혼란스러웠다"는 생각을 불러온다. 관습이 정해 놓은 프로그램을 벗어나지 않는 안정된 삶이 행복한 삶이라고 믿는 것이 상식이라면, 그 상식은 또한 얼마나 거짓된 환상에 불과한 것인가를, '나'의 비루하고 메마른 현실은 고스란히 드러내 보여준다. 상식이 요구하는 환상과 채린의 환상은 어떻게 다른가? 다르다면, 한쪽이 정상인 반면 다른 한쪽은 비정상이라는 점이다. 그 때문에 채린의 유아적인 영혼은, 그녀 스스로 의도하지 않았음에도 불구하고 위험하고 반사회적이다. 그녀의 병은 정상이라고 불리는 쪽에 속하기 위한 우리의 비루한 안간힘을 자꾸만 뒤돌아보게 만들기 때문이다. 작품의 말미에서 '나'는 "유행을 무시하며 살 수는 없을 줄 알았다. 이제는 그렇게 생각하지 않는다. 삶은 유행보다 더디게 지나간다. 채린과 나는 얼마나 더 이곳을 견딜 수 있을까"라고 말한다. '나'는 상식과 정상이라는 환상으로 무장한 현실을 거부하고 기꺼이 채린의 위험한 환상에 동참하기로 결정하는 것이다. 그 길이 파국으로 향해 가는 길이라도, "새끼발가락 끝부터 서서히 썩어들어가고 있는 엄마"와 맞선 시장의 "끝이 나지 않는 지루한 게임"을 견뎌야 하는 '나'의 삶 자체가 이미 일상의 이름으로 주어진 파국의 현실이 아니던가? 그러니 "위험하지 않은 길은 어디에도 없"는 것이다.

정이현의 소설들은 지금 당신들이 살고 있는 현실이 시시각각 붕괴의 시간이 다가오는 삼풍백화점과 얼마나 다른가라고 묻고 있다. 끊임없이 욕망 뒤에 숨은 파국의 그림자를 그려내고 있다는 점에서 『낭만적 사랑과 사회』와 『오늘의 거짓말』 사이의 차이는 겉으로 보이는 것만큼 크지 않다. 정이현의 소설들이 반복해서 제도와 상식의 틀을 벗어나지 않는 인물들의 평범함을 강조하는 것은 이러한 현실이 특정한 인물들의 것이 아닌 우리의 전면적이고 보편적인 현실임을 보여주

고자 하기 때문일 것이다. 정이현의 소설이 들려주는 것처럼, 소비사
회가 창조한 거대한 욕망의 성채 안에 놓인 우리의 일상이 파국의 순
간 위에 걸쳐진 아슬아슬한 널빤지 위의 삶과 다르지 않다면, 나, 혹
은 당신은 파국으로부터 얼마나 안전한가?

가족의 이름으로 살아간다는 것
─이혜경의 「길 위의 집」

1. 순정성의 미학

　이혜경의 소설들은 물처럼 잔잔하게 스며드는 슬픔을 품고 있다. 그것은 격렬한 고통도 아니고 뜨거운 좌절도 아닌, 그저 세상을 향해 한없이 겸손하게 몸을 낮추고 있을 뿐인 삶의 자세에서 배어나오는 슬픔이다. 이혜경의 소설들이 품고 있는 인간에 대한 따뜻한 신뢰와 연민의 눈빛은 마치 자신에게 더 껴안을 팔이 없음을 슬퍼하는 듯 희생과 헌신의 자세로 묵묵히 세상의 고통을 끌어안고 있다. 이혜경의 소설이 슬픈 것은 인간이라는 존재의 불합리함과 비루함조차 깊은 연민의 시선으로 바라보기 위해, 그리하여 마침내 인간에 대한 따뜻한 긍정에 도달하기 위해 작가가 감내해야 했을 고통의 무게감이 그녀의 소설 곳곳에 배어 있다는 느낌 때문이다. 그녀가 한 올 한 올 직조해나가는 이야기들 속에서는 생에 대한 어떠한 투정이나 엄살, 혹은 고통에 대한 과장된 포즈나 위안 없이 삶이 자신에게 부여한 고통의 무게를 그저 묵묵히 견디고 있는 인물들의 고단한 영혼의 뒤척임이, 마치 코끝이 시큰해지는 듯한 아픔의 생생한 질감으로 우리에게 와닿는다. 이혜경의 소설에서 슬픔의 힘으로 세상의 고통을 끌어안는 인물들의 삶에는 그들이 생에 대해 지불한 고통의 질량에 상응하는 진정성의 무게가 실려 있다.

이혜경의 소설이 지니고 있는 슬픔의 힘은 인간의 선의에 대한 작가의 깊은 신뢰감에서 나오는 순정성의 미학에 바탕을 두고 있다. 요컨대 그녀의 소설에서 배어나오는 슬픔은 그녀의 소설이 지나치게 착하다는 점과 연관되어 있는 것이다. 그 지나친 착함은 『길 위의 집』(민음사, 2005)을 읽는 내내 우리의 마음을 때로는 따뜻하게 때로는 불편하게 만든다. 더군다나 인간과 삶에 대한 낭만적인 환상을 여지없이 무너뜨리겠다는 듯 위악적이고 심지어는 엽기적이기까지 한 포즈가 최근 소설계의 한 주류적인 경향으로 자리잡아가고 있는 시점에서, 『길 위의 집』이 보여주는 순정성의 미학은 그만큼 더 낯설고 시대착오적인 감성으로 느껴지기도 한다. 1995년이라는 이 작품의 발표 시기를 감안한다 해도, 주로 최근에 나온 소설들을 읽어오다가 오랜만에 다시 읽어본 『길 위의 집』은 마치 기억 속에 묻어둔 오래된 사진첩을 뒤적이는 듯한 아득한 시간적 거리감과 흘러가버린 옛기억에 대한 그립고 아련한 향수를 불러온다. 지나치게 착하다는 것, 그것은 어떻게 보면 삶이 안겨주는 고통에 대해 그만큼 무방어적이라는 뜻이기도 하다. 원망과 미움을 모르는 마음, 고통을 받으면서도 그 고통을 피해 가거나 영악스럽게 저항할 줄 모르는 마음, 이혜경의 소설 속에서 드러나는 그 순정한 마음의 한 자락이 우리를 슬프게도 하고 불편하게도 하는 것이다.

2. 반항과 순종: 아버지와 아들들

『길 위의 집』이 들려주는 것은 그다지 특별할 것도 없는 한 가족의
이야기이다. 그러나 "행복한 가정은 모두 서로 고만고만하지만 무릇
불행한 가정은 나름나름으로 불행하다"라는 저 유명한 『안나 카레리
나』의 첫 구절처럼, 일견 평범해 보이는 이 가족의 이야기 또한 그
나름의 특별한 불행을 끌어안고 있다. 이 불행한 가족의 이야기가 의
미 있는 것은 작품의 내부에 가족이라는 제도 안에서 살아가는 사람
들의 삶에 대한 작가의 깊은 성찰의 시선이 담겨 있기 때문이다. 사
실 가족이라는 것은 태어나자마자 인간에게 주어지는 가장 일차적인
제도적 구속이 아니던가? 그것이 즐거운 구속이든 고통스러운 구속
이든, 혹은 인간이 출생과 더불어 가족이라는 관계의 틀 안으로 안전
하게 흡수되든 가족이라는 관계 바깥으로 내동댕이쳐지든, 인간의 삶
을 구성하는 데 자신의 선택과 무관하게 주어지는 가족이라는 제도적
규정이 갖는 힘은 그만큼 절대적이다. 대부분의 인간들은 가족의 품
안에서 유아기를 거쳐 청소년기에 이른다. 그런 의미에서 가족은 인
간에게 성장을 위해 필요한 각종 물질적 정신적 영양소를 공급하는
하나의 거대한 사회적 인큐베이터이다. 그것은 달리 말해 가족이 개
인의 삶을 관리하고 통제하는 사회 시스템의 가장 기초적인 안전망이
라는 것을 의미한다. 그 때문에 가족이라는 관계의 틀 안에서 성장한
인간의 자아는 종종 가족이라는 제도 자체와 심각한 마찰을 빚는다.
가족이라는 제도의 견고함은 가족 구성원들에게 종종 가족 시스템에
저항하는 자아의 개별적이고 일탈적인 욕망을 불러오기도 하는 것이

다. 더군다나 근대적인 삶의 변화와 더불어 개인의 욕망과 사회적 시스템 사이의 갈등과 불화가 빈번하게 사회적 문제로 표출되어 나오는 현실에서는 가족과 개인의 관계 또한 상대적인 불안정성의 기반 위에서 있을 수밖에 없다. 결국 근대 이후의 사회가 가족적 질서를 유지하기 위해 지속적으로 유포해온 스위트홈의 신화 이면에 놓인 것은 가족 구성원들 사이의 균열과 갈등이 불러오는 불행한 가족의 '나름 나름의 불행'인 것이다.

이혜경의 첫 장편소설인 『길 위의 집』은 치매 증세가 있는 엄마가 가출했다 집으로 돌아오는 장면으로 시작된다. 딸이 엄마를 다독이며 편안하게 잠들 수 있도록 애쓰는 장면과 아버지와 오빠들이 서로의 잘못을 들추며 언성을 높이는 장면 사이의 팽팽한 긴장감으로 시작되는 작품의 도입부는 이 작품이 앞으로 나아가게 될 방향에 대한 의미있는 시사를 던져준다. 작품은 이러한 도입부의 긴장감을 거쳐 작은 오빠가 부모의 시선을 피해 골방에 숨겨 놓은 여자에 대한 과거의 이야기로 거슬러 올라간다. 치매에 걸린 어머니와 골방에 숨겨진 오빠의 애인, 이 두 불행한 여자는 가부장적인 가족 제도 안에 놓인 여성의 자리를 상징적으로 보여준다. 작품의 도입부에 배치된 이 두 여자의 불행을 에돌아 작품은 이제 본격적으로 가부장적 권위 아래에 놓인 길중씨 가족에 대한 이야기로 들어서게 되는 것이다.

부모의 힘을 빌리지 않고 자수성가했다는 자부심에 가득 찬 길중씨의 독선적인 성격과 가족의 생계를 전담하는 그의 독점적인 경제력은 그가 가족들에게 행사하는 강력한 가부장적 권위의 원천이다. 어린 시절부터 아버지의 권위 밑에서 성장해온 자식들은 성인이 되면서 각기 다른 삶의 방향으로 흩어진다. 맏아들인 효기가 내심 아버지의 권위에 반발하면서도 겉으로는 순종하는 삶을 살아가는 반면, 둘째아들인 윤기는 아버지에 대한 반발로 반항아적인 청년기를 보낸다. 그가 자신의 애인을 골방 속에 숨겨 놓은 것은 그 반항심이 표면화된 사건이다. 반면 막내아들인 인기는 이 작품에서 순종이나 반항의 차원을 벗어나 가족이라는 관계의 틀로부터 가장 멀리 떨어져 있는, 다시 말해 가족적인 삶의 영향을 가장 덜 받은 인물로 그려진다. 어떤 의미에서 인기는 그의 삶 자체가 허공에 붕 떠 있다는 느낌을 줄 정도로 작품 속의 다른 인물들에 비해 상대적으로 현실감이 떨어지는 모호한 캐릭터를 지니고 있다. 작가는 학생운동이나 노동운동 등과 연루된 인기를 길중씨의 가족 구성원의 한 사람으로 끌어들임으로써 이 작품이 들려주는 가족의 서사 속에 어떤 형태로든 이 작품을 쓸 당시의 시대 현실을 겹쳐 놓으려는 욕망의 일단을 드러낸다.

그러나 가부장적 권위를 중심으로 한 가족의 서사라는 점에서 이 작품의 작중 인물들 가운데 가장 팽팽한 서사적 긴장을 조성하는 인물은 윤기이다. "어렸을 적, 집안을 쑥대밭으로 만들어 놓고도 문 밖에 나가 호인처럼 웃던 아버지의 얼굴을 본" 때부터 아버지에 대한 "연원을 알길 없는 증오"에 시달리던 윤기가 자신을 지배해온 그 증오의 의미를 성찰하게 되는 것은 대학에 들어가면서부터였다.

대학에 가서 윤기는 알았다. 가족이라는 단어의 어원이 라틴어 파밀리아이며, 파밀리아는 한 사람에게 속한 노예 전체를 뜻한다는 걸. 길중씨야말로 이 어원에 가장 충실한 가장이었고, 윤기는 유일하게 반기를 든 노예였다.

가족을 먹여살리는 경제적 독점권을 가지고 가족 구성원들 위에 군림하는 아버지, 그 "아버지의 정액에서 자기가 생겨났다는 걸 깨달은 그 순간부터, 그렇게 해서 피를 나눈 형제들까지도, 윤기에겐 벗어나고 싶은 짐일 뿐이었다"라는 구절에서처럼, 아버지에 대한 격렬한 증오로부터 시작된 윤기의 반항은 가족이라는 관계 자체에 대한 환멸로까지 이어진다. 아버지에 대한 그 증오와 환멸의 반대편에 현희에 대한 그의 사랑이 있다. 그가 부모의 반대를 무릅쓰고 지키려는 그의 사랑은 그의 반항이 가족이라는 제도적 구속과 맞서는 강렬한 개인적 욕망의 차원에서 이루어지는 것임을 말해준다. 그러나 아버지의 권위로부터 벗어난다는 것은 더 이상 아버지의 경제적 후원을 기대할 수 없는 삶으로 내몰린다는 것을 의미한다. 허기를 지워내지 못하는 그들의 사랑은 결국 "사랑은, 밥도 국도 못 되지"라는 결론에 이르고야 만다. 현희와의 이별이라는 상황으로 내몰린 윤기가 끝내 가족이라는 제도적 틀 안에서 강요되는 결혼을 수락하고 마는 것은 개인의 일탈적인 욕망을 관리하고 통제하는 사회적 안전망으로서의 가족이라는 제도의 완강함을 다시 한 번 되새기게 한다.

작품 전체를 통괄하는 하나의 독점적인 시점을 내세우지 않은 채, 각 장마다 작중 인물들을 번갈아 초점화자로 내세우는 이 작품의 구성 방식은, 독자들이 가족 구성원들의 내면을 골고루 들여다보면서 그들의 삶에 대한 보다 균형 있는 시야를 확보할 수 있게 해준다는 장점이 있다. 윤기의 격렬한 반항의 대상이 된 길중씨 또한 윤기와 마찬가지로 젊은 시절 한 여자에 대한 격렬한 열정에 휩싸인 적이 있음이 밝혀지는 것도 이런 서술 방식을 통해서이다. 청년기의 한때 자신을 사로잡았던 사랑을 회상하며 길중씨는 "젊어 한때 자기의 모습을 쏙 빼닮은 윤기"에 대해 "그 앨 그대로 맺어주는 편이 나았을지도 모른다는 생각"을 한다. 그러나 아버지의 완고한 반대에 부딪혀 사랑하는 여자와 헤어져본 길중씨의 경험이 여염집 출신이 아닌 여자와 아들과의 결혼을 막은 자신의 선택 자체에 대한 부정으로 연결되는 것은 아니다. 아들의 불행한 결혼 생활을 지켜보는 안쓰러운 마음에도 불구하고 길중씨에게 젊은 날 아들의 행실은 가족의 근간을 위협할, "나 아닌 다른 사람이라도 못 봐줬을" 일이었기 때문이다. 길중씨의 편에서 본다면, 그에게 일말의 안쓰러움을 불러일으키는 아들의 불행한 결혼 생활은 결국 가족을 지키기 위한, 다시 말해 개인의 행복보다 우선하는 가족의 존속을 유지하기 위한 불가피한 선택이 낳은 결과일 뿐이다.

윤기와 달리 가족이라는 제도와 전혀 마찰을 일으키지 않는 맏아들 효기와 셋째아들 정기는 철저한 생활인의 모습으로 등장한다. 아버지의 무게에 눌려 소심하고 순종적인 인물로 성장한 효기가 아버지에게 반발하는 것은 늙은 아버지에 맞서 자기 몫의 경제적인 지분을 요구할 때이다. 형제들 가운데 자기 가족의 안위를 우선하는 가족 이기주의적인 면모를 가장 뚜렷하게 보여주는 효기는 어떤 의미에서 가족이라는 제도의 가장 충실한 계승자라고 할 수 있다. 그에 비해 인기는 다른 형제들과 달리 결혼도 하지 않은 채 가족이라는 제도 바깥을 떠돈다. 학생 시위대에 휩쓸리면서도 정작 "싸울 자신은 없"는 인기에게 노동 현장으로 뛰어드는 일은 자기 존재의 의미를 이해하기 위한 내면의 안간힘일 뿐이다. 인기에게 삶이란 "어디다 발 내려야 허방을 딛지 않는 건지 몰라 순간순간 물밀듯한 두려움"을 이겨나가는 과정이며, 그런 의미에서 그의 방황은, 그것이 학생운동과 노동 현장이라는 정치적 배경을 거느리고 있음에도 불구하고 다분히 삶에 대한 존재론적인 고뇌라는 성격을 띠고 있다. 농촌에서 낯선 사람들과 함께하는 새로운 가족공동체에 합류함으로써 "피를 나눈 가족을 벗어나 피 섞이지 않은 식구들에게로 가"려는 인기의 선택 또한 "자유롭고자 하는 열망"이라는 삶의 보다 근원적인 욕망에서 비롯된 것이다. 이처럼 범속한 가족 서사라는 이야기의 주류적인 틀에서 비껴나 있는 인기의 이야기 속에는 기실 세상의 속도와 다른 속도로 살아가는 자유로운 삶에 대한 작가의 낭만적 욕망이 투사되어 있는 것으로 보인다.

3. 지워져버린 여자들: 어머니와 딸

이제 은용의 이야기를 할 차례다. 은용은 인기와 함께 작가로부터 가장 애정 어린 시선을 받고 있는 이 가족의 유일한 딸이다. 그러나 작품 속에서 서술되는 은용의 삶이란 실상 보잘것이 없다. 그녀의 삶 속에는 변변한 연애 사건도 없고 자기 삶의 실현을 향한 강한 열정도 없다. "자기주장을 내세운 적이 한 번도 없는", 그래서 "늘 있는 듯 없는 듯했던" 그녀는 그저 묵묵히 집안일을 돌보며 오빠들이 각자 가족을 이뤄 분가해가는 동안에도 한결같은 모습으로 그 자리에 멈춰서 있을 뿐이다. 그런 의미에서 은용은 어머니 윤씨와 더불어 이 작품에서 그 존재감이 가장 미미한 인물이라고 할 수 있다. 철저하게 가족이라는 삶의 반경 안에 갇혀 있는 은용의 삶은 사실 아무런 의미 없이 가족을 위해 희생하는 삶처럼 비춰진다. 그녀는 자신의 삶에 대한 어떠한 자기주장도 없을뿐더러 누군가를 원망하거나 미워할 줄도 모

르는 착하디착한 심성의 소유자이다. 그러나 각 장마다 초점화자가
달라지는 이 작품의 서술 방식에도 불구하고, 작품을 읽다 보면, 그
미미한 은용의 존재감이 작품 전체에 골고루 스며들어 있는 듯한 느
낌을 받게 된다. 뿐만 아니라 작품 속에서 은은히 배어나오는 은용의
착한 성정은 이 작품 전체에 어떤 순정 어린 품위를 부여한다. 아마
도 그것은 은용의 그러한 착한 성정 안에 삶이라는 질곡 안에 갇혀
괴로워하는 작중 인물들의 모습을 바라보는 작중 화자의 잔잔한 연민
의 시선이 깃들어 있기 때문일 것이다. 이 작품에 등장하는 인물들은
각자의 욕망과 증오로 반목하면서도 도덕적인 악인으로 묘사되지는
않는다. 윤기와 길중씨 또한 각자의 욕망과 고집에 사로잡힌, 그리고
그 때문에 마음의 불행을 겪는 나약한 인간들일 뿐이다. 작중 인물들
의 삶을 바라보는 그 이해력 있는 포용의 시선 위에, 자기 존재의 키
를 최대한 낮춘 채 그림자처럼 묵묵히 희생에 가까운 삶을 감내하는
은용의 슬프도록 착한 성정이 겹쳐지는 것이다.

　어떤 의미에서 은용은 그녀의 삶이 철저하게 가족이라는 삶의 반경
안에 갇혀 있음에도 불구하고, 인기와 마찬가지로 범속한 가족 서사
의 바깥에 놓인 존재라고 할 수 있다. 은용과 인기가 결혼을 하지 않
는 것 또한 이러한 의미와 관련지어 생각해볼 수 있는 대목이다. 결
혼이란 곧 가족 서사의 시작을 알리는 사건이 아니던가? "어떻게 그
렇게 지치지 않고 사랑할 수 있을까"라는 은용의 말 속에 내비치는
낭만적 사랑에 대한 특별한 호감 역시 결혼이라는 제도와 배치되는
지점에 놓여 있다. 은용은 동네에 숨어들어왔다 결국은 그들의 사랑
을 지키기 위해 자살을 선택해버린 연인들의 모습을 호의 어린 시선
으로 바라보기도 하고, 윤기의 애인인 현희를 골방에 숨기는 일과 오

랜 세월이 흐른 후에 이루어진 윤기와 현희의 재회를 돕기도 한다. 어쩌면 은용이 현희가 그녀에게 준 반지를 끼고는 "마음이 썰렁해질 때마다 반지를 만지는 습관"을 갖게 된 것 또한 윤기와 현희가 결혼 이라는 제도를 뛰어넘어 나누었던 사랑에 대한 잠재적인 욕망의 표현 이 아니겠는가? 뿐만 아니라 그녀가 자신의 일기장에 무심코 흘려 쓴 "미친년이 되고 싶어. 창녀가 되고 싶어"라는 구절 또한 그녀의 내부 에 억눌려 있는 자유와 일탈을 향한 욕망의 표현으로 비춰진다. 그런 의미에서 은용이 인기에 대해 남다른 배려와 염려를 드러내 보이는 것은 은용과 인기의 영혼이 서로 닮은꼴이라는 점과 무관하지 않을 것이다.

이제 우리에게 마지막으로 남은 것은 어머니의 이야기이다. 이 작 품은 치매에 걸린 어머니를 되찾는 도입부 이후, 오랜 세월에 걸친 가족의 서사를 에돌아 치매에 걸린 채 집을 나가버린 어머니를 되찾 기 직전의 상황으로 돌아오는 원환 구조로 구성되어 있다. 가족들의 이야기 속에서 이야기의 배경적인 존재로서만 희미하게 자신의 모습 을 드러내던 어머니가 작품의 전면에 부상하는 것은 그녀가 치매 증 세를 앓으면서부터이다. 어머니는 병을 앓으면서 비로소 가족구성원 들 내부에 자신의 존재를 뚜렷이 각인하기 시작하는 것이다. 다음의 구절은 어머니가 앓고 있는 치매가 그녀의 삶을 지배해온 가부장적인 가족 제도와 긴밀한 연관을 맺고 있음을 시사한다.

시집살이는 널뛰기나 다름없었다. 널 위에서, 남편은 부모를 부축하 며 안전하게 바닥에 닿아 있었고, 윤씨는 마음 둘 곳 없는 한 줌 검불 의 가벼움으로 치솟아올라, 현기증 나는 세월을 감당했다. 높은 데 홀로 선 막막함. 떨어지면 안 된다는 생각으로 발끝에 힘을 주며 견뎠다.

가부장적 가족 제도가 어머니 윤씨의 삶에 가한 심리적 억압은 어머니로 하여금 가족이라는 틀 안에 갇힌 채 끊임없이 자신의 존재를 지우기를 강요해온 것이라고 할 수 있다. 가족이라는 울타리의 바깥뿐만 아니라 그 울타리 안에도 어머니가 끼어들 자리는 없다. 윤기는 어린 시절 수시로 아버지의 폭력에 시달리던 어머니의 모습을 떠올리며 "두드려맞던 어머니의 모습은 각인처럼 머릿속에서 지워지지 않았다. 밥이 질다고, 국이 짜다고, 아이들 교육을 잘못 시켰다고……" 라고 생각하지만, 정작 윤씨가 정신을 놓게 된 건 격렬한 증오에 사로잡힌 윤기의 "아무것도 들이지 않는 눈, 제정신을 잃은 눈"을 본 순간이었다. "내 뱃속에서 낸 자식인데 어찌 저리 낯설까"라는 탄식 안에는 자식에게서마저 거부당하는 어머니의 절망감이 담겨 있다. 어린 시절 윤씨의 유일한 즐거움이던 자식들은 성인이 되면서 더 이상 윤씨를 필요로 하지 않게 된 것이다. 이런 의미에서 윤씨의 치매 증세는 어쩌면 가족이라는 제도의 틀 안에서 삭제되어버린 자신의 삶 전체를 자신의 기억 속에서 삭제해버리고 싶은 무의식적인 욕망의 표현인지도 모른다. 치매에 걸려 기억이 하얗게 지워져버린 윤씨는 비로소 집 바깥으로 나온다. 그러나 집 밖에는 무엇이 있는가? 결국 다시 돌아가야 할 집이 있을 뿐이다.

이 작품에서 윤씨의 병은 기실 이 가족이 앓고 있는 총체적인 질환의 표상이다. 가족은 윤씨의 부재를 통해 비로소 그녀의 존재를 발견한다. 윤씨의 부재를 가장 안타까워했던 은용은 어머니가 집에 돌아오자 불안에 떨고 있는 어머니가 편안한 잠자리에 들 수 있도록 애쓴다. 그러나 어머니를 안심시키려는 은용의 안간힘은 거실에서 언성을 높이는 아버지와 오빠들에 의해 거듭 실패로 돌아가고, 작품 속에서 그 존재감이 흐릿하기만 했던 착하디착한 은용의 입에서 마침내 다음과 같은 뜻밖의 대사가 터져나온다. "너, 너, 너. 조용히 해, 조용히 해, 이 개새끼들아!"

은용이 귀가한 어머니를 다독이는 방 안의 풍경과 아버지와 아들들이 서로의 책임을 물으며 언성을 높이는 거실의 풍경은 어머니-딸로 연결된 여자들의 풍경과 아버지-아들들로 연결된 남자들의 풍경이라는 공간적 배치를 이룬다. 가족간의 불화와 분란의 중심에 아버지-아들의 관계가 놓여 있다면, 그 관계의 그늘 밑에서 있는 듯 없는 듯 살아온 어머니-딸의 관계는 가족 내부의 곪아터진 병을 대신 앓고 있는 어머니와 그 어머니를 감싸 안으려는 딸의 안간힘으로 표현된다. 아마도 은용의 입에서 터져나온 뜻밖의 외침은 그녀가 가족 내에서 자신에게 주어진 수동적인 딸의 역할을 벗고 마침내 자기 자신의 존재, 아니 어머니와 자신의 존재를 주장한 최초의 사건일 것이다. 은용의 돌발적인 외침으로 아버지-아들의 관계를 중심으로 한 가족 서사는 순식간에 '개새끼들'의 이야기가 되어버린다. 끊임없이 가족을 위해 희생하는 역할만을 부여받아왔던 어머니와 딸 앞에서 아버지와 아들들의 관계 위에 구축된 가부장적 가족 서사는 마침내 그 서사를 지탱해왔던 이기적인 욕망의 본질을 여지없이 드러내 보이고야 마는 것이다.

재와 불꽃의 시간 사이에서 떠도는 여자들
―전경린의 소설

1. 자기폐쇄적인 섹슈얼리티의 세계

전경린의 소설을 읽는 것은 종종 금기와 위반을 향해 온몸을 팽팽하게 긴장시킨 어떤 위태로운 열정에 동참하는 일이 된다. 그녀의 소설들에서 여자 주인공들을 사로잡고 있는 그 위태로운 열정은 대개의 경우 자신에게 주어진 제도적 삶의 안쪽에 남아 있기를 거부하는 그녀들의 몸의 욕망을 관통해 나가는 것이다. 최근에 발표된 일련의 장편소설들을 통해 적극적으로 제기되어온 여성의 섹슈얼리티의 문제는 전경린의 소설이 보여주는 여성의 삶에 대한 문제제기의 주요한 입각점들 가운데 하나이다. 전경린의 소설에서 여자 주인공들이 그녀들의 억눌린 성적 욕망이나 자신의 몸 안에 잠재되어 있는 섹슈얼리티의 가능성을 발견해 나가는 과정은 대개 여성이 누리는 안락하고 평온한 일상을 담보로 그녀들에게 강요되어온 제도적 삶의 허구성을 자각해가는 과정과 겹쳐 있다. 그녀들은 제도에 의해 관리되고 순치되기를 거부하는 몸의 이름으로 그녀들에게 둘러쳐진 제도적 삶의 빗장을 풀어헤치는 것이다. 그 때문에 전경린의 소설에서 여주인공들이 보여주는 일탈적인 성의 현장은 때로 그녀들이 제도적 현실과 싸우는 치열한 격전장이라는 인상을 주기도 한다. 아마도 작가는 여주인공들에게 주어진 제도화된 몸의 금기, 혹은 몸의 윤리를 위반하는 섹슈얼리티의 문제를 통해, 이 사회에서 여성으로서 살아가는 삶의 정체성이라는 문제와 관련된 매우 불온하면서도 근본적인 의문을 우리 앞에 던져 놓으려 하는 듯하다.

그러나 전경린의 소설에서 파멸에의 길이 예견된 상황에서도 그 위태로운 질주의 가속도를 제어하지 못하는 여주인공들의 일탈적 욕망에 대한 과도한 몰입은 때로 그러한 욕망을 지나칠 정도로 자기폐쇄적이고 고립적인 상황으로 몰고 가기도 한다. 그녀의 소설들에서 제도적 삶과 금기에 대한 위반에의 욕망으로 팽팽하게 장전되어 있는 여성의 몸은 마치 하나의 섬처럼 어떠한 사회적 관계로부터도 고립되어 있다. 그녀들의 몸이 갈망하는 것은 제도화된 사회적 관계의 틀을 벗어난 지점에서 타자와의 매우 은밀하고도 사적인 관계의 방식을 구축해 나가는 것이며, 사회적 윤리가 아닌 개인의 욕망이 지시하는 길을 따라 새로운 삶의 가능성을 찾아가는 것이다. 윤리는 곧 금기이다. 전경린의 소설이 보여주는 불륜의 미학은 그녀들이 추구하는 탈제도화된 개인의 욕망이 여성의 몸에 새겨진 금기로부터의 해방을 추구하는 방향으로 나아가는 과정에 다름 아니다. 이때 섹슈얼리티로 충만한 여성의 벗은 몸은 그 자체로 금기에 대한 위반의 상징적인 표지가 된다.

아마도 그녀의 소설이 여성의 몸, 혹은 억압된 섹슈얼리티의 문제에 집착하는 것은 제도적 삶 속에서 여성의 몸이 여성 자신의 사적인 욕망이 배제된 일종의 사회적 공공자산으로 관리하고 지배되어온 사실과 긴밀한 연관을 맺고 있는 것으로 보인다. 오랫동안 여성의 몸은 그것이 결혼의 전제조건으로 여성에게 요구되는 순결한 몸이든, 매춘이라는 방식으로 공유되는 타락한 몸이든, 여성 자신의 것 이전에 남성의 성적 욕망으로 귀속되는 사회적 자산이거나, 임신과 출산의 능력을 통해 사회의 인적 자원을 생산함으로써 사회를 유지 존속해 나가기 위한 불가피한 물적 토대로 인식되어왔을 뿐이었다. 그런 의미에서 전경린에게 여성의 섹슈얼리티란 여성에게 주어진 그 두 가지 존재 방식으로부터 벗어나, 여성 자신의 사적인 욕망이 강렬하게 스스로의 존재 방식을 규정짓는 삶의 또 다른 가능성을 탐색하기 위한 매우 유용한 소설적 수단으로 활용되고 있다고 볼 수 있다. 이런 차원에서 본다면 전경린의 소설들이 보여주는 섹슈얼리티의 강렬함은 그 자체로 여성의 삶을 사회적 공공 영역으로 귀속시키려는 어떠한 제도적 억압으로부터도 벗어나 여성 자신의 고유한 삶의 가능성을 찾아가려는 욕망의 급진성을 표상하는 것으로 해석될 수 있다.

그러나 이미 말한 것처럼, 전경린의 소설 속에서 여성의 섹슈얼리티는 여성 개인의 극히 사적이고 내밀한 욕망이라는 제한된 틀을 벗어나지 않음으로써 종종 지나치게 폐쇄적이고 배타적인 욕망의 형태로 그려지곤 한다. 전경린 소설의 여주인공들이 추구하는 것이 제도화된 관계를 넘어선 타자와의 강렬하고도 본질적인 소통에의 욕망이라고 한다면, 자신이 추구하는 그 사적인 관계를 그것을 둘러싸고 있는 여타의 사회적 관계와 차별화하려는 자기정당화의 심리적 기제 또한 그녀들의 의식 속에 매우 완강한 욕망으로 자리잡고 있다. 어떤 의미에서 자신의 욕망이 몰고 올 파멸의 징후가 예견된 상황에서도, 혹은 파멸이 현실로 나타난 이후에도 그녀들이 그 위태롭고 비극적인 삶의 외줄타기를 멈추지 않는 것은 그녀들을 둘러싸고 있는 사회의 도덕적 허구성과 극명한 대립 관계에 있는 그 욕망의 본질적인 도덕성에 대한 고집스러운 믿음 때문이라고 할 수 있다. 따라서 소설 속에서 그녀들의 파멸은 곧 사회의 제도적 삶이 그녀들에게 가한 억압과 폭력을 드러내는 하나의 상징적 사건이 된다.

문제는 전경린 소설 속의 여주인공들이 종종 자기 자신의 욕망에 대한 과도한 집착에 비해 자신의 사적인 욕망 바깥에 존재하는 타자들의 세계에 대해서는 상대적으로 무심하거나 배타적인 태도로 일관함으로써, 그녀들이 추구하는 욕망의 절박함에도 불구하고 그 욕망이 포용할 수 있는 삶의 시야가 매우 협소하다는 느낌을 불러일으킨다는 점이다. 물론 그녀들의 사랑이 고립의 전략을 택할 수밖에 없는 것은 그 사랑이 타인들의 시선에 노출되는 순간 추문이 되어버리는 불륜의 사랑이기 때문일 것이다. 따라서 그녀들의 고립은 일차적으로 그녀들의 사랑을 비윤리적인 것으로 간주하는 제도적 삶 그 자체로부터 비롯되는 것이다. 사랑과 추문의 경계선 위에서 아슬아슬하게 줄타기하는 듯한 그녀들의 욕망은 강렬하면서 은밀하다. 그 은밀함은 그녀들의 사랑을 제도적 삶과 대립하면서도 동시에 그 삶과 맞부딪히지 않게 지켜주는 일종의 보호막 같은 것이라고 할 수 있다. 이때 보호막은 곧 차단막이다. 그것은 타자들의 시선으로부터 그녀들의 사랑을 가려주는 동시에 타자들의 세계에 대한 그녀들의 시선 또한 차단한다. 그녀들의 시선은 오로지 자신과 자신이 사랑하는 남자만을 향해 뻗어 있다. 자신의 사랑에 대한 낭만적인 이상화만큼이나 그 바깥의 세계에 대한 배타적인 무관심은 섹슈얼리티를 통해 자기 자신의 고유한 삶의 가능성을 추구하는 그녀들의 노력을 외부세계와 단절된 극히 자폐적인 열정으로 몰고 가는 것이다.

그러나 전경린의 소설에서 더욱 문제적인 징후로 느껴지는 것은 그녀의 소설들이 여성의 섹슈얼리티 속에 내재된 사적인 욕망의 해방이라는 문제에 지나치게 몰입한 나머지 간혹 섹슈얼리티 그 자체를 미학적으로 물신화하거나, 낭만적으로 신비화하려는 조짐이 나타나 보인다는 점이다. 이러한 조짐은 섹슈얼리티 안에서 작용하는 정치적이거나 제도적인 힘들을 괄호 안에 묶어 두고, 남녀간의 벗은 몸과 몸이 만나는 지점에 대한 미학적 탐닉을 타인과의 진정한 소통을 갈망하는 자기해방의 이미지와 오버랩시킴으로써, 제도적 한계를 뛰어넘는 남녀간의 순수한 사랑이라는 문제를 섹슈얼리티 그 자체의 정치적 무류성과 연결짓는 다소 단선적인 시각을 낳기도 한다. 문제는 남녀의 벗은 몸 자체가 이미 정치적으로 순수하지 않다는 것. 따라서 섹슈얼리티의 안팎에서 작용하는 젠더 이데올로기의 정교한 메커니즘을 몸에서 벗겨버린 옷과 함께 문제의 시야 밖으로 내던져버릴 때, 벗은 몸에 매혹된 시선과 함께 섹슈얼리티를 통한 여성의 자기해방이란 또다시 젠더 이데올로기의 촘촘한 그물망 안으로 포획되어버리고 마는 것이다.

2. 헛것의 삶과 불가능한 생에의 갈망

이러한 문제점에도 불구하고 전경린의 소설들이 담고 있는 문제의식이, 그녀의 소설들이 지닌 매혹적인 문체와 더불어 우리 시대의 매우 의미 있는 소설적 개성을 보여주는 것임에는 틀림이 없다. 『물의 정거장』(문학동네, 2003)에 수록된 전경린의 소설들은 작가의 장편 소설들에서 제기된 이러한 문제의식의 연장선상에 있으면서 전경린의 소설적 개성을 떠받치고 있는 세계 인식의 몇 가지 특성들을 보다 뚜렷하고 일관된 형태로 보여준다. 작가의 이전 소설들에서 익히 보아온 대로 이 소설집에서도 역시 결혼 혹은 가족이라는 제도적 틀 안에서 만성적인 존재의 결핍감에 시달리며 끊임없이 다른 삶의 가능성을 꿈꾸는 여성들의 황량한 내면 풍경은 수록된 작품들의 전체적인 밑그림을 형성하고 있다. 전경린 소설의 여주인공들이 대부분 그렇듯이, 이 작품집에 등장하는 여성들 역시 제도 안쪽의 삶과 바깥쪽의 삶이 길항하는 모호하고 혼돈스러운 접경 지대에서 끊임없이 결핍과 갈망으로 뒤척이는 영혼의 고통스러운 상실감을 끌어안고 있는 것이다. 정주(定住)하지 못한 채 존재의 불안한 경계선 위를 떠도는 영혼의 고통은 전경린의 여성 주인공들이 앓고 있는 만성적인 질환이다. 그녀들의 영혼 속에는 언제나 결코 화해할 수 없는 두 개의 이질적인 세계가 공존한다. 「부인내실의 철학」의 희우가 "집안의 유령같"이 살아가는 결혼 생활을 유지하며 "해변의 모래구멍 속에 파고든 게처럼" 기윤과의 정사(情事)가 있는 목요일에서 목요일로만 의식이 응축되는 삶을 살아가는 것도, 「다섯번째 질서와 여섯번째 질서 사이에 세워진 목조 마네킹 헥토르와 안드로마케」의 금주가 "결혼한 지 삼 개월 만에 처음으로 이혼을 생각"하고, 결국 십 년 후에 이혼을 하게 되는 것도, 「메리고라운드 서커스 여인」의 '그 여자'가 사진관 남자를 만나 결혼하고 두 아이를 낳고 살다가 정확히 십 년 뒤에 아무 이유

없이 집을 떠나게 된 것도, 「물의 정거장」의 무숙이 오지 않는 남자를 기다리며 매일 아침 "빈집에 열어젖혀진 벽장같이 텅 빈 어제와 텅 빈 오늘 사이에서" 깨어나는 것도, 「이월 황량적 각보(二月荒凉的 脚步)」의 그녀가 남편과의 다툼 후에 훌쩍 집을 떠나 여관들을 전전하다가 중국 여행길에 오르는 것도 그녀들이 결핍의 세계와 갈망의 세계 그 어느 쪽에도 삶의 진정한 뿌리를 내리지 못하는 영혼의 영원한 미아들이기 때문이다. 꺼져버린 재 속에서 식은 불씨처럼 부스럭거리는 무의미한 일상의 시간과 존재의 중심이 일시에 불꽃으로 타오르는 강렬한 일탈의 시간, 그녀들에게 허용된 헛것의 삶과 그녀들이 꿈꾸는, 그러나 그녀들에게 허용되지 않는 충만한 실존의 삶, 그 존재와 부재의 시간들 사이에서 그녀들은 삶이라는 기약 없는 '황량적 각보'를 계속해 나가는 것이다.

그 중에서 「메리고라운드 서커스 여인」과 「부인내실의 철학」은 여주인공들의 정신적 방황이 각기 미묘하면서도 두드러진 차이를 보여준다는 점에서 우리의 주목을 끈다. 「메리고라운드 서커스 여인」의 주인공은 어느 날 갑자기 남편과 아이들이 살고 있는 집을 떠난 후, 이 세상과의 관계의 끈을 모두 놓아버린 여자이다. "생의 어느 시기에 블랙홀로 빠져들어 중력을 상실해버린 여자"인 그녀는 "허공에 유폐된 자이며 세상으로부터 증절된 자"이다. 공중에 뜨는 서커스 여자인 그녀의 삶은 전경린의 소설에서 집요하게 되풀이되는 생의 일탈이라는 주제의 또 다른 변주이다. 작품의 도입부는 그녀의 일탈된 생이 지닌 의미를 다음과 같이 표현하고 있다.

그 여자, 풍문대로 오래 전에 해진 여자인걸요. 아무것도 지키지 않고 아무것도 갖지도 않고, 아무것도 거부하지 않고 생에 대한 의지도 상실해버린 채 모든 것으로부터 떠난 먼지 가득한 잠을 자온 여자. 그 여자, 죽음과 같은 지긋지긋한 격리의 나날 속에서 가끔 벼락을 맞은 듯 깨어나 짙은 화장을 하지요. 그리고 겹겹이 옷을 입은 안전한 당신들에게 와락 다가가 꼬리치며 함부로 교태를 떨고 이토록 엄숙한 삶에게 가랑이를 벌려 노역을 하지요. 삶을 돌보지 않고 구멍난 옷을 입고 떠돌아다니며 너무나 간단히 옷을 벗는 가난하고 권태로운 서커스 여인…… 그 여자는 알지요. 삶의 굴욕과 침묵을 버린 뒤에 우리가 바라는 궁극은 죽음이란 것을.

세상에 대한 모든 관계의 끈을 거부해버리고 자기 존재의 심연에서 들려오는 욕망의 길을 따라간 여자에게 세상이 주는 것은 지긋지긋한 격리의 고통이다. 주어진 삶의 경계선 밖으로의 탈출을 허용하지 않는 "이토록 엄숙하고 안전한 당신들"의 세계에서 생의 일탈이란 곧 생의 격리이다. 세상을 향해 너무도 간단히 옷을 벗고 가랑이를 벌리는 그녀의 노역은 "겹겹이 옷을 입은" 세상이 정해 놓은 불쾌하고도 불길한 금기의 영역에 속해 있는 것이기 때문이다. '그 여자'는 공중에 떠 있을 수 있는 능력을 지녔지만, 공중에서 몸의 균형을 잡는 평형감각을 지니지는 못했다. 그 평형감각의 부재는 그녀의 일탈된 생이 지닌 치명적인 함정이다. 가능한 삶에서 불가능한 삶을 향해 나아가는 일탈에의 욕망 속에서 생의 상승과 생의 추락은 동전의 양면과도 같은 것이다. '그 여자'가 자신을 고용한 서커스 단장 최모 대신에 여자의 영혼을 지닌 남자인 류를 사랑하는 것은 일탈의 운명을 선택한 그 여자의 불가피한, 그러나 치명적인 선택이다. 류는 바로 그녀의 삶 속에 허용되지 않는 "불가능한 것의 이름"이기 때문이다. 그 불가능한 생에 대한 갈망으로 인해, "삶의 굴욕과 침묵"으로부터의 일탈을 꿈꾸는 그녀의 욕망 안에서는 언제나 죽음의 냄새가 흘러나온다.

「메리고라운드 서커스 여인」이 결혼과 가족이라는 제도적 삶의 울타리를 벗어나 불가능한 생의 욕망이 지시하는 길을 따라간 여자의 삶을 보여주고 있다면, 「부인내실의 철학」은 결혼과 가족이라는 제도적 삶의 울타리를 벗어나지 않으면서 결혼이 강요하는 남자와의 일방적인 관계와는 다른 관계를 꿈꾸는 여자의 삶을 보여준다. 작품의 주인공인 희우는 상습적인 구타와 강압적인 성 요구를 일삼는 남편에 대한 극심한 환멸감에 시달리는 여자이다. 남편의 구타는 남편에 대한 환멸감뿐만 아니라, "당신은 누구세요? 그리고 나는 누구예요"라는 물음처럼 그녀 자신의 자아정체감에 대한 심각한 혼란을 불러온다. 그러나 이러한 환멸과 혼란이 그녀의 결혼 생활을 위기에 빠뜨리거나 파멸로 몰아가는 것은 아니다. 그녀는 이혼을 생각하거나 집을 떠나버리는 대신 고통스러운 결혼 생활로 인해 "자신이 누군지 아득해질 때면 주문처럼" 자신이 알고 있는 첼리스트들의 이름을 중얼거리는 것으로 그 혼란으로부터 벗어나려 한다. 그녀에게 그것은 "자신을 확인하고 싶은 은밀한 강박증"과도 같은 것이다.

그녀의 일탈은 그 주문과도 같은 첼리스트들의 이름을 대신하는 기윤이라는 남자가 그녀의 삶 속으로 잠입해 들어오는 지점에서 시작된다. 매주 목요일마다 그녀의 집에서 이루어지는 기윤과의 비밀스러운 만남은 그녀로 하여금 잠시나마 자신의 헛껍데기뿐인 결혼 생활을 견딜 수 있게 해주는 은밀한 탈출구인 동시에 그녀의 결혼 생활을 안전하게 지켜주는 보호막이기도 하다. 그녀에게 기윤이라는 존재는 결혼 생활의 허구성과 함께 그 허구성의 불가피한 현실을 동시에 가리켜 보이는 존재인 것이다. 그녀는 기윤과의 정사가 있은 후 집안에서 기윤의 흔적을 말끔히 지워버린다. "희우는 집을 양보하지 않는다. 집은 희우의 진실이 있는 자리"이기 때문이다. 그것은 한 가정의 가장인 기윤의 경우도 마찬가지이다. 희우와의 정사를 즐기면서도 "남편으로서의 기윤은 희우와 다르지 않다. 그도 가부장으로서의 권위를 지키려 하고 책임을 지려고 하고 무엇인가를 요구하고 그것이 수용되는 것을 통해 자부심을 느끼려 한다." 희우가 생각하는 기윤과 남편의 차이는 단지 기윤이 "아내를 단 한 번도 때린 적이 없다"는 점뿐이다. 그렇다면 이 작품에서 희우와 기윤의 관계는 제도적 삶과의 마찰이 불러일으킬 파탄을 피해 가면서 동시에 그 삶과의 불화를 견디기 위해 그들이 선택한 일종의 타협의 방식이라고 해야 할 것인가? 희우는 각자의 가정을 망가뜨리지 않으면서 자신과 기윤이 공유하고 있는 그 숨겨진 관계에 대해 다음과 같이 말하고 있다.

오른편에 있던 점자체 상태의 불안전한 남편은, 기윤이 왼편에 점자체로 나타나 중앙에서 안정되게 겹쳐지면서 드디어 희우의 생을 온전하게 잡아주는 의미 있고 안정된 존재가 된다. 그것은 흡사 옛날의 대가족 형태와도 비슷하다. 그러니까 현대의 이 이상한 겹가족은 삶의 단순한 구조와 외로움과 공허를 메우는 완충 장치로서 일종의 대가족 형태인 셈이다.

희우는 자신의 남편과 기윤이 지닌 가장으로서의 가부장 의식을 부정하지 않는 것과 마찬가지로 가정이라는 공간의 의미 역시 거부하지 않는다. "희우는 어딘가 머나먼 곳에 버리고 떠나온 옛집이 있는 것만 같은 느낌에 빠진다. 옛날의 아이와 옛날의 부모와 형제…… 전생으로부터 흐르는 눈물처럼 아득하고 혼돈스러운 상실의 느낌…… 얼마나 많은 것을 잃고 나는 또 이 생을 살고 있는 걸까"라는 구절은 그녀가 지향하는 것이 가정에 대한 부정이 아니라 사라져버린 진정한 가정의 회복임을 암시한다. 이런 의미에서 본다면 희우가 거부하는 것은 남편이 지닌 가부장적 권위가 아니라 그 권위가 강압적이고 일방적인 방식으로 행사되는 현실이라고 해야 할 것이다. 희우가 생각하는 가정의 이상적인 모델은 결국 온화하고 건강한 책임감을 지닌 가부장이 이끄는 가정의 모습인 것처럼 보이기 때문이다. 그렇다면 이러한 희우의 태도는 결혼과 가족으로 대표되는 제도적 삶에 대해 전경린의 다른 소설들이 보여주던 보다 강렬하고도 급진적인 문제의식으로부터 상당히 후퇴한 것이 아닐까?

3. 일탈의 문턱에서 뒤돌아서는 여자들

사실 『물의 정거장』에 실린 작품들을 꼼꼼히 살펴보면, 결혼과 가족이라는 삶의 틀 바깥의 세계를 향해 뻗어 있는 욕망의 원심력만큼이나 그 욕망을 제도적 삶의 안쪽으로 끌어당기려는 구심력이 작가의 소설적 상상력을 추동하는 주요한 힘으로 작용하고 있음을 알게 된다. 어떤 의미에서 전경린의 소설을 읽는 것은 욕망과 현실의 경계선 위에서, 끊임없이 그 경계선 바깥으로 튕겨져 나가려는 탈제도화된 욕망의 원심력과 그 욕망을 제도의 틀 내부로 끌어당기는 제도적 욕망의 구심력 사이에 갇힌 팽팽한 자의식(그것이 작가의 것이든 작중 인물의 것이든)의 긴장을 체험하는 일이라고 할 수 있다. 이런 점에서 전경린의 소설은 일탈의 욕망 자체가 아니라, 일탈의 욕망을 향한 자의식으로 가득 차 있는 소설이라고 해야 할 듯싶다. 전경린의 소설들이 종종 결혼과 가족이라는 제도화된 삶에 대한 극심한 거부감을 드러내 보이면서도 또한 계속해서 결혼과 가족이라는 문제틀에 집착하는 것도 그 때문일 것이다. 그런 의미에서 「달의 신부」는 이 작품집 속에 수록된 작품들 가운데 결혼과 가족이라는 문제틀에 대한 작가의 미묘한 이중적 태도를 가장 잘 드러내 보이는 작품이라고 할 수 있다.

「달의 신부」는 정이라는 남자와 늑대여인간의 사랑을 들려주는 일종의 우화와도 같은 소설이다. 소설의 주인공인 정은 깊은 산속에서 숯을 구우며 어머니와 단둘이 살아가는 남자이다. 그의 소원은 자신의 가슴속에 꽁꽁 품은 "이녁을 행복하게 해줄게"라는 말을 들려줄 배필을 만나는 일이다. 그 말은 "한 여자를 소유하게 하는 유혹의 말이며, 자녀들을 거느리게 해주는 약속의 말이며, 일가를 이루고 가장으로 군림하게 해줄 권력의 말"이다. 어느 날 밤 그는 마침내 그 말을 들려주게 될 한 여인을 만나지만 그 여인은 자신이 누구인지를 모른다. 정은 달의 음성을 듣는다는 그 여인이 "달의 말을 듣고 자신이 누구인지 알게 되면, 이내 어딘가로 사라져버릴 것만 같"은 두려움에 보름달이 뜨는 밤이면 그녀를 어두운 방 안에 가둬버린다. 정과 결혼하고 아이를 낳고 살면서도 여인은 "말이 없었고 웃는 법도 없"다. 자신의 실제 모습은 다른 곳에 둔 채, 마치 그녀의 텅 빈 껍데기만 정의 곁에서 살고 있는 듯하다. 신기(神技)에 가까운 그녀의 바느질로 인해 정은 점점 부유해지지만, 자신도 알 수 없는 "제 속의 불 때문에" "사는 일이 따뜻해질수록 여자의 얼굴은 점점 어두워지고 눈은 허공을 방황하고 마음이 피폐해"져간다. 그녀는 정에게 "한 번만 보름달을 보게 해주세요. 달은 제가 누군지 말을 해줄 것입니다. 난 내가 누구인지 알고 싶어요"라고 간절하게 호소한다. 어느 보름달이 뜬 밤 그녀는 마침내 달의 말을 듣게 되고, 자신의 몸이 허공으로 떠오르면서 자신의 몸에서 거칠고 야성적인 늑대의 울음이 치밀어 오르는 것을 느낀다. "꿈이 현실이 되어 나타난" 순간 여자는 마침내 "제 영혼의 비밀을 본 것"이다. 그녀의 늑대 언니들은 그녀에게 "바람처럼 자유로운 곳"에 대한 이야기를 들려주며, "두려움을 사랑하고 두려움을 벗으로 여기며, 칼날같이 좁은 두려움의 길을 걷는" 자신의 본성에 따라 살 것을 요구한다. 그러나 늑대언니들을 따라가려는 순간 그녀는 처음으로 자신에게 묶여 있는 아이들과 남편과 시어머니의 존재를, 그 가족의 고통을 알아본다. 결국 떠나지 못한 여자는 이제 보름달이 떠올라도 늑대의 길을 알 수가 없다. 작품은 이후의 여자의 삶에 대해 "여자는 자신을 팔아 따뜻하고 다정하고 유순한 삶을 살았으나, 보름달이 뜰 때면 자신도 알 수 없는 기운에 휘말려 깊은 산속 묘지들과 계곡과 폭포 사이를 헤매었습니다"라고 보고하고 있다.

작품의 줄거리를 소개하는 데 이처럼 낡은 지면을 할애한 것은, 이 소설이 전경린의 작품들 속에서 발견되는 소설적 상상력의 특징적인 패러다임을 매우 압축적으로 드러내 보여주는 텍스트로 여겨지기 때문이다. 줄거리 요약만으로도 충분히 짐작할 수 있듯이, 이 소설은 몸속에서 울려오는 길들여지지 않는 야성의 소리 때문에 남편과 아이에게 속해 있는 자신의 삶에 적응할 수 없었던 한 여인에 대한 이야기이다. "이녁을 행복하게 해줄게"라는 남편의 약속은 그녀에게 행복에의 약속이 아닌 불행한 속박의 삶을 가리켜 보이는 표지일 뿐이다. "난 내가 누구인지 알고 싶어요"라는 그녀의 간절한 호소는 남편과의 삶이 그녀의 진정한 자기 정체성이 거세된 헛것의 삶에 불과할 뿐이라는 사실을 암시한다. 그러나 그녀가 삶의 이쪽에서 저쪽으로 그녀를 인도해줄 달의 음성을 따라 자신이 꿈꾸는 진정한 자기정체성의 길과 대면하는 순간, 그녀는 가족이라는 불가피한 이쪽의 현실을 자각한다. 그리고 그녀는 삶의 이쪽과 저쪽을 가르는 경계선 위에서 멈추어버린다. 그녀는 그 경계선을 넘어가버리는 대신 그 경계선 위의 삶을, 경계선의 안쪽에서 끌어당기는 구심력과 경계선의 바깥쪽으로 달려나가는 원심력 사이에서 유순함과 광기의 이질적인 힘들이 혼재된 내적 불화의 삶을 살아가는 것이다. 그 내적 불화의 삶이란 광기를 살아가는 삶이 아니라 광기를 불가능케 하는 현실을 살아가는 삶, 다시 말해 끊임없이 자기 안에 내재된 광기에 대한 자의식을 끌어안고 살아가는 삶이다.

4. 결혼이라는 제도의 원심력과 구심력

전경린의 소설들은 끊임없이 광기와 일탈에 대해 말하면서도 그것을 불가능케 하는 현실의 언저리를 벗어나지 못한다. 그녀의 작중 인물들이 계속해서 결혼과 가족이라는 제도적 구속으로부터 벗어날 수 있는 삶의 가능성을 욕망하고 있음에도 불구하고 결국은 결혼과 가족이라는 제도적 삶의 무게를 벗어던지기를 두려워하고 있다는 느낌을 받게 되는 것도 그 때문이다. 제도적 삶의 바깥을 향한 욕망 못지않게 제도적 삶 자체가 끌어당기는 정서적 인력이 의외로 끈질기게 작중 인물들의 의식 속에 들러붙어 있는 것이다. 이를테면 「이월 황량적 각보」의 여주인공이 집을 떠나 기약없는 정신적 방황을 계속하는 것은 그녀가 가정 자체를 거부하기 때문이 아니라 남편의 폭력과 파산으로 가정이 그녀의 행복을 보장해줄 삶의 공간으로서의 기능을 상실했기 때문이다. 「낙원빌라」의 휘양 또한 강간으로 암시되는 어떤 사건에 의해 남편과 아이들을 잃어버린 채, 자신의 존재가 지워져버린 황량하고 무의미한 시간 속에 내팽개쳐진다. 이 두 여성은 표면상 아무 문제가 없어 보이는 결혼 생활을 계속하다 어느 날 문득 집을 떠나버리는, 가정이라는 삶의 형태와는 근본적으로 짝이 맞지 않아 보이는 「메리고라운드 서커스 여인」의 여주인공과는 다른 것이다. 그녀들에게 가정은 돌아갈 수도 돌아가지 않을 수도 없는 공간이다. 그녀들에게는 결혼 생활이 "그녀의 말을 못 알아듣는 남자"와 더불어 끊임없이 자신이 누구인가를 자문하며 살아가야 하는 삶이지만, 또한 "한없이 단념하고 수긍하면서 남편과 아이를 사랑하고, 은밀하게 통제하면서 조용하게, 심지어 어느 정도는 행복하게 살았"던, 인색하게나마 그녀들의 존재를 받아주는 유일한 삶의 공간이기도 했기 때문이다. 제도적 삶에 대한 거부와 제도적 삶이 끌어당기는 뿌리칠 수 없는 정서적 인력 사이에서 갈등하는 심리는 이 작품집에서 유일하게 남자 주인공이 등장하는 「바다엔 젖은 가방들이 떠다닌다」의 경우도 다르지 않다. 이 작품의 주인공은 자신에게 혼란스럽고 위태로운 정열을 불러일으키는 화련이라는 여자와, "모험도 없고 혼란도 없고 격정도 없고 실패도 없고 갈등도 없고 이별도 없는" "한결같고 따스하고 잔잔한 풍경화 같은 결혼" 사이에서 결국 후자를 선택하게 된다. 그가 후자를 선택한 후 "어차피 인생에 더 나은 것 따위는 없을 것 같다. 우리는 단지 더 모르는 것에 끌릴 뿐이다. 그리고 모르는 것이 없어질수록 삶의 열정도 사라져간다"라고 되뇌는 작품의 끝 구절은 이 작품을 다 읽은 후에도 마음속에 오래 그 씁쓸한 여운을 남긴다.

전경린의 소설에 등장하는 여성들에게 결혼이 강요하는 제도적인 삶의 무게는 아마도 삼켜버릴 수도, 무작정 뱉어버릴 수도 없이 입안에서 끊임없는 되새김질을 계속할 수밖에 없는 쓰디쓴 음식 같은 것인지도 모른다. 그녀들은 한결같이 제도가 지워버린 자신의 이름을 갈망하지만 가정 안에 그녀들의 이름이 없는 것과 마찬가지로 가정 바깥에도 역시 그녀들의 이름은 존재하지 않는다. 그런 의미에서 「낙원빌라」의 휘양이 찾아간 낙원빌라 주변의, 글자와 이름이 모두 증발해버린 듯한 기괴한 정적과 먼지들로 뒤덮인 풍경은 그녀가 내팽개쳐진 가정 바깥의 세계를 암시하는 것처럼 여겨지기도 한다. 가정 바깥으로 내팽개쳐진 것이든 자신의 진정한 삶을 찾아 스스로 가정의 바깥으로 뛰쳐나온 것이든, 전경린의 소설에서 가정 바깥의 여자들을 기다리는 것은 낙원빌라와 같은 불길한 장소로 추방되거나, 새로운 삶의 거처를 기대하며 찾아간 자신의 옛 애인이 동성애자인 현실이다. 그녀들이 가정 안으로 복귀하려 하자 이번에는 가정이 그녀들을 거부하거나 가정 자체가 이미 복구불능의 파산 상태이거나 함께 가정을 이룰 남자가 떠나버린다. 결국 그녀들은 가정의 안쪽에서도 바깥쪽에서도 자신이 뿌리내릴 삶의 자리를 찾지 못한 채 방황해야 할 삶의 영원한 미아들인 것이다.

전경린의 소설들은 이처럼 결혼이라는 제도의 허구성에 반발하면서도 결혼 바깥의 삶의 가능성에 대해서는 매우 비관적인 편이다. 이러한 비관적 인식은 아마도 여성의 삶에 가해지는 제도적 구속에 대한 작가의 불가피한 현실적 판단에 근거를 두고 있을 것이다. 그러나 여성의 삶을 바라보는 작가의 시선이 결혼과 가정이라는 문제들에 지나치게 고착되어 있다는 점은 전경린의 소설이 지닌 문제의식의 범주를 상당히 제약하는 요소로 작용하기도 한다. 결혼과 가정이라는 문제에 대한 그녀의 집요한 관심은 그녀의 소설들이 갖는 집중성이기도 하고 협애함이기도 하다. 전경린 소설의 여주인공들은 한결같이 아무런 의미를 찾을 수 없는 결혼 생활 속에서 진정한 자기찾기를 갈망하지만, 진정한 자기정체성을 향한 그녀들의 갈망은 늘 또 다른 남자와의 관계를 필요로 한다. 남편이 아닌 남자를 향한 갈망은 그녀들로 하여금 결혼 생활을 벗어날 수 있게 해주는, 혹은 결혼 생활을 그나마 견딜 수 있게 해주는 유일한 대안이다. 그녀들을 불행한 결혼 생활 속으로 밀어넣는 것은 남자들이지만, 그 결혼 생활에서 벗어날 수 있는 유일한 탈출구를 제공하는 것 역시 남자들이다. 가정의 안이든 바깥이든 남자에게 의존하지 않는 여성 자신의 독립된 삶의 가능성은 그녀의 소설에서 거의 고려의 대상이 되지 않는다. 그런 의미에서 전경린 소설의 여주인공들은 매우 관계지향적인 인물들인 동시에 남성 의존적인 심리적 성향이 강한 인물들이라고 할 수 있다. 그러나 여성들의 삶 속에서 결혼이라는 제도적 한계가 갖는 의미의 하중을 감안하면, 전경린의 소설들에 등장하는 여주인공들은 여성이라는 한계 안에 갇힌 채로 자신에게 주어진 그 한계를 누구보다 고통스럽고 치열하게 살아내고 있는 인물들이라고 해야 할 것이다. 어떤 의미에서 전경린의 소설들을 살아 있게 하는 것은 오히려 여성이라는 삶과 의식의 한계 안에서 그 한계를 끊임없이 되새김질하는 그녀들의 고통스러운 자의식인지도 모른다. 그녀들이 보여주는 자신의 '여성임'에 대한 그 치열한 자의식은 전경린 특유의 섬세하고 미려한 문장들과 함께 그녀의 소설들을 팽팽하게 긴장된 탄력으로 떠받치고 있는 것이다.

겉멋과 정욕
—박완서의 「그 여자네 집」

1. 박완서 문학의 젊음

박완서의 작품을 읽는 즐거움은 한 사람의 삶 속에 내장된 세월의 두께가 그에게 부여하는 정신의 자유로움을 즐기는 일에 상응한다. 삶 속에 축적된 시간의 질량이 삶에 대한 관습적 시야와 고집스러운 자기관념의 틀에 얽매인 정신의 족쇄가 아니라 고정된 관념의 경계를 넘나드는 정신의 활달함과 능숙한 균형 감각으로 작용할 수 있는 것은 박완서 문학을 일관하는 정신의 젊음에서 기인하는 것이다. 박완서의 『그 여자네 집』(문하동네, 2006)을 읽으면서 확인하게 되는 것 역시 박완서 문학이 지닌 여전한 젊음의 힘이다. 박완서의 문학에서 나이듦이란 젊음의 소진이 아니라 젊음의 심화이다. 나이듦이란 어떤 의미에서 더 이상 세간의 눈치를 보지 않고 살 수 있다는 자신감, 그리고 그로 인해 오히려 세간의 돌아가는 켯속을 더 명징하게 분별할 수 있는 혜안의 깊이와 통하는 것임을 이 작품집에 수록된 소설들은 새삼 일깨워주는 것이다.

탁월한 이야기꾼의 능력을 갖춘 박완서 문학의 서사적 활기는 기실 인간과 삶의 시시비비를 가리는 데 있어 조금의 주저함도 없는 듯한 박완서 소설 특유의 단호한 태도에 힘입은 바 크다. 작중 인물들에 대한 작가의 호오가 분명히 드러나는 것 또한 박완서 문학의 서사적 역동성을 높이고 속도감 있는 독서를 추동하는 주요인이라고 할 수 있다. 역사적인 소재든 당대적인 소재든, 소설 속에서 다루어지는 대상에 대한 작가의 윤리적 판단을 선명하게 드러내는 박완서 문학의 기질적 특성은 독자들이 작가의 판단에 충분히 공감할 수 있을 때에는 명쾌하고 시원시원한 도덕적 카타르시스를 안겨주지만, 때로는 그 지나친 단호함이 독자들에게 정서적인 부담과 반발을 불러일으키는 측면 또한 없지 않다. 그러나 박완서의 회갑 기념 작품집이라는 성격을 지닌 『저문 날의 삽화』 이후 박완서의 작품들은 신랄함의 날카로운 모서리가 조금씩 깎여나가면서 도덕적 판단의 선명성은 줄어든 대신 정서적 포용의 반경은 그만큼 더 넉넉해진 박완서 문학의 새로운 깊이를 보여주고 있다. 대개의 경우 노년기에 나타나는 정신적 에너지의 감퇴는 세월의 축적과 더불어 삶에 대한 더 고집스럽고 완고한 도덕적 관념으로 정형화되는 경향이 있다. 나이와 함께 굳어진 도덕적 관념이 삶의 새로운 환경에 대처하는 정신의 유연성을 떨어뜨리고 변화에 대한 배타적인 태도를 불러오는 요인으로 작용하는 것이라면, 박완서의 소설들은 오히려 나이듦과 더불어 더 부드럽고 유연해진 균형 감각으로 세간의 누추함과 일상적 욕망들 내부의 자잘한 갈등들을 조감해내고 있는 것이다. 『그 여자네 집』에 수록된 작품들이 보여주는 박완서 문학 특유의 서사적 활기 역시 그 밑바탕에는 세간의 삶에 대한 선명한 도덕적 가치판단 대신, 도덕적 시시비비의 차원을 넘어서는 인간에 대한 보다 근원적인 연민의 시선이 깃들어 있는 듯이 보인다. 세속적 욕망의 추비(醜卑)한 켯속을 파헤치는 신랄함은 여전하다고 해도, 그 신랄함이 이전의 작품들에서처럼 단호하고 공격적인 언어로 표출되기보다, 세간의 현실에 얽매인 누구도 그 누추한 세속의 욕망으로부터 자유로울 수 없다는 사실에 대한 우울하고 사려 깊은 성찰의 언어로 나타나는 것이다.

2. 속악한 겉멋의 현실

『그 여자네 집』에서 작가의 가장 집중적인 관심의 대상은 노년기에 접어든 인물들의 삶이다. 노년기에 접어든 인물이 직접 작중 화자로 등장하든, 그들과 관련된 주변 인물들이 작중 화자의 역할을 맡든 노년기의 삶이 작품의 주 소재로 등장하는 것은, 어떤 형태로든 자신이 경험하지 않은 일에 대해서는 잘 쓰지 못한다는 박완서 문학의 엄정한 사실주의적 기질과도 무관하지 않을 것이다. 박완서 작품 속의 인물들이 세속적 욕망들의 다툼이 불러오는 삶의 속악함과 그로 인한 마음의 격랑으로부터 한발 물러나와 눈앞에 죽음을 바라보는 나이가 되었다는 것은 삶을 관찰하는 더 깊고 넓은 시야를 확보할 수 있는 조건으로 작용한다. 실제로 수록된 많은 작품들에서 노년기의 인물들은 그들을 둘러싸고 있는 주변 인물들과 일정한 대비적 관계를 형성하고 있다. 그러한 대비는 작가의 호오에 따라 나뉘어지는 인물과 인물들 사이의 대비라는 표면적인 관계의 차원을 넘어, 작중 인물들의

삶을 투시하는 작가의 삶에 대한 보다 근본적인 태도의 문제와 연관
되어 있다는 점에서 우리의 주목을 끈다. 우리의 삶 속에는 세간의
기준에 사로잡힌 도덕적 관념으로는 포착되지 않는 어떤 본질적인 도
덕성의 지점들이 놓여 있다는 것, 따라서 한 인간이 견디어온 세월의
무게를 하나의 틀 안에 우겨넣을 수 있는 완전하고 정형화된 도덕적
기준은 존재하지 않는다는 것, 삶이나 그 삶을 지탱하는 인간의 욕망
은 인간의 이해가 가닿을 수 없는 부조리하고 모순에 가득 찬 무수한
켯속들로 뒤얽혀 있다는 것 등은 노년기의 삶을 통해 박완서 문학이
우리에게 들려주는 새로운 전언들이다.

「마른 꽃」에서 노년의 나이가 가져다준 정신의 여유는 '겉멋'과
'정욕'이라는 말로 표현되는 인간의 욕망에 대한 작중 화자의 내면적
통찰의 바탕을 이룬다. 여기에서 겉멋과 연관된 의미의 정욕이란 타
자의 시선에 의해 지배되는 세속적이고 표피적인 욕망을 일컫는 말일
것이다. "정욕이 눈을 가리지 않으니까 너무도 빠안히 모든 것이 보
였다"라는 구절처럼, 정욕으로부터 자유로운 나이에 이르렀다는 것은
'겉멋'으로 지칭되는 허구적 욕망이나 관계들의 내부를 통찰할 수 있
는 작중 화자 나름의 내면적 균형 감각을 얻게 되었음을 의미한다.
작품 속에서 겉멋과 정욕이라는 말로 표현되는 욕망의 세속적 켯속은
노년기의 우연한 만남이 가벼운 연애감정으로까지 발전한 작중 화자
와 조박사의 관계뿐만 아니라, 그들의 관계를 결혼으로 연결시키려
드는 주변 인물들의 태도에도 그대로 적용될 수 있는 것이다. 이를테
면 조박사의 며느리가 작중 화자와 조박사의 재혼 문제를 적극적으로
추진하려는 것이 이들의 결혼을 통해 자신이 시아버지를 모셔야 한다
는 의무로부터 해방되려는 영악한 타산에서 비롯된 것이라면, 작중

화자의 딸이 엄마의 사랑을 독려하면서 조박사와의 결혼을 부추기는 것 역시 조박사가 지닌 현실적 조건들에 대한 호감과 무관하지 않다. 자신의 딸과 조박사 며느리의 부추김은 작중 화자에게 부모의 반대를 무릅쓰고 "오로지 한 남자만 보이게 한 그 맹목의" 정열에 의해 결혼을 감행했던 죽은 남편과의 결혼 생활을 떠올리게 하면서, 현실적 타산에 의해 매개된 겉멋이 아닌, 마음으로부터 우러나오는 진정한 열정에 대한 새삼스러운 자각을 불러온다. 이러한 자각과 함께 인간의 눈을 가리는 세속적 정욕을 넘어선 자리에서 작중 화자가 발견한 것은 어떠한 이기적 타산도 개입하지 않은 순수한 정열로서의 정욕이다. 결혼이라는 관계를 이어주는 진정한 의미의 정열이란 타인의 시선을 의식해서 자신의 본모습을 그럴듯하게 가공한 겉멋에 들린 자기기만이 아니라 "같이 아이를 만들고, 낳고, 기르는 그 짐승스러운 시간을 같이"하는 일이라는 작중 화자의 자각은 "겉멋에 비해 정욕이 얼마나 아름다운 것인지 이제야 알 것 같았다"라는 생각과 겹쳐 있다. 작중 화자의 그러한 생각 속에는 타인에게 보여주기 위한 그럴듯한 연출을 통해 자신의 세속적 욕망을 위장하는 허구화된 관계가 아니라, 타인과의 관계를 자신의 삶 전체로 살아내는 짐승스러운 정욕의 시간, 그 욕망의 적나라한 실존을 거치지 않고는 어떠한 관계도 결국은 하나의 겉멋에 지나지 않는다는 의미가 깃들어 있는 듯하다.

「환각의 나비」 또한 겉멋과 정욕의 대비라는 테마의 또 다른 변주를 들려주는 작품으로 읽을 수 있다. 이 작품에서 치매 증상을 보이는 어머니를 돌보는 문제를 둘러싼 자식들 사이의 갈등은 "그들이 모시고자 한 것은 어머니가 아니라, 아들이 있는데도 딸네에 의탁하거나 거기서 죽는 것은 절대로 해서는 안 되는 치욕이라는, 관념이었으니까"라는 작품의 한 구절처럼, 작중 인물들이 어머니에 대한 마음으로부터 우러나온 연민이나 염려 이전에, 세간에서 통용되는 도덕적 관념이나 체면 등과 같은 현실적 타산을 더 강하게 의식한 결과라고 할 수 있다. 자식들 가운데 어머니와 가장 많은 시간을 함께했고 그로 인해 어머니에 대한 남다른 유대감을 지니고 있는 영주 또한 형제들과의 갈등 상황이 전개되면서 정작 어머니가 겪고 있을 고통에 대한 배려보다는 자신의 자존심을 지키는 일에 더 집착하는 모습을 보여준다. 뿐만 아니라 지방 대학 교수인 영주의 내면은 박사 학위를 얻기 위해 바쳐온 시간과 열정들이 한없이 남루하고 하찮은 것으로 느껴질 정도로 살아가는 일에 대한 염증과 위기의식으로 황폐해져 있다. 그러나 삶에 대한 그 자신의 염증이나, 가출한 어머니를 찾아오는 일이 반복되면서 심화되어가는 형제간의 갈등에도 불구하고, 영주에게 가출을 반복하는 어머니를 찾아오는 일이란 어머니와 함께한 세월의 무게만큼이나 절박한 그리움이 시키는 일이기도 하다.

특히 이 작품의 중간 부분에 등장하는 자연 스님의 이야기는 삶의 염증과 형제간의 갈등이라는 속악한 현실 속에 놓인 영주의 황폐한 삶과 선명한 대비를 이루고 있다. 자연 스님에 대해 "무슨 핑계로든 여기 아닌, 어딘가로 가고 싶어했다. 그녀가 막연히 벗어나고 싶은 건 이 고장이 아니라, 여지껏 인연을 맺어온 사람들인지도 몰랐다"라고 말하는 작품의 한 구절은 영주의 이야기 속에 자연 스님이라는 다소 돌출적인 캐릭터를 배치한 작가의 의도를 보다 선명하게 드러낸다. 치매 상태에서 가출한 어머니의 최종적인 도착지가 자연 스님이 기거하고 있는 절이라는 것 또한 영주의 삶과 자연 스님을 대비적으로 배치한 작가의 의도를 뚜렷하게 암시한다. 서울의 근교를 지나다 이상한 힘에 끌려 들어간 절에서 어머니를 발견한 영주의 눈에 어머니는 다음과 같은 모습으로 비춰진다.

몸집에 비해 큰 승복 때문에 그런지 어머니의 조그만 몸은 날개를 접고 쉬고 있는 큰 나비처럼 보였다. 아니 아니 헐렁한 승복 때문만이 아니었다. 살아온 무게나 잔재를 완전히 털어버린 그 가벼움, 그 자유로움 때문이었다. 〔……〕 칠십을 훨씬 넘긴 노인이 저렇게 삶의 때가 안 낀 천진 덩어리일 수가 있다니.

지척에서 변해버린 어머니의 모습을 지켜보면서도 "암만해도 저건 현실이 아니야, 환상을 보고 있는 거야"라고 생각하며 한 발짝도 움직이지 못하는 영주에 대해 작가는 "그녀가 딛고 서 있는 곳은 현실이었으니까"라고 못박는다. 영주의 삶과 자연 스님 사이에는 현실과 환상의 경계만큼이나 넘어설 수 없는 투명한 막이 가로놓여 있는 것이다. 「환각의 나비」가 보여주는 영주와 자연 스님 사이의 거리는 세간의 평판과 체면에 휘둘리는 겉멋의 삶과 정욕이라는 말로 표현되는 인간의 본래적인 삶을 대비시키는 서사 구도의 또 다른 버전으로 읽어도 무방할 것이다. 이런 의미에서 자연 스님의 '자연'이라는 법명은 세속에 의해 오염되지 않은 인간의 본래적 삶을 의미하는, 작가에 의해 다분히 의도된 호칭이라는 인상을 준다.

3. 체면과 잇속의 삶

「길고 재미없는 영화가 끝나갈 때」에서 작중 화자의 오빠가 아버지를 모시는 문제에 대해 보이는 민감한 반응 역시 체면과 평판이라는 세간의 도덕적 관념의 구속을 받는 세태의 한 반영으로 볼 수 있다. 오빠가 "삶을 짜증스러워하는 태도 때문에 늘 찌들어 보"이는 것 또한 세간의 도덕적 관념에 구속된 세태의 일상화된 내면 풍경과 무관하지 않을 것이다. 이런 의미에서라면 자신의 의사와는 상관없이 평생 동안 자신을 "소 닭 보듯 하는" 남편과 살면서 어머니가 견뎌낸 한결같은 인고의 세월 또한 어머니에게 강요된 세간의 완강한 도덕적 관념의 지배로부터 벗어날 수 없었던 세월이다. 그러나 어머니는 자신에게 강요된 세간의 도덕적 의무를 완벽하고 당당하게 감당해냄으로써 작중 화자인 딸의 눈에 "품위에다가 위엄 같은" 걸 지닌 모습으로 비춰지기도 한다. 자신의 누추한 모습을 누구에게도 보여주지 않으려는 어머니의 남다른 결벽증이나, 자신의 삶에 대해 어떠한 원성이나 불만도 내비치지 않고 "아무리 인간적인 추태라 할지라도 그렇게 철저히 갈무리해온" 삶은 자신의 굴욕적인 운명에 굴복하지 않으려는 어머니 나름의 생존 방식이었을 것이다. 이러한 어머니의 삶을 바라보는 딸의 시선 속에는 박완서 특유의 신랄함과 연민이라는 이중적 정서가 깃들어 있다.

그러나 이 작품에서 보다 흥미로운 것은 끊임없이 소실들을 갈아치움으로써 어머니에게 굴욕의 삶을 강요한 장본인이라 해야 할 아버지를 바라보는 딸의 시선이다. 애초에 "미남에다 멋쟁이인 줄로만 알고

있었던 아버지가 연세가 들수록 경박하고 볼품없어지는 반면 어머니
는 그 정반대라는 걸 발견한 거였다"라는 식으로 아버지를 바라보던
딸의 신랄한 시선은, 작품의 뒷부분에서 다른 노인들과 어울려 멋들
어지게 노래하고 있는 아버지의 모습을 보며 "소녀적엔 그렇게 풀린
아버지가 추악하게만 보였는데 지금은 아니었다. 난봉기도 도가 트니
까 관록 같은 게 생겨 멋있고 풍류스러워 보이기까지 했다"고 생각하
는 것으로 바뀌고 있다. 아버지를 바라보는 이러한 시선의 변화는
"집에서는 경직되고 근엄하고 불편해 보이던 아버지가 거기서는 편안
하고 자유스럽고 느긋해 보였다. 〔……〕 아버지는 장남 노릇이 몸을
옥죄는 걸 참지 못해 편안하게 퍼질 자리를 찾아 난봉을 핀 게 아니
었을까"라는 생각을 거쳐, "사람 팔자는 관뚜껑 덮을 때까지 아무도
예측할 수 없는 그야말로 한 치 앞을 내다볼 수 없는 난해한 숙제"라
는 인식으로 나아간다. 이러한 맥락에서 본다면 아버지의 난봉기 또
한 어머니의 결벽증과 마찬가지로 세간이 강요한 도덕적 의무를 견디
는 나름의 방식이었던 셈이다.

　이처럼 세간의 도덕과 인간의 내밀한 욕망이 뒤얽혀 만들어지는 삶
의 구비구비 얽힌 복잡한 켯속 앞에서 작중 화자는 "차라리 공식이
통히지 않는 그 난해함 때문에" 어머니의 임종뿐만 아니라 아버지의
임종까지 책임지는 일을 한번 더 해보고 싶다고 말한다. 그리고 작중
화자의 이러한 생각의 변화 속에는 규범화된 도덕적 잣대로만 판단할
수 없는 인간 삶의 내밀하고 미세한 굴곡들을 바라보는, 노년기의 박
완서 문학이 빚어낸 삶에 대한 보다 근원적인 성찰의 무게가 담겨 있
다. 한 편의 길고 지루한 영화처럼 보이는 삶 속에는 어떠한 도덕적
공식으로도 포착되지 않는 욕망의 다양한 얼굴들이 숨어 있다는 것,

그리고 그 다양한 욕망의 얼굴들 안에는 세간이 강요하는 삶의 압력을 견디면서 어떻게든 자신에게 주어진 삶의 몫을 살아내려는 나약한 인간들의 생에 대한 안쓰러운 안간힘이 새겨져 있다는 전언이 그것이다.

「너무도 쓸쓸한 당신」은 욕망의 이면에 도사린 그 복잡하고도 난해한 공식을 어떤 작품보다도 탁월하게 묘파해내고 있는 작품이다. 작중 인물들의 내면에 도사린 욕망들의 꼬장꼬장하게 뒤얽힌 굴곡들을 기민하게 포착해내는 능력에 있어 타의 추종을 불허하는 박완서 소설의 장기가 이 작품에서도 유감없이 발휘되고 있다. 세태의 안팎을 포착하는 박완서 문학의 신랄한 사실주의적 감각 안에서 세간에서 통용되는 도덕적 명분이나 체면의 이면에 자리잡고 있는 이기적이고 속악한 욕망들은 적나라하게 그 실체를 드러낸다. 작중 화자인 '그녀'가 별거중인 남편에 대해 보이는 심리적 반응이나 아들의 결혼식에서 그녀와 사돈댁과의 사이에서 벌어지는 미묘한 신경전을 조밀하게 그려나가는 솜씨는 그 능란함이라는 점에서 가히 혀를 내두르게 한다. 그러나 이 작품에서 무엇보다 주목을 끄는 것은 작중 화자를 바라보는 작가의 시선이다. 작중 화자인 그녀의 시점으로 이야기를 풀어나가면서도 작가는 그녀의 시점을 옹호하고 그녀의 삶에 전적인 도덕적 정당성을 부여하는 대신, 시종일관 그녀에 대해 관찰적 거리를 유지하는 균형 감각을 보여주고 있다. 작중 화자에 대해 작가가 취하는 이러한 균형 감각을 통해 그녀의 마음속에 숨어 있는 범속하고 타산적인 욕망의 켜들은 가차없이 까발려진다. 이를테면 아들의 결혼식에서 사돈댁의 위세에 눌리지 않으려는 심리전에 온통 마음을 사로잡힌 채, "야죽거리는 안사돈에 대한 적의를, 스스로 아들에 대한 배신감으로 증폭시키고 있는" 그녀의 태도나, 별거중인 부모를 다시 결합시키려는 자식들에 대해 다음과 같이 생각하는 대목 등을 그 예로 들 수 있다.

혹시 다른 이유가 있을지도 모른다. 저희들이 결혼 후까지도 부모에게 신경을 쓰거나 책임을 지게 될까봐 그걸 미연에 방지하고 싶어할 수도 있으리라. 엄마 아빠를 붙여 놓는 거야말로 상쇄시키는 최상의 방법이고, 그럼으로써 저희들은 완전히 자유로워지고 싶은 속셈이 있을지라도 어쩌겠는가.

결혼식에서 사돈들 사이에 오고가는 점잖은 대화든 부모를 배려하는 자식들의 마음이든 그 뒤에 숨어 있는 현실적 타산은 마음속에 감추어진 그만큼 더 생생한 실감을 자아내는 위선적 세태의 한 단면일 수 있다. 특히 자신에 대한 자식들의 배려를 현실적인 타산이라는 잣대에 맞춰 이해하려 드는 작중 화자의 심리를 보여주는 위의 인용문은 평판과 잇속이라는 잣대에 민감하게 반응하는 그녀의 가치관을 잘 드러내고 있는 대목이라고 할 수 있다. 딸과 아들을 결혼시키는 과정에서 잘 나타나듯이, 작중 화자는 남들과의 관계에서 약점을 잡히거나 손해 보는 일에 대해서 민감한 반응을 보이는 자기주장이 강한 성격의 소유자인 동시에 현실에 대한 타산적 잣대에 기민하게 대처하는 매우 세속적이고 잇속 밝은 성향의 인물인 것이다.
작중 화자의 이러한 성격은 남편에 대한 그녀의 태도에도 그대로 반영되어 있다. 초등학교의 교장 사택에서 남편과 함께 지내던 시절, 남편의 체제순응적인 삶의 태도에 극심한 환멸을 느낀 그녀는 아이들의 교육을 위해서라는 이유를 들어 남편과 별거하게 되고, 그 이후 그녀에게 남편은 아이들의 교육을 위해 다달이 돈을 송금해주는 수입원에 지나지 않게 된다. 그들의 명색뿐인 부부관계를 간신히 이어주고 있는 것은 자식들과 돈이라는 세속의 끈인 것이다. 아들의 결혼식이 끝난 후 안사돈을 골탕 먹이려는 마음으로 남편의 손을 잡고 도망치듯이 결혼식장을 빠져나온 그녀는 별거 이후 처음으로 남편과 잠자리를 같이 하게 된다. 그러나 안사돈에게 지기 싫다는 마음으로 황급히 남편을 데리고 나온 그 자리에서 그녀를 사로잡은 것은 "오늘 하루 쓰잘데없이 애만 썼다는 사소한 허전함이, 일생을 헛산 것 같은 거대한 허전함이 되어 그녀를 한없이 미소하고 초라하게 만들었다"는 생각과, "검부러기라도 움켜잡듯이 마지막으로 움켜잡은 확실한 게 펴보니 고작 남편의 정강이였다. 그건 그와는 도저히 다시 살을 대고 살 수 있을 것 같지 않은 절망감의 생생한 실체이기도 했다"는 자각이다. 이러한 자각은 그녀에게 최소한의 육체적 접촉마저 사라져버린 황량한 부부관계의 실체를 고통스럽게 일깨운다. 정욕이 소진된 부부 사이에 덩그러니 남아 있는 것은 남들의 평판을 의식한 체면과 돈에 대한 타산적 욕망으로 채워진 겉껍데기의 관계였을 뿐이다. 마침내 그녀는 남편의 늙어버린 몸에 대한 환멸감과 함께 적나라하게 드러나버린 "일생을 헛산 것 같은 거대한 허전함"에 저항이라도 하듯, 잠든 남편을 바라보며 "세월의 때가 낀 고가구를 어루만지듯이 남편 정강이의 모기 물린 자국을 가만가만 어루만지기 시작"한다.

　어떤 의미에서 남편의 다리를 어루만지는 이 작품의 마지막 장면은 작중 화자가 한껏 경멸해온 남편을 통해, 사람들과의 관계에서 깐깐하게 잇속을 챙기며 야무지게 살아왔다고 믿었던 그녀의 삶이 단지 헛똑똑이의 삶에 지나지 않았음을 무참하게 드러내는 장면이기도 하다. 그런 의미에서 작중 화자가 안사돈과 세속적인 신경전을 벌이는 장면과, 남편과의 사이에 "완전히 단절됐던 몸의 만남을 후회하는 마음으로" 자신의 부부관계를 되돌아보며 "그것이 이렇게도 돌이킬 수 없는 실수"였음을 깨닫는 마지막 장면 사이에는 몸과 몸의 만남이라는 정욕의 교감 없이, 체면과 잇속이라는 겉멋의 논리로만 살아온 작중 화자의 돌이킬 수 없는 회한의 시간이 담겨 있다고 할 수 있다.

4. 정욕, 오염되지 않은 욕망의 자연 상태

『그 여자네 집』에 실린 다른 작품들 역시 노년기에 접어든 작중 인물들의 삶을 다양한 국면에서 조명하고 있다. 이 책의 표제작인 「그 여자네 집」이 들려주는 만득과 곱단의 잃어버린 사랑의 이야기나, 미국으로 이민 간 언니가 수의를 만드는 양장점에서 일했던 경험을 통해 죽음과 관련된 문화적 관습의 차이에 대해 이야기하고 있는 「꽃잎 속의 가시」 모두 오랜 시간 동안 발효된 작중 인물들의 삶에 대한 농익은 회상의 어조에 실려 전달된다. 노년의 시선으로 삶을 바라본다는 것, 그것은 경험 그 자체의 내용보다는 시간의 흐름 속에서 희미해지는 대신 더 깊고 요요한 빛을 발하는 그 경험의 아우라를 반추하는 일에 가깝다. 「그 여자네 집」에서 만득과 곱단의 사랑을 바라보는 작중 화자의 시선 또한, 마치 먼 선사 시대의 일을 회상하듯 이미 사라져버린 시절에 대한 그리움의 아우라로 충만해 있다. 작품 속에서 만득이 그리워하는 것 또한 곱단에 대한 사랑이나 곱단을 사랑했던 경험 그 자체라기보다, 곱단이라는 한 여인을 사랑했던 자신의 가장 순수했던 삶의 한 시절이다. 그의 삶에서 영원히 사라져버린 것은 곱

단이 아니라 곱단을 사랑했던 그 순수했던 사랑의 열정인 것이다. 그
런 의미에서 곱단을 회상하는 만득의 마음은 사랑보다는 연민에 가깝
다. "사랑의 기쁨, 그 향기로운 숨결을 모조리 질식시켜버리"는 역사
의 폭력에 대한 인식 또한 "곱단이가 딴 데로 시집가면서 느꼈을 분
하고 억울하고 절망적인 심정"을 고통스럽게 반추하는 회한 어린 연
민의 정서에서 비롯되는 것이다.

「그 여자네 집」이나 「꽃잎 속의 가시」「J-1 비자」 등의 작품들은
박완서의 문학 세계가 보여주는 동시대적인 삶의 풍속도가 여전히 우
리 삶의 정치적, 역사적, 문화적 맥락에 대한 인식을 아우르는 상상
력의 폭넓은 자장을 거느리고 있는 것임을 확인시켜준다. 「그 여자네
집」이 식민 세대가 경험한 역사의 폭력을, 「꽃잎 속의 가시」가 이민
세대가 경험한 문화적 충돌과 혼란을 그리고 있다면, 「J-1 비자」는
작품의 주인공인 소설가가 미국의 초청 방문 비자를 얻기 위해 기울
인 노력과 결국은 그 노력이 수포로 돌아가는 일련의 과정을 통해 한
국과 미국의 관계에 대한 의미 있는 성찰의 계기를 던져준다. 이것은
"한국에서 식민주의가 종식된 게 아니라 아직도 현실적으로 존속하고
있다는" 쓸쓸한 확인인 동시에, 국제적인 정치적 역학 관계 속에서
약자의 나라에 속한 작가 또한 그러한 정치적 역학이 강요하는 모욕
과 무력감을 그대로 감내할 수밖에 없는 현실에 대한 쓸쓸한 자기확
인이기도 하다.

이들 작품에서 나타나는 것처럼, 역사적이거나 사회적인 문제 등과
연관된 큰 주제들을 마치 굵은 알갱이를 휘저어 물에 녹여내듯, 일상
이라는 구체적인 경험의 질감으로 풀어내는 능숙한 솜씨는 박완서 문
학이 지닌 서사적 활기의 또 다른 원천이다. 그것은 작가가 자신의

탁월한 이야기꾼적인 기질을 통해 일상화된 삶 속에서 작동하는 정치 사회적 메커니즘을 예민하게 포착해내는 남다른 사실주의적 감각을 지니고 있기 때문에 가능한 일일 것이다. 「공놀이하는 여자」 또한 돈의 문제를 통해 세속적 세태를 움직이는 욕망의 근원을 이야기하고 있는 작품이다. 이 작품에서 작가는 뜻밖에 거액의 유산을 상속받게 된 여주인공 아란이 자신과 동거중인 헌이에 대해 다음과 같은 범속한 상상을 하는 장면을 통해 사람들의 관계 안에서 돈이 갖는 지배력에 대한 날카로운 통찰을 보여준다.

　어서 헌이하고 자고 싶었다. 헌이 자기한테 시키던 온갖 굴욕적이고 야비한 짓거리를 그에게 시켜가며 데리고 놀고 싶었다. 주객이 전도된 것이다. 주도권이란 이렇게 간단히 뒤바뀔 수도 있는 것을. 그의 비리비리한 팔뚝을 담뱃불로 지질 수도, 그로 하여금 방바닥을 기게 할 수도, 개처럼 헐떡이며 온몸을 핥게 할 수도 있을 것이다.

　헌이와의 굴욕적인 동거 생활을 뒤집어보는 아란의 즐겁고도 방자한 상상은 자신이 거머쥔 돈에 의해 그들 사이의 관계의 주도권이 자신에게 넘어왔음을 확신하는 넘치는 자신감의 표현이기도 하다. "여태껏 모든 주도권이 남자에게 있었던 것은 이 세상의 주도권은 항상 가진 자에게 있었던 것과 같은 이치라는" 사실의 확인은 아란의 그러한 자신감을 배가시킨다. "돈독인지 돈힘인지를 맛"본 아란은 심지어 자신이 배다른 오빠네인 진씨집으로부터 당한 온갖 모욕을 모두 용서할 수도 있을 것처럼 자신의 마음이 한껏 너그러워짐을 느낀다. 그렇다면 그 너그러움과, "혼자서 미친 듯이 킬킬거"리며 즐거운 상상에 빠져든 아란에게 문득 찾아든 "잡힐 듯 말 듯 모호하고도 생뚱스러운 비애"는 무엇인가? 그것은 어쩌면 그녀가 헌이라고 상상하며 날려버린 공이 떨어진 자리에 꽂혀 있던 팻말 위에 새겨진 '존재의 아픔'이라는 문구와 통하는 감정이 아니었을까? "자신의 마음 아픔, 가슴 아픔, 골치 아픔에 비해 너무도 유치찬란한 말장난만 같"은, 그럼에도 불구하고 그녀를 계속 그 팻말의 언저리에서 배회하게 만드는 '존재의 아픔'이란, 사생아로 태어난 그녀가 겪은 온갖 모욕과 그 모욕의 대가로 주어진 돈이 불러일으킨 즐거운 상상 사이에 놓인 아이러니에 다름 아닐 것이다. 그녀가 겪은 모욕의 원천에 돈이 있었다면, 그 모욕에 대한 보상 역시 돈을 통해 이루어지는, 다시 말해 돈이 병인 동시에 약이라는 이 시대의 아이러니 말이다. 이런 의미에서 '존재의 아픔'이라는 말 속에는 이 말에서 연상되는 추상적이고 비의적인 함의 대신에 현실을 바라보는 박완서 소설 특유의 냉철한 사실주의적 감각이 담겨 있다고 할 수 있다.

그러나 좀처럼 현실에 대한 사실주의적 감각의 테두리를 벗어나지 않는 박완서의 문학 세계에서 사실주의적 감각에 의해 포착된 겉멋의 세계 이면에 숨은 삶의 본질적 가치는 작가가 자신의 소설을 통해 지향하는 가치의 핵심을 이룬다. 그것은 「환각의 나비」에서 치매에 걸려 가출한 어머니가 도달한 생의 마지막 지점이기도 하고, 「참을 수 없는 비밀」에서 "선입관이 개입하지 않은 있는 그대로의 세상이란 얼마나 낯설고도 투명한가"라는 말 속에 내포된 삶의 또 다른 차원이기도 하다. 이 두 지점을 하나로 잇는 것은 "속속들이 평안"한 내면의 평화, 가벼움, 자유로움, 천진함 등이다. 그리고 이것은 점점 욕망의 무게를 덜어가는 나이와 더불어 작가가 꿈꾸는 생의 어떤 궁극적 경지일 것이다. 세속적인 욕망의 무게로부터 벗어난다는 것은 결국 인간의 삶이 인위적 욕망의 부자연스러움과 부자유로움으로부터 벗어나, 마치 어린아이가 지닌 천진성의 세계가 그렇듯 욕망의 자연 상태에 더 가까워진다는 것을 의미하는 것일 터이기 때문이다. 그런 의미에서 「마른 꽃」에서 몇 번 스쳐지나가듯 언급되고 있는 것에 지나지 않는 '정욕'이라는 말은, 지금까지 살펴본 대로 이 작품집 속에 수록된 작품들을 이해하기 위한 해석의 한 주요 키워드라고 생각된다. 그것은 세속적 관습에 얽매인 욕망의 세계를 넘어서는 욕망, 혹은 겉멋에 의해 훼손되어버린 욕망의 오염되지 않은 자연 상태를 의미하며, 그런 의미에서 세속화된 도덕 기준으로는 포착될 수 없는 욕망의 가장 근원적이면서 초월적인 어떤 지점을 가리키는 말로 보이기 때문이다.

생의 어두운 미궁을 향해 던지는 또 하나의 물음
— 이청준의 『이제, 우리들의 잔(盞)을』

이청준의 소설들은 독자의 흥미를 유발할 만한 기이하거나 문제적인 상황을 먼저 제시하고 그 상황의 의미를 밝혀줄 단서들을 추적해나감으로써 서서히 문제의 핵심에 접근해가는 추리소설적 기법을 즐겨 사용하는 것으로 정평이 나 있다. 수면 아래 가라앉았던 물체가 물 위로 떠오르면서 서서히 자신의 윤곽을 드러내듯이, 숨겨진 사건의 실체를 서서히 독자들의 시야 안으로 끌어들이는 이와 같은 기법에서 독자들의 지속적인 긴장과 흥미를 이끄는 것은, 드러날 듯 드러날 듯하면서 다시 미궁 속으로 빠져드는 사건의 전모에 대한 작가의 의도적인 서술적 지연의 효과이다. 번번이 독자들의 추리력을 배반하면서 결정적인 순간에 꼬리를 감추어버리는 사건 해결의 의도적인 지연과 마지막 순간의 극적인 반전은 독자들이 추리적 기법에서 느끼는 재미의 관건을 이루는 것이다.

그러나 이청준의 소설들에서 추리 기법이 지닌 서술적 지연의 효과는 서사적 긴장의 완급을 조절하면서 사건을 보다 흥미진진하게 풀어

나가는 일 자체보다는, 오히려 사건이 지닌 의미를 곱씹고 되씹는 지적인 성찰의 과정에 그 초점이 맞춰져 있는 듯한 인상을 준다. 다시 말해 작가는 서술적 지연의 효과를, 사건의 전모를 밝혀나가는 과정에서 독자들이 느낄 수 있는 추리적 재미를 고조시키기 위해서라기보다는, 추리의 과정에서 유발되는 사건에 대한 사념들을 반복해서 저작(詛嚼)하기 위한 방식으로 활용한다는 것이다. 긴박하고 속도감 넘치는 서사의 전개 대신에 서사 진행의 요소요소에 다분히 사변적이고 관념적인 서술을 끼워넣음으로써, 이청준 소설의 서술적 지연의 효과는 오히려 추리 기법에서 독자들이 기대하는 극적인 긴장감을 희석시키는 결과를 낳기도 한다.

그러나 이청준 소설의 요체는 바로 독자들의 추리적 긴장의 맥을 끊으면서 서사의 전개 과정에 수시로 개입해 들어오는 작가의 반복적이고도 지루한 사념을 통해, 추리소설에서 독자들이 기대하는 사건 그 자체에 대한 물신화된 흥미를 배반하는 지점에 놓여 있다. 추리소설이 계속 하나의 물음에 새로운 물음으로 답하면서 물음과 답 사이의 팽팽한 긴장을 구축해 나가는 나선형의 서사 구조로 이루어져 있다면, 이청준의 소설에서 물음과 답을 둘러싼 추리적 나선 운동은 미궁 속에 빠진 사건의 해결을 넘어 사건 속에 도사리고 있는 인간살이의 보다 본질적인 미궁 속으로 파고든다. 이청준의 소설들이 추적하는 것은 추리소설의 서사적 얼개를 이루는 사건 속의 미궁이 아니라, 그 속에 내재되어 있는 인간의 삶과 욕망의 근원적인 미궁이다. 사건 속의 미궁이 수면 위로 떠올라온 빙산의 일각을 이루는 것이라면, 이청준의 소설에서 진정한 추리의 대상이 되는 것은 수면 아래 잠겨 있는 삶 자체의 보다 본질적인 수수께끼인 것이다. 따라서 그의 소설에서 반복해서 물음을 제기하는 방식으로 답을 추적해 나가는 추리기법은 삶이라는 미궁을 둘러싸고 작가가 시도하는 집요한 반성적 성찰을 보다 긴장감 있게 이끌어나가는 서사 전략으로 볼 수 있다.

그러나 이청준의 장편소설인 『이제, 우리들의 잔(盞)을』(열림원, 2002. 이하 『잔을』로 약칭함)에서는 작가 특유의 이러한 추리 기법이 서사의 전체적인 틀을 장악하는 힘을 발휘하고 있는 것 같지는 않다. 독자들의 궁금증을 불러일으키는 의혹을 제시하고, 서사의 진행 과정에서 그 의혹이 밝혀지는 기법이 부분적으로 활용되고 있기는 하지만, 그것이 작품 전체의 서사 구조를 이끄는 적극성을 발휘하고 있지는 않은 것이다. 뿐만 아니라 이 소설에서는 이청준 소설 세계의 핵심을 이루는 몇몇 주제들, 이를테면 말과 소리의 문제나 권력과 해방, 혹은 역사적 가해나 피해의 문제 등과 같은 무겁고 둔중한 주제들도 거의 찾아볼 수 없다. 이청준의 소설들 속에서 인간의 삶은 그것이 은밀하고 미시적인 개인적 욕망의 영역에 속하는 것일지라도, 대개의 경우 역사나 권력과 같은 거시적인 문제와 정교하게 뒤얽혀 있는 모습을 보여준다. 작가가 보여주는 탈역사적인 삶의 영역에 대한 탐색(이를테면 타락한 '말'과 대립하는 '소리'의 세계에 대한 탐색)조차도 역사가 부과하는 삶의 의미에 대한 진지한 반성적 성찰의 자장 위에서 이루어지는 것이다.

이러한 점을 염두에 두고 볼 때, 남녀 사이의 밀고 당기는 가볍고 통속적인 연애담을 중심으로 산속 암자에서 생활하는 사람들의 이런 저런 사연들을 느슨하게 엮어나가는 듯한 『잔을』은 얼핏 이청준 소설의 주류적인 경향에서 다소 벗어나 있는 소설처럼 보인다. 작품에 등장하는 인물들의 삶 또한 뭐 그리 대단한 사회적 의미를 거느리고 있는 것 같아 보이지 않는다. 그들은 그저 그런 개인적인 사연들을 안고 시속(時俗)의 현실과 동떨어진 산속 암자에 피신해와 있는 셈이고, 그들 사이에서 벌어지는 작은 암투나 갈등조차도 그 제한된 공간 안에서 이루어지는 지극히 사적인 관계의 문턱을 넘어서지 못한다. 요컨대 작중 인물들 간의 일견 사적이고 통속적인 느낌을 불러일으키는 이 작품의 갈등 구조 안에서 역사와 권력이 인간의 삶을 억압하고 훼손하는 지점들을 정교하게 포착해냄으로써 개인과 집단 사이의 조화로운 공존과 화해의 가능성을 집요하게 탐색해 나가는 작가 특유의 문제의식은 그다지 큰 힘을 발휘하지 못하고 있는 것으로 보이는 것이다. 지금까지 이청준의 소설에 대한 비평적 논의에서 이 소설이 그다지 주목을 받지 못했던 것은 아마 이러한 이유 때문일 것이다.

　　그러나 '허진걸'이라는 남자 주인공의 사적인 연애담을 이야기의 주축으로 하고 있는 이 작품에서도 우리는 특정한 문제의식이나 대상에 접근하는 이청준 특유의 끈덕진 천착의 태도를 발견할 수 있다. 그것은 바로 남녀 사이의 미묘한 신경전이라는 통속적인 연애의 소재를 다루면서도, 그 소재에 몰입하기보다 일정한 거리를 두고 그 연애의 의미를 되새김질하는 작가의 서술 태도와 연관되어 있는 것이기도 하다. 결론부터 말한다면, 이 작품은 바로 연애라는 통속적 소재를 통해서 연애의 통속성 그 자체를 천착하거나, 연애라는 특수한 관계를 통해 나타나는 인간 욕망의 허구성을 문제삼고 있는 소설이라고 할 수 있다. 이 작품이 신문의 연재 소설에 대한 언급으로부터 시작되는 것은 이와 관련해서 우리에게 매우 중요한 암시를 던져준다. 작가는 작품의 도입부에서 앞으로의 사건을 예비하는 중요한 두 가지의 단서를 제시하는데, 그 하나가 자신이 묵고 있는 암자에 새로운 식구로 들어오게 된 여자에 대해 진걸이 "그는 순간적으로 여자를 어디선가 본 일이 있다고 생각했다. 그것도 마음속 꽤 깊은 곳 어디에 오랫동안 간직되고 있던 여자인 듯한 느낌이었다"라는 구절에 뒤이어 "그의 머리에 뚜렷하게 남아 있는 것은 그녀의 눈, 시선을 먼 데로 흘리고 있는 듯한 두 눈뿐이었다. 그 눈은 바로 그런 시선 때문에 그녀의 얼굴 표정 전체를 좀 멍해 보이게 하면서도, 이상하게 상대방의 깊은 곳을 파고드는 강한 것이 느껴지는 것이었다"라고 생각하는 대목이고, "신문 연재 소설의 이러저러한 비밀을 모조리 터득해버"린 진걸이 "그는 또 연애소설에서는 여자가 반드시 옷을 벗게 되어 있는데, 소설이란 다름 아닌 바로 그 여자의 옷을 벗겨가는 과정이며, 작자가 얼마나 멋있게 옷을 벗길 수 있느냐에 따라 그 소설의 성패가 좌우된다"고 생각하는 대목이다. 이 두 대목은 『잔을』에서 진걸이 빠지게 되는 자기모순의 딜레마를 암시하는 일종의 복선과도 같은 의미를 지닌다.

신문 연재 소설이 보여주는 통속적인 연애담의 비밀을 꿰뚫고 있다고 생각하는 진걸에게 여자란 바로 자신이 소설 속에서 터득한 그 비밀을 허구가 아닌 실제의 상황에 적용해보는 대상에 지나지 않는다. 여기에서 진걸이 여자의 옷을 벗기는 신문 소설의 빤한 수법을 환히 꿰뚫고 있다고 자부하는 것은 단지 여자를 대하는 그의 태도만이 아니라 삶에 대한 그의 보다 근본적인 태도와 연관되어 있다. 여자를 자신의 계산과 필요에 따라 적절히 요리되는 대상 정도로 생각하는 진걸의 태도는 기실 삶 자체에 대한 그의 냉소적인 태도에서 비롯되는 것이라고 할 수 있다. 주변 사람들에 대한 그의 생각이나 그들과의 관계에서 진걸이 보여주는 자신만만한 태도는 타인들의 삶에 대해, 아니 사실은 자신의 삶에 대해서조차 멀찌감치 거리를 두고 바라보는 냉소적인 시선에 바탕을 두고 있는 것이다. 진걸이 숫자처럼 정직한 것은 없다고 생각하며 "모든 일을 수표로 정리하고 그래프로 그려 이해하려고 노력"하는 것도 그러한 태도의 한 표현이다. 그는 사법시험을 준비한다는 명목으로 산속 암자에 들어와 있지만, "시험을 치르고 나서 그 결과가 드러날 때까지는 자기에게도 합격 가능성이 엄존"한다는 소위 '응시 효과'라는 것으로 고향 사람들을 기만하면서, 시험 공부보다는 자신의 그래프를 채워나가는 일에 더 몰두한다. 그 가운데서도 그가 가장 공을 들이는 것이 자신과 잠자리를 함께 한 여자의 숫자와 잠자리를 함께 한 횟수를 표시해 놓은 그래프이다. 암자의 새 식구로 들어오게 된 윤희 역시 그에게는 자신의 그래프를 멋지게 완성하기 위해 그가 정복해야 할 마지막 열 번째 여자에 지나지 않는다. 따라서 윤희에게 자신이 만든 그래프를 보여주면서 윤희의 반응을 살피는 진걸의 심리는 작품 속에서 "먹이를 채러 덤비기 전에 좀더 자세한 반응을 살피려고 하늘을 한두 바퀴 맴도는 솔개의 비행 같은 것이라고 할까"라는 말로 표현된다. 진걸에게 연애가 자신이 세운 계획대로 그래프를 완성해 나가는 일에 지나지 않는 일이라면, 그 연애를 그럴듯하게 포장해주는 것은 바로 진걸이 신문 연재 소설에서 터득한 연애의 '예술'이다.

　진걸에게 여인의 옷을 벗긴다는 것은 '예술'이었다. 진걸은 그렇게 믿어왔다. 신문 소설에 대한 자신의 논리를 뒤집으면 당연히 그런 결론이 나왔다. 여인의 옷을 벗겨가는 것이 신문 소설이고 그것이 곧 예술 행위가 아니던가. 〔……〕

아홉 명의 여자를 세기까지 그때마다 진걸은 자신의 '예술'을 보다 성숙시키고자 갖은 노력을 다해왔다. 겁탈하듯 덤벼들어 아무렇게나 옷을 찢고 윤희를 깔아뭉갤 수는 없었다. 하물며 윤희는 그래프를 완성시켜주고, 마침내 그 오랜 작업에 대단원을 지어줄 여자가 아닌가.

이처럼 진걸은 신문 소설이 보여주는 연애의 빤한 통속성을 조롱하면서도 신문 소설의 그 통속적 연애술을 '예술'이라는 이름으로 열심히 모방한다. 진걸이 "자신의 '예술'을 성숙시키고자 갖은 노력을 다"하는 것은, 그가 "정열도 패기도 야망도 그리고 그것들을 실현해나가야 할 생활도 모두 그 거대하고 끈질긴 타성 속에서 창의의 눈을 감고 죽어가는" 삶에서 "우선 섹스에서나마 잃어버린 창의력을 되찾아내는 것이 자신을 구하는 길이라" 여기기 때문이다. 그가 자신의 그래프를 완성해줄 대상으로 윤희를 점찍은 뒤, 그녀에게 집요한 접근을 시도하는 것 역시 윤희와의 보다 창의적이고 예술적인 섹스를 위해서이다. 그러나 진걸에게 창의적인 섹스란 "여인에 대한 완전무결한 무관심과 배신의 용기를 연마"하기 위한 기술에 지나지 않는다. 그것은 결국 자신의 의도대로 상대를 제압한 후, 상대에게 완벽하게 무관심해짐으로써 여자와의 관계에서 자신의 완전한 주도권과 심리적 우위를 확보하려는 욕망에 다름 아니다. 그에게 섹스를 통해 잃어버린 창의력을 되찾아내는 일이 자신을 구하는 일인 것은 그 때문이다. "여자라는 것의 의미마저도 진걸은 여자 쪽에서 발견하는 것이 아니라 늘 자기편에서 자신의 의미만을 부여해온 터였다"라거나, "진걸에게 있어 여자란 그가 옷을 벗기는 데에 의미가 있었다. 스스로 옷을 벗는 여자, 오히려 남자의 옷을 벗기려 덤버드는 여자에게 '예술'이 있을 수 없었다. 그런 여자들은 다시 옷을 주워입고 나서도 아예 이쪽 그래프하고는 아랑곳없이 스스로 사라져 주기까지 한다"라는 구절들 역시 진걸이 말하는 연애의 예술이라는 것이 여자와의 관계에서 자신의 일방적인 주도권을 행사하려는 욕망의 표현에 지나지 않는 것임을 보여준다. 진걸에게 윤희와의 관계가 "그녀와의 승패", 혹은 "윤희와 다시 한 번 겨루는" 것으로 표현되고 있는 것도 이 때문이다. 진걸에게 중요한 것이 연애의 대상이 아니라 연애의 방법인 것처럼, 윤희와의 집요한 신경전에서 진걸을 사로잡고 있는 것 역시 윤희에 대한 사랑이 아니라, 자신의 '예술'이다. "문제는 이제 윤희를 어떻게 벗기느냐 하는 것뿐이었다. 방법만은 충분히 멋이 있어야 했다"라는 말은 진걸이 윤희에게 집착하는 이유가 무엇인지를 분명하게 보여준다.

그러나 자신의 그래프를 '예술적'으로 완성해줄 마지막 주자로 선택한 윤희와의 관계에서 진걸은 계속 윤희의 "시선을 먼데로 흘리고 있는 듯한 두 눈"이라는 보이지 않는 암초에 부딪힌다. 그녀가 섬에서 요양을 할 때 만났던 남자와 그 남자와 함께했던 바다의 기억이 어른거리는 윤희의 두 눈은 진걸에게 윤희에 대한 접근을 차단하는 완강한 벽으로 느껴진다. 진걸에게 자신의 어깨너머 먼 곳으로 흘러버리는 윤희의 시선은 연애의 상대에 대해 완전한 주도권을 쥔 상태에서만 성취될 수 있는 그의 '예술'에 결정적인 장애 요인이다. 그가 생각하는 예술이란 단순히 여자의 옷을 벗기는 것이 아니라 얼마나 멋있게 벗기느냐의 문제이기 때문에, 적어도 연애의 순간에만은 상대 여자의 몸과 마음이 완벽하게 그의 수중에 놓여 있어야 하는 것이다. 그 때문에 진걸은 윤희의 시선이 딴 데로 흐르지 못하도록, "똑바로 진걸만을 쳐다"보도록 하기 위해, "윤희에게서 그 바다를, 바다가 어린 눈빛을 빼앗아 버려야겠다고 생각"한다. 오히려 그는 윤희의 병이 깊을수록 "그가 윤희의 눈빛을 빼앗아낼 방법은 멋있어질 것"이라고 생각하기까지 한다. 그는 여전히 자신만만한 것이다.

그러나 자신의 그래프와 예술에 대한 진걸의 자신만만한 믿음은 마침내 그의 파멸을 불러오는 화근이 된다. 그의 삶은 그가 완성해야 할 그래프의 숫자와 예술이라는 두 개의 좌표 사이에서 끝내 좌초되어버리고 마는 것이다. 윤희에 대한 그의 집착이 사랑이 아닌 '음모'였다면, 그 음모가 겨냥하고 있는 최후의 과녁은 바로 진걸 자신이었던 셈이다. 숫자와 예술이라는 좌표 위에서 세상을 냉소하며, 세상에 대한 무관심과 배신의 기술을 연마해 나가던 진걸은 자신이 기만하던 세상에게 거꾸로 배신을 당하는 상황에 처하게 된다. 고향 사람들은 더 이상 진걸이 말하는 이른바 '응시 효과'에 어수룩하게 속아주지 않고, 윤희의 시선 속의 바다는 끝내 정복되지 않는다. 이후 소설은 윤희가 떠나버리고 진걸이 또다시 시험에 떨어지는 다분히 예견된 결말로 치닫는다. 그렇다면 윤희가 진걸을 떠나버린 것은 그가 생각하는 대로 진걸이 그녀에게서 끝내 바다를 빼앗을 수 없었기 때문일까? 아니, 진걸이 자신과 윤희 사이에 가로놓여 있다고 생각한 벽은 기실 윤희가 아니라 진걸 자신이 만든 벽이라고 해야 할 것이다. 오해는 보다 근본적인 지점에서 시작된다. 진걸은 윤희가 "터무니없이 바다에만 미친 척하는 여자"라고 생각하면서, 그녀가 실제로는 섬에서 만난 "그 사내가 아닌 자기의 환상을, 그녀 자신을 사랑하고 있을 뿐"이며, "자기 앞에 나타난 진걸에게 그 환상의 옷을 입혀보면서 혼자 문득문득 두려워하고 있을 것"이라고 말한다. 그리고 진걸의 이러한 생각은 다시, 여자들이 사랑하는 것은 "정말로는 자기의 환상일 뿐이며, 한 구체적인 형상을 지닌 인간이 아니라는" 작가의 또 논평에 의해 뒷받침되고 있다. 이러한 관점에 따르면 윤희 역시 "그런 단단한 여자의 벽을 도사려 안고 있는 여인"에 지나지 않는다.

여기에서 진걸의 생각이 작가의 긍정적인 논평에 의해 뒷받침되고 있다는 사실은 진걸의 윤희에 대한 생각이 그의 일방적인 오해에서 비롯된 것이라고 단정짓는 것을 썩 불편하게 만든다. 작가의 논평을 액면 그대로 받아들이면, 윤희와의 관계에서 진걸을 괴롭히고 있는 것은 결국 여자들의 사랑이 지니고 있는 그 단단한 자기환상의 벽이라고 해야 할 것이기 때문이다. 그렇다면 작가는 결국 진걸의 편에 서서 진걸의 생각을 옹호하고 있는 것일까? 그러나 윤희가 임신을 했다는 사실을 알게 된 진걸이 윤희와 대화를 나누는 다음 장면은 그 문제에 대한 판단을 좀 복잡미묘한 것으로 만들어버린다.

"진걸씨가 씨를 맺고 있는 건 저에게서가 아니라 진걸씨 자신에게서였을걸요. 어느 것 하나 세상 일이 심각해 보이는 게 없고, 무슨 일이나 그저 그렇고 그렇다는 식으로 어설픈 달관을 뽐내고 싶어하는 진걸씨 자신의 성격 속에서 말예요."

"하지만 난 아무리 그 달판을 뽐내고 싶어도 윤희에게 대해서만은 끝끝내 손을 들어야 했는걸. 도대체 난 지금도 윤희에 대해서만은 아무것도 진짜를 알 수가 없단 말야. 정말 알 수가 없는 여자거든."

〔……〕

"이상한 일이군요. 그처럼 간단한 것을 진걸씨가 아직 모르고 계시다니……"

〔……〕

"그래도 모르실 게 있다면 한 가지만 더 말씀드리죠. 그랬든 저랬든 이젠 아무 상관도 없는 소리지만, 언제부턴가 전 진걸씨를 얼마쯤 좋아한 일도 있었다는 걸 말예요."

지금까지 모호하기만 했던 진걸과 윤희 사이에 놓인 벽의 실체는 이 장면에 이르러 보다 선명하게 그 모습을 드러낸다. 그 벽은 바로 윤희에 대해서 '아무것도 진짜를 알 수가 없다'는 진걸의 말과 그에 대해 '그처럼 간단한 것'이라고 맞받는 윤희의 말 사이에 놓인 선명한 간극 안에 있었던 것이다. 문제는 진걸이 처음부터 윤희와의 관계에서 윤희가 자신을 사랑할 수 있다는 '그처럼 간단한 것'의 가능성을 완전히 배제해 놓고 출발했다는 점이다. 진걸이 윤희에게 필요로 했던 것은 '그래프의 예술'이었고, 윤희가 진걸에게 기대했던 것은 사랑이었던 것. 그 때문에 윤희는 계속 진걸에 대한 사랑과 불신 사이에서 모호한 태도를 취할 수밖에 없었던 것이 아니었을까? 결국 진걸이 빠져버린 딜레마는 윤희와의 관계에서, 아니 사실은 모든 여자들과의 관계에서 정작 그 관계의 다른 한 축인 여자들 자신을 배제해 버린 데 있다. 사랑이 배제된 '승부'로서의 연애, 상대와의 진정한 소통보다는 상대에 대한 완벽한 주도권을 통해 자기성취감을 추구하려는 일방적인 욕망의 대상으로서의 연애, 요컨대 진걸이 추종했던 연애의 예술에서 정작 빠져 있던 것은 바로 연애 그 자체였던 셈이다. 연애가 빠져 있는 연애, 그것은 결국 연애의 위장(僞裝)이요, 연애의 텅 빈 허울에 지나지 않는다.

이 소설이 진걸이 신문 연재 소설에서 터득한 통속적 연애술의 자기기만성에 대한 의미 있는 암시로 읽히는 것은 바로 이 지점에서이다. 신문 연재 소설이 연애의 통속적이고 상투화된 감각적 기호들로 연애의 텅 빈 내부를 그럴듯하게 포장하듯이, 진걸의 소위 '예술'이란 것 역시 연애의 폐허 위에 세워진 화려한 기교의 모래성에 지나지 않는다. 거기에는 진걸 스스로 예술이라고 착각하는 연애의 치밀한 전략만 있을 뿐, 연애의 본질을 이루는 타인과의 강렬한 내적 소통에 대한 갈망과 열정이 배제되어 있기 때문이다. 어쩌면 진걸은 신문 소설에서 터득한 연애의 기교, 혹은 그 기교에 완전히 통달해 있다고 믿는 자기 자신과 연애했던 것은 아니었을까? 그런 의미에서 윤희는 그녀가 만들어 놓은 환상 속에서 "그녀 자신을 사랑하고 있을 뿐"이라는 진걸의 말은 그대로 진걸 자신에게 되돌아가야 하는 말이 아닐까? 진걸이 윤희의 약혼 소식을 들은 후에 나오는 "그를 떠나간 여인들의 후일은 그처럼이나 재빨리 자신의 기억에서 자유로워져 버렸던 것을, 진걸은 여지껏 자기를 지나간 여인들의 후일을 본 일이 없었다. 생각해본 일도 없었다. 그래서 그 여인들은 언제까지나 모두 자기의 그래프 속에 남아 있을 수 있었던 것이다. 헌데 오늘 윤희를 만남으로써 진걸은 그 모든 여인들의 후일을 함께 만나버린 것이었다"라는 구절은 "여인에 대한 완전무결한 무관심과 배신의 용기"를 여자와의 관계에서 주도권을 획득한 자의 자유로움으로 착각한 진걸의 자기모순을 극명하게 드러낸다. 윤희의 약혼 소식이 진걸에게 가한 치명타는 진걸의 자기확신이 결국 자기기만에 바탕을 둔 하나의 위태로운 환상에 지나지 않았음을 말해준다. 이런 의미에서 자기환상의 세계 속에 갇혀 있던 것은 바로 진걸 자신이었는지도 모른다.

이미 말했던 것처럼, 연애에 대한 진걸의 이러한 태도는 여자와의 관계뿐만 아니라 그의 세상과의 관계에도 그대로 적용되는 것이다. '응시 효과'로 세상을 속여가면서 산속 암자에 은거하는 진걸에게 '무관심과 배신의 용기'는 그가 삶을 대하는 가장 유용한 처세술이다. 그의 자신만만함이란 결국 여자와의 관계에서와 마찬가지로, 세상과의 관계에서 발생하는 어떠한 책임이나 의무도 자신의 몫으로 짊어지지 않으려는 태도에서 비롯되는 것이라고 할 수 있다. 그러나 진걸의 삶에 대한 자신만만하고 냉소적인 태도의 이면에는 삶의 어떠한 가능성도 믿지 않는 깊은 패배주의적 인식이 내재해 있는 것은 아닐까? 세상에서 가장 중요한 일이란 그것밖에 없다는 듯이, 진걸이 그토록 '여자의 옷을 벗기는 예술'에 집착했던 것 역시 어쩌면 그에게는 그것만이 치열한 삶의 현장에서 비껴나 산속 암자에 도피해 있는 자신의 삶에 대한 유일한 알리바이였기 때문이 아니었을까? 그의 냉소적 자신만만함이란 어쩌면 그의 삶에 대한 무력감의 다른 표현인지도 모른다. 작품의 말미에서 진걸과 윤희, 안선생이 '씨' 운운하며 나누는 대화는 이런 점에서 시사적이다. 그 장면에서 안선생이 들려주는 흥미로운 비유를 빌려오면, 진걸의 자신만만함이란 장마철을 살다 죽은 벌레가 자신이 본 장마철의 흐린 하늘만이 진짜 하늘인 것으로 착각하거나, 장마철에 일찍 씨를 맺은 꽃나무들이 "자기들의 하늘에 대해 이미 불평을 갖지 않게 되며, 일찍 씨를 맺고 나서도 그것이 얼마나 비정상 속에서 이루어진 것인지를 모를 수밖에 없는" 것과 같은 것이라고 해야 하지 않을까? 그러나 진걸의 눈에는 그렇게 말하는 안선생이나, "반세상도 못 살고 세상살이란 으레 다 그렇고 그렇다는 식으로 거드름을 피우고 계신 진걸씨부터 그런 분이 아니세요. 그리고 여기 계신 안선생님이나 돌아가신 김선생님도 그렇구요"라고 말하는 윤희 역시 "너무 일찍 인생의 씨가 박혀먹은", 그리하여 "타인의 생활 의미까지도 서슴없이 자기 정의 속에다 강제하려 드는" 저마다의 자신만만함에 사로잡혀 있는 것으로 보일 뿐이다.

그렇다면 이 작품에서 작가는, 우리의 삶이란 결국 저마다의 잔 앞에서 그 속에 담긴 하늘을 진짜 하늘이라고 착각하면서 살아가는 고독한 자기환상에 지나지 않는 것이라고 말하고 싶은 것일까? 그리하여 진걸이 집착하던 텅 빈 연애담을 통해 자기환상에 갇힌 욕망으로 출렁이는 삶이라는 잔의 텅 빈 내부를 보여주려 한 것일까? 작가는 이러한 의문에 대해 긍정도 부정도 하지 않는다. 우리는 다만 작가가 작품의 제목을 '이제, 우리들의 잔을'이라고 붙인 데에서, 그 잔이 뿔뿔이 흩어진 각자의 잔이 아니라 '우리'라는 이름으로 모아진 잔임을 이야기하는 작가의 어떤 희망을 희미하게나마 짐작해볼 수 있을 따름이다.

이렇듯 작품 안에서 작가가 서 있는 위치는 상당히 객관적인 듯하면서도 모호하다. 작가는 작품 속에 등장하는 인물들에 대해 자신의 호오에 입각한 주관적인 논평을 거의 제시하지 않는다. 진걸에 대해서도 작가가 취하는 서술 태도는 매우 중립적이다. 윤희를 비롯해서 진걸 이외의 인물들이 대개 진걸의 시점을 통해 독자들에게 제시된다거나, 간혹 작가의 논평을 빌려 진걸의 생각을 보완하는 부분에서 작가의 서술 시점이 묘하게 이중적이라는 느낌을 주기는 하지만, 서사의 흐름은 진걸이 자기 딜레마에 빠져 좌초해가는 과정을 냉정하게 밟아나간다. 작중 인물들의 삶에 대해 작가가 취하고 있는 긍정도 아니고 부정도 아닌 이 모호한 서술 태도 속에서 만나게 되는 것은, 이청준의 소설들 속에서 우리가 자주 접하게 되는 인간의 삶과 욕망 속의 불가사의한 미궁이다. 오로지 끝없는 물음을 통해서만 다가갈 수 있는, 그러나 누구도 그 심연의 밑바닥에 도달해본 적이 없는, 우리의 생과 욕망이라는 이름의 그 불가사의 말이다. 일견 가볍고 통속적인 연애담을 들려주는 것처럼 보이지만, 역시 이청준 소설다운 웅숭한 성찰의 깊이를 느끼게 하는 이 특이한 소설에서, 작가는 생의 어두운 미궁을 들여다보는 또 하나의 물음을 우리 앞에 슬며시 던져 놓고 있는 것이다.

제3부

불온한 꿈, 혹은 실천적 사랑의 형식

1. 언어 너머의 언어

이 글에서 지금부터 내가 풀어나가야 할 과제는 '시의 실천성의 문제'를 밝혀보는 일이다. 이것은 결국 '시가 무엇을 할 수 있는가?'라는 문장으로 표현될 수 있는 문제일 텐데, 이 간단한 문장에 대한 대답은 그러나 그 물음 자체의 명료함만큼 그렇게 간단하지 않다. 왜냐하면 그 질문은 '시는 무엇을 해왔고 또 무엇을 하고 있는가?' '시는 무엇을 해야 하는가?' '시는 무엇을 할 수 없는가?' 등의 질문들을 거쳐 '시는 왜 존재하는가?'라는 시의 존재론적 자기성찰에 이르는 복잡한 탐색의 과정을 필요로 하는 것처럼 보이기 때문이다. 그러나 '시가 무엇을 할 수 있는가?'라는 물음에 대한 대답은 기실 시가 존재한다는 사실 그 자체 속에 이미 제시되어 있는 것인지도 모른다. 시의 기능과 관련된 '시가 무엇을 할 수 있는가?'라는 물음에 대한 대답은 이미 '시란 무엇인가?'라는 본질적 물음 안에 놓여 있는 것이다.

그것은 시가 '시'이기 때문에, 다시 말해 시가 다른 어떠한 정신활동 보다도 인간의 본질적인 삶의 영역과 관계하는 것이기 때문에 더욱 그렇다.

대개의 사람들이 가지고 있는 시에 대한 보편적인 인상은 어떤 순수의 이미지와 깊은 관련이 있는 것 같다. 그러나 시인을 이슬만 먹고 사는 사람쯤으로 보는 시와 시인에 대한 탈속화된 이미지의 반대편에는 시인을 일상 생활에 무능하고 쓸모없는 존재로 간주하는 또 다른 대중화된 이미지가 자리잡고 있다. 시인에 대한 이러한 대중적 이미지들은 그것이 일정 부분 오해와 편견에 바탕을 두고 있는 것이라고 해도, 또 일정 부분 시인이나 시가 처해온 사회적 상황을 반영하고 있음을 부인할 수 없다. 시와 관련된 순수와 무용성(無用性)이라는 양극단의 이미지 속에서 우리는 시의 본질이 시의 기능으로 대체되고 시의 기능이 다시 시의 본질과 관련된 문제로 되돌아오는 어떤 진자 운동을 보게 된다. 시의 무용성이 바로 순수성을 향한 시의 본질적 지향과 관련된 문제라면, 시가 지닌 사회적 기능이란 시가 그 어떤 사회적 기능도 거부하는 지점에서 출발하고 있는 셈이다. 다시 말해 시가 어떠한 사회적 쓸모도 거부한다는 것 자체가 시의 사회적 존재 근거와 그 존재론적 본질의 핵심을 이루는 것이다.

그러나 이러한 지적은 기실 시뿐만 아니라 문학의 자율성이라는 문제와 관련해서 이미 상식이 되어버린 내용의 반복에 지나지 않는다. 문학의 자율성이 근대성의 신화라면, 시 혹은 시적인 언어를 순수의 영토 속으로 밀어 넣으려는 노력 역시 시에 대한 근대적인 개념 규정의 산물이다. 저 아득한 고대 사회에서의 시의 기원이 제의(祭儀) 혹은 주술의 양식과 밀접한 연관이 있었다는 사실은 시의 출발이 어떤 기능성의 차원에서 이루어진 것임을 말해준다. 시가 초자연적이고 마술적인 힘에 의존하거나 그것을 적절히 통제함으로써 삶의 풍요와 안정을 기원하는 사회적 요구에 부응하는 것이었다거나, 종교적인 제의나 축전과 관련된 찬가나 송가(頌歌)의 양식으로 발전해 나갔다는 것은 시의 태생이 공공의 이익이라는 공리성(功利性)의 영역 안에 놓여 있음을 말해준다. 뿐만 아니라 시적인 언술의 바탕을 이루는 음악적 운율 역시 문자가 발명되기 이전의 서사시의 역할이 말해주듯, 일반적인 담화의 양식에 비해 노랫말의 형식이 기억 속에 더 쉽게, 그리고 더 오래 저장된다는 기능적 편의성의 차원과 관련되어 있음을 부정할 수 없다.

이처럼 시가 공공의 기억을 전수하고 보존하는 방식으로, 혹은 공적인 삶의 영역과 관련된 특수한 정치적 입장이나 종교적 교리를 전파하거나 사회가 요구하는 바람직한 도덕적 삶의 교훈을 전달하는 방식으로 씌어진 것은, 특히 근대 이전의 시의 역사 속에서 매우 보편적인 현상이었다고 할 수 있다. 풍자시에서든 교훈시에서든, 혹은 시가 지닌 순수한 유희적 기능에서조차도 시의 사회적 쓸모는 시를 둘러싸고 있는 공공의 요구와 밀접한 연관을 맺고 있었다. 시의 본질이 '교훈이냐 쾌락이냐'라는 저 케케묵은 이분법조차도 근본적으로는 시의 사회적 쓸모를 설명하는 서로 다른 관점에 지나지 않았던 것이다.

그러나 우리는 시의 기능이 시의 본질을 대체하는 이와 같은 기원의 단계에서도 시에 부과되었던 기능적 요소 안에 이미 시적인 것의 본질을 결정지을 인자들이 내재되어 있음을 발견하게 된다. 근대 이후 문학적 자율성이라는 개념과 관련해서 이루어진 시의 본질에 대한 다양한 탐색은 어떤 의미에서 시의 태생을 가능케 했던 고대 세계의 기능적 요구가 사라진 지점에서 오롯이 남게 된 그 기원의 본질을 근대성의 세계로 되불러오려는 시도였다고 볼 수도 있을 것이다. 다시 말해 기원의 단계에서 시가 지닌 언어적 주술성, 음악성은 그것을 요구했던 고대적인 삶의 기반의 소멸과 더불어 기능의 범주에서 본질의 범주로 넘어오게 된 것이다. 초자연적이고 마술적인 힘이 현실적 삶과 괴리된 지점이 아닌, 생생한 현실적 리얼리티의 단계에서 인간의 삶에 관여했던 고대 세계에서 근대 세계로의 탈주술적·탈신화적·탈신비적인 삶의 이동은 주술성과 음악성이라는 시의 요소를 사회적 유용성의 영역으로부터 시적 순수성의 영역으로 옮겨왔다. 그러나 다른 한편으로 주술성과 음악성은 애초에 그것이 어떤 기능적 요구에 의해 시의 영역으로 흘러들어왔다고 해도, 그 자체 속에 이미 언어적 순수성이라는 시적 본질의 문제를 끌어안고 있었던 것이라고 할 수 있다. 주술성과 음악성은 언어의 의미보다는 언어 그 자체의 존재의 영역에 관여하는 것이며, 언어적인 의미의 한계 안에 갇혀 있는 삶의 현상적 세계 속에서 그 한계를 넘어서는 삶의 초월을 지향하는 것이다. 정현종이 "시를 쓰는 것은 그러니까 님을 부르는 주술이요, 님이 오도록 길을 놓는 행위이며, 없음과 있음 사이에 다리를 놓는 일입니다"(1:98)[1]라고 말할 때, 시의 주술성은 존재의 혼을 부르는 행위, 다시 말해 존재의 부재, 혹은 부재의 존재를 초월성의 언어로 호명하는 행위이다.

주술성과 음악성이 언어의 의미보다 존재의 영역에 관여한다는 말

---

1) 이 글에서 인용된 책은 다음과 같다. 인용의 출처는 본문의 괄호 안에 책 번호와 쪽수로 표시한다: 1. 정현종 외 편, 『시의 이해』, 민음사, 1995; 2. 장 폴 사르트르, 김붕구 옮김, 『문학이란 무엇인가』, 문예출판사, 1972; 3. 『김수영 전집 2』, 민음사, 2003.

은 시적인 언어의 사용이 근본적으로 의미와 존재 사이의 거리를 최
소화하려는, 아니 차라리 그 거리 자체를 지워버리려는 욕망의 소산
임을 의미한다. 주술적 언어가 언어의 의미론적 한계를 넘어서려는
초월성의 언어라면, 시의 음악성 역시 의미론적 기호로서 언어가 지
닌 기능적 가치를 소거하고 언어를 순수한 사물/존재의 영역으로 되
돌려 놓으려는 태도와 깊은 관련이 있다. 쇼펜하우어가 "모든 예술은
음악의 상태를 동경한다"라고 했을 때, '음악의 상태'가 존재의 본질
적 상태와 관련된 개념이라면 시의 음악성은 그 존재의 본질을 지향
하는 방법적 태도에 해당하는 것이다. 결국 주술성이나 음악성의 언
어는 언어의 경계를 넘어서려는 언어이며, 언어의 기능적 가치에 저
항함으로써 언어의 사회적 유용성의 기반을 부정하는 언어라고 할 수
있다.

그러나 우리의 삶이 그러한 것처럼, 시 또한 언어적 삶의 기반을
벗어날 수 없다. 시가 삶의 언어적 기반을 벗어날 수 없다는 것은 단
순히 시가 언어로 씌어진 표현 양식의 한 갈래라는 점만을 의미하는
것은 아니다. 인간의 인식과 그 대상 사이에서 작용하는 언어는 존재
에 의미를 부여하고 그 의미를 통해 존재의 사회적 존재 방식을 규정
짓는 하나의 의미론적 틀이다. 사회적 존재의 영역에서 모든 존재는
그 의미론적 틀 바깥, 다시 말해 언어의 바깥으로 나갈 수 없다. 이것
은 모든 존재가 언어의 사회적인 상징 체계의 지배를 받고 있음을 의
미한다. 그러나 시가 꿈꾸는 세계는 언어의 틀, 모든 존재에 부과되
어 있는 그 의미론적 제약을 뛰어넘어 존재의 혼, 혹은 존재가 지닌
시원의 숨결과의 직접적인 소통이 가능한 세계이다. 그런데 시는 언
어의 틀을 뛰어넘으려는 욕망을 바로 그 언어를 통해 실현해야 한다.

시의 언어적 자율성과 관련된 근대 이후의 다양한 논의는 어쩌면 시가 처한 이러한 딜레마를 논리적으로 해명해보려는 노력의 소산이었는지도 모른다.

발레리와 사르트르의 시에 대한 논의는 아마도 근대 이후의 시적 자율성의 의미를 명징하게 드러내 보인 가장 대표적인 예에 속할 것이다. 발레리는 보행(步行)과 무용이라는 비유를 통해 산문의 언어와 시의 언어가 어떻게 다른지를 설명한다. 그에 의하면 산문의 언어는 어떤 대상에 다가가기 위해 자신을 사용하는 언어이다. 마치 보행이 보행자가 목적지에 도달하는 순간까지만 의미를 지니고, 목적지에 도달한 순간 그 의미를 상실해버리듯이 산문의 언어 역시 대상의 의미를 전달하는 자신의 임무를 완수한 순간 그 의미의 공간 속으로 흡수되고 증발해버린다. 이 경우 언어의 가치를 결정하는 것은 의미 전달의 효율성과 관련된 언어의 사회적 유용성의 차원이다. 그에 비해 시의 언어는, 마치 무용이 육체적인 동작 그 자체의 순수성에 탐닉하듯 언어 그 자체의 순수 형식을 추구한다. 따라서 시의 언어는 산문의 언어와 달리 사용된 후에도 사라지지 않는다. 그것은 근본적으로 언어를 의미의 영역에서 존재의 영역으로 끌어올리는 것이며, 언어로부터 사회적 유용성의 요구를 탈각해내려는, 그리하여 언어에 음악적인 존재성의 차원을 부여하려는 것이다.

사르트르 역시 『문학이란 무엇인가』에서 산문의 언어와 시의 언어를 구분하면서 "시인들은 언어를 '이용'하기를 거부하는 사람들이다"(2:16)라고 말하고 있다. 그에 의하면 시인은 차라리 말을 전혀 사용하지 않는다. 시인은 스스로 사물에 대해 명명하기를 거부하는 사람인데, 그것은 사물에 붙여진 이름, 다시 말해 사물을 의미의 영역으로 불러내는 언어적 기호가 존재의 본질을 비본질적인 의미의 굴레로 덧씌우는 것이기 때문이다. '시는 말의 의미를 표현한다기보다 차라리 육신의 얼굴처럼 말의 얼굴을 빚어 놓는 것이다. 시인에게 언어란 의미 전달의 도구가 아니라 그 자체가 목적인 것, 혹은 의미의 전달 불가능성에 대한 암시체이다'라는 사르트르의 논지 속에서, 시가 빚어 놓은 말의 얼굴은 의미에 봉사하지 않는 말인 동시에 의미에 저항하는 말의 얼굴이기도 하다. 대상을 지시하고 대상에 봉사하는 말의 기능적 차원에 대한 거부는 그와 같은 언어적 기능에 의해 유지되는 세계에 대한 거부이기도 하다. 사르트르는 시를 스스로 규정한 참여문학의 범주로부터 배제했지만, "시는 패이승(敗而勝)하는 것이다"(2:52)라는 그의 말은 시의 참여적 기능을 부정하는 것이 아니라, 오히려 시의 경우 참여적 기능이 보다 근본적인 차원에서 이루어지는 것임을 의미한다. 시인은 스스로 패배의 운명을 선택함으로써 승리하는 존재라는 말은 근대 이후에 시인에게 부과된 저 저주받은 시인의 이미지와 통해 있다. "시인의 구속engagement에 대해 말하고 싶다면 시인은 본시 패하도록 구속된 사람이라고 말해 두자. 〔……〕 이것은(시인이 처한 그 액운과 저주의 운명—인용자) 시의 결과가 아니고 바로 원천인 것이다. 시인은 인간기도(人間企圖)의 총체적 좌절을 확인하고 그 자신의 유나른 패배로써 전반적인 인간의 패배를 증언하기 위하여 그 자신의 인생에서 스스로 좌절하도록 처신하는 것이다"(2:52)라는 사르트르의 말에 따르면, 시인은 저주받은 자로서의 자신의 운명 그 자체로 자신이 속한 세계의 존재를 하나의 추문으로 만들어버린다. 어떠한 적극적인 저항이나 참여의 몸짓을 취하지 않더라도 이 세상에 시인이 존재한다는 것, 그리고 여전히 시가 씌어지고 있다는 것 자체가 이미 그 속에 원천적인 저항의 의미를 내포하고 있는 것이다.

2. 온몸으로 온몸을 밀고 나가는 시

시가 어떠한 사회적 쓸모도 지향하지 않는다는 것, 혹은 사회적 유용성의 세계에 참여하기를 거부하는 시의 존재론 그 자체가 시의 사회적 쓸모를 결정짓는 핵심적인 요소가 된다는 것은 시의 사회적 기능이 곧 시의 본질이라는 보다 원천적인 단계에서 결정되는 것임을 말해준다. 그러나 근대 이후 보편화된 시에 대한 이러한 원론적인 논의는 지금까지 '시의 실천성'이라는 이름으로 시의 사회적 역할과 책임을 강조하는 입장과 지속적인 갈등을 빚어온 것이기도 하다. 우리는 시의 역사 속에서 '시가 무엇을 할 수 있는가?'라는 물음이 빈번히 '시가 무엇을 해야 하는가?'라는 물음으로 대체되는 현상을 목격하게 되는데, 한국 문학의 역사 속에서 전자의 존재론과 후자의 당위론 사이의 갈등은 한때 '순수시'와 '참여시' 사이의 대립으로 표면화되기도 했다. '시가 무엇을 해야 하는가?'라는 당위론의 입장에서 볼 때 시가 추구하는 언어적 자율성의 논리는 시가 언어적 순수성이라는 폐쇄된 공간 속에서 어떠한 현실적 문제에도 개입하지 않으려는 태도를 조장하는 것으로 여겨진다. 다시 말해 사회적 유용성을 거부함으로써 자신의 존재론적 입지를 확보하려는 시의 노력은 유용성의 가치가 인간 삶의 본질적 가치를 압도하는 세계 속에서 그 타락한 세계의 압력을 피해 가거나 그 압력의 실체와 맞서기를 거부하는 태도의 소산으로 보이는 것이다.

당위론의 관점에 선 사람들에게 순수의 세계란, 그것이 세계의 바깥에 있는 것이든 안에 있는 것이든 하나의 관념적 허구에 지나지 않는다. 세계의 바깥에 있는 것이라면 그것은 실체가 없는 순수 관념의 이미지일 것이고, 세계의 안에 있는 것이라면 그것은 순수를 가장한 일종의 기만이거나 위장술일 가능성이 높기 때문이다. 만약 시가 그 순수의 세계에 도달하려고 한다면, 그것은 어떤 초월적 비약을 통해서가 아니라 타락과 모순으로 가득 찬 이 세계의 가시밭길을 통과해 나가야 한다. 지금은, 저 시의 기원의 시대가 그랬듯이 인간의 삶이 그의 믿음 체계 안에서 초자연적인 힘과 소통하는 초월성의 통로를 지니고 있는 시대가 아니기 때문이다. 다시 말해 우리는 이제 이 세계 속에 오염되지 않은 순수의 영역이 존재한다는 믿음이 불가능해져 버린 시대를 살아가고 있는 것이다. 시의 언어적 자율성이 그 사라져 버린 초월성의 세계를 향한 시적 욕망과 관련되어 있다면, 초월성의 세계를 시의 내부로 불러들이는 것은 바로 시적 영감inspiration의 힘이다. 그러나 모든 것이 유용성의 가치로 환산되는 초월성 부재, 혹은 탈신비의 시대에 시가 지닌 시적 영감의 힘은 현실 비판의 능력에 그 자리를 내줄 수밖에 없다. 이때 현실과 대면하는 내적 에너지의 팽팽한 긴장 속에서 시에게 요구되는 현실 비판의 역할은 "시적 과정의 생산적인 불안정이 된다."(1:385)

대개의 경우 시가 구체적인 삶의 현실에 개입해야 한다는 실천성에의 요구는 시를 정치 현실에 대한 첨예한 인식의 장으로 끌어들일 것을 요청한다. 시와 정치 사이의 관계는 사실 시의 기원으로까지 거슬러 올라가는 문제라고 할 수 있다. 시가 권력의 지배자를 미화하고 우상화하는 수단으로 활용되었다는 증거를 우리는 시의 역사 속에서 어렵지 않게 발견할 수 있다. 물론 실천성의 요구 속에서 시와 정치의 관계는 두말할 필요도 없이 밀월이 아닌 대립과 갈등의 관계로 설정되는 것이다. 그러나 시와 정치적 현실과의 관계는 단순히 시가 정치현실에 개입해야 한다는 요구 이상의 복잡하고 미묘한 양상을 지니는 것이다. 시가 순수한, 혹은 영원한 본질의 세계를 추구한다는 주장을 통해 시를 정치적 현실과 격리시키려는 태도는 그와 같은 주장의 내부에 이미 어떤 정치적 태도를 내재하고 있거나, 그렇지 않은 경우라도 최소한 정치적 현실을 묵인함으로써 정치적 목적에 이용될 수 있는 빌미를 제공할 수 있다. "영원한 가치들의 이름으로 시에 내려지는 정치적 격리는 그 자체 정치적 목적에 이용된다. 즉 시란 그것의 사회성이 부인되는 바로 거기서 배후에서부터 정치적 목적에 이용될 수 있는 것이니, 장식으로서나 바람막이로서나 영원이라는 배경으로서가 그것이다"(1:387)라는 말은 이 시대의 시가 표방하는 순수성의 본질, 혹은 그것이 처한 상황의 본질을 적시하고 있다.

그러나 시를 정치 혹은 정치적 투쟁과 동일시하려는 실천적 태도는 순수성에의 요구가 빠질 수 있는 함정 못지 않게 시 자체를 매우 곤혹스러운 상황으로 몰고 간다. 후자가 시를 사회적 현실로부터 격리시키는 것이라면, 전자의 경우는 시가 사회적 현실에 개입하는 방식은 시의 바탕이 되는 특수한 언어적 활용에 의해서라는 사실, 다시말해 시의 실천성이란 바로 현실에 대한 언어적 개입의 차원에서 이루어지는 것이라는 사실을 망각하는 것이며, 궁극적으로는 시의 특수한 언어적 자질을 무시하고 실천성의 이름으로 시 자체를 포기하도록 요구하는 것이다. 정치적 투쟁의 수단이 필요하다면, 굳이 그것이 시

이어야 할 필요가 있는 것인가? 사람이 사자의 모습으로 분장했다고 해서 사자가 될 수 없는 것처럼, 단지 시의 장르적 형식을 빌려 언어들을 시적인 방식으로 그럴듯하게 조합했다고 해서 그것을 시라고 부를 수는 없는 것이다.

그렇다면 시적 자율성과 실천성의 진정한 결합, 혹은 시적인 것의 본질을 포기하지 않으면서 정치사회적 상황에 개입하는 가장 바람직한 시의 길은 어떤 것일까? 이러한 시의 길은 시의 역사에 뚜렷한 족적을 남긴 여러 뛰어난 시인들의 시가 우리에게 예시해주는 길이다. 그 시의 역사 속에서 우리가 김수영이라는 이름을 기억해낸다면 나로서는 썩 제대로 된 길을 찾아든 셈이 아닐까 생각한다. 김수영에게서 시의 실천성의 문제는 언어적 혹은 형식적 실험성의 문제와 긴밀하게 연결되어 있다. 그가 말하는 문학의 불온성이라는 개념 또한 그 양자가 하나로 결합된 지점에서 솟아나오는 것이다. "모든 진정한 새로운 문학은 그것이 내향적인 것이 될 때는——즉 내적 자유를 추구하는 경우에는——기존의 문학 형식에 대한 위협이 되고, 외향적인 것이 될 때에는 기성사회의 질서에 대한 불가피한 위협이 된다는, 문학과 예술의 영원한 철칙"(3:220)은 바로 문학의 내향적 본질과 외향적 기능의 합치, 다시 말해 문학의 자율성과 실천성의 결합이야말로 진정으로 문학적 실천성을 실현하는 방식임을 말해준다. "모든 전위 문학은 불온하다. 그리고 모든 살아 있는 문화는 본질적으로 불온한 것이다. 그것은 두말할 것도 없이 문화의 본질이 꿈을 추구하는 것이고 불가능을 추구하는 것이기 때문이다"(3:221)라는 말 속에는 문학의 전위성과 불온성이, 문학의 자율성이라는 이름으로 꿈과 불가능을 추구하는 시적 본질의 문제와 불가분의 관계에 놓여 있다는 날카로운 통찰이 담겨 있다.

「시여, 침을 뱉어라」에서 김수영은 시는 "온몸으로 동시에 온몸을 밀고 나가는 것"이라고 말하고 있다. 이 말은 다시 "이러한 온몸에 의한 온몸의 이행이 사랑이라는 것을 알게 되고, 그것이 바로 시의 형식이라는 것을 알게 된다"(3:398)라는 구절로 이어진다. '온몸에 의한 온몸의 이행'과 '사랑'과 '시의 형식'을 등가의 개념으로 이어주는 고리는 김수영의 시에 대한 이해의 전체적인 문맥에서 볼 때 시가 추구하는 불가능한 꿈이고, 그 불가능한 꿈에의 추구에서 드러나는 시의 불온한 본질이다. 내가 보기에 온몸으로 온몸을 밀고 나가는 것이라는 말 속에는 시의 본질과 기능이 둘이 아닌 하나라는 의미가 담겨 있는 것 같다. 이때 기능이란 물론 시적인 실천성의 의미를 내포하는 말이다. 시는 세계 속에서 불가능한 꿈을 추구하는 것이기 때문에 본질적으로 불온할 수밖에 없는 것이고, 시의 그러한 불온성은 결국 부정적인 세계와 대립하는 실천적 사랑의 형식으로 나아갈 수밖에 없다. 시의 불온성은 궁극적으로 이 세계에 대한 시인의 사랑의 표현인 것이다. 실천적 사랑이란 끊임없이 삶의 전위, 의식의 전위에 서 있으려는 태도이며, 실천적 사랑의 형식은 따라서 언어적 전위의 형식, 다시 말해 낡은 형식적 틀을 버리고 끊임없이 시의 새로운 언어적 지평을 향해 나아가려는 첨단의 실험 정신을 시의 주요한 전략적 거점으로 밀고 나갈 수밖에 없다. 이런 의미에서 김수영 시의 난해성은 "나는 너무나 많은 첨단의 노래만을 불러왔다"(「서시」)라는 그의 시 구절이 말해주듯 첨단에서 첨단으로 옮겨가는 시인의 가열한 정신의 태도에서 나오는 것이라고 할 수 있다.

김수영의 시가 지닌 언어적 긴장은 그의 시가 그 내부에 철저한 자기반성, 혹은 자기부정의 정신을 거느리고 있다는 점과 무관하지 않을 것이다. 김수영만큼 정치사회적 현실이 한 개인의 일상과 그 일상의 내면을 지배하는 정교하고도 음험한 힘에 대해 민감하고 예민한 촉수를 가지고 있었던 시인도 드물 것이다. 정치적 상황이 개인의 삶에 가하는 억압에 대한 시인의 저항은 시인 자신의 삶을 포함해서 일상화된 삶의 미세한 결 속으로 파고들어오는 그 음험한 삶의 실체를 첨예한 자기반성의 언어로 벼려내는 것이다. 시인이,

> 언어는 나의 가슴에 있다
> 나는 모리배들한테서
> 언어의 단련을 받는다
> 그들은 나의 팔을 지배하고 나의
> 밥을 지배하고 나의 욕심을 지배한다
>
> 그래서 나는 우둔한 그들을 사랑한다
> 〔……〕
> 생활과 언어가 이렇게까지 나에게
> 밀접해진 일은 없다 　　　　　　　　　　　—「모리배」 부분

라고 노래할 때, 시인의 언어를 단련시키는 힘은 시인의 일상을 지배하는 우둔한 모리배들이고, 그 우둔한 모리배들의 지배를 받는 생활이다. 김수영의 시적 전위의 전선은 다름 아닌 그의 일상이었고, 그의 언어들은 바로 그 일상이라는 전선을 통해서 단련받은 것이다. 김수영의 언어적 실험이 실천적 구체성을 확보하는 것은 바로 이 지점

에서이다.

김수영은 「시여, 침을 뱉어라」의 말미를 "시는 온몸으로, 바로 온몸을 밀고 나가는 것이다. 그것은 그림자를 의식하지 않는다. 그림자에조차도 의지하지 않는다. 시의 형식은 내용에 의지하지 않고 그 내용은 형식에 의지하지 않는다. 시는 그림자에조차도 의지하지 않는다. 시는 문화를 염두에 두지 않고, 민족을 염두에 두지 않고, 인류를 염두에 두지 않는다. 그러면서도 그것은 문화와 민족과 인류에 공헌하고 평화에 공헌한다. 바로 그처럼 형식은 내용이 되고 내용이 형식이 된다"(3:403)라는 구절로 마무리하고 있다. 그렇다면 진정한 의미의 시의 실천성이란 그것이 어떠한 실천적 기능도 의도하거나 의식하지 않을 때, 시가 '무엇을 할 수 있는가?'라거나, '무엇을 해야 하는가?'라는 등의 어떠한 물음도 염두에 두지 않을 때, 다시 말해 시가 시의 바깥에 드리울 어떠한 그림자도 의식하거나 그것에 의지하지 않고, 그저 시가 시 자체의 존재론적 본질과 하나의 몸으로 움직일 때 이루어지는 것은 아닐까? 내용과 형식, 혹은 의도와 행위 사이의 어떠한 틈도 존재하지 않거나 의식하지 않을 때, 그리하여 시가 시 전체로 시 자신을 밀고 나갈 때 비로소 시는 진정으로 자신의 그림자를 이 세상에 드리우기 시작하는 것은 아닐까? 다음의 구절은 아마도 이러한 물음에 대한 매우 시사적인 하나의 대답이 되어줄 수 있을 것이다.

그 자신 밖에서는 어떠한 기원도 인정할 수 없는 지배권의 눈에는, 시란 무정부주의적이요, 시를 마음대로 할 수 없기 때문에 참을 수 없는 존재요, 시가 단순히 존재한다는 사실만으로도 파괴적인 존재로 보여진다. 시는 그것이 존재하기만 하는 한 정부 성명서와 선전 구호, 선언문과 정치적 슬로건이 거짓된 것임을 증명한다. 시의 비판적 행위란 동화 속에서의 어린아이의 행위와 다른 것이 없다. 임금이 옷을 걸치고 있지 않다는 사실을 통찰하기 위해서는 그 어떤 '책임감'도 필요치 않다. 오직 하나의 시행이, 말없이 쳐대는 요란한 박수 소리를 깨뜨려버리는 것으로 충분하다. (1:393~94)

시, 혹은 여성성의 잃어버린 영토

—김혜순론을 위한 시론(試論)[1]

1. 남성 안의 여성

제목도 줄거리도 기억나지 않는, 다만 몇몇 단편적인 영상들만이 기억 속에서 또렷하게 재생되는 영화가 있다. 아니, 사실은 그것이 실제로 내가 본 영화였는지조차 기억이 확실하지 않다. 어쩌면 내 기억 속에서 재생되는 영상들은 실제의 기억 위에 나 자신의 상상력이 덧입혀진 것인지도 모르겠다. 그렇지만 내 머릿속에서 그 영상들은 일종의 시와 관련된 이미지의 원형심상처럼 자리잡고 있다.

아마도 수렵 생활을 하던 원시 시대의 어느 부족이었던 듯싶다. 부족의 소년들은 일정한 나이에 이르면 누구나 부족의 일원으로 인정받

---

1) 이 글은 김혜순의 시들과, 내게 매우 시사적이었던 그녀의 책『여성이 글을 쓴다는 것은』(문학동네, 2002)을 읽으면서 머릿속에 떠오른 생각들을 두서없이 모아본 것이다. 따라서 나에게 이 글은 앞으로 씌어질 보다 본격적인 김혜순론을 위한 일종의 워밍업 성격의 글이라고 할 수 있다. 보다 본격적인 김혜순론을 위해서는 내 안에 내공이 쌓일 좀 더 많은 시간이 필요할 듯싶다.

기 위한 혹독한 성인식을 치른다. 성인식이 요구하는 것은 맹수들과 싸워 이길 만한 소년들의 강인한 체력과 정신력이다. 그 성인식에서 한 소년이 낙오된다. 소년의 약한 체력과 선병질적인 예민함이 성인식이 요구하는 과도한 긴장을 견디어내지 못한 것이다. 낙오의 대가는 추방이거나 죽음이다. 그러나 그 소년은 보이지 않는 것을 보고 들리지 않는 것을 듣는 특별한 능력을 지니고 있다. 나무, 하늘, 별, 새 등의 모든 자연 물상들과 대화하고 교감하는 그 특이한 능력 때문에 소년은 부족의 주술사가 되어 추방의 운명에서 구원된다. 그러나 그는 남자들의 세계에 참여할 수 없다. 그는 남자가 아니기 때문이다. 부족의 힘센 남자들이 사냥을 나가 있는 동안 그는 여자들과 함께 마을에 남겨진다. 그렇지만 그는 밥 짓고 빨래하고 아이들을 기르는, 부족의 규율에 의해 명명된 여자들의 생활 영역에도 속하지 못한다. 그는 여자가 아니기 때문이다. 남자도 여자도 아닌, 아니 남성의 몸 안에 여성의 영혼을 지닌 그의 삶은 이미 내적으로 추방된 삶이다. 그가 지닌 주술의 능력은 그를 추방의 형벌로부터 구원하지만 동시에 그를 영원한 추방의 형벌에 처한다. 사람들은 그가 지닌 여성성을 경원하면서도 또한 그것을 경멸한다. 남성의 육체 안에 깃들인 그의 여성성은 부족의 시스템에 의해 관리되지 않는 잉여이면서 동시에 결여의 영역이기 때문이다. 그런 의미에서 그의 삶은 부족에 의해 관리되는 여자들의 삶보다 더 여성성의 본질에 가까운 것이라고 해야 할지 모르겠다. 여성성, 주술성, 그리고 시.

　남성 안의 여성. 아마도 인류 최초의 시인은 그런 모습이 아니었을까 싶다. 시의 기원이 자연과 교감하고 자연의 혼을 부르는 원시적인 주술 행위와 맞닿아 있는 것이라면, 시의 본질 속에는 어쩌면 남성성의 세계가 밀어내버린 아득한 여성성의 자리를 찾아헤매는 악마의 주술이 깃들어 있는지도 모른다. 주술은 말 이전의 말, 혹은 말이 지배하는 세계의 허공을 떠도는 말이며, 말에 의해 지워진 이 세계의 혼을 부르는 몸의 말이다. 몸의 말이란 존재를 의미의 틀 안에 가두는 남성의 언어가 아니라 존재 그 자체와 소통하는 여성의 언어이다. 주술사는 말의 길이 아닌 몸의 길을 따라, 말의 세계에서는 보이지도 들리지도 않는 이 세계의 혼을 자신의 몸 안으로 불러들인다. 주술사의 몸은 이 세계의 몸인 자연을 향해 사방으로 열려 있는 길이다. 온몸으로 의미의 허공을 관통해서 세계의 어머니인 자연과 접속하는 언어들. 자연, 시원의 몸, 혹은 여성성의 잃어버린 영토.

그러나 세계를 지배하는 말의 주인이 남성인 세상에서 여성은 예나 지금이나 가슴은 있으나 느낄 수 없고, 머리는 있으나 사고할 수 없고, 입은 있으나 말할 수 없는 영원한 변방의 존재들일 수밖에 없다. 여성의 가슴과 머리와 입은 이미 남성의 말에 의해 점령당해 버렸기 때문이다. 이것은 단지 여성들이 지금까지 공적인 언술의 장에서 배제된 채, 사적인 언술의 영역 속에서만 거주해왔다는 역사적 현실만을 가리키는 것은 아니다. 그것은 여성의 가슴과 머리와 입, 아니 여성의 몸 전체가 남성의 말의 세계에 포획되어 버렸음을 의미하는 것이다. 여성의 삶 속에서 몸이 지워지고, 몸 안에 새겨진 몸의 길이 지워지고 시원의 자연이 지워지고 마침내 여성성이 지워져 버렸음을 의미하는 것이다. 시인/주술사는 세계의 변방을 떠돌며 사라져버린 몸의 길을 찾아 헤매는 자이다. 말 아닌 말, 혹은 말 이전의 말들을 웅얼거리며 끊임없이 말/의미의 허방 안으로 미끄러지는 자이다. 그리하여 말과 말 사이, 혹은 의미와 의미 사이의 가느다란 틈, 그 어둠의 심연에서 새어나오는 희미한 몸/존재의 전언에 귀 기울이는 자이다. 말이 지배하는 세계에서는 남성만이 가슴과 머리와 입을 소유할 수 있으므로, 아니 남성과 여성 그 누구도 말에 의해 점령된 남성적 세계의 경계를 벗어날 수 없으므로, 불가피하게 남성적 세계의 육체 안에 깃들어, 여성의 가슴과 머리와 입을, 여성의 잃어버린 영토를 대신 살아가는 자이다. 남성의 육체 안에서 여성의 영혼을 살며, 남성의 육체 안에서 여성의 입으로 말하며, 말의 세계가 지워버린 몸의 길을 따라 보이지 않는 여성성의 세계를 초혼(招魂)하는 자이다. 그리하여 남성성의 육체 안에 깃들인 여성 혹은 여성성은 계속 제도의 경계와 탈경계가 겹치는 모호한 지점으로 미끄러지며 의미와 존재, 말과 몸, 남성성과 여성성 등을 가르는 경계의 모든 안쪽과 바깥쪽을 한데 뒤섞고 뭉그러뜨린다. 남성 안의 여성은 시스템의 경계선 위에 불안하게 걸쳐 있는 존재이며, 그 경계를 자신의 몸 안에 끌어안고 살아가는 존재이다. 남성의 육체 안에서 여성의 삶을 산다는 것은 경계선의 안쪽에서 바깥쪽을 살아가는 것이며, 사회적 잉여로서의 자기 존재의 이질성을 사회적 시스템이 지닌 본질적인 결여의 양식으로 표상화해 나가는 것이다. 그런 의미에서 남성 안의 여성이란 시가 이 세상을 살아가는 가장 근원적인 존재의 형식이라고 해야 할지 모른다.

2. '나'라는 존재의 형식

그녀들[2]이 어머니의 자궁을 빠져나오는 순간, 아니 그녀들이 옹알

이 단계를 거쳐 말을 하기 시작하는 순간, 그녀들의 입에서 흘러나오는 말들은 이미 '아버지의 말'이면서 '아버지인 말'이다. '아버지의 말'이면서 '아버지인 말'과 더불어 그녀들의 내부에 형성되기 시작하는 '나'는 그녀들의 의식과 무의식을 지배하는 완강한 점령의 기제가 된다. 처음 그녀들의 입에서 흘러나온 말은 본능적인 몸의 욕구를 호소하는 울음과 칭얼거림이었다. 그것은 말 이전의, 몸이 말하는 몸의 언어였다. 그녀들의 몸에서 흘러나온 최초의 말 역시 어머니의 자궁을 빠져나오는 순간, 그녀들이 온몸으로 내지른 원시의 울음 소리였다. 이렇게 그녀들의 탄생은 그녀들의 몸이 내지른 울음과 그녀들을 낳던 순간 어머니의 몸이 내지른 신음과 비명이라는 흐드러진 몸의 화음들 속에서 이루어졌다. 그 순간은 몸의 소리 이외에 어떠한 인공음도 끼어들지 않는, 몸이 완벽한 시원의 자연으로 돌아가던 순간이었다. 어머니의 몸으로부터 떨어져나온 최초의 공포 이후에도 몸은 여전히 그녀들을 어머니와 이어주는 유일한 통로이다. 그녀들은 본능적인 몸의 감각을 통해 어머니의 몸을 몸 전체로 받아들인다. 이때 그녀들이 몸담고 있는 세계는 '어머니의 몸'이면서 '어머니인 몸'의 세계이다. 이 세계 속에서 그녀들의 몸과 어머니의 몸 사이에는 어떠한 틈도, 분할도 존재하지 않는다. 그것은 미분화된 몸의 반죽 상태, 다시 말해 안팎의 구분이 없는 몸 그 자체의 내부 안에서 완벽하게 통합되어 있는 몸의 세계인 것이다.

그러나 그녀들이 울음이나 칭얼거림 같은 본능적이고 원시적인 몸

---

2) 여기에서 '그녀들'이란 남성과 대비되는 존재로서의 여성들뿐만 아니라, 남성과 여성의 구분을 넘어 시스템 사회의 내부에 진입하기 이전의 모든 존재들을 지칭하는 보다 포괄적인 명칭으로 사용된다.

의 소통 방식에서 벗어나 말의 세계로 진입하면서 그녀들은 서서히 몸의 세계로부터 분리되기 시작한다. 그녀들의 미분화된 몸은 몸의 각 부위를 지칭하는 언어적 기호들인 눈·코·입·귀 등의 경계들로 분할되기 시작하고, 그녀들의 몸과 어머니의 몸 사이에는, 그녀들이 더 이상 인간의 형상을 한 채 강보에 싸여 있는 한덩어리 몸에 불과한 존재가 아니라는 사실을 입증하듯 그녀들의 입에서 흘러나오는 '엄마'라는 말이 끼어들게 된다. 그녀들은 이제 '엄마'라는 말을 통해 내가 아닌 존재로서의 엄마, 혹은 엄마가 아닌 존재로서의 나를 인식하기 시작하는 것이다. 엄마와 그녀들 사이에 이제 막 발아하기 시작한 '나'라는 존재의 형식이 끼어들게 됨으로써 그녀들은 마침내 그녀들이 몸담고 있던 '어머니의 몸'이면서 '어머니인 몸'의 세계로부터 분리되어, 말에 의한 분별과 인식의 세계로 진입한다. 비로소 그녀들의 사회적 성장이 시작되는 것이다. '나'의 탄생은 이렇게 몸/존재의 세계가 말/의미의 세계로 분화되는 과정 속에서 이루어진다. 미분화된 몸의 세계는 그 자체로 의미를 생산할 수 없다. 의미란 곧 차이이고 분할이기 때문이다. 따라서 의미의 생산은 몸에 대한 말의 분할점령을 통해 이루어진다. 말은 경계이자 간격이며 거리이다. 대상의 의미는 바로 말과 대상 사이에 놓인 그 간격과 거리를 통해 생성되는 것이다. 말은 대상을 지칭하면서 그 대상을 인식의 주체로부터, 또한 대상 그 자체로부터 분리시킨다. 그녀들이 엄마를 '엄마'라고 부르게 되면서 엄마는 더 이상 내가 아닌 존재, '나'에 의해 인식되는 대상의 자리로 이동한다. 대상과의 거리가 전제되지 않으면, 다시 말해 대상을 지칭하는 말을 통하지 않고는 인간의 어떠한 인식행위도 이루어질 수 없다. 그녀들은 이제 존재의 몸이 아니라 존재에 붙여진 언어적 기호를 통해 대상을 인식하게 된다. 그녀들이 한 그루의 나무를 바라볼 때, 그녀들이 보고 있는 것은 '나무'라고 이름 붙여지기 이전의 존재가 아니라, '나무'라고 이름 붙여진 하나의 의미체이다. 세상의 모든 물물(物物)은 그렇게 말/의미의 다리를 건너 우리에게 다가온다. 한 시인의 표현을 빌리면, "내가 그의 이름을 불러주기 전에는/그는 다만/하나의 몸짓에 지나지 않았"지만, "내가 그의 이름을 불러주었을 때/그는 나에게로 와서/꽃이" 되는 것이다. 사르트르의 「구토」에서 로캉탱이 바닷가의 이끼 낀 미끈미끈한 조약돌을 만지면서, 혹은 마로니에 나무 뿌리의 꺼칠꺼칠한 껍질을 손바닥으로 훑으면서 갑자기 구토를 느낀 건 무엇 때문인가? 그것은 조약돌과 마로니에 나무의 뿌리가 그것들을 명명하는 언어의 세계를 빠져나와 오직 몸으로만 감지되는 찰나의 순간(로캉탱의 말에 의하면 그것은 주위의 사물들이 소속avoir의 상태에서 존재être의 상태로 넘어오는 순간이다), 로캉탱의 몸 안으로 흘러들어온 그것들의 생생한 실존의 감각이 불러일으킨 현기증 때문이 아니었을까? 어두운 기억의 심연 속에 가라앉아 있던 벌거벗은 존재의 몸뚱어리들이 돌연 생의 중심으로 육박해 들어오는 순간, 온몸을 타고 흐르는, 희열과 공포가 뒤섞인 강렬한 몸의 전율 같은 것 때문이 아니었을까?

몸과 몸 사이에 끼어든 말은 점차 몸에 대한 기억을 지워버린다. 그녀들에게 '나'라는 사회적 주체의 자리는 말의 세계가 그녀들에게 부여한 새로운 존재의 자리가 된다. 그녀들은 '나'라는 존재의 형식을 통해 세계를 인식하고 욕망하는 새로운 주체가 된다. 이때 '나'는 그녀들을 세계와 연결하면서 동시에 그녀들을 세계로부터 분리시키는 존재의 형식이다. '나'는 어떻게 탄생하는가? 아니, '나'는 어떻게 그녀들에게로 와서 그녀들의 삶의 주인이 되는가? ‘나’는 바로 그녀들의 최초의 존재의 형식이었던 몸이 분할되고 지워지는 자리에서 탄생한다. ‘엄마’라는 말이 엄마의 몸을 지워버릴 때, ‘아빠’라는 말이 아빠의 몸을 지워버릴 때, 모든 말이 모든 몸을 지워버릴 때, 모든 몸이 인식의 대상인 타자의 자리로 이동하는 지점에서 타자를 인식하는 인식 주체인 ‘나’가 태어난다. 엄마를 엄마로, 아빠를 아빠로 인식함으로써 엄마·아빠와 분리된 존재로서의 ‘나’에 대한 인식이 이루어지는 것이다. ‘나’에 대한 인식은 이렇듯 나와 분리된 모든 존재들을 통해, 나와 타자들 사이에 놓인 거리를 통해 그녀들의 삶의 중심에 자리잡는다. 따라서 ‘나’라는 존재의 형식은 ‘나’와 ‘나’ 아닌 것을 분할하는 부정의 형식이며, 그런 의미에서 타자화된 존재의 형식이다. ‘나’는 ‘나’를 통해 대상을 인식하지만, ‘나’를 통해 대상으로부터 분리된다. 그것은 ‘나’라는 존재의 형식을 규정짓는 것이 바로 말의 세계이기 때문이다. 그리고 말의 세계에서 모든 ‘나’들의 인식을 지배하는 것은 ‘나’가 아닌 바로 ‘그들’이기 때문이다. 그리하여 ‘아버지의 말’이면서 ‘아버지인 말’의 세계로 들어온 그녀들은 이제 그/그녀들이 된다. 그녀들은 ‘나’라는 존재의 형식 속에서 ‘그/그녀들’이라는 부재의 삶을 살아간다. 이런 의미에서 그녀들의 ‘나’는 이 세계 속에서의 그녀들의 부재를 입증하는 하나의 정교한 알리바이라고 해도 좋겠다. 그 정교한 알리바이 속에서 그녀들은 마침내 아버지의 말에 충직하게 순종하는 아버지의 잘 자란 딸이 되는 것이다.

3. 은유의 길과 환유의 길

거듭 말하거니와, '나무'라는 이름으로 명명된 나무는 더 이상 '스스로 그렇게' 존재하는 자연(自然)의 나무가 아니다. 자연의 모든 물상들은 인간에 의해 언어로 명명되는 순간, 더 이상 자연의 세계 속에 존재하지 않는다. 언어적 명명과 더불어 자연은 '스스로 그런' 순수한 '물(物)'의 세계에서 인간의 인위적인 활동 영역인 문화의 차원으로 옮겨와버리기 때문이다. 자연의 세계 속에 인간의 시선이 가 닿자마자 자연과 인간의 시선 사이에는 자연을 인간의 언어로 해석하는 즉각적인 인식기제가 작동하기 시작한다. 그렇게 인간과 자연이라는 '물(物)'의 세계 사이에는 끊임없이 언어라는 상징적인 의미 체계가 가동하고 있다. 이를테면 새가 울거나, 새가 노래하는 것은 명백히 인간에 의해 은유적으로 해석된 자연 현상이다. 새가 지저귀는 것 역시, 앞의 표현들보다 인간적인 해석의 개입 정도는 덜하지만, 인간의 언어로 명명된 자연 현상이기는 마찬가지다. '문화'라는 말의 한자어가 '글월 문(文)'자와 '될 화(化)'자로 이루어져 있다는 것은 이런 점에서 의미심장하다. 문화의 본질이 인간의 개입에 의해 이루어지는 모든 인위적인 활동 및 활동 영역을 총칭하는 것이라면, 문화의 근본 토대를 이루는 것은 곧 모든 대상의 언어화 과정이 아니겠는가? 자연에 대한 언어적 명명 역시 자연을 인간에 의해 규정된 인위적인 의미의 틀 안에 가둠으로써, 자연의 세계를 인간적인 가치와 이해의 틀 안에서 관리하고 순치시키는 문화 활동의 범주 안에 속해 있는 것이다.

세계 속에 존재하는 모든 '물(物)'은 의미라는 두터운 막에 둘러싸여 있다. 나와 나무 사이에는 '나무'라는 두터운 말의 차단막이 가로놓여 있다. '나무'라는 말은 내가 나무라는 의미 너머에 존재하는 나무의 '물(物)' 자체에 이르는 길을 집요하게 가로막고 있는 것이다. 순수한 '물(物)' 자체로서의 자연은 언어 이전의 몸이 기억하는 시원의 세계 속에 놓여 있다. 그러나 이 세계를 구성하고 있는 말의 세계 속에서 몸에 이르는 길은 저 까마득한 미지(未知)의 심연 속에 잠겨 있다. 몸의 길은 마치 지층 안에 아로새겨져 있는 화석처럼 의미의 세계 안쪽에 희미한 존재의 흔적으로만 남아 있을 뿐이다. 때로 말과 '물(物)'의 경계선에 서 있는 자들, 이를테면 시인들은 그 흔적을 따라 저 아득한 미지의 세계로 이르는 통로에 다가서기도 한다. 한 시인은 그것을 다음과 같이 노래한다.

바람도 없는데 꽃이 하나 나무에서 떨어진다. 그것을 주워 손바닥에 얹어 놓고 바라보면, 바르르 꽃잎이 훈김에 떤다. 花粉도 난다. '꽃이여!'라고 내가 부르면, 그것은 내 손바닥에서 어디론지 까마득히 멀어져 간다.

지금, 한 나무의 변두리에 뭐라는 이름도 없는 것이 와서 가만히 머문다.

—김춘수, 「꽃 II」 전문

시인은 자신의 몸을 활짝 열어 말과 의미로 이루어진 지(知)의 세계를 넘어 미지의 세계가 전해오는 희미한 존재의 전언을 듣는다. 그 전언은 이름이 없는, 아니 이름이 부여하는 의미의 두터운 각질을 벗어버린 순수한 물(物) 자체가 들려주는 말이다. 그러나 꽃의 물(物)

은 시인이 '꽃이여!'라고 명명하는 순간 다시 미지의 세계로 되돌아가버린다. 마치 오르페우스가 뒤돌아선 순간, 찰나의 모습만을 남기고 사라져버린 에우리디케처럼. 물(物)의 세계가 이 세계 속에 현현하는 순간은 그렇게 찰나적이다. 미지의 세계와 접촉하는 찰나의 불안과 황홀. 어쩔 수 없이 언어의 세계 안에 갇힌 채 시인은 미지의 세계와 만나는 그 찰나의 불안과 황홀을 찾아 헤매는 자들이다. 자신의 몸 안에 희미하게 남아 있는, 말과 지의 세계가 잃어버린, 말에서 물(物)로, 지에서 미지로 거슬러오르는 어두운 몸의 길을 더듬어나가는 자들이다. 그런 의미에서 모든 시인은 그 본질의 차원에서 여성이다.

남성의 언어가 소유의 언어라면 여성의 언어는 존재의 언어이다. 남성의 언어는 의미를 통해 대상을 전유한다. 그것은 대상에 의미를 부여함으로써 미지의 대상을 인간에 의해 포착된 인식의 영역 안으로 끌어들인다. 인간이 대상의 의미를 관장하는 인식의 중심에 서 있다는 점에서 모든 언어는 근본적으로 대상에 대한 하나의 은유이다. 나무라는 말은 나무라는 물(物)에 관한 은유이다. 은유는 물(物)이 말이라는 기호의 세계로 이동하는 과정에서 발생한다. 물(物)이 몸이라면 말은 관념이다. 모든 말은 대상에 대한 인간의 관념적 이해라는 은유의 축을 따라 이 세계를 구성하는 정교한 의미론적 기호 체계를 형성해 나간다. 따라서 은유의 축을 통해 작동하는 언어적 명명의 세계는 궁극적으로 인간에 의한 자기동일화된 관념의 세계이다. 그러나 여성의 언어는 몸이 기억하는 물(物) 자체의 언어이다. 어쩌면 언어 이전의 소리라고 해야 할, 냄새라고 해야 할, 촉감이라고 해야 할, 혹은 말해질 수 없는, 그러나 삶의 순간순간 우리를 사로잡는 어떤 찰나적인 생의 기미라고 해야 할 그것은 몸으로 감지되는 미세한 감각의 세계 안에서 숨쉬고 있다. 여성의 언어는 몸과 몸의 접촉을 통해 자신의 고유한 소통의 통로를 만들어나간다. 남성의 언어가 관념을 통해 세상을 읽는다면, 여성의 언어는 접촉을 통해 세상을 느낀다. 관념은 거리이고 몸은 접촉이다. 남성의 언어는 관념을 통해 대상을 점유하면서 동시에 대상과의 거리를 유지하지만, 여성의 언어는 대상과 밀착해 있으면서도 대상을 소유하지 않는다. 몸에 의한 소통은, 언어적 명명에 의해 인간과 대상 사이에 형성된 관념화된 인식의 거리를 지워나간다.

이처럼 몸과 몸의 접촉을 통해 이루어지는 소통은 인접한 몸의 길을 따라간다. 그런 의미에서 남성의 언어가 은유적이라면 여성의 언어는 환유적이다. 은유적 인식이란 따로 분리되어 있는 대상들을 하나의 의미론적 중심으로 응집하는 하나의 해석 행위이다. 따라서 은유적 유사성의 내부에는 대상을 의미론적으로 응집하면서 대상 속에 자신의 욕망을 투사하는 인식 주체의 적극적인 정신 활동이 내재해 있다. 은유의 내부에서 모든 대상은 인식 주체의 주관화된 해석과 욕망을 실어나르는 하나의 상징적 의미체가 된다. 은유적 인식 주체는 그렇게 자신이 대상에게 부여한 의미를 통해 그 대상을 전유하는 것이다. 남성의 언어가 은유적이라는 것은 이러한 의미에서이다.

그러나 환유는 산포되어 있는 물(物)과 물(物) 사이로 난 길을 이리저리 흘러다닌다. 환유는 산포되어 있는 대상들을 인위적으로 응집하는 대신, 산포되어 있는 물(物)의 상태 그 자체를 즐긴다. 그것은 유사성이라는 의미의 맥락을 따라가는 대신, 인접성이라는 물(物) 자체의 맥락을 따라간다. 환유는 의미론적 응집을 통해 대상을 점유하는 대신에, 대상을 향해 자신을 활짝 열어젖힌다. 그런 의미에서 은유가 대상을 의미의 틀 안에 고정시키는 고체의 형질을 지니고 있다면, 환유는 어떠한 틀에도 머무르지 않는 변화무쌍한 물(水)의 속성을 닮았다. 물(水)은 물(物)과 물(物) 사이를 이리저리 흘러다니다가 어떤 형상 안에 머무르더라도, 그것을 떠나는 순간 곧 그 형상을 버린다. 대상을 온몸으로 받아들이면서도 대상을 자기 욕망의 틀 안에 가두지 않는 소통의 길, 그것은 바로 몸의 길이고 자연의 길이다. 환유적 소통은 그렇게 몸, 혹은 자연의 영역과 깊숙이 내통해 있다. 「일 포스티노」라는 영화에서 시인이 되고 싶어하는 우편배달부가 파블로 네루다에게 자신이 쓴 시를 보내는 대신, 나뭇잎이 바람에 흔들리는 소리, 파도가 모래 위로 밀려오는 소리, 별들이 밤하늘을 스치는 소리, 아내의 뱃속에서 아기가 움직이는 소리들을 녹음 테이프에 담아 보낼 때, 그가 담은 소리들은 그 어떤 시보다도 더 시적이라고 해야 할 것이다. 녹음 테이프에 자연의 소리들을 담는 그의 행위는 환유적 인접성의 길을 따라가는 소통의 형식을 그대로 체현하고 있다.

의미 이전의 소리들로 이루어진 시들, 그것은 바로 몸으로 쓴 시들이다. 의미 이전의 그 소리들은, 김혜순 시인의 말을 빌리면, 시 '쓰는' 행위를 통해서가 아니라 시 '하는' 행위를 통해서 시인의 몸 안으로 흘러든다. 또 몸 밖으로 흘러나간다. 시인의 몸은 소리를 가두는 밀폐된 용기가 아니라, 소리를 풍부한 울림으로 증폭시키면서 자유자재로 흘러들고 흘러나가게 하는 하나의 투명한 관이다. 이때 시인의 몸 안으로 흘러드는 소리들과 공명하는 것은 바로 시인의 몸 안의 여성성이다. 그 여성성은 자신의 몸 안으로 흘러드는 소리들을 고립된 의미들로 분할하지 않는다. 나뭇잎과 바람, 파도와 모래, 별과 밤하늘, 엄마의 몸과 아기의 몸은 고립된 의미들로 분할되는 대신, 몸과 몸의 접촉을 통해, 몸과 몸의 비벼짐을 통해 하나의 소리로 공명한다. 고립은 침묵을 낳지만, 접촉은 소리를 낳는다. 몸과 몸의 접촉이 없이 어떻게 소리가 생겨날 수 있겠는가? 그런 의미에서 소리는 곧 공명(共鳴)이다. 모든 소리는 몸과 몸이 맞닿는 지점, 그 인접의 영역 안에서 울려나온다. 자연 속에서 세상만물은 그렇게 끊임없이 몸과 몸이 부딪히고 비벼지면서 흘러나오는, 자유자재한, 어떠한 욕망이나 억압에도, 어떠한 관념이나 편견에도 길들여져본 적이 없는 무구의 소리들을 발산한다. 자연은 그 자체로 하나의 거대한 소리의 공명판이다. 자연은 몸을 낳고 기르는 것처럼, 소리를 낳고 기른다. 그런 의미에서 자연은 어머니의 말을 낳는 어머니의 몸이다.

4. 여성성이라는 무병(巫病)을 앓는 시

몸이 그러하듯 스스로 그러할 뿐인 어머니-자연은 그 스스로 의미를 생산하지 않는다. 그것은 그대로 안팎의 경계가 없는 존재 그 자체의 상태이기 때문이다. 그 자연 속에 인간이 개입함으로써 자연은 비로소 언어에 의한 의미 작용의 시스템 안으로 흡수된다. 인간에 의한 최초의 자연 정복은 자연에 대한 인간의 의미론적 전유로부터 시작된 것이다. 시인 안의 여성성은 존재의 시원에서 울려나오는 어머니의 말을 찾아 모든 세상 만물의 경계가 희미한 박명(薄明) 속에 잠겨 있는 존재와 말의 접경 지대를 헤맨다. 그러나 시인 또한 언어로 사유하고 소통하는 아버지-말의 세계를 벗어날 수 없다. 시인을 낳은 것은 어머니의 몸이지만, 이 세계 안에서 시인을 키운 것은 아버지의 말이기 때문이다. 그러니 시인이 어머니의 말에 이르기 위해서는, 마치 거울 위에 뿌옇게 서려 있는 김처럼, 시인의 몸 안팎에 자욱하게 드리워져 있는 희뿌연 의미의 각질층을 뚫고 언어의 바깥으로 나아가야 한다. 그렇다면 그 언어의 바깥에, 다시 말해 이 세계의 바깥에 무엇이 있는가? 소리? 냄새? 혹은 말해질 수 없는, 그러나 몸으로 분명히 감지되는 그 어떤 생의 기미들? 그러나 시인의 귀 안에서 공명하는 최초의 소리는 시인이 그 소리를 인식하는 순간 허공 속으로 휘발되어 사라져버린다. 시인의 귀가 감지하는 것은 더 이상 언어의 바깥에 있는 소리가 아니라 이미 언어의 세계 안으로 귀속되어버린 소리인 것이다. 이를테면 대상의 소리를 가장 자연에 가깝게 재현한 의성어조차 세계 각 언어권의 서로 다른 의성어 표기가 말해주듯, 순수자연의 소리가 아닌 문화적으로 관습화된 언어적 기호의 영역에 속해 있다.

소리를 듣는 것은 몸이지만 그 소리를 인식하는 것은 언어이다. 아버지-말의 세계 속에서 언어는 몸이 감각한 것을 재빨리 의미의 차원으로 이동시킨다. 몸의 감각 기관들 자체가 이미 언어에 포획되어 있기 때문이다. 몸이 지각한 감각의 실체는 우리 대뇌의 언어 중추에 의해 곧바로 언어적 의미로 번역된다. 이때 몸의 감각이 의미의 단계로 옮아가는 과정은 선후(先後)적이라기보다 거의 동시적이다. 언어의 세계에서는 그 어떤 몸의 감각도 언어에 의한 의미 작용의 틀로부터 완벽하게 자유로울 수 없다. 새가 새의 소리를 듣듯이, 벌이 꽃의 향기를 느끼듯이 인간이 소리와 냄새를 감지할 수 있는가? 모든 소리와 냄새는 그것이 우리의 몸에 닿는 순간 곧바로 의미의 세계 안으로 빨려들어가 버리지 않는가? 그러니 우리는 언어의 바깥에 무엇이 있는가라고 묻는 대신, 차라리 언어의 바깥이 있기는 한 것인가라고 질문의 방식을 바꿔야 할지 모른다. 그렇다면 시인은 어떻게 언어를 통해 언어의 바깥에 있는 어머니의 몸에 다가갈 수 있을 것인가?

김혜순의 시들에서 시인의 시적 상상력을 유발하는 가장 중심적인 모티프는 '몸'이다. 초기시에서 그것은 왕성한 식욕으로 인간의 몸을 먹어치우는 현대 문명에 대한 신랄하면서도 경쾌한 풍자적 어법으로 나타난다. 그녀의 시들이 보여주는 빠른 템포의 탄력적인 언어 감각과, 마치 초현실주의자들의 그것처럼 대상을 그로테스크하게 비틀고 과장하는 기법은, 먹고 먹히는 혹은 먹을수록 더 배고파지는 이 아귀(餓鬼) 들린 세상에서 시인이 느끼는 고통을 강렬한 육체적 감각으로 전달한다. 이후 그녀의 시들은 문명이 점령해버린 몸의 세계로부터 어떻게 '태초의 몸'을 탈환해올 것인가에 대한 집요한 물음의 양식으로 진화한다. 그 과정에서 그녀의 시들이 주목하는 것은 말과 몸, 혹은 아버지로 표상되는 남성성과 어머니로 표상되는 여성성의 관계이다. 인간의 문명이란 바로 말이 몸을 점령해 나가는 과정이라는 시인의 인식은 그녀의 시에서 자신의 몸을 채우고 있는 아버지의 말을 게워내려는 치열한 언어적 혈두라는 양상으로 나타난다. 자신의 몸속에서 오래 전에 죽은 아이가 내지르는 울음소리를 들으며 괴롭게 뒤척이는 시인의 모습은 그녀의 시의 중심에 놓인 이미지라고 할 수 있다. 김혜순은 시에 있어서의 여성성의 문제를 언어의 문제라는 보다 본질적인 차원과 연결시킴으로써, 아버지의 말이 지배하는 세상 속에서 여성적 글쓰기는 과연 가능한가라는 지난하고도 근본적인 과제에 도전하고 있는 시인이다.

김혜순은 『여성이 글을 쓴다는 것은』에서 "여성시는 무엇에 관해 쓴다기보다는 자신의 동일성으로부터 달아나는 도주로를 보여줌으로써 시 '하는' 과정 속에서 시적 대상에게 존재성을 오히려 선사하는 것이다"라고 말하고 있다. 김혜순이 말하는 여성시란 여성이 쓴 시라기보다 '여성성에 들린' 시이다. 여기에서 여성성에 들린다는 것은 시인이 스스로를 세상으로부터 추방하고 추방된 상태의 고통과 희열을 온몸으로 견디는 것을 의미한다. 그것은 이 세계의 안에서 바깥을 사는 것, 아니 시인 스스로 바깥의 존재가 되는 것을 의미한다. 시인은 그에 대해 "저 바깥, 고독한 장막 저쪽에 버려져 죽은 아이가 있다. 나는 나인 그 아이에게 가고자 한다"라고 말한다. '자신의 동일성으로부터 달아나는' 시인의 도주로는 '저 바깥에 버려져 있는 죽은 아이'에게 다가가는 길이다. 시인 자신인, 아니 시인 자신이었던 죽은 아이는 저 아득한 어머니의 몸에 속해 있던 아이, 그러나 아버지의 말 속에서 죽어버린 아이이다. 시인은 도처에서 그 죽은 아이의 울음소리를 듣는다. 그 울음소리는 이 세계의 바깥이, 혹은 시인 안의 여성성의 잃어버린 영토가 시인을 애타게 호명하는 소리이다. "환한 아침 속으로 들어서면 언제나 들리는 것 같은 비명. 너무 커서 우리 귀에는 들리지 않는. 어젯밤의 어둠이 내지르는 비명"(김혜순, 「쥐」)은 그 죽은 아이가, 영원한 어둠 속에 버려진 그 아이의 몸이 고통에 못 이겨 내지르는 소리이다. 시인은 자신의 몸속에 그 죽은 아이의 비명을, 신음을, 울음소리를, 언어화할 수 없는 온갖 몸의 소리들을 끌어안고 밤마다 괴롭게 뒤척인다. 어머니를 잃고 시인의 몸 안에서 괴롭게 뒤척이는 죽은 아이는 바로 시인 자신이다. 시인 자신의 잃어버린 존재이다. 시인의 몸 안에 가득 들어차 있는 울음과 비명, 그 "한없이 질량이 나가는 어둠"(「쥐」) 때문에 시인은 늘상 삶이, 이 세상이 아프다. 자신의 몸속에 자신의 죽음과 부재를 끌어안은 채 시인은 치유할 수 없는 깊은 병을 앓고 있는 것이다. 그 병은 시인 자신의 말에 따르면 "몸이 쓰는 답장"이다. 시인의 몸은 죽은 아이와 어머니를 애타게 찾아 헤매는 시인에게 병이라는 답장을 보내온다. 시인 몸 안의 여성성이 앓는 일종의 무병(巫病)이라 할 수 있을 시인의 병은 시인이 아버지 세상의 안에서 바깥을 살아가는 고통스러운 실존의 방식이며, 시인 안의 버려진 어머니가 자신을 버린 아버지 세상, "이 지구를 세세년년토록 운항하시는 그분"(『달력 공장 공장장님 보세요』의 '시인의 말')인 아버지 공장장님에게 띄우는 답장이다. 이때 시인이 쓴 답장은 언어로 시 '쓰는' 시가 아니라, 몸으로 시 '하는' 시, 다시 말해 병에 관해 쓰는 시가 아니라 병 자체를 온몸으로 앓는 시이다. 여성성에 들린 시는 그렇게 "병을 병으로써 폭로"하며, 혹은 "내가 '그들'의 병과 싸움으로써 그들의 병을 폭로"하며, 아버지 세상으로부터 끊임없이 도주한다. 아니, 그 스스로 도주로가 된다.

시 안에서 의미를 완전히 소거해버리는 것은 불가능한 일이다. 시 안에서 의미가 완전히 소거되어버리는 순간, 시 역시 사라져버리기 때문이다. 시는 언어의 바깥으로 나갈 수 없다. 왜냐하면 시 자체가 이미 불가피한 언어적 소통의 영역 안에 속해 있기 때문이다. 따라서 아버지-말의 세계 속에서 시가 할 수 있는 일이란 말의 바깥을 보여주는 것이 아니라, 말로부터 달아나는 말의 도주로를 보여주는 일이다. 시인의 일곱번째 시집인 『달력 공장 공장장님 보세요』는 여섯번째 시집인 『불쌍한 사랑기계』와 함께 여성성의 문제와 관련된 시적

모색을 보다 심화된 양상으로 드러내 보여준다. 두 시집의 중심에 놓
인 것은 '검은 쓰레기봉투'로 표상되는 거대하고 부패한 도시적 삶의
한가운데서 세상의 모든 말들을 끌어안고 신음하고 있는 시인의 몸이
다. 그 몸속에는 또한 태어나기 이전부터 죽음 이후까지의 시인의 모
든 삶과 세상 모든 여자들의 고통의 역사가 꿈틀거린다. 마치 자루
속에 갇혀 있는 고양이처럼, 갇힌 상태에서 빠져나오려 몸부림치는
시인의 괴로운 숨결은 두 시집의 전체적인 언어적 호흡을 이루고 있
다. "밤처럼 검은 머리칼로 묶인 이 쓰레기 봉투 속"의 쓰레기들처럼
자기 몸에 덕지덕지 붙어 있는, 아니 자기 몸속에서 와글거리는 그
말들을 시인은 괴로운 숨을 토해내듯 쏟아버리려 한다. 김혜순의 시
들은 세상의 모든 말들을 끌어안고 괴롭게 꿈틀거리는, 혹은 아버지-
말과 혼신의 힘을 다해 혈투를 벌이는 시인의 몸의 격렬한 혼돈 상태
를 보여줌으로써, 말로부터 도주하는 말의 길을 말의 세계 속에 깊숙
이 각인시킨다. 이를테면 「백마」에서 자신의 몸속으로 들어온 백마를
토해내려 몸부림치는 '그녀', 혹은 「아수라, 이제하, 봄」에서 자신의
몸에 쉴새없이 달라붙는 "머리가 한 천 개쯤 되는 그것" "두 눈을 막
고, 두 귀를 막고, 혀로 얼굴을 핥는" "수백 개의 손이 내 목을 조르
면서 눈꺼풀에 천근 같은 입을 맞"추는 그것, 그 미끈거리는 보이지
않는 아수라를 떼어내려고 몸부림치는 "남자도 여자도 아닌 그"는 시
인의 내부에서 벌어지고 있는 그 격렬한 혈투의 궤적을 그대로 육화
해 놓은 존재들이다. 끊임없이 미끈거리면서 시인의 몸에 끈질기게
들러붙는 아버지의 말은 그토록 집요하다. 아니, 그것은 이미 벗어날
수 없는 우리의 삶이다. 그녀의 시에서 마치 무당이나 주술사의 입에
서 쏟아져나오는 말처럼 언어의 의미론적 통사 구조를 뒤흔들며, 맥

락과 맥락 사이의 질서정연한 의미의 연결고리를 풀어헤친 채 신들린 듯이 쏟아져나오는 부글거리는 검은 활자들은 이와 같이 자신의 몸을 점령하고 있는 아버지-말들을 남김없이 쏟아내기 위한, 그럼으로써 아버지-말들로부터 해방되기 위한 시인의 의식의 치열한 몸부림을 고스란히 우리에게 전달해준다. 시인의 말은 말을 부정하는 말이며, 말로부터의 탈출을 꿈꾸는 말이며, 말의 바깥을 꿈꾸는 말이다. 말의 바깥은 바로 세계의 바깥이며, 삶의 바깥, 사물의 바깥, 몸의 바깥인 모든 존재의 바깥으로 통하는 길이다. 시인은 바깥의 상상력, 그 상상적 '몸'부림을 통해 우리가 살고 있는 이 '말'부림의 세계를 부정한다.

아버지의 말이며 아버지인 말은 이 세계를 기호의 세계 속에 가둔다. 모든 기호는 의미와 그 의미를 가리키는 물리적 표지인 시니피에와 시니피앙으로 이루어져 있다. 그러나 소쉬르와 달리 라캉적인 의미에서 시니피에는 의미가 아닌 존재의 자리이다. 세상 만물의 근원적인 존재성이 드러나는 자리, 그것은 칸트의 물(物) 자체처럼 인간이 영원히 도달할 수 없는 불가지(不可知)의 영역이다. 칸트 철학이 '인식 가능한 현상계'와 '인식 불가능한 물(物) 자체'를 구분하듯, 라캉의 인식론에서 시니피에는 언어적인 표상의 세계 바깥의 실재계로 내려가고 시니피앙은 영원히 시니피에에 이르지 못한 채 끊임없이 시니피에의 주변을 미끄러진다. 세상의 만물은 라캉이 대타자un Autre로 명명한 언어를 통해 자신이 거처할 의미의 집을 분양받는다. 그것이 아버지의 법이다. 아버지의 법은 아버지의 말인 언어적 기호들을 통해 이 세상의 모든 존재들에게 안전하게 거처할 수 있는 튼튼한 의미의 집을 하사하는 대신, 그 존재를 아버지 왕국의 영원한 신민(臣

民)으로 만들어버린다. 이리하여 존재는 언어의 집 속에서 사육되는
한 마리 순한 양이 되는 것이다. 우리가 언어를 통해서 만나는 존재-
세계는 그 존재-세계의 실재가 아니라 그것에 부여되어 있는 의미-
개념이다. 이 세계와 우리를 의미의 고리로 이어주는 말이라는 끈은
동시에 이 세계의 실존, 다시 말해 이 세계의 벌거벗은 몸을 가리는
보이지 않는 커튼과도 같은 것이다. 누군가의 어법을 빌리면, 잃은
것은 존재의 몸이요, 얻은 것은 존재의 집이 되는 셈이다.

『달력 공장 공장장님 보세요』에서 시인은 무례하게도, "먼저 밤낮
을 만드시고 이 지구를 세세년년토록 운항하시는 그분", 언어의 집
속에서 이 세상 모든 만물을 주재하시고 "우리들 앞에서/감독을 게을
리하신 적이 한 번도 없으신 모든 아버지 공장장님들" 나라의 질서에
도전장을 던진다. 아니, "아버지 이제 그만 내 몸에서 나와 주세요"
라고 애걸한다. 시인은 끊임없이 아버지 왕국이 하사한 언어의 집,
그 안락한 질서의 세계를 버리고 아버지에게 버림받은 바리데기의 나
라인 서천 서역국을 몽유병 환자처럼 헤매어 다닌다. 이 세상에서의
삼 년이 그곳에서는 사흘에 지나지 않는 서천 서역국은 아버지 나라
의 질서를 뛰어넘는 꿈의 세계이며 바깥의 세계이다. 그곳에서 시인
은 언어의 집이 지워버린 존재의 몸, 아버지 나라의 미세한 틈과 갈
라진 균열을 뚫고 올라오는 모든 존재의 버려진 갓난아기의 울음, 아
파서 칭얼거리는 그 가느다란 존재의 울음소리를 자신의 온몸으로 품
어안는다. 죽어가는 아버지를 살려내기 위해 바리데기-시인이 서천
서역국을 헤매면서 찾아다닌 것은 바로 어두운 자궁 속에 존재의 처
음을 품어안은 어머니의 몸이었던 것이다. 두 시집들 속에 간헐적으
로 나타나는 "동이 가득 물을 이고 언덕을 오르는 여자들", 혹은 몸

속에 출렁거리는 천 개의 강과 같은 이미지들은 시인이 찾아 헤매는 그 재생의 약이 바로 여성성의 의미와 깊숙이 연관되어 있는 것임을 시사한다.

시인의 몸이 아버지-말들로부터 해방된다는 것은 시가 끌어안고 있는 시적 대상에게 그 대상이 지닌 본래의 존재성을 선사하는 것, 다시 말해 말에 의해 점령되기 이전의 존재성을 되돌려주는 것이다. 따라서 그 해방은 시적 대상들의 해방과 동시적으로 진행되는 과정이다. 그런 점에서 김혜순의 시들이 보여주는 다변의 미학은 말의 격류를 거슬러 말의 공(空), 그 사라져버린 순백의 몸에 이르기 위한 시의 고통스러운 도주의 흔적이라고 해야 할 것이다. 시인은 그렇게 자신의 시 속에서 자신의 온몸을 열어 바깥의 삶, 그 죽음과 부재의 버려진 시간들을 견디고 있는 것이다.

시의 현실과 꿈, 그 관계의 동력학

—김록, 조용미, 이진명, 황인숙의 시들[1]

1. 네 개의 갈랫길

모든 문학은 현실과 꿈 사이의 낙차에서 발생하는 동력학에 의해
그 문학적 생존의 에너지를 부여받는다. 유토피아를 향한 문학의 꿈
은 유토피아가 불가능의 다른 이름이라는 점에서 희망인 동시에 절망
이 될 수밖에 없다. 꿈이 간절할수록 그 꿈의 그늘은 더 깊고 어둡다.
문학의 꿈은 지금/여기에서 발원하여 언젠가/그곳으로 뻗어나간다.
물론 언젠가/그곳은 잃어버린 과거의 세계일 수도 아직 도래하지 않
은 미래의 세계일 수도 있다. 문학이 잃어버린 상실의 시간을 노래하
든 도래하지 않은 불안한 미래에 대해 노래하든, 모든 문학은 결국
현실의 세계와 꿈의 세계가 맞부딪히는 영원한 경계선 위의 생을 살

---

1) 이 글에서 다루어질 시집은 김록, 『광기의 다이아몬드』, 열림원, 2004; 조용미, 『삼베옷
을 입은 자화상』, 문학과지성사, 2004; 이진명, 『단 한 사람』, 열림원, 2004; 황인숙,
『자명한 산책』, 문학과지성사, 2003 등이다.

264

아간다. 마치 끊임없이 모래 위에 쌓아올린 모래성들을 휩쓸고 지나 갔다 다시 밀려오는 파도처럼, 희망과 절망 사이의 경계의 지형 위에 서 출렁이는 문학은 자신의 내부에서 그 경계 위의 불안정한 삶을 관 통하는 다양한 갈랫길과 사잇길들을 만들어나간다.

　지금, 내 앞에는 네 사람의 시인들이 걸어간 네 개의 갈랫길이 놓 여 있다. 『광기의 다이아몬드』와 『삼베옷을 입은 자화상』, 『단 한 사 람』, 『자명한 산책』이라는 팻말을 내걸고 있는 그 갈랫길의 주인공들 은 공교롭게도 모두 여성시인들이다. 또한 공교롭게도(이건 순전히 나의 판단이지만) 그 네 개의 갈랫길은 시의 현실과 꿈이 길항하는 문 학적 삶의 각기 다른 네 개의 방식, 혹은 네 개의 개성을 미묘하게, 그러나 매우 가지런하게 보여준다. 그것은 김록과 황인숙의 시집을 양 끝 지점으로 해서 김록의 가까이에 조용미가, 황인숙의 가까이에 이진명이 놓여 있는 모습이라고 할 수 있다. 김록의 시집이 시의 현 실과 꿈이 물과 기름처럼 서로 섞일 수 없는 뚜렷한 경계선 양쪽에서 완강하게 대치해 있는 매우 고집스럽고 배타적인 상상력의 세계를 보 여주는 반면, 황인숙의 시집을 통해 우리가 만나게 되는 것은 그 두 세계가 서로의 경계선을 넘나들며 하나의 운동 에너지로 약동하는 장 면이다. 이진명의 시집 역시 두 세계의 경계 양쪽을 아우르는 친화적 인 포용의 어법에 보다 가까이 나가서 있는 반면, 조용미의 시집에서 우리가 만나게 되는 것은 그 경계의 어느 쪽에도 자신을 온전히 내맡 기지 못한 채, 경계의 모서리 위에 위태롭게 서 있는 시인의 불안한 내면세계이다.

2. 차갑고 견고한 관념의 성벽

김록의 시집을 읽다 보면 시인이 빽빽한 관념어들로 자신의 내면과 바깥현실 사이에 두터운 장막을 둘러치고 있는 느낌이 든다. 누구도 알 아들을 수 없는 독백의 언어처럼 시인의 내면 공간 안에 도사리고 있는 그녀의 시들은 바깥 세계와의 어떠한 소통도 거부하겠다는 듯한 결연한 의지의 표현이거나, 자신의 세계로 틈입하려는 어떠한 외부적 접근도 허용하지 않겠다는 완강한 자기방어의 몸짓처럼 느껴지기도 한다. 김록의 시집에서 자신만의 언어로 자신과 세계 사이에 견고한 언어의 차단막을 쌓아올리려는 고집스러움은 세상의 질서가 아닌 자기 안의 질서, 세상의 말이 아닌 자기 안의 언어 속에 오연하게 도사려 앉은 시인의 모습을 떠올리게 한다. 자신이 쌓아올린 관념의 성벽 밖의 세계를 거부하는 시인의 오연함은 세상으로부터 이해받지 못하리라는 소극적 절망을 넘어 스스로 이해되기를 거부하는 적극적인 절망의 언어로 '그대들'의 세상으로부터 자신의 존재를 분리시킨다. 시인은,

그대들의 그 반박은 옳다
그대들에게는!

나는 '그대들' 기준에서 그것을 인정하고 양보한다. 그러므로 나는 그대들의 생각을 시정시킬 말대꾸를 철회한다. 나의 입은 나의, 그리고 그대들의 심연을 꿰뚫으면서 그 깊이만큼 더욱 굳게 닫혀지리라
—「잘못 지은 시」 부분

라고 말하며 '그대들'과 나 사이의 소통이 불가능함을, 아니 내 스스로 그 소통을 원치 않음을 분명히 한다. "나는 지금, 사소한 불운을 느낀다. 그대들은 나더러 왜 대답을 안하느냐고 자꾸 그러는데 나는 정말이지, 할 말을 다 했다. 난 싫증을 느낀다"(「잘못 지은 시」, 강조-시인)라는 시인의 토로는 독백에 가까운 시인의 '말'이 결국은 끊임없이 "이러저러한 존재의 규범과 전형에 소속되어 있"는 '그대들'의 말에 따르기를 거부하는 나의 '할 말 없음'의 표현임을 말해준다. 그 할 말 없음의 세계 속에서 시인은 "혼자 생각하고/혼자 말하고/혼자 길을 걷고/혼자인 내가 그 모든 것을 혼자 해야 하니,/귀찮다/유일 존재인 내게/할 수 있는 유일한 것들만 시켜서/아무도 나는 귀찮게 하지 않는다/아무도 나를"(「귀찮다!」)이라고 말한다. '아무도 나는 귀찮게 하지 않는' 동시에 '아무도 나를' 귀찮게 하지 않는 세상은 시인의 삶으로부터 세상을 밀어내고 생활을 밀어냄으로써 시인으로 하여금 고독한 관념의 성벽 쌓기에 몰입하게 한다. 고독한 관념의 성 벽으로 둘러쳐진 그녀의 시는 이 세계를 밀어낸 자리에 시인의 자유로운 관념의 율동을 들어앉힌다. 그러나 배타적인 자기규정성의 욕망으로 쌓아올려진 관념의 성벽은 "나의 날뛰는 에너지는 상상력으로 돌려쓰지 못하는 무용의 고체이다"(「잘못 지은 시」)라는 시인의 말처럼, 시인의 '날뛰는 에너지'를 바깥으로 퍼져나가게 하는 대신 시인에 의해 결정(結晶)화된 관념의 내부로 응축하는 고체의 형질을 지니고 있다. 또한 그 고체의 형질은 세상과의 섞임에서 오는 고뇌 대신, 시인의 내면에서 결정화된 자기정당성의 관념을 움켜쥔 채 스스로의 도덕적 우위를 통해 세상과의 관계로부터 차별화되려는 고집스럽고 폐쇄적인 삶의 태도를 낳는다. 시인은 자신의 시가 "지상에서 들려오는" 참을 수 없는 "천사의 탄식 소리"에 저항하는 "타고난 악마 정신"(「自序 : 말할 필요」)이기를, 또는 "아무 지층도 만들지 않으며/무한에게만 가볍게 손짓하고/부재하는 언어에 얼어붙듯 예속"된, 그리하여 스스로를 충족시키고 스스로 융기하는 "생성 이전의 말"(「진화」)이기를 갈망한다. 그러나 그 갈망을 불러오는 시인의 고뇌가 절실하게 다가오지 않는 상태에서는 그러한 갈망 역시 별다른 감흥을 불러일으키지 못한다. 시인이 말한 '날뛰는 에너지'가 타고난 악마의 정신을 드러내기 위한 광기의 다른 이름이라면, 세상의 거짓 질서를 버리고 관념의 혼돈을 선택한 김록의 이른바 '광기'의 언어에서는 타인들의 접근을 거부하는 차갑고 결연한 다이아몬드의 질감이 느껴진다. 김록의 광기는 시집의 해설자인 성귀수의 표현대로 "저토록 정신을 바짝 차린" 광기, 자신의 광기를 너무도 의식하고 있는 광기인 것이다. 그렇다면 광기의 관념(실체가 아니다!)으로 자신을 무장한 채, 모든 관계를 그 관념의 세계 바깥으로 밀어내면서 그 중심에 단단하고 배타적인 자기만의 성벽을 쌓으려 안간힘을 쓰는 듯한 김록 시의 그 완강한 자기중심적 태도에서, 고독한 성채에 혼자 칩거하며 성벽 위에 높이 서서 세상을 향해 경멸의 시선을 날리는 오연한 영주의 모습을 연상했다면 그것은 나만의 과민반응에 지나지 않는 것일까?

3. 고독한 마음의 통증

조용미의 시가 놓여 있는 곳은 김록과 이진명의 중간 지점이라고 할 수 있다. 세상 속에 섞이지도, 세상 바깥으로 나가지도 못하는 그녀의 시들은 김록의 오연함 대신 바깥의 세계에 대한 공포와 갈망 사이에서 출렁거리는 시인의 어두운 내적 균열의 흔적들을 담고 있다. 조용미의 시들에 "살을 뚫고" "머리칼이 바람에 갈가리 찢기고 있다" "살 속까지 내리꽂히는" "몸을 쿡쿡 찌르는" "몸 뚫고 숨막으며" "빛은 대침처럼 머리에 와 박히고" "가시가 몸에 와 박히는 통증" 등의 몸의 균열과 훼손을 연상시키는 표현들이 많은 것도 시의 화자가 느끼는 존재론적 균열, 혹은 불안감과 무관하지 않은 듯이 보인다. 그녀의 시들은 존재에 가해지는 규정지을 수 없는 어떤 위해(危害)의 예감을 먼저 고통스러운 육체의 감각으로 받아들인다. 그녀의 많은 시에서 몸의 균열을 불러오는 그 알 수 없는 위해는 바람이거나 태풍, 폭우, 적막, 안개, 물, 달빛 등의 심상을 거느리고 있다. 이를테면 "나무들은 폭풍의 힘을 빌려 내게로/침입하려 하"(「바람은 어디에서 생겨나는가」)고, "그때 달빛은 위험했다/눈을 마구 도려내려"(「맹점」) 하며, "바람은 부스스 머릿속을/전기처럼 훑고 지나"(「亥月」)가는 식이다. 어떤 의미에서 조용미의 시들이 보여주는 것은 몸 안으로 뚫고 들어오려는 몸 바깥의 힘과 그 힘에 저항하는 몸 내부의 힘 사이에서 발생하는 팽팽한 긴장의 궤적이라고 할 수 있다. 시인이 "어둠이 빛의 주인인 것처럼 내 몸이 나의 주인이 되어버렸다"(「붉은 시편」)라고 말할 때 몸은 시인의 삶이 갇혀 있는 경계의 다른 이름이다. 시인은 그 몸의 경계선 안에서 바람, 폭우, 달빛, 적막 등이 보내오는 몸 바깥의 알 수 없는 신호에 따라 불안스럽게 자신의 삶을 뒤척이고 있다. 「삼베옷을 입은 자화상」에서 시의 화자가 내다보고 있는 것은 "직립의 짐승처럼" "폭우가 쏟아지는 밖"이다. 폭우가 쏟아지는 창의 안쪽

에는 누런 삼베옷을 입은 채 코피를 쏟고 입술이 부풀어오르는 시인
이 있다. 시인은 자신의 몸에 죽음의 의상을 걸치고, 육체의 고통을
감각하며 폭우가 쏟아지는 창 언저리를 벗어나지 못한다. 시인은 창
밖의 저 직립한 폭우의 세계로 뛰어들기 위해 자신의 몸이 결국은 죽
음을 통과해 나가야 한다는 것을 알고 있다.

그러나 시인은 또 다른 시에서 "뿌연 창을 닦으면 밖이 보이는 대
신 늘 어두운 얼굴 하나가 떠올랐다"라고 말한다. "지독했다, 앞이
안 보였다/창은 단 한 번도 밖을 보여주지 않았다 안이 밖이 되고 말
았다/안 보이는 세상이 나를 들여다보고 있었다"라는 구절에서 시인
은 창 이쪽에서 안 보이는 창 저쪽의 세계를 끌어안고 살아야 하는
자의 고뇌를 들려준다. "밖이 잘 내다보이지 않는 아주 커다란 창"
(「창의 전부」)을 마음속에 품고 사는 삶, 단 한 번도 밖을 보여주지
않는 창에 비친 어두운 자신의 얼굴과 대면한 채 살아가야 하는 삶이
란 "안이 밖이 되"어버린 삶, 자신의 몸 안에서 안과 밖을 함께 끌어
안고 살아가야 하는 삶이다. 시인은 이에 대해 "몸 하나에 머리가 둘
인 새, 공명조/누가/나를 알겠는가"라고 말한다. "서로 다른 곳을 바
라보며 울고 있"(「봄산에서 흰 현호색을 만나다」)는 공명조는, 수시로
몸의 균열을 불러오는 창 밖의 세계에 대한 두려움과 갈망이라는 모
순을 끌어안고 고통스러운 창 안쪽의 현존을 살아가는 시인의 운명의
등가물이다. "저 나무는 향나무의 몸을 입고 있지만 실편백나무의 영
혼을 지녔음이 분명하다/〔……〕/나는 나무에게 불편한 사람이 되었
다 자기 몸에 깃든 다른 나무의 영혼을 보아버렸기 때문이다"(「별의
관문을 통과한 나무들은」)라는 구절이 들려주는 것 또한 현존의 삶과
화해할 수 없는 시인의 영혼의 고뇌이다. 어떤 시에서 시인은 "어둠

속에서 나는 천천히 일어나/바람을 대면하러/순교자들의 그림이 새겨진 푸르고 시린/窓의 바깥으로 걸어나"(「푸른 창문들」) 오기도 하지만, 영혼의 뜨거움이 통과해 나오기에는 시인의 몸이 너무 차갑고 견고하다. "뜨거운 찻잔 속에서도 나는/아주 녹지 않는 얼음이었다"(「밤의 정수사」)라는 시인의 말처럼, 시인의 몸 안에 있는 '아주 녹지 않는' 부분, 경계의 안팎을 넘나드는 액체의 형질로 녹아내리지 못하는 어떤 고형의 힘들이 그녀의 시에서 자신의 몸 안에 갇혀 있는 고독의 언어들을 빚어내고 있는 것은 아닐까? 조용미의 시에서 창 앞에 서 있는 몸은 창 저쪽의 세계뿐만 아니라 창 이쪽의 세계로부터도 고립되어 있다. 시인의 몸은 창의 이쪽과 저쪽을 잇는 관계의 세계 안으로 뻗어나가는 대신 세상으로부터 고립된 내면 속에 고독하게 웅크리고 있는 것이다. 섬, 혹은 절의 주위를 배회하는 시인의 마음이나 시인이 보여주는 옛것에 대한 취향은 시인의 마음이 세상 바깥으로 떠돌아다니는 원행(遠行)의 길이다. 그러나 그 원행은 마음의 길이지 몸의 길이 아니다. 마음이 아무리 멀리 떠돌아다녀도 시인은 자신의 내면에 단단히 움켜쥐고 있는 폐쇄적인 마음의 벽을 넘어서지 못하는 것이다. 조용미의 시에서 나타나는 빈번한 몸의 균열과 통증은 자기 안에 단단하게 웅크리고 있는 시인의 마음이 앓는 병이다. 몸 안으로 침투해 들어오는 바깥의 세계에 대해 마음이 느끼는 불안과 공포가 몸의 균열과 통증으로 전이되는 것이다. 그런 의미에서 뜨거운 물 속에서도 녹아내리지 않는 얼음은, 밖으로 뻗어나가려는 힘과 안으로 응축하는 힘 사이에서 시인이 움켜쥐고 있는 그 마음의 덩어리 같은 것이 아닐까? 세상의 안과 밖 어느 곳에도 내려놓을 곳이 없는 마음의 무게에 무겁게 짓눌린 채, 좀처럼 몸의 길을 열어제치지 못하는 조용미의 시들이 꿈꾸는 것은, 그럼에도 불구하고 몸과 마음이 하나로 열리는 아득한 해방의 순간이다. 시인은 "아득한 곳까지 마음의 문을 열면/이 혼미함을 걷어낼 수 있을까/아득한 곳까지/마음의 문이 열리기나 할까"(「내 가슴속에는 불타는 칼이」)라는 물음을 거쳐, 마음의 길이 몸의 길과 겹쳐지는 순간, 몸이 마음의 무거움을 벗고 날개로 탈바꿈하게 될 그 순간에 대한 갈망을 다음과 같이 노래한다.

제 비늘을 떼어내 날개를 달려 했던 물고기,
김시습은
몇 번이나 몸을 바꾸었던 것인가
그의 몸에서 나온 사리는 그가
몸을 바꾸었던 흔적

훨훨 천 리를 날고 싶었던 물고기의,
몸을 바꾸고 또 바꾸어 그 가벼움의 끝에
돋아난 날개는
날개는   ―「매월당」 부분

4. 소통과 관계를 지향하는 언어

앞의 두 시인이 세상과의 관계 속에 얽혀들기를 거부한 채 자신의 밀폐된 마음의 그늘 안으로 파고드는 고립된 내면의 세계를 보여준다

면, 이진명의 시적 감수성은 세상 어디에나 스며들고 삼투한다. 대상에 대한 감정이입적 자세와 정서적 삼투 작용은 이진명의 시들을 앞의 두 시인들과 뚜렷하게 구분짓는 특성이다. 그녀의 시들은 안으로 응축하는 대신 밖으로 퍼져나간다. 그런 의미에서 그녀에게 시는 세상과의 소통을 갈망하는 언어이며, 관계를 지향하는 공간이다. 시인은 자신과 자신을 둘러싸고 있는 대상들 사이의 빈 공간 속으로 끊임없이 자신의 마음을 풀어 놓는다. 또한 그렇게 풀려버린 마음은 마치 청진기처럼 대상 내부의 소리를 시인에게 들려준다. 물론 그 소리는 시인의 마음이 듣는 소리, 마음이 그곳에 있지 않으면 듣지 못하는 소리이다. 시인의 마음은 그렇게 세상을 향해 자신의 두 귀를 쫑긋 세우고 있다. 소통과 관계를 지향하면서 세상을 향해 열려 있는 그녀의 시들은 "하늘에는/아무도 묻지 않고/뱀이 흐릅니다/흐르기 좋아하는 뱀이/길게 흐릅니다"(「뱀이 흐르는 하늘」)라는 시구절에서처럼, 나와 대상들이 제각기 고립된 존재의 경계를 풀고 자유롭고 유연하게 하나로 흐르는 상태를 꿈꾼다. 뱀들은 "그렇게 산정에 머물며/불룩하게 몸을 부풀리기도 하다가/쪽 펴다가/합치는 것처럼 뭉게뭉게 뭉실리다가/외따른 자신의 모양으로 천천히 돌아"온다. "언제나 그리 환하게 피지는 않았던 서편 하늘이/뜻밖의 노랫소리에 쨍강거리는 것만 같습니다/어린아이들 소리입니다/합창이기도 했다가 독창이 나오다가/둘인가 셋인가의 소리이다가 끊기질 않습니다"(「기찻길 옆 砂金 노래」)에서 합창과 독창 사이를 흐르는 어린아이들의 노랫소리 역시 하늘을 흐르는 뱀처럼, '따로따로'의 경계 안에 갇히지 않고, '따로따로'와 '함께' 사이의 경계를 넘나들며 흐르는 존재의 상태를 보여준다. 몸과 몸이 서로를 맞대고 흐르는 상태에 대한 시인의 갈망은 "안개, 너를 농담이라고 하면 안 되나. 오늘의 너는 심한 농담만 같구나.
천재지변 무서운 줄은 알지만, 너의 오늘 짙디짙은 농담, 정말 무서
운 천재지변이구나//왜 모두 가뒀니/왜 모두 숨겼니/꽁꽁 어디다 다
묶어뒀니/자유롭게 풀어 놓지 않고/왜 막았니 덮어버렸니"(「안개」)
와 같은 안타까운 물음으로 표현되기도 한다. 안개로 모든 것이 갇히
고 묶이고, 막히고 덮인 세계, 안개가 모든 사물들 사이를 갈라 놓은
세계는 시인에게 '무서운 천재지변'의 세계인 것이다.

이러한 시인에게는 유리창 또한 안과 밖을 가르는 차단막이 아니
다. 조용미에게 창이 창 저쪽과 이쪽을 가르는 고립된 존재의 표상이
라면, 이진명에게 "유리창은 지금 어린아이와 같다/천진하고 재미롭
게 논다". 유리창은 "반짝반짝 안으로 바깥으로 반짝반짝/자주 제 몸
을 분주하게 닦"으며, "붉은 햇덩이를 올려놓아야 하고/곧이어 새들·
을 쌔앵 날려야" 하는 일들로 바쁘다. 그러나 이 시는 유리창이 처음
부터 이렇게 "본래의 제 일을 제대로 하게 된 즐거움"을 누렸던 것은
아니라고 말한다. "유리창은 드디어 산을 만난 것/산은 그대로 자신
을 담아줄/티없는 그릇/어린아이와도 같은 유리창을 만난 것", 다시
말해 유리창과 유리창에 비친 산이 하나로 합일되는 경지에 이르기
위해, 유리창은 "검은 먼지, 不通의 벽, 철근콘크리트 그림자/손 하
나 나오지 않는 죽은 구멍만 상대"(「유리창-만남」)하던 수년의 무거
운 삶을 통과해 나왔던 것이다. 철근 콘크리트의 세계를 비추던 유리
창에 산이 비춰들기 시작하면서 유리창은 비로소 본래의 제 일로 돌
아가게 된 것이라는 발상은 이진명의 시들이 지향하는 마음의 자유란
곧 마음의 자연 상태에 이르려는 갈망에 다름 아닌 것임을 말해준다.
이런 의미에서 '시집을 펴내며'에서 시인이 들려주는, "그리고 보니

내 사유는 어린 그때부터 별과 진흙 사이를 오르고 내렸던 것 같다. 오르고 내리며 언제나 그 사이에서 고달팠다. 항상 고달픔이 문제였으나, 오랜 시간이 쌓이고 쌓여 그 고달픔을 우리 삶의 구조, 내 존재 조건으로 당연히, 자연스레 수납하였던 것 같다"라는 말은 이진명의 시가 지향하는 바를 보다 또렷하게 보여준다. 세상과의 소통과 관계를 지향하는 이진명의 시들은 별과 진흙 사이에서 떠돌던 오랜 시간의 방황 속에서 얻어진 것이다. 그녀의 시들은 여전히 별의 세계, 영원한 자연의 세계, "사람의 그림자를 지운 특히 본래의 숨"(「백양사역」)의 세계를 꿈꾸지만, 그 꿈속에서 그녀가 끌어안는 것은 결국 지금 여기에서의 삶이다.

> 피 없이 가는 영원이 있던가
> 피의 대가 없이 영원이 제 얼굴을 보여주던가
> 그동안 피 내놓지 않아 갈 수도 볼 수도 없었던
> 그리운 그리운 바로 그것이여
> 지금 여기
> 오늘이여 ──「영원-개 두 마리」 부분

영원이 시인에게 요구하는 피의 대가란 바로 이 세계 안에서 겪어내야 하는 고달픈 삶이다. 그 피의 대가 없이는 영원으로 갈 수도, 영원을 볼 수도 없다. 그리운 그것은 바로 지금, 여기, 오늘의 시간 안에 있다. 그 때문에 시인은 "기억이 따스히 맺히듯 친근한 것이/단단하고 투명한 속/얼음의 얼굴/방금 낯설었다만/오래 지나왔으면서도 오래 잊어버렸던/가난과 고적/獨樂과 무색/정다운 그 얼굴 위에/소가죽 구둣발을 올려놓기보다/주머니에서 바로 손을 뺀/피 따뜻한 손 바닥을 맞대고 싶다"(「정다운 얼음」)라며 가난과 고적 속에서 오래 지나왔던 과거의 시간, 그 얼음의 얼굴 위에 자신의 따뜻한 손바닥을 올려놓고는, "하늘에만 별이 흔들릴까요/새파랗게 풀 흔들립니다"라 며 "별 하나 나 하나" 대신, "풀 하나 나 하나"(「풀은 별이에요」)를 노래한다. 시인은 결국 땅의 풀이 하늘의 별임을 받아들이면서, 지상 의 삶과 그 삶이 주는 고달픔을 긍정하고 지상의 삶을 향한 적극적인 소통의 언어들을 발신하는 것이다. 때로 시인이 발신하는 그 소통의 언어들이 갈등과 함께 긴장까지 풀어버린 채, 시인의 현실인식을 긍 정성의 언어로 무장해제시켜버린 듯한 인상을 주는 경우도 없지 않지 만, 자신의 고통을 통해 세상의 고통을 향해 마음의 문을 여는 이진 명의 시들은 앞의 두 시인의 시들에서는 찾아볼 수 없는 마음의 훈기 를 지니고 있다. 귀로 세상의 숨겨진 이야기들을 데우는 시인에게는 세상으로부터 버려진 빈집도 누군가의 이야기 소리와 웃음소리로 훈 훈하게 데워진 애틋한 삶의 장소일 뿐이다.

　　이상합니다, 여전히 기척 없는 그 집에서
　　이야기 소리 들려요 웃음소리 섞이고요
　　방문이 어느 결에 열리기라도 했는지
　　닫기는 소리 또 또렷하고요
　　그것들의 모든 음향이 가는 이슬비의 발을 흔듭니다
　　〔……〕
　　그 집은 버려진 집이 아닙니다
　　무작정 비워둔 집이 아닙니다

누가 안에 살아요. 안에 누가 살아요　　　　　　　　―「絕」 부분

5. 만물과 호흡하는 초록의 시

이진명과 마찬가지로 황인숙의 시들 역시, 김록이나 조용미의 시들
처럼 음울한 얼굴로 볕 안드는 창 안쪽에 도사려 앉아 있거나, 창 안
쪽에서 창밖을 내다보는 하염없는 눈길로 서성이고 있지 않다. 그녀
의 시들은 차라리 창을 열고 창밖을 향해 경쾌한 탄성을 질러대거나
창밖의 공기를 마음껏 흡입한다. 이진명의 시가 열심히 유리창을 닦
으며, 산과 재미롭게 노는 유리창에 대해 '어린아이와도 같은'이라는
의미를 부여하는 시라면, 황인숙의 시들은 저 스스로 어린아이와도
같은 유리창이 되어 산과 재미롭게 논다. 사물을 향해 자아내는 발랄
한 탄성(歎聲)으로 그 사물에 튕겨오르는 경쾌한 탄성(彈性)을 부여
하는 데 있어 황인숙의 시적 상상력은 가히 타의 추종을 불허한다.
황인숙의 매혹적인 탄성의 언어에 붙들리면 지상의 삶에 발 묶여 있
던 지루하고 칙칙한 풍경들이 젊고 싱싱한 활력을 발산하기 시작한
다. 그런 의미에서 황인숙의 시들이 꿈꾸는 것은 시인과 대상 사이의
모든 경계가 사라진 세계, 시인의 언어는 지상 위의 생명들에게 약동
하는 상상력의 활기를 불어넣고, 지상 위의 생명들은 시인에게 생기
발랄한 생명의 푸르름을 수혈하는, 지상의 만물과 함께 자유롭고 역
동적인 생의 에너지를 호흡하는 세계라고 할 수 있다. 이를테면 『자
명한 산책』에 실린 시들 가운데 황인숙다운 시의 특성을 잘 보여주는
다음의 시를 보라.

나뭇잎들이, 나뭇가지들이 파르르르 떨며
숨을 들이켠다
색색거리며 할딱거리며, 툭, 금방 끊어질 듯
팽팽히 당겨져, 부풀어, 터질 듯이
파르르르 떨며 흡! 흡!
하늘과 땅의 광막한 사이가
모세관처럼 좁다는 듯 흡! 흡!
흡! 흡! 흡! 거대한, 흡!　　　　　　　—「폭풍 속으로 1」 전문

　　세상을 향해 활짝 열린 시인의 몸은 들이켜는 숨으로, "터지는 심장"(「꿈들」)으로 한껏 부풀어오르기도 하고, 비를 맞는 플라타너스들을 바라보며 "전신이 초록빛/울창한 나무가 된 듯"(「비」)한 희열에 전율하기도 한다. 시인의 몸은 또 구름, 대추나무, 종달새, 돌멩이들과 함께 사닥다리를 타고 "땅바닥에 누워 있는 사닥다리를 세"(「사닥다리」)운다. 끊임없이 지상 위의 것들과 함께 나누는 탱탱한 생명의 호흡으로 자신의 삶을 가득 채우고 싶은 시인의 꿈은, 여기 아닌 저기를 꿈꾸며 스스로를 고독의 시간 속에 유폐시키는 대신, 시인으로 하여금 "다른 세상은 없다, 이 세상밖에 없다/오직 여기밖에"(「갇힌 사람」)라고 중얼거리며 지상의 삶을 끌어안고 지상의 모든 것들과 공명하는 삶의 환희를 노래하게 한다.

　　그럼에도 불구하고 『자명한 산책』에서 시인의 언어들은 지상의 삶이 부과하는 고통의 무게 아래에서 곧잘 침울하고 어두운 색깔로 채색되어 버린다. 황인숙의 전매 특허라 할 생기발랄한 탄력으로 지상

의 삶 위를 공중부양하던 언어들이 지상에서 소진되어가는 삶을 바라
보는 침울한 성찰의 언어들로 바뀌어가는 것이다. 아마도『자명한 산
책』의 시들을 가장 무겁게 내리누르고 있는 것은 바로 시간의 무게일
것이다. 젖은 것을 말리고 탱탱한 살갗을 쭈글쭈글하게 하고, 젊음을
늙음으로 바꾸는 시간의 무게는 시인의 산책마저 자명한 것으로 바꾸
어버린다. 시인의 산책은 더 이상 생생한 호기심과 긴장된 탄성으로
시인의 몸을 싱싱하게 부풀어오르게 만들지 않는다. 어제, 시인의 산
책이 바람과 함께 어둠 속을 달리던, "나는 삶을 파랗게/느낄 수 있
었어요/움직였지요/삶이 움직였지요/빌딩도 가로수도/살금살금 움
직"(「그때는 설레었지요」)이던 시간이었다면, 오늘, 시인의 산책은 보
도블록 위에 깔린 말라버린 낙엽들을 거침없이 즈려밟고 "자명함을/
퍽! 퍽! 걷어차며 걷는"(「자명한 산책」) 자명한 세계 속의 자명한 산
책이 되어버렸다. 젊음과 설렘의 탄성을 잃어버린 채 모든 것이 습관
처럼 되풀이되는 일상 속에 가라앉아 있는 자명한 세계에서 시인이
꿈꾸는 것은 잃어버린 어제이다. 시인은 "어제가 좋았다/오늘도 어제
가 좋았다/어제가 좋았다, 매일/내일도 어제가 좋을 것이다"(「희망」)
라고 내일이 아닌 어제의 희망을 노래하며, "꿈에 나는/거울을 본다/
젊고 아리땁다!/나는 하염없이 거울을 본다"고 말한다. 그러나 그
"꿈에 나는/등상하지 않는"(「꿈들」) 오늘, 시인이 "정신을 차리고 보
면/나도 내가 춥다"고 말하는 오늘, 시인이 느끼는 추위는 "사실 나
는 죽었는지 모른다"(「겨울밤」)라는 의혹을 낳고, 그 의혹은 "이제 나
는 나 자신의 찌꺼기인가?/아직 나 자신인가?"(「나」)라는 괴로운 자
문으로 이어진다.

　어제를 잃어버린 시인에게 오늘 부는 바람은 만물이 바람과 함께

달리고 움직이는 약동하는 힘이 아니라, "바짝 마른 파동/파동 치는 고통/세상은 바짝 마른 굉음으로 가득" 찬 황사바람이다. 그 바람 속에서 "나는 두 눈 벌겋게 뜬 채/쩍쩍 갈라져 해체된다"(「황사바람 2」). 나무들 또한 시인이 "벌거벗은 가슴들 부푼 이파리를 힘껏 내"미는 나무들을 향해 "나도 초록빛 가슴을 힘껏 내"(「비」)민다고 말하던 어제의 나무가 아니라, "죽죽 뻗은 가지들은/서로를 향한 칼날이며/스치는 나뭇잎들은 푸르른 손톱이며/그러면 그들의 포옹은 육탄전이었으며/바람에 수런거리는 소리는 욕설"인, "서로를 증오"(「나무들」)하는 나무들이다. 시인이 보기에 서울은 지금 그러한 나무들로 울창하다. 이처럼 황인숙의 시에서 공중으로 튀어오르는 약동하는 생의 활기 대신 시인의 몸과 마음을 땅바닥으로 끌어내리는 삶의 피로를 만나게 되는 것은, 우리를 둘러싼 지상의 삶이 지닌 저항할 수 없는 파괴력과 맞대면하는 듯한 쓸쓸함과 우울함을 느끼게 한다. 시집을 읽어내려가는 동안 어쩔 수 없이 '황인숙마저도!'란 안타까운 탄식이 마음을 무겁게 짓눌러오는 것이다. 생기 어린 경탄과 탄성의 언어를 잃어버린 황인숙을 어떻게 황인숙이라고 할 수 있겠는가? 땅에 부딪혀 공중으로 튕겨올랐다 다시 땅으로 되돌아오는 공의 탄력만큼, 혹은 바람 속을 달리는 두 발이 번갈아가며 땅을 박차고 뛰어올랐다 다시 땅을 내딛는 꼭 그만큼의 거리를 사이에 두고 지상의 누추하고 때묻은 삶들을 열심히 끌어안았던 시인에게서 지상의 삶이 빼앗아간 것은 바로 시인이 지상으로부터 튕겨오르던 순간 시인의 몸속에 약동하던 넘치는 경탄과 생기이다. 그러나 어쩌겠는가? 지상의 누구도 약동하는 생명의 활기를 휩쓸고 지나가는 그 가차없는 시간의 파괴력을 벗어날 수 없는 것을. 우리는 다만 시인이 첫추위 속에 서 있는 "푸

르른 철부지 나무들을 올려다"보며, 처음에는 걱정으로, 그리고 다음
에는 경탄의 마음으로 떠올린 한 줄기 희망이 시인의 오늘을 일으켜
세워주기를, 그리하여 저 시들고 바람 빠진 지상의 삶을 다시금 생생
한 시의 호흡으로 가득 채워주기를 바랄 뿐이다.

  첫추위 소슬바람의
  시커먼 그림자가 갈퀴처럼
  숲 위를 긁으며 지나갈 때
  머리를 긁적이며 푸르른 나무들

  그들이 아마 더 잘 알겠지
  땅바닥과 대기를 들이켜고 맛볼
  열정의 시간이 더 남아 있다는 걸
           —「나무들 아직 푸르른데」 부분

제4부

문학과 여성과 직업, 그 두 겹의 불화(不和)
―한국 소설 속의 여성과 직업

1. 직업, 여성의 자기실현을 위한 사회적 조건

　버지니아 울프는 그녀의 저서인 『나만의 방 *A Room of one's own*』에서 "여성이 소설이라든가 시 등을 쓰려고 한다면, 1년에 5백 파운드의 돈과 자물쇠를 채울 수 있는 방 하나를 가질 필요가 있다"[1]고 말하고 있다. 이 말에는 오랜 세월 동안 여성의 재능이 제도적으로 통제되고 묵살되어온 역사에 대한 울프의 극명한 자의식이 드러나 있다. 물론 19세기 영국의 빅토리아 시대에 태어나 20세기 중반에 이르기까지 여성 작가로 활동했던 울프의 시내는 울프가 말한 16세기처럼 "천재성을 타고난 여성은 틀림없이 미쳤거나 권총 자살을 했거나 마을에서 벗어난 외딴 오두막집에서 반은 여자요 반은 남자인 마술사로서 마을 사람들의 공포의 대상이 되거나 조소의 대상으로 평생을 끝

---

1) 버지니아 울프, 김익배 옮김, 『나만의 방』, 범조사, 1979, p. 137.

마쳤을” 시대까지는 아니었을 것이다. 그러나 당시는 재능 있는 여자들이 제인 오스틴이나 에밀리 브론테가 되기보다는 ‘집안의 천사’가 되어 가정 안에서의 ‘여성의 행복’을 누리는 삶을 살아가도록 강요받던 빅토리아 시대로부터 그리 멀리 떨어져 있는 시대 또한 아니었다.

울프가 말한 5백 파운드의 돈과 자물쇠를 채울 수 있는 방이란 여성이 글을 쓸 수 있는 최소한의 물질적 조건을 가리키는 것이겠지만, 그것은 또한 여성의 삶을 둘러싼 사회적 조건과 필연적으로 맞물려 있는 것이기도 하다. 5백 파운드의 돈과 자신의 방을 가지기 위해서 여성은 누군가로부터 지속적인 경제적 지원을 받거나, 자신의 능력이 경제적 가치로 환산되는 직업의 길로 나서야 하기 때문이다. 울프의 시대는 이미 귀족 계급의 패트론십 제도가 사라진 시대였으므로, 울프의 말은 결국 여성의 능력이 물질적 가치로 보상되는 사회 시스템, 곧 직업의 문제를 제기하고 있는 것이다. 여성의 능력이 지속적으로 묵살되고 억압받아온 역사가 경제적 독점권을 지닌 남성에 대한 여성의 경제적 예속과 긴밀한 연관을 맺고 있는 것이라면, 여성이 지닌 능력의 직업화는 능력 있는 여성의 자기실현을 위한 필요충분조건까지는 아니라고 해도, 필요조건인 것만은 틀림없다. 여성 능력의 직업화는 여성에게 경제적 주체로서뿐만 아니라 남성과 대등한 위치에서 자신의 욕망을 추구할 수 있는 사회적 주체로서의 삶까지 매개해줄 수 있는 것이다.

그러나 작가가 남성이건 여성이건 많은 문학 작품들에서 직업에 대한 작가들의 태도는 그리 우호적이지만은 않은 듯하다. 아니 오히려 직업, 혹은 직업적 삶은 인간의 자기실현을 위한 긍정적인 조건으로 간주되기보다 부정적인 장애로 인식되는 경향이 더 지배적이라고 말할 수 있을 정도이다. 특히 개인의 능력에 따른 자기실현이라는 모토 아래 개인의 직업 선택의 폭이 넓어지고 직업에 대한 사회적 인식이 보다 강화되기 시작한 근대 이후 이러한 경향은 보다 두드러지게 나타나고 있다. 근대 이후의 문학 작품들 속에서 나타나는 직업에 얽매인 삶이나 직업이 추구하는 물질적 가치에 대한 부정적인 인식은, 개인 주체의 실현이라는 근대적 이상과 물질적·경제적 가치가 모든 가치의 헤게모니를 장악하게 되는 근대적 현실 사이의 극명한 모순과 그 안에 내재된 근대의 허구성에 대한 강력한 환멸의 정서를 내포하고 있다. 막스 베버는 『프로테스탄티즘의 윤리와 자본주의 정신』에서 근대를 이끈 부르주아 계급의 종교인 프로테스탄티즘이 근대 자본주의 정신의 토대가 되었음을 밝히면서, "(루터의 종교 개혁이 가져온 특기할 만한 것은) 세속적 직업에서의 의무 이행을 도덕적 자기증명이 가질 수 있는 최고 내용으로 평가한 점이다. 이것 때문에 세속적인 일상적 노동이 종교적 의미를 갖는다는 생각이 발생했고 그러한 의미의 직업 개념이 최초로 형성되었다. 그러므로 '직업' 개념에는 모든 프로테스탄트 교파의 중심 교리가 표현되어 있다"[2]고 말하고 있다. 베버에 따르면 그 이전의 가톨릭과는 달리 프로테스탄티즘의 뚜렷한 현세 지향적 가치관은 "세속적 의무의 이행," 즉 직업 노동의 신성함을 강조하고, 이것은 또한 "합리적인 부르주아 경영과 노동의 합리적 조직화를 수행했다." 현세적 삶을 위한 직업적 소명감과 더불어 청교도주의자들은 또한 "직업 노동과 신앙에서 벗어나는 충동적 삶의 향락"에 대한 극심한 혐오와 금욕적 생활을 자신들의 종교적 이

---

2) 막스 베버, 박성수 옮김, 『프로테스탄티즘의 윤리와 자본주의 정신』, 문예출판사, 1994, p.60.

상으로 강조했다. 베버는 이러한 프로테스탄티즘의 윤리에 의해 "자본주의의 영웅적 시기의 강철같이 굳건한 청교도 상인에게서 볼 수 있고, 현재에도 개별적인 사례에서 재발견할 수 있는 자신감 넘치는 '성도(聖徒)'가 육성되었던 것이다"라고 말하고 있는데, 이처럼 강철같이 굳건한 청교도 상인의 이미지 위에 카프카의 「변신」에 등장하는, 집 안에서도 금단추가 달린 소사의 제복을 벗지 않던 그레고르 잠자의 아버지의 모습이 겹쳐 보이는 것은 왜일까? 자신의 작품을 통해 누구보다도 예민하고도 집요하게 직업 인간의 삶 속에 도사리고 있는 이 세계의 허구성을 추적했던 카프카나 평생 시인 이외에는 어떠한 직업도 가지지 않았던 보들레르 등을 비롯해서, 근대 이후의 문학이 어떤 의미에서는 직업적 소명의식에 충실히 순응함으로써 건전한 생활인이 되기를 요구하는 사회적 요청에 대한 부단한 저항의 산물이었음을 보여주는 예는 무수히 많다고 할 수 있다.

여성 작가들의 작품에서도 직업에 대한 부정적인 자의식이 드러나는 경우는 적지 않지만, 여성의 경우에는 여성이 처한 특수한 사회적 여건으로 인해 삶 속에서 직업이 갖는 의미가 남성들과 구별되는 본질적인 차이점을 지니고 있는 것으로 보인다. 오랜 기간 동안 여성들이 직업을 갖기 어렵거나 직업 선택의 기회 및 선택할 수 있는 직업의 폭이 매우 제한되어 있었던 현실 여건은 여성들에게서 아예 직업에 대한 열망을 가질 계기를 박탈해버렸을 뿐만 아니라, 직업이 여성의 삶 속에서 차지하는 의미나 비중을 현격하게 위축시켜버린 것이다. 원래 이 글은 여성들의 직업이 아니라 무직업, 다시 말해 문학 작품들 속에서 이른바 '여성 백수들'의 삶이 형상화된 사례들을 살펴보기 위해 마련된 것이지만, 현실 속에서와 마찬가지로 문학 속에서도 여성의 무직(無職)은 특별한 사례라기보다는 오히려 보편적이고 일반적인 사례에 해당하는 것이다. 직업을 구하려고 애를 쓰든 아니든 실직이나 무직의 상태에 놓여 있는 사람을 지칭하는 백수라는 말은 엄밀히 말해 직업이 있어야 한다는 암묵적인 당위성에 의해 강제된 용어라고 할 수 있다. 그러나 오랫동안 직업이 없는 상태보다는 있는 상태가 오히려 예외적이고 특수한 사례에 속해왔던 여성들, 다시 말해 가족이나 자신의 생계를 위해 불가피하게 강요된 소수의 특수한 사례를 제외하고는, 능동적인 자기실현의 일환으로서의 직업 선택이 불가능했던 여성들에게는 백수라는 말 또한 별다른 의미를 가질 수 없는 것이다. 필자가 과문한 탓인지는 모르겠지만, 자료 수집 과정에서 여성의 직업적 삶을 정면으로 문제 삼은 소설들을 찾기가 매우 어려웠던 것도 이러한 사정과 무관하지 않을 것이다. 따라서 이 글에서는 몇몇 한국 소설들, 그 중에서도 특히 여성 작가들의 작품들을 대상으로 직업이 여성의 삶 속에서 어떤 의미를 가지며, 직업에 대한 인식이 어떠한 양상으로 나타나고 있는가를 살펴보는 방식을 취하려고 한다. 여성의 삶을 직업과 연관짓는 시각이 사회적, 경제적 주체로서의 여성에 대한 새로운 자기 각성의 문제와 직결되어 있다는 점에서 여성과 직업이라는 테마는 근대적 여성 교육의 확산과 긴밀한 연관을 맺고 있다.

2. 신여성들의 딜레마

이른바 제1세대 여성 작가로 분류되는 나혜석의 「경희」라는 작품

에는 일본 유학 중에 방학을 맞아 귀향한 경희라는 여학생이 등장한
다. 그녀는 어서 집에서 정해주는 남자와 결혼하라는 집안 어른들의
재촉에 대해 "지금은 계집애도 사람이라 해요. 사람인 이상에는 못할
것이 없다고 해요. 사내와 같이 돈도 벌 수 있고 사내와 같이 벼슬도
할 수 있어요"[3]라고 강변하면서도 그녀 앞에 놓인 두 가지 길 앞에서
마음의 갈등을 겪는다. "한 길은 쌀이 곡간에 쌓이고 돈이 많고 귀염
도 받고 밟기도 쉬울 황토요, 가기도 쉽고 찾기도 어렵지 않은 탄탄
대로"요, 다른 한 길은 "제 팔이 아프도록 보리방아를 찧어야 겨우
얻어먹게 되고 종일 땀을 흘리고 남의 일을 해주어야 겨우 몇 푼 돈
이라도 얻어보게 된다. 이르는 곳마다 천대뿐이요, 사랑의 맛은 꿈에
도 맛보지 못할" 길이다. 이 두 길은 각각 결혼한 여자의 길과 결혼
하지 않은 여자의 길이다. 경희가 겪는 이러한 심리적 갈등 속에는
여성들의 삶 속에서 결혼과 직업이 갖는 의미가 뚜렷하게 암시되어
있다. 결혼이 여성들의 삶을 관리하고 통제하는 가장 효율적인 제도
인 사회에서 결혼하지 않은 여자는 온전한 사회 구성원으로 편입되지
못한 채, 온갖 사회적 편견과 모멸에 시달리는 천덕꾸러기로서의 삶
을 살아갈 수밖에 없다. 임신과 출산이 여성에게 주어진 유일한 사회
적 역할인 사회에서 결혼하지 않은 여자란 곧 아이를 낳을 자격이 없
는 여자이기 때문이다. 결혼 이외에는 여성에게 자신을 보호할 다른
삶의 길이 주어지지 않고, 여성이 일하는 것을 수치로 여기는 사회에
서 '제 손으로 제 밥을 벌어먹어야 하는 삶'이란 결혼하지 않은 여자
에게 주어지는 천형의 삶일 수밖에 없다. 이처럼 여성에게 강요되는

---

3) 나혜석, 「경희」, 『여성, 남성의 거울』(김경수 엮음), 문학과지성사, 2002, p. 87.

결혼이라는 제도의 완강함은 독신 여성, 혹은 노처녀를 여성적 매력이 결여되어 있거나 성격이 괴팍한 여자쯤으로 간주하는 사회의 뿌리 깊은 편견과도 깊은 관련이 있다. 예컨대 잘 알려진 현진건의 「B사감과 러브레터」에서 B사감이라는 인물은 남성 중심적 편견에 의해 극단적으로 왜곡된 직업 가진 독신 여성의 이미지를 매우 전형적으로 보여주는 인물이라고 할 수 있다.[4]

여성의 삶을 가정이라는 사적인 공간으로 제한하는 이데올로기의 완고함은 근대 이후 활성화되기 시작한 여성 교육의 틀 안에서도 그대로 재현되고 있다. 김경일의 「식민지 조선의 여성 교육과 신여성」에 따르면, 식민지 시대 여성 교육은 기본적으로 "전통적인 여성상과 이념을 강조"하면서 전통 사회와 보수적인 기독교 이념에 바탕을 둔, 교육받은 현모양처형 여성들을 키워내는 수준에서 크게 벗어나 있지 않았다고 한다. 당시 유명한 여성 운동가였던 허정숙이 "표면에 나타나는 것으로만 보면 여학생이 늘어가고 졸업생은 많아"가는데도, "왜 여성의 대부분은 점점 쇠멸의 구렁으로 기어들어가는가"라고 말하면서, 많은 여성들이 자아를 포기한 삶을 살거나 "자아를 강경히 살리

---

4) 여성에게 직업이 사회적으로 보호받지 못하는 여성의 불행한 처지와 긴밀한 연관을 맺고 있음은 서양의 경우도 예외가 아니다. 영국의 빅토리아 시대 등을 배경으로 한 소설이나 영화들을 통해 우리는 심심치 않게 나이 찬 독신 여성들이 하녀나 가정교사 같은 일로 생계를 유지하며 고통스럽고 비참한 삶을 살아가는 모습을 만나게 된다. 버지니아 울프의 『댈러웨이 부인』에는 결혼한 댈러웨이 부인 외에 도리스 킬먼이라는 독신 여성이 등장하는데, 작품 속에서 킬먼은 재능은 있지만 미모는 없는 마흔 넘은 노처녀이다. 댈러웨이 부인은 종종 딸의 가정교사인 킬먼이 자신의 딸을 빼앗아가려 한다는 두려움에 사로잡히는데, 댈러웨이 부인의 눈에 비친 킬먼의 모습은 성격이 뒤틀리고 심술궂으며 특정한 대상에 대한 편집증적 집착을 보이는 여성이다. 댈러웨이 부인이 킬먼을 바라보는 이러한 시선은 기실 사회의 잉여적 존재인 독신 여성을 바라보는 사회 일반의 시선과 크게 다르지 않다.

려고 할 것 같으면 그 여성은 자살의 길을 취할 수밖에 없다"고 단언하는 것이나, 기생 화중선이 자신이 재학 중인 여학교 교장의 연설에 대해서 "그렇게 여성의 천진(天眞)을, 여성의 인간성을 제약하여 남성들의 완구, 씨통으로 만드느라고 현모양처라는 미명 아래 제 모습 닮은 양아들처럼 주형에 부을 용액으로 되게 하느라고 죽을 애를 쓰는구나"[5]라고 항변하는 것은, 여성의 삶에 대한 사회적 자각과 여성들에게 강요되는 전통적인 여성의 역할 사이에 끼인 교육받은 신여성들의 딜레마를 극명하게 보여준다. 당시 혼기를 놓친 신여성들이 결국 돈 많은 유부남의 첩이나 후처가 되어 가정의 틀 안으로 편입되거나 문란한 애정 행각으로 사회적 지탄을 받았던 일 등은 신여성들이 처한 딜레마를 보여주는 전형적 사례들이다.

물론 근대 초기에 쏟아져나온 『애국부인전』 『라란부인전』 등의 번역서들이나, "萬若 國家의 不幸한 時를 當하면 男子는 戰地에 赴하는 者가 多하니 其 切 事務는 女子가 代執할진則 不敎하고 能할가 故로 女子를 敎함이 緊要함이며 平時라도 女子가 學識이 有하면 力役의 勞를 不須하야도 能就하는 事가 多함은 男子의 行하는 者를 女子로 亦能하야 其功이 男子에게 不讓하는지라"[6]라는 유길준의 말 등에서 볼 수 있는 것처럼, 여성들의 사회 참여를 독려하는 교육의 필요성은 개화 초기 선각자를 자처하는 지식인 사회에서 상당히 적극적으로 제기된 바 있다. 그러나 이 시기에 주창된 여성의 사회 참여

---

5) 김경일, 「식민지 조선의 여성교육과 신여성」, 『신여성』(문옥표 외 지음), 청년사, 2003, pp. 119~53 참조.

6) 유길준, 『서유견문』, 제15편. 김경훈, 「한국 개화기의 여성직업교육에 관한 고찰」, 『연구논총』 4권, 중앙대학교 국제여성연구소, 1994, p. 175에서 재인용.

는 민족의 존망이라는 위기에 처하여, 국가주의의 강력한 모토 아래 남자들이 자유롭게 국가와 민족을 위해 헌신하는 삶을 살 수 있도록 여성의 유휴 인력을 지원하는 국가 총동원령의 일환으로 기획된 것이라고 할 수 있다. 당시 여성들의 사회 참여를 촉구한 주체가 대부분 남성들이었고, 이들이 내세운 국가주의가 강력한 가부장 시스템을 그 근간으로 하고 있다는 점을 감안한다면, 여성에게 남성과 동등한 교육과 취업의 기회를 주어야 한다는 이들의 주장은 두말할 것도 없이 여성들 자신의 독립적인 삶보다는 국가와 민족이라는 대의명분을 위해 자신을 희생하는 삶 쪽에 강력한 포커스를 맞추고 있다. 이것은 여성들에게 주어진 역할이 가정을 위한 희생에서 민족을 위한 희생으로 그 범주만 확장된 것일 뿐, 여성들에게 남성 중심적 사회 시스템을 유지 존속하기 위한 희생의 삶을 요구한다는 측면에서 그리 혁신적인 변화라고 할 수 없다.

사정이 이렇다 보니 이러한 희생의 삶을 여성에게 주어진 부당한 억압으로 받아들이기 시작한 교육받은 신여성들의 진정한 자기 정체성 추구에 대한 욕망은 당시의 사회와 부단한 마찰을 빚을 수밖에 없었다. 나혜석을 비롯해서 1세대 여성 작가군에 속하는 김명순이나 김일엽 등에게서 이러한 사회적 마찰은 성적인 억압으로부터의 해방이라는 방식으로 나타나게 된다. 그러나 당시 사회에 충격을 던져주었던 이들의 자유로운 남성 편력은, 비록 그것이 당사자들의 진의와 상관없이 보수적인 윤리관에 의해 왜곡되거나 과장되게 받아들여진 측면이 있을지라도, 신여성들의 의식이 여전히 남성을 중심으로 한 관계의 틀 속에 완강하게 얽매여 있었음을 보여준다. 물론 나혜석은 당시 최초의 여성 화가로 그 재능을 인정받았고 김명순은 최초의 여성 소설 작가이면서 기자와 영화배우 등의 직업을 전전했으며, 김일엽은 『신여자』라는 잡지를 창간하고 활발한 문필 활동을 전개하는 등의 적극적인 사회 활동을 보여주었지만, 그녀들이 삶이나 글을 통해 집요하게 문제 삼았던 것은 재능이나 직업을 통한 자기실현의 문제보다 오히려 여성에게 강요되는 가부장적인 억압으로부터의 자유였다. 그녀들이 여성의 재능을 억압하는 현실보다 여성이 성적으로 억압받는 현실과의 싸움에 더 많은 정열을 쏟아부은 것은, 그녀들이 가부장적 억압으로부터 자유로운 여성의 삶을 추구하면서도 결혼이나 연애 문제에 대한 집착에서 벗어나지 못함으로써 여전히 남성이라는 타자를 여성적 자아실현의 중요한 매개로 간주하고 있었음을 보여준다. 물론 가정 바깥에서 일하는 여성이 남편 복이 없는 팔자 사나운 여성쯤으로 간주되던 당시의 완고한 사회적 편견에도 불구하고, 그녀들의 재능은 여성이라는 희소가치로 인해 그녀들의 여성적 매력을 훼손하기보다 오히려 화려하게 부각시키는 역할을 했으며, 그로 인해 이들의 활동은 매스컴을 비롯한 당시 사람들의 호기심 어린 관심의 표적이 될 수밖에 없었다. 이러한 사정을 감안하면, 그녀들에게 보다 절실했던 문제는 재능에 대한 억압 이전에, 교육과 사회 활동을 통해 그녀들이 가지게 된 삶의 기대치와 극명하게 대립하는 여성에 대한 사회적 인습의 굴레였음을 짐작하기는 어렵지 않다. 그러나 결혼 제도가 재능 있는 여성의 삶을 가로막는 가장 근본적인 굴레임은 부정할 수 없다고 해도, 그녀들이 여성에 대한 사회적 인습에 저항하는 과정에서 결혼이나 정조 문제 이외에 여성의 재능이나 취업을 통한 사회적 자립이라는 문제에 그다지 관심을 보이지 않았다는 것은 다소 의아한 일이 아닐 수 없다. 그녀들의 삶과 글이 세인의 관심을 끌어모을 수 있었던 것은, 그녀들의 이름 앞에 늘상 붙어다녔던 '여성 최초의'라는 관형어가 말해주듯 바로 여성이라는 희소가치에 힘입은 것이었고, 그 희소가치가 그들의 삶에 화려한 장식적 효과는 줄 수 있었겠지만, 여성의 재능을 인정하는 사회적 인식의 정착을 의미하는 것은 결코 아니었다는 점에서 더욱 그렇다. 당시 사회가 그녀들의 재능을 받아들인 것은 재능에 대한 인정 이전에 그녀들을 당시 대다수의 여성들과 구분지어준 그 희소가치라는 신기성(新奇性)의 차원에서였던 것이다. 1세대 여성 작가들의 한결같이 불운한 말로(末路)는 여성의 재능에 대해 당시 사회가 허용했던 그 희소가치의 허구성을 극명하게 보여주는 것이라 아니 할 수 없다.

3. 관계에 대한 욕망과 직업적 자의식의 부재

한 연구 조사에 따르면 식민지 시대 교육받은 극소수의 신여성들이 종사했던 직업은 대부분 교사나 기자·사무원·간호부 등의 몇몇 직종에 제한되어 있었고, 이러한 직업 또한 대개는 남성을 보조하는 역할에 머무르거나, "단기적이고 일시적으로 지속되는 매우 불안정한 성격을 가지고 있었"으며, 따라서 이 시기 산업화나 근대화가 여성의 고용 구조에 미친 영향은 매우 미미한 수준이었다고 한다. 당시 신여성들의 빈번한 직업 이동 또한 이러한 상황과 무관하지 않을 터인데, 결혼과 함께 직장을 그만두지 않는 경우, 이들의 직업 이동은 극단의 배우에서 카페 여급으로, 혹은 공장 직공에서 백화점 점원이나 기생으로와 같은 식의 "전직이라기보다는 타락"에 가까운 양상을 보여주고 있다.[7] 직업을 가진 여성들의 이와 같은 타락은 여성을 남성에게 성적으로 예속된 편리한 완롱물 정도로만 간주하는 남성 중심 사회에서 흔히 발생해온 일이라고 할 수 있다. 어떤 유형의 직업이었든 여성의 직업 활동은 이처럼 철저하게 남성 중심적 사회 시스템을 보조하는 선에서만 그 의미를 인정받았다. 속칭 '직업여성'이라는 이름으로 불리는 매춘부들(이들은 또한 타락한 여성이라는 뜻의 윤락[淪落] 여성으로 불리기도 한다)뿐만 아니라, 가장이 부재한 집안에서 삯바느질이나 광주리장사로 자식들을 부양한 억척스러운 어머니들 역시 남성중심주의 시스템의 보다 원활한 가동에 동참했던 여성들이다. 이런 점에서 타락한 매춘부와 성스러운 어머니 사이의 차이는 사실 그리 본질적인 것이 아니다. 김원일의 『마당깊은 집』이나, 박완서의 『엄마의 말뚝』 등의 작품들은 이 억척스러운 어머니들이 가장의 빈자리를 메우며 어떻게 가부장적인 사회 시스템의 가장 기본적인 안전판이라고 할 수 있는 가족 제도의 견고함을 유지하는 일에 일조해왔는지를 잘 보여준다. 또한 1930년대 소설들에 빈번히 등장하던 여급들이나 1970년대에 성행했던 이른바 '호스티스 소설들' 또한 가족 제도의 틈새에 기생하는 가정 밖의 여성들이 남성들의 공유 재산으로서, 남성의 사유 재산으로 간주되는 가정 안의 여성들과 함께 남성 중심 시스템을 유지하는 사회의 또 다른 안전판 역할을 해왔음을 보여준다.

그러나 문학 속에 나타난 여성의 직업이라는 이 글의 주제와 관련해서 보다 우리의 주목을 끄는 것은 직업을 여성의 사회적 자립의 척도로 바라보는 작품들을 한국 소설에서 거의 찾아볼 수 없다는 점이

---

7) 김경일, 「일제하 여성의 일과 직업」, 『사회와 역사』 61집(한국사회사학회 엮음), 문학과지성사, 2002, pp. 156~90 참조.

다. 하다못해 여성의 직업 자체가 작품의 주요한 소재로 다루어지는 소설조차도 매우 희귀한 편이다. 직업과 관련된 소재의 빈곤은 여성 작가들의 작품에서 결혼, 가정, 연애, 성(性) 등과 관련된 소재가 압도적인 우위를 점유하고 있다는 사실과 뚜렷한 대조를 이룬다. 직업을 가진 여성이 등장하는 작품 속에서도 작가의 주 관심 대상은 직업 자체가 아닌 직업으로부터 파생되는, 혹은 직업을 배경으로 한 인간 관계의 다양한 양상들이다. 예를 들어 이광수의 『사랑』에 등장하는 석순옥은 간호부지만, 그녀가 간호부가 된 것은 자기의 능력 계발과 경제적 자립 등의 주체적 요구나, 생계유지와 같은 불가피한 현실적 이유에서가 아니라 오로지 자신이 존경하고 사랑하는 안빈 박사를 보다 가까이 모시기 위해서이다. 강경애의 「어둠」의 여주인공 역시 간호부지만, 그녀의 의식을 사로잡고 있는 것은 자신을 배신한 병원 의사에 대한 증오와 감옥에 갇혀 있는 오빠에 대한 절절한 그리움이다. 이들 작품에서 여주인공이 간호부라는 것은 남성 인물들과의 관계를 둘러싸고 있는 배경 이외에 여성의 자아실현이라는 주제와 어떠한 의미 있는 연결 고리도 지니고 있지 않다. 이 작품들의 전면에 부각되는 것은 여주인공의 직업이 아니라 그 속에서 형성된 관계들, 특히 작중 남성과의 관계 속에서 여주인공들이 느끼는 내적 갈등의 양상들인 것이다.

물론 남성 작가들의 경우에도 작중 인물의 직업이 단순히 인물들의 관계를 형성하는 연결 고리로만 기능하는 작품들이 없는 것은 아니지만, 여성 작가들의 작품에서 다루어지는 직업 가진 여성들의 삶은 '직업'보다 '여성' 쪽에 더 무게중심이 실려 있는 경우가 대부분이다. 이것은 여성 작가들이 주어진 상황과 투쟁하는 자기성취형의 인물보다는 인물과 인물 사이의 관계 속에서 갈등을 겪는 내향적 인물들을 더 선호한다는 점과도 일정한 관련이 있을 것이다. 일반적으로 직장 생활에서 남성들은 업무 지향적인 성향이 강한 반면, 여성은 관계 지향적인 성향이 두드러진다는 지적도 있지만, 이러한 차이는 어쩌면 남성이 관계의 바깥에서 관계를 관찰하는 성향이 강한 반면, 여성은 관계의 안쪽에서 관계를 살아가는 성향이 강하다는 말로 설명될 수 있을지도 모르겠다. 직업적 성취에 대한 욕망이 강한 남성들에게 직장 내에서의 인간관계란 기본적으로 권력의 역학관계를 의미하는 것이고, 그러한 관계는 그들에게 인간적으로 연루된 관계라기보다 업무적으로 연결된 관계에 가깝다. 그 때문에 남성들의 세계가 개인적인 이해관계에 따라 아무리 촘촘하게 네트워킹되어 있다고 해도 그 관계가 그들에게 미치는 정서적 영향은 그다지 심각하지 않을 수 있는 것이다. 그러나 여성들의 경우에는 직업을 통해 사회적 성취보다 정서적 만족을 추구하는 경향이 보다 강한 듯하고, 그런 점에서 남자들보다 직장 내의 권력관계에 훨씬 덜 민감한 반면, 인간과 인간 사이의 관계를 통해 형성되는 삶 자체에는 정서적으로 더 깊고 예민하게 반응하는 측면을 지니고 있는 듯하다. 다시 말해 여성들은 남성들보다 관계의 문제를 보다 더 내면적이고 정서적인 문제로 받아들이는 성향이 강한 것이다. 여성 작가들의 작품에서 여성들의 직업 활동이 대부분 작중 인물들 사이의 관계 속에서 발생하는 문제들보다 부수적인 관심사로 처리되는 것은 여성들의 이러한 성향과 무관하지 않을 것이다.

이것은 육체노동을 요구하는 하급 직종보다 자기실현이나 직업적 성취에 대한 동기 부여가 더 뚜렷할 것으로 여겨지는 전문직 여성들이 등장하는 작품들의 경우도 마찬가지이다. 특히 1990년대에 접어

들면서 공장 직공이나 식모, 타이피스트 등의 단순노동직에 종사하는
여성들이 아닌 전문직 여성들, 이를테면 성우나 방송 작가, 잡지사
기자, 교수, 컴퓨터 디자이너 등의 보다 다채로운 직업에 종사하는
여성들이 소설 속에 새롭게 등장하게 되는데, 세련된 감성과 지적인
자의식, 복합적인 내면 심리로 특징지어지는 전문직 여성 인물들의
경우에도 직업적인 성취욕이나 직업에 대한 자의식은 그다지 적극적
으로 부각되지 않는다. 이를테면 은희경의 「누가 꽃피는 봄날 리기다
소나무 숲에 덫을 놓았을까」나 『마지막 춤은 나와 함께』와 같은 작품
의 여주인공들은 과장급 비서나 교수와 같은 고급직에 종사하고 있지
만, 이들 작품에서 전문직 여성들이 겪을 수 있는 직장 내에서의 갈
등이나 직업적 성공에 대한 욕망은 여주인공이나 작가 모두에게 적극
적인 관심의 대상이 아니다. 「누가 꽃피는 봄날……」에서 평범한 주
부로 생활하던 소연이 갖게 된 직업은 "직책은 비서였지만 중요한 비
서 업무는 남자 비서가 담당하고 있었으므로 소연의 자리가 일 없이
월급만 많은, 여자 직원이라면 누구나 바라는 자리"[8]이다. 이처럼 남
자 직원을 보조하는 한직에 가까운 소연의 직장 생활에 대한 서술은
작품 속에서 단지 그녀의 다소 특이한 캐릭터를 부각시키기 위한 소
설적 필요에 의해 요청된 것이며, 그 때문에 소연의 직장 생활을 바
라보는 작가의 다분히 냉소적인 시선은 그녀가 직장 생활을 하는 과
정에서 발생하는 문제들을 직장 안에서의 여성의 역할이라는 사회적
문제 이전에 단순히 소연의 개인적인 성격에서 기인한 문제로만 다루
려는 경향을 보여준다. 어떤 의미에서 나름대로 직장 생활에 열심이

---

8) 은희경, 『상속』, 문학과지성사, 2002, p.68.

긴 하지만 무능하고 상황 판단 능력이 떨어지는 소연을 바라보는 작가의 냉소적인 시선은 기실 직장 생활 하는 여성에 대한 사회 일반의 냉소적인 시선과 그리 먼 거리에 있는 것 같지 않다. 이에 비해 지방 대학 교양학부 교수로 나오는 『마지막 춤은……』의 진희는 나름대로 유능하지만 자신의 직업에 대한 애착이 별로 없는 여성으로 등장한다. 작품은 간간히 양념처럼 끼어드는 그녀의 직장 생활에 대한 언급을 제외하면 오로지 그녀와 주변 남자들의 애정관계에 집중되어 있다. 어떤 점에서 진희가 직장 내의 세속적 이해관계에 초연한 유능한 전문직 여성이라는 것은 남자와의 관계에서 그녀가 취하는 냉소적이고 세련된 태도를 보다 돋보이게 해주는 일종의 장식적 소도구처럼 보이기도 한다.

이처럼 여성 작가들의 작품에서 작중 인물과 인물들 사이의 관계(특히 남녀관계)에 비해 직업적 삶에 대한 관심이나 추구가 현저히 낮게 나타나는 것은 여성 작가들의 작품에서 매우 일반적인 현상이다. 신경숙, 공지영, 전경린, 배수아 등 여성의 사회 진출이 보다 활발해지기 시작한 1990년대 이후 작가들의 경우에도 사정은 크게 다르지 않다. 이들의 작품에는 사진기자·소설가·성우 등의 다양한 직업을 가진 전문직 여성들이 등장하지만, 그녀들의 직업이 작품의 서사 과정에서 그다지 중요한 의미를 지니지는 않는다. 뿐만 아니라 직업 있는 여자를 직업 없는 여자와 구분짓는 내면적 차이 역시 이들의 작품에서 거의 드러나 보이지 않는다. 대개의 경우 직업 있는 여자들도 정서적으로는 거의 무직(無職)의 심리 상태를 보여주고 있는 것이다. 뿐만 아니라 "나는 정말로 내 모습이 싫었다. 서른네 살의 직업을 가진 독신 여자. 이런 모습으로 내가 있게 될 줄은 상상도 못했다"[9]라는 구절에서는 직업에 대한 매우 적대적인 심리마저 엿보인다. 여성 작가들의 직업 문제에 대한 무관심이 매우 일반적인 현상이기는 하지만, 직업을 삶의 진정한 본질과 무관하거나 대립적인 것으로 받아들인다는 점에서는 여성 작가들 역시 남성 작가들의 경우와 크게 다르지 않은 것이다.

4. 결혼과 직업 사이의 불협화음

여성 작가들의 직업에 대한 상대적 무관심은 이들의 작품에서 자신에게 주어진 상황과 싸우며 자아실현의 이상(理想)을 좇는 적극적인 행동형의 인물들보다 인물들 간의 관계 속에서 갈등하는 내향적 인물들이 더 많이 등장한다는 점과도 무관하지 않을 것이다. 아마도 이것은 남성들이 대개 관계 주도형의 삶에 익숙해져 있다면, 여성들의 삶은 관계 종속적인 삶에 더 가깝다는 점과도 일정한 연관이 있는 듯하다. 여성 작가들의 작품에서 결혼이나 사랑·성에 대한 관심의 집중도가 높게 나타나는 것은 여성의 삶이 그만큼 남성과의 관계를 통해 규정되는 삶의 방식에 더 강하게 얽매여 있기 때문일 것이다. 오랫동안 여성들이 가정이라는 사적인 관계틀 안에서 이루어지는 삶의 방식에 길들여져 왔다는 것은 여성들이 남녀관계에서 발생하는 억압에 더 빈번하게 노출될 수밖에 없는 삶을 살아왔음을 의미하는 것이며, 그 때문에 여성들의 경우 그러한 문제에 더 집착하거나 정서적으로 더

---

9) 배수아, 『푸른 사과가 있는 국도』, 고려원, 1995, p. 36.

예민하게 감응하게 되는 것이다. 직업이 있든 없든, 혹은 결혼을 하든 안 하든 결혼 제도가 여성에게 가하는 억압은 성년의 나이에 이른 여성에게는 피해 갈 수 없는 현실이다. 따라서 보다 많은 사회적 활동 영역이 주어져 있는 남성에 비해 가족이나 남녀관계에 더 강하게 얽매일 수밖에 없는 여성들에게 결혼이나 연애와 같이 사적인 영역 안에서 남자와의 관계를 새롭게 정립하는 문제는 여성의 사회 활동을 통한 자기 정체성 추구라는 문제보다 우선하는 절박한 과제로 인식될 수 있다. 비록 그것이 남자라는 대상에 대한 갈망과 집착의 또 다른 방식이 될지라도 말이다.

박완서의 『살아 있는 날의 시작』이나 『서 있는 여자』는 여성의 삶에서 결혼과 직업이 갖는 의미를 적극적으로 문제 삼고 있는 작품들이다. 그 중에서도 특히 『서 있는 여자』는 여성 소설로서는 매우 드물게 직업적 성취에 대한 열망이 매우 강한 여성 인물을 등장시키고 있다. 『살아 있는 날의 시작』의 여주인공인 청희는 남편을 위해 대학의 전임강사가 될 기회를 포기한 유능한 미용실 원장이다. 남편보다 더 나은 능력과 경제력을 지닌 그녀는 그럼에도 불구하고 시어머니와 남편이 요구하는 부덕(婦德)이라는 질긴 굴레에 얽매인 삶을 살고 있다. 미용실 원장의 자리에서 그녀는 자유롭고 자신에 차 있지만, 며느리와 아내의 자리에서 그녀는 결혼 생활이 가하는 억압에 무기력하게 짓눌려 있다. 독자적인 경제력이 있음에도 불구하고 그녀는 가정 내에서 어떠한 독자적인 발언권도 행사하지 못할 뿐 아니라 결혼 생활의 예속을 오히려 자신에게 주어진 불가피한 현실로 받아들인다.

『서 있는 여자』에서도 결혼과 직업 사이의 불협화음은 계속되지만, 그 불협화음에 대처하는 태도에서 주인공 연지는 『살아 있는 날의 시작』의 청희보다 훨씬 더 능동적이고 전투적이다. 그러나 한국 소설에서는 드물게 직업적 성취욕이 매우 강한 여성이 등장하는 이 작품도 결혼이라는 주제에 소설의 관심이 집중되어 있는 반면, 직업 선택이나 직업 활동에서 여성이 겪는 사회적 불이익에 대해서는 그다지 적극적인 관심을 기울이고 있지 않다는 점에서 다른 여성 작가들의 경우와 크게 다르지 않다. 이 작품의 주인공인 연지는 꽤 이름 있는 교양지 기자이다. "그 일에 보람도 느끼고 꽤 열심히 뛰고 있어서 인정도 받고 있"[10]는 그녀는 "내 꿈이 뭔지 알지? 독자적으로 사는 거야. 혼자 산다는 뜻하곤 달라. 내 나름의 독자적인 삶의 방법대로 살고 싶어. 우리 결혼도 독자적인 거여야 돼"라는 그녀의 말처럼, 결혼 후에도 얼마든지 자신의 일을 계속할 수 있다는 자신감을 안고 철민과 결혼을 한다. 학창시절 그녀가 꿈꾸는 독자적인 삶의 모델이 되어준 것은, 굳게 닫힌 아버지의 서재 앞에서 아버지의 사랑을 애걸하던 어머니의 추한 모습과 달리, 밤새 서재에서 자기만의 일에 열중하고 있던 아버지의 고고한 모습이었다. 그녀의 '독자적인 결혼'이란 바로 결혼과 일에 대한 욕망의 완벽한 결합, 다시 말해 결혼 후에도 아버지처럼 고고한 자신만의 세계를 지켜나갈 수 있는 삶을 의미하는 것이다. 그러나 낙태를 감수하면서까지 결혼과 일을 공유하려던 그녀의 계획은 철민의 저항에 부딪혀 수포로 돌아가고 이 과정에서 작가에 의해 적극적으로 부각되는 것은 철민이 보여주는 파렴치한 가부장적 태도이다. 부부 사이의 절대적인 동등함을 위해 "모든 면에서 나보다 못"한 철민을 결혼 상대자로 선택했던 연지는 결국 "나의 실패의 원

---

10) 박완서, 『서 있는 여자』, 세계사, 2001, p. 26.

인은 바로 남녀평등이라는 거였어. 나는 한 남자를 사랑하기보다는 바로 남녀평등이란 걸 더 사랑했거든. 남녀평등에 급급한 나머지 사랑까지도 생략하고 남자를 골라잡았던 거야"라고 생각하며, "자기 스스로를 더 이상 모독해선 안 된다"는 이유로 철민과 이혼한다.

그러나 이처럼 파탄에 이르는 연지의 결혼 생활을 서술하는 과정에서 이 작품은 연지의 일에 대한 욕망을 정당화하기 위해 연지와 철민의 관계를 지나치게 작위적인 선악의 이분법으로 몰아가고 있다는 인상을 준다. 결혼 생활 내내 연지의 의식을 완강하게 사로잡고 있었던 것은 남편과의 관계에서 조금도 손해보지 않겠다는 생각으로 끊임없이 결혼 생활의 이해득실을 따지는 타산적 심리였으며, 이 과정에서 연지가 보여주는 자기 욕망의 정당성에 대한 확고한 신념은 작가에 의해 계속적인 지지를 받고 있다. 그러나 서로에 대한 배려 대신 극히 이기적이고 배타적인 욕망에 바탕을 둔 연지의 '독자적인 결혼'은, 그녀의 결혼 생활을 지켜보는 우리로 하여금 결혼과 일을 공유하기 위해 그녀가 선택한 방식에 흔쾌히 동의하기 어렵게 만든다. 물론 작품의 이러한 설정은 그만큼 결혼과 일을 양립시키기 어려운 여성의 현실을 반영하고 있는 것이기도 하겠지만, "나는 누구보다도 나 자신을 사랑하거든"이라는 연지의 배타적인 자기애와 자신만이 옳다는 확고한 신념은, 학창시절 그녀가 동경했던 아버지의 세계가 "얼마나 배타적이고 비정하고 협소한가"라는 그녀의 깨달음을 그대로 "자신의 내적인 욕구에 합당한 '내 일'"을 갈망하는 그녀 자신에게로 되돌려주고 싶게 만드는 것이다. 이처럼 사랑이 배제된 연지의 타산적인 결혼과 이혼의 전 과정을 통해 우리가 얻게 되는 것은 결국 여성에게 일과 결혼의 양립이 얼마나 힘겨운 일인가에 대한 또 한 번의 씁쓰레한 확인일 뿐이다.

그렇다면 문학 작품들 속에서 직업적 자기 성취욕이 강한 여성들이 이처럼 배타적인 자기 확신으로 무장한 까다롭고 이기적인 성격의 소유자거나, '드세고 기가 센' 여성들이라는 부정적인 이미지로 나타나는 것은 왜일까? 어쩌면 그것은 '일'하는 여성에 대한 사회 일반의 인식 수준이 반영된 결과일 수도 있겠고, 일하는 '여성'이 남성에 비해 더 많은 사회적 억압이나 편견과 싸울 수밖에 없는 현실을 반영한 것일 수도 있겠다. 이와는 다른 맥락이긴 하지만, 정이현의 「트렁크」에도 성공에 대한 강한 욕망으로 자신을 무장한 한 커리어 우먼이 등장한다. 특히 그녀는 고급스럽고 세련된 패션이나 유력한 상사와의 성관계 등과 같이 자신의 여성적 자질을 총동원한 치밀한 성공 전략을 구사함으로써 자신이 여성이라는 점을 성공을 위한 최고의 무기로 활용한다. 그러나 그녀는 어느 날 우연히 자신의 차 트렁크 안에서 어떤 소녀의 시체를 발견하게 되고, 그녀의 성공 가도에 결정적인 장애가 될 그 시체를 치우기 위해 끔찍한 살인까지 저지르게 된다. 엽기적 살인이라는 섬뜩한 충격 효과와 함께 이 작품이 우리 앞에 들이미는 것은 물론 자본주의가 조장한 성공 신화의 허구적 이면이다. 그러나 이 작품은 그와 같은 화려한 성공 신화가 여성의 자기 성취에 대한 욕망이나 자기 정체성의 실현을 어떻게 왜곡된 파탄의 상태로 몰고 가는가에 대한 매우 의미 있는 암시를 던져준다. 또한 그 파탄의 이면에는 남성들이 요구하는 여성의 성적 매력과 여성의 사회적 성공 사이의 은밀한 밀월 관계를 부추기는 뿌리 깊은 남성 중심적 욕망의 구조가 작동하고 있음도 부정할 수 없다.

나혜석의 「경희」에서 정이현의 「트렁크」에 이르기까지 우리가 밟아온 도정을 되돌아보니, 지금까지 우리가 여성과 직업이라는 주제를 위해 만나온 한국 소설 속의 여성들 대부분이 직업에 무관심하거나 직업에 적대적이거나 혹은 직업이 있더라도 이기적이고 왜곡된 자기 성취 욕구에 사로잡힌 여성들이었던 셈이다. 문학 속에서든 현실 속에서든 여성과 직업의 행복한 만남이란 이토록 실현 불가능한 것일까? 그러나 대개의 문학 작품들에서 나타나는 여성과 직업 사이의 불화 관계 속에는, 직업 선택과 관련해서 여성들이 겪는 사회적 불이익이나 직업에 대한 여성들 자신의 상대적 무관심이라는 현실적 맥락 이외에, 문학과 직업의 불화관계라는 또 다른 맥락이 작용하고 있는 듯하다. 이를테면 배수아의 「천구백팔십팔년의 어두운 방」에서 직업 가진 독신 여성의 삶에 대한 강한 혐오감을 드러내 보이던 '나'는 여성 잡지에 소설을 연재하게 되면서 심리적인 안정감을 얻게 되고, 신경숙의 『바이올렛』(문학동네, 2001)이나 박완서의 『서 있는 여자』의 여주인공들은 현재 그들이 가지고 있는 직업 대신 언젠가 '자신의 글'을 쓰리라는 생각으로 힘겨운 삶을 버티어나갈 힘을 얻는다. 이때 '자신의 글'에 대한 그녀들의 간절한 욕망은 단순한 직업적 경제 활동을 넘어서는 보다 근원적인 자기 정체성에 대한 요구와 맞닿아 있다. 이처럼 문학과 여성과 직업을 잇는 관계망 속에는 직업활동에서 여성들이 겪는 상대적 불이익과 여성들의 경제적 자립을 위한 직업의 현실적 필요성 사이에 놓인 모순과 불화의 양상들뿐만 아니라, 직업이 요구하는 삶과 문학이 추구하는 삶 사이의 불편한 긴장 관계가 복합적으로 얼크러져 있다. 문학 속에서 다루어지는 여성의 삶과 직업은 여성과 직업의 관계만이 아니라 문학과 직업의 관계에서 발생하는 두 겹의 불화에 둘러싸여 있는 것이다.

젊은 비평의 현장
―김미현, 김태환, 오형엽의 비평집에 대하여[1]

1

김미현의 문장은 명쾌하다. 그리고 날렵하다. "읽히는 평론" "문체가 있는 평론"을 지향한다는 그녀 자신의 말대로 김미현의 평론을 읽는 재미는 일차적으로 그녀가 지향하는 '문체'의 효과에서 비롯되는 것으로 보인다. 그 문체의 효과와 관련된 것으로 대략 다음 몇 가지 요인을 지적할 수 있을 듯하다.

먼저, 김미현의 평론들은 '～할 수 있을 것이다'라거나, '～하는 것으로 보인다' '～이라고 생각한다'는 식의 유보적이고 잠정적인 의견 표명을 드러내는 듯한 문장들을 그다지 선호하지 않는다. 그녀의 평론들은 비평적 논점이나 대상의 주변을 탐색하면서 서서히 문제의

---

1) 분석 대상이 된 텍스트는 김미현, 『판도라 상자 속의 문학』, 민음사, 2001 ; 김태환, 『푸른 장미를 찾아서』, 문학과지성사, 2001 ; 오형엽, 『신체와 문체』, 문학과지성사, 2001 이다.

핵심으로 진입하거나, 다른 관점 혹은 반론의 가능성을 염두에 두면서 논지의 최종적인 결론을 유보하는 듯한 애매하고 불확정적인 글쓰기 방식보다는, 곧바로 문제의 핵심으로 파고들면서 자신의 비평적 관점을 보다 선명하게 부각시키는 글쓰기 방식을 더 선호하는 듯하다. 이런 의미에서 그녀의 문장들이 보여주는 명쾌하고 단정적인 어투는 글 전반에 비평적 활기를 불어넣으면서 독서의 속도감을 이끌어내는 주 요인으로 작용하고 있다고 말할 수 있다. "김영하는 합리적이고 이성적인 고전주의자의 면모를 보이며 악을 권장한다. 백민석은 잔인하고 과격한 사디스트의 면모를 보이며 악을 응징한다. 배수아는 무심하고 허무한 마조히스트의 면모를 보이며 악을 무시한다"와 같은 문장은 그 대표적인 예로 꼽을 만하다. 이러한 문체 효과는 그녀가 즐겨 활용하는 명명법이나 대구적인 표현 방식에도 그대로 적용될 수 있다. 비평적 대상에 적절한 명명을 가함으로써 지루한 논지 전개의 과정을 거치지 않고서도 그 대상의 특성이나 그에 대한 평자의 해석적 관점을 집약적인 방식으로 전달하는 능력은 가히 타의 추종을 불허하는 김미현만의 독특한 재능이라고 해야 할 것 같다. 이를테면 나희덕·김정란·은희경의 작품들을 "가이아의 노래" "에우리디케의 비명" "메두사의 웃음" 등으로 명명한다거나, "섹스와의 섹스" 혹은 "'나는 연애한다, 고로 존재한다'라는 슬로건 아래 연애와 연애함으로써" 등과 같은 표현들 속에서 우리는 김미현의 독보적인 명명의 재능을 발견할 수 있다. 이러한 명명법의 재기발랄함은 김미현의 또 다른 재능이라고 할 수 있는 말놀이pun의 효과와 만날 때 보다 극대화된다. 이를테면 "어차피 '新세대'는 '辛sin세대'임과 동시에 'scene세대'나 'seen세대'이다"와 같은 문장들, 김미현이 즐겨 사용하는

"만약 악을 없앨 수 있는데도 행하지 않는 것이면 신은 사악하다. 만약 악을 없앨 수 없어서 그냥 둔 것이라면 신은 무능하다"와 같은 대구적 표현들도 넓게는 김미현의 문체적 개성을 뒷받침해주는 말놀이의 언어 감각과 연결되어 있다고 할 수 있다.

비평적 대상들의 변별적인 특성들을 명쾌하게 분류하고 유형화하면서 활기에 넘치는 명명 어법을 구사하는 김미현의 문체는 그녀가 욕망하는 '소통되는 평론'의 주요한 근거가 된다. 그러나 그것은 동시에 소통의 명쾌함을 위해 많은 유보 조항들을 논의의 틀 바깥으로 밀어내는 과감한 가지치기의 어법이라는 의혹 또한 배제하기 어렵다. "소통되지 않는 평론은 축구에서의 자살골만큼 비생산적이다"라는 단호한 어투 또한 그와 같은 의미에서 충분히 의혹적이다. 이것은 비평적 글쓰기의 가치를 평가하는 데 있어 '소통이란 기준이 갖는 의미는 무엇인가'라는 물음 이전에, '소통되는 평론과 소통되지 않는 평론을 가르는 하나의 일률적이고 객관적인 기준이 과연 존재하는가'라는 물음을 불러온다. 김미현이 말한 소통되지 않는 평론이 읽기 어렵고 이해하기 어려운 평론을 의미하는 것이라면, 이해의 기준이야말로 다양한 개인차의 미세한 틈새들 내부에 존재하는, 일률적으로 규정짓기 어려운 그 무엇이 아니겠는가? 이런 의미에서 비평적 소통의 기준이란 결국 주관적이고 내밀한 인식의 영역 안에 폭넓게 산포되어 있는, 유동적이고 불확정적인 이해의 회로를 따라 움직이는 것이라고밖에 말할 수 없을 듯하다.

2

　김태환에게 비평은 인식의 결과를 분석하는 행위가 아니라 인식 과정의 비밀을 캐묻는 행위이다. 서구의 이론적 전거들을 폭넓게 활용하면서 정교하고도 풍요로운 논의의 피륙을 직조해 나가는 그의 비평들은, 부박하게 부침(浮沈)하는 비평적 시류에 휩쓸리지 않으면서 의연하게 자기 세계를 구축해 나가는 탄탄한 이론적 단련의 내구력을 느끼게 한다. 이론의 육화된 적용으로서의 비평, 다시 말해 이론과 실제 작품의 조화롭고 생산적인 상호 작용이라는 점에서 김태환의 글들은 비평의 가장 모범적인 사례 가운데 하나로 평가될 만하다.

　김태환의 비평은 모더니즘 미학이라는 이론적 토대 위에서 출발한다. 그에 따르면 모더니즘 미학을 규정짓는 모더니즘적 충동은 전통적 가치 체계의 혼란, 혹은 위기와 깊은 관련이 있다. 이러한 가치의 위기 속에서 가치란 당위가 아닌 끊임없는 의혹과 탐색의 대상이 된다. 모더니즘 미학에서의 가치 추구는 가치 그 자체에 대한 의혹 혹은 가치의 가치를 묻는 탐색의 과정과 분리될 수 없다. 다시 말해 모더니즘 미학에서 가치 추구의 과정은 가치의 본질에 대한 물음과 하나로 겹쳐 있는 것이다. 김태환이 조이스의 『젊은 예술가의 초상』에서 인용한 '푸른 장미'란 이런 의미에서, 이 세상에 존재하지 않는 "원초적 혼돈의 세계를 향한 꿈"을 상징하면서 그 꿈(가치)을 추구하는 과정에 대한 고통스러운 자의식을 함께 내포하고 있는 말이라고 할 수 있다. 모더니즘 미학은 결국 현실 너머에 존재하는 그 도달할 수 없는 세계를 향해 예술 스스로가 자신이 부정하는 현실의 가치 체계를 헤쳐나가는 과정의 미학이라고 해야 할 것이다. 이때 꿈이라는 부재의 세계는 현존하는 세계의 이면을 투시하는 거울이다.

모더니즘 미학이 현실 세계에 들이대는 그 투시의 시선은 기본적으로 '자명성'이라는 신화에 도전하는 것이다. "현실을 인식하고 이야기한다는 것이 무엇인가"라는 모더니즘의 반성적인 문제의식 속에는 세계와 인식의 구성적 본질, 다시 말해 인식 그 자체가 아닌 인식의 구성 과정에 대한 탐색의 시선이 담겨 있다. 김태환은 모더니즘의 그와 같은 탐색의 성과들에 다양한 경로로 접근해 들어간다. 슈클로프스키의 '낯설게 하기' 이론이나 프루스트 문학에서의 '비자의적 추억'의 의미, 혹은 발자크·플로베르·카프카의 소설이나 그레마스의 이론들을 분석해 나가는 그의 논지는, 가깝게든 멀게든 구성적 실체로서의 세계의 본질이라는 모더니즘적 문제의식의 자장 안에 놓여 있다. 모더니즘 미학은 "우리의 현실은 우리가 '발견'한 것이 아니라 '창조'하고 '고안'한 것"이라는 구성적 세계의 본질을 파헤치면서 그 구성 과정의 인위적인 해체와 재구성에 관여한다. 모더니즘 미학에서 "인식이 구성되는 과정을 의식하게 하는 것이야말로 예술의 목표"라고 한다면, 예술이 구성되는 과정을 탐색하는 것 또한 모더니즘 이론의 핵심적인 부분을 차지하고 있는 것이다.

모더니즘 이론의 실천적 적용이라 할 김태환의 실제 비평은 완제품으로서의 문학이 아닌 과정으로서의 문학의 본질, 다시 말해 '문학은 세계를 어떻게 인식하고 표현하는가'라는 문제의식의 차원에서 이루어진다. 따라서 김태환은 소설의 말, 혹은 소설 속에 담긴 이야기 자체보다 소설의 말하는 방식, 혹은 소설이 서사적 정보를 구성하고 전달하는 방식에 집중적인 관심을 기울인다. 김태환의 치밀하고도 정교한 비평적 메스 아래에서 이인성·서정인·김영하·황석영·김영현·박성원의 작품들 속에 내재되어 있는 미학적 구성의 비밀은 촘촘하면서도 휘황하게 그 모습을 드러내면서, 소설 못지않게 흥미롭고 긴장감 넘치는 독서의 체험을 제공한다. 이를테면 이인성의 소설들에서 글쓰기 주체와 글의 주체가 어떻게 분열하고 갈등하면서 소설 쓰기라는 자의식적 구성 과정에 관여하고 있는가, 혹은 서정인의『용병대장』이 역사소설의 장르적 관습에 도전하면서 역사라는 지식 체계가 지닌 인위적이고 매개적인 본질과 그 본질의 은폐 과정을 어떻게 재현해내고 있는가를 밝혀내는 과정들은, 문학 작품에 대해 미학적 구성의 과정보다는 그 결과에 집착하는 비평적 글쓰기의 일반적인 관행 속에서 매우 시사적인 비평 담론의 한 수준을 제시한다. 이처럼 소설의 내재적이고 형식적인 구성 원리를 정밀하게 탐사해 나가는 김태환의 글들은 구조주의적인 분석 방식에 매우 근접해 있다고 말할 수 있다. 그러나 김태환의 글들은 이들 소설의 내재적인 구성 원리를 소설을 둘러싸고 있는 세계의 불확정적이고 허구적인 본질과 관련된 모더니즘의 미학 원리와 겹쳐 놓음으로써, 구조주의적인 텍스트 분석과 예술적 관습의 구성과 해체가 갖는 의미에 대한 탐색이라는 컨텍스트에 대한 분석 사이의 경계를 부단히 넘나든다. 김태환의 텍스트 비평을 둘러싸고 있는 이와 같은 컨텍스트 속에는 글을 쓰고 있는 평자 자신의 비평적 자의식까지 포함된다. 김태환의 글 속에서 모더니즘은 문학 작품에 대한 분석뿐만 아니라 그것을 분석하는 평자 자신의 의식의 문제에까지 관여하는 보다 중층화된 의미의 겹을 내포하고 있는 것이다.

3

　오형엽은 『신체와 문체』의 서문에서 "신체적 주체의 시학"이라는 독특한 용어를 제시한다. 이후 이 용어의 의미는 그의 비평적 글쓰기의 중심 논리로 책 속에 실린 글들 여기저기에서 되풀이 강조되고 있다. 따라서 오형엽이 추구하는 비평 세계의 핵심으로 진입하기 위해서는 먼저 그가 의욕적으로 내세우는 "신체적 주체의 시학"이라는 개념에 대한 이해가 선행되어야 할 것이다. 그러나 그의 비평문들 속에서 이 용어가 반복해서 언급되고 있음에도 불구하고, 그 용어의 의미가 비평가가 그에 대해 기울이는 의욕과 열정만큼 독자들에게 선명하게 전달되지는 않는다. 그것은 아마도 그 용어를 둘러싼 비평적 논의가 개념에 대한 체계적이고 이론적인 정교화가 아닌, 개념에 대한 모호하고 단편적인 정의(定義)의 동어 반복 수준에서 크게 벗어나 있지 않기 때문일 것이다. 그런대로 비평집 여기저기에 흩어져 있는 관련 내용들을 종합해서 그 개념의 윤곽을 추려내보도록 하자.

　오형엽은 비평집의 서문에서 먼저 '신체'라는 용어를 "의식이 살로 변한 육화된 의식을 의미"하는 것이라고 정의한다. 그에 따르면 '육체'와 구별되는 개념으로서의 '신체'는 육체가 "'정신' 혹은 '이성'과 대립 개념으로 사용"되는 데 비해, 그 대립의 관계를 상호 침투적 관계로 뒤바꾸는 "무정형적 역동성" 혹은 "역동적 운동성"을 의미하는 것이다. 다시 말해 그것은 이성과 대립하는 것이 아니라 "이성적 인식 이전에 존재하는 보다 근원적인 영역을 의미"하는 개념이다. 따라서 신체적 주체의 글쓰기란 "'이성적 주체' 자체를 부정하는 것이 아니라, 몸이 이성보다 더 근본적인 영역임을 강조하는 것"이며, 육체와 이성이라는 근대적인 이분법의 틀을 허물고 "탈주체화된 주체를 형성"하는 것이라는 오형엽이 펼치는 논지의 핵심이다. 이러한 논의들은 모호하게나마 오형엽이 주장하는 '신체의 시학'이 근대와 탈근대의 접점을 모색하는 자리에 놓여 있음을 보여준다. 아닌 게 아니라 그는 '신체적 주체의 시학'이 "동일성의 시학"과 "포스트모던 시학"의 경계를 가로지르는 것이라고 말한다. 나의 이해가 틀리지 않다면, 1990년대의 시단을 풍미한 탈근대적인 '육체성'의 개념이 근대의 도구적 이성에 대한 대타적 위상의 확보를 위해 이성 혹은 이성적 주체와의 단절을 선언하면서 이성과 육체의 관계를 역전시키는 것이었다면, '신체의 시학'은 이성중심적인 동일성의 시학을 부정하면서도 이성과 육체의 단절이 아닌, 양자의 보다 근원적이고 역동적인 통합을 지향하는 논리라는 것이 오형엽이 내세우는 주장의 골자인 것 같다. "우리는 몸과 함께 태어난 것처럼 이성과 함께 태어났다"는 말은 그런 의미에서 이성중심주의와 육체중심주의를 동시에 넘어서는 새로운 시학의 창출을 알리는 하나의 선언적 명제처럼 들리기도 한다.

그러나 이성과 도구적 이성을 분리시키면서 '탈주체화된 주체'의 개념을 내세우는 오형엽의 논리는 근대적 이성, 혹은 주체의 개념에 대한 다분히 피상적인 이해에 근거한 절충적 개념이라는 혐의를 부정하기 어렵다. 이 자리에서 그와 관련된 논의를 상세히 개진하기는 어렵지만, 도구적 이성이란 이성의 변질이나 그릇된 적용의 차원 이전에, 근대적 이성이 지닌 본질적 속성에서 비롯되는 것이다. 이성 바깥의 것을 배제하거나 추방하는 방식으로 자신의 독점적 지위를 확보한 근대적 이성 자체가 이미 그 안에 도구적 이성의 가능성을 품고 있었던 것이라고 해야 할 것이기 때문이다. 그와 관련해서 1990년대의 '몸의 담론'을 "이성적 주체의 해체를 기정사실화하거나 완성하겠다는 의도"로 풀이하는 논리 또한 동의하기 어려운 부분이다. 오형엽이 말하는 1990년대의 '몸의 담론'이 구체적으로 무엇을 가리키는 것인지는 모르겠지만, 내가 알고 있는 '몸의 담론'은 근본적으로 근대적 이성에 대한 반성적 성찰이라는 문맥 안에 놓이는 개념이지, 그가 주장하는 대로 인간적 주체의 실체를 이성에서 육체로 대체하려는 의도의 소산으로 보기는 어려울 듯싶기 때문이다. 뿐만 아니라 주체라는 개념 자체가 엄연히 근대적 이성을 표방하는 개념이라는 점에서 그의 주장은 일정한 논리적 모순을 내포하고 있다. 인간적 주체가 육체로 대체되는 순간 주체라는 개념 자체도 무의미해질 수밖에 없을 것이기 때문이다. 또한 "'신체적 주체'는 '문체'를 통해서만 발현된다"라는 주장을 근거로 시비평에 있어서의 문체 분석의 필요성, 다시 말해 "시작 기법과 언술 방식을 세밀히 살"필 필요성을 강조하면서도, 실제 비평에 있어 '동일성의 시학'에 바탕을 둔 내용 분석의 틀을 넘어서는 새로운 분석 방법론의 적용이 그다지 발견되지 않는다는 점도, '신체적 주체의 시학'에 대한 그의 논리가 구체적인 논의의 근거가 모호한 채, 막연하고 추상적인 주장의 차원을 크게 벗어나지 못하고 있다는 사실과 무관하지 않은 듯하다.